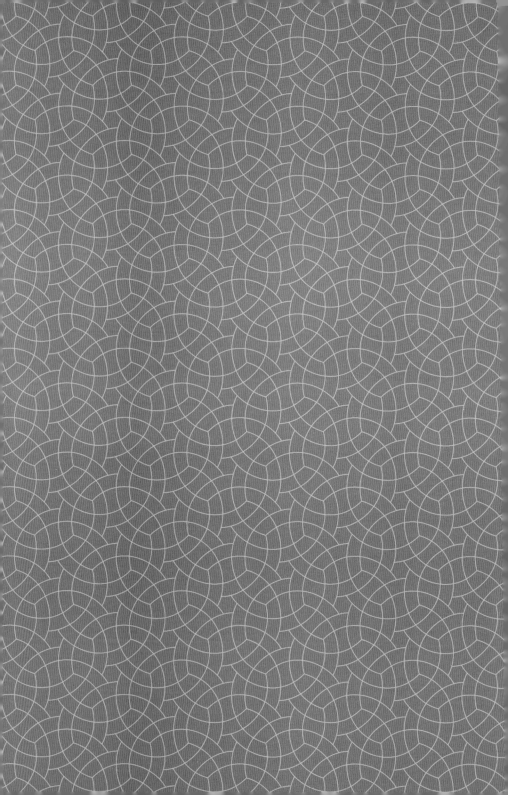

녹정기 3

녹정기 3 – 사십이장경의 비밀

1판 1쇄 인쇄 2021. 01. 15.
1판 1쇄 발행 2021. 01. 30.

지은이 김용
옮긴이 이덕옥
발행인 고세규
편집 봉정하, 구예원 디자인 유상현 마케팅 김용환 홍보 반재서
발행처 김영사
등록 1979년 5월 17일 (제406–2003–036호)
주소 경기도 파주시 문발로 197(문발동) 우편번호 10881
전화 마케팅부 031)955–3100, 편집부 031)955–3200 | 팩스 031)955–3111

값은 뒤표지에 있습니다.
ISBN 978–89–349–8946–2 04820
978–89–349–8943–1 (세트)

홈페이지 www.gimmyoung.com 블로그 blog.naver.com/gybook
인스타그램 instagram.com/gimmyoung 이메일 bestbook@gimmyoung.com

좋은 독자가 좋은 책을 만듭니다.
김영사는 독자 여러분의 의견에 항상 귀 기울이고 있습니다.

일러두기

본문의 미주는 옮긴이의 주이다. 작품의 이해를 돕기 위한 김용 선생님의 작가 주는 •로 표기하고 미주 뒤에 수록한다. 단, 전체 내용에 대한 주일 경우 • 없이 장만 표기한다. 외국 인·지명은 대부분 현대 우리말 표기에 맞추었다.

녹정기 鹿鼎記

사십이장경의 비밀

김용 대하역사무협 — 이덕옥 옮김

3

김영사

3권 차례 | 사십이장경의 비밀

양류청 지방의 연화
<금옥만당 金玉滿堂>(부분)

강희 연간에 그렸다. 양류청楊柳青은 청나라 때 연화年畵를 제작하는 중심지였다. 하북성河北省 대운하 옆에 자리하고 있어 양주楊州와 교통이 편했다. 위소보가 어쩌면 이 그림을 보았을 수도 있다. 위소보의 어머니 위춘방이 젊었을 때, 여춘원에서 한창 인기가 좋았을 무렵, 아마 그림 속 젊은 여인과 비슷했을 것이다. 그리고 벌거벗은 모습의 어린애는 위소보의 어린 모습일 수도 있다.

청 왕조의 건청궁

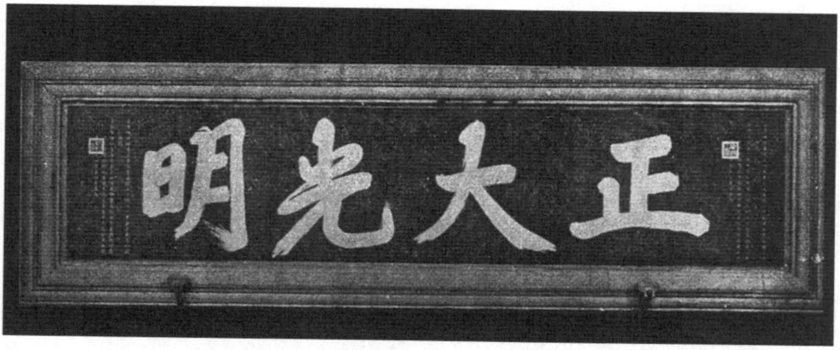

건청궁 정전正殿의 <광명정대光明正大> 편액

청 순치 황제의 글씨를 강희가 편액으로 만들었다.

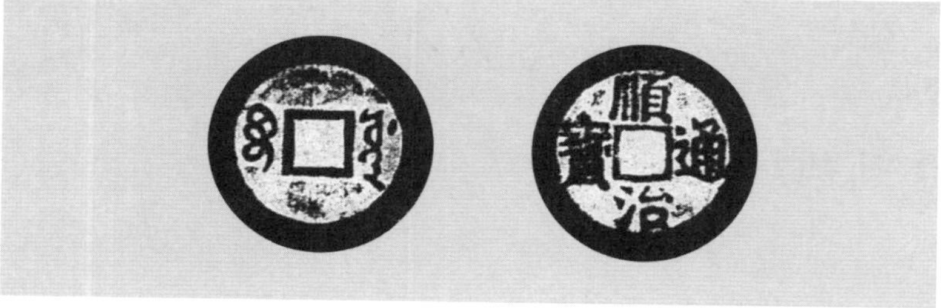

순치 황제 때의 동전

뒷면은 만주 글로 '보원寶源'이란 두 글자가 쓰여 있다. 위소보가 어릴 적에 사용했던 돈이다.

건청궁 대전의 안쪽

건청궁 태화전太和殿에 있는 황제의 보좌寶座

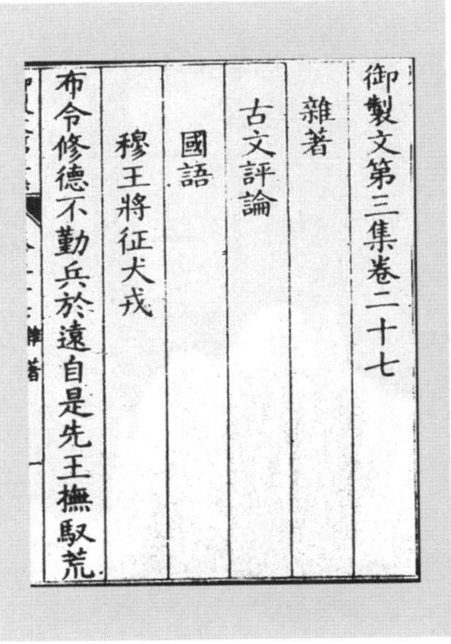
御製文第三集卷二十七
雜著
古文評論
國語
穆王將征犬戎
布令修德不勤兵於遠自是先王撫馭荒

강희 황제의 《어제문집御製文集》 중 한 페이지

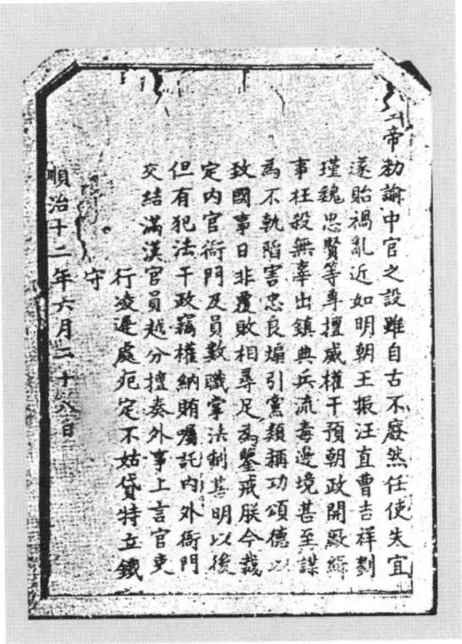
帝勅諭中官之設雖自古不廢然任使失宜
遂貽禍亂近如明朝王振汪直曹吉祥劉
瑾魏忠賢等專擅威權干預朝政開廠緝
事枉殺無辜出鎮典兵流毒邊境甚至謀
為不軌陷害忠良煽引黨類稱功頌德以
致國事日非覆敗相尋足為鑒戒朕今裁
定內官衙門及員數職掌法制甚明以後
但有犯法干政竊權納賄囑託內外衙門
交結滿漢官員越分擅奏外事上言官吏
行凌遲處死定不姑貸特立鐵
守
順治十二年六月二十八日

순치 황제의 칙론철패敎論鐵牌

내관이 정사에 간여하는 것을 엄금했다.

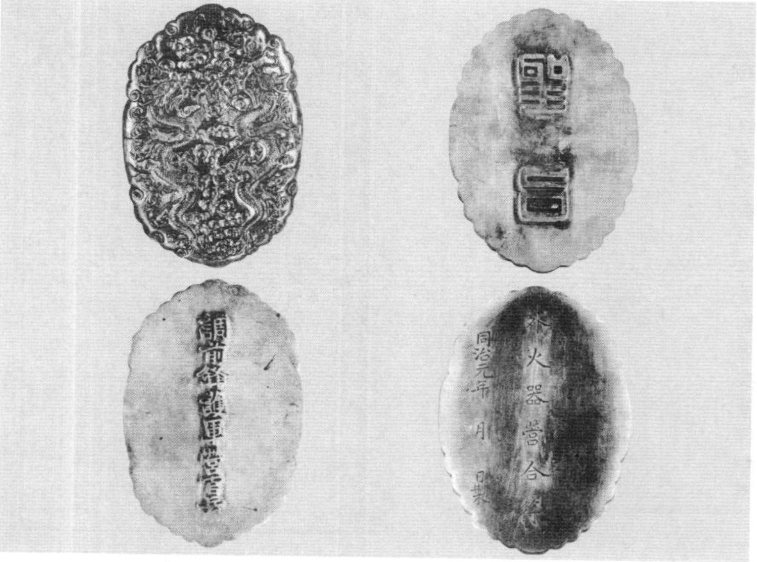

청나라 황제가 어림군御臨軍을 동원했던 합부

청나라 황제가 효기영驍騎營을 동원하고, 전봉호군영前鋒護軍營 등의 친위군을 동원할 때는 모두 황금으로 된 합부合符를 사용했다. 군사를 이끄는 도통都統은 합부를 받은 후에 앞서 합부를 받은 자와 비교해 하자가 없어야만 어지御旨에 따라 일을 처리한다. 혹여 있을지 모르는 가짜 성지聖旨를 방지하기 위해서다.

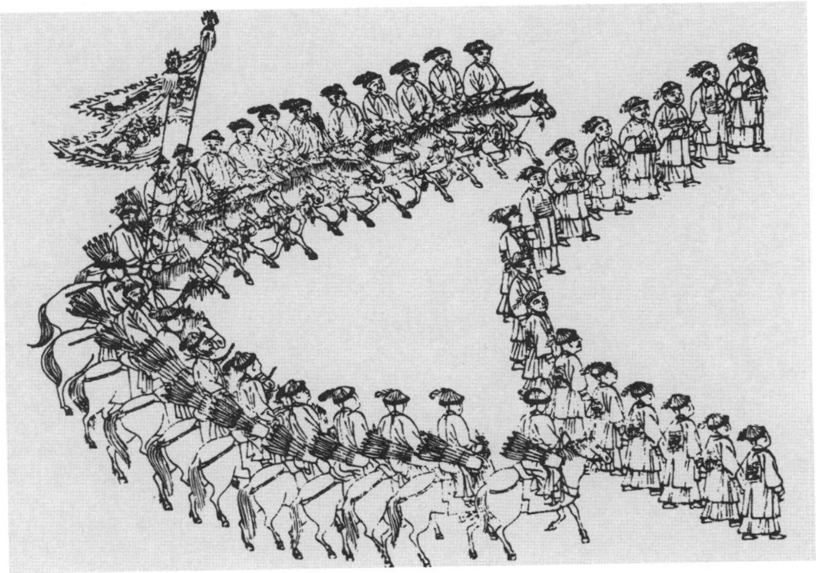

청 왕조의 황제가 순행할 때 따르던 시종과 어전 시위들

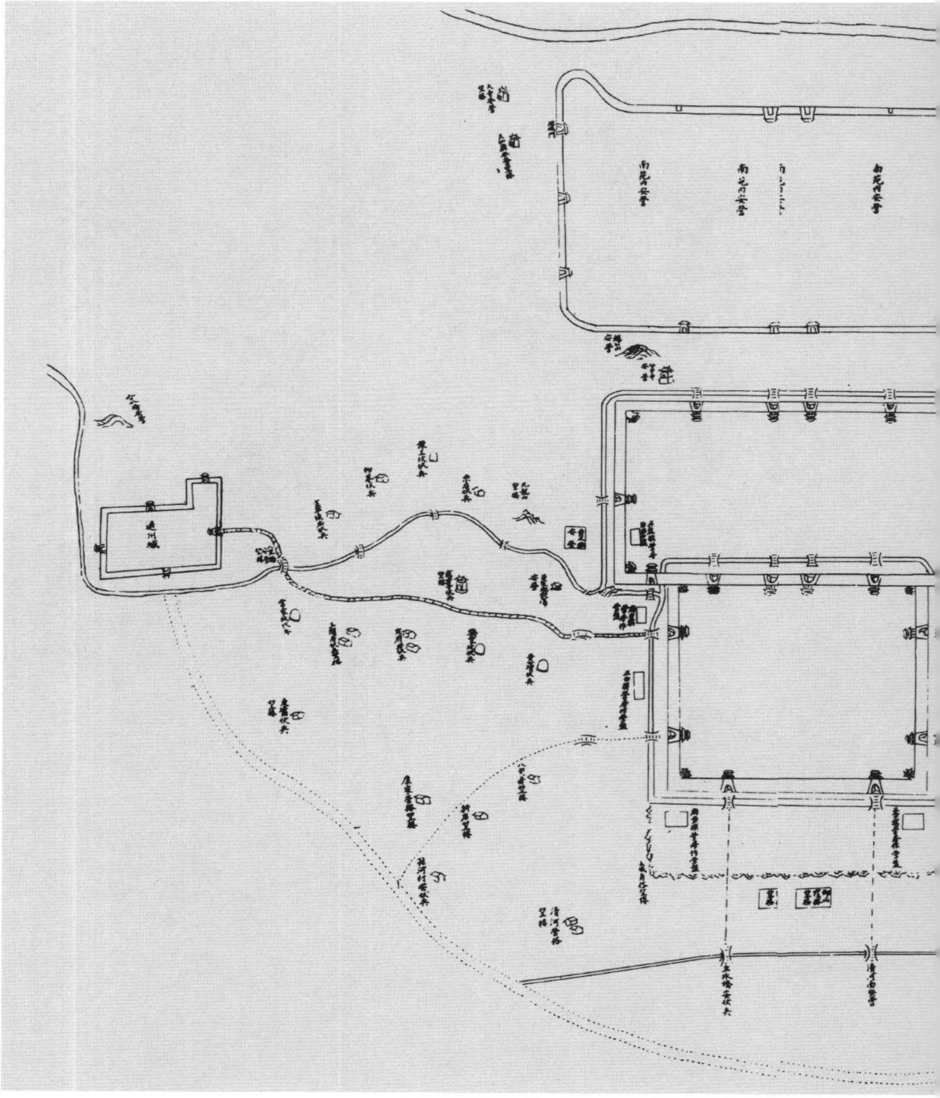
通州城

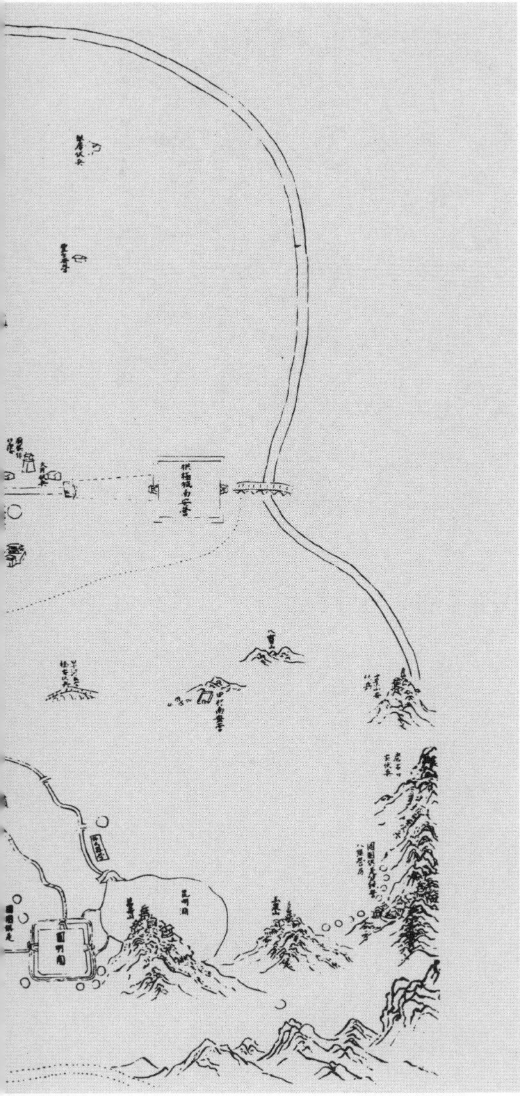

청나라 팔기군八旗軍이 경성 주변을 방위하기 위한 군사 배치도

원도原圖는 군기처에 보존돼 있다. 그림에 '상황기厢黃旗', '상백기厢白旗' 등의 글자가 쓰여 있는데, '상厢' 자는 '양鑲' 자의 간자체다. 팔기군八旗軍이 자금성을 에워싸고 있고, 사면에 영방營房과 복병伏兵이 분포돼 있다.

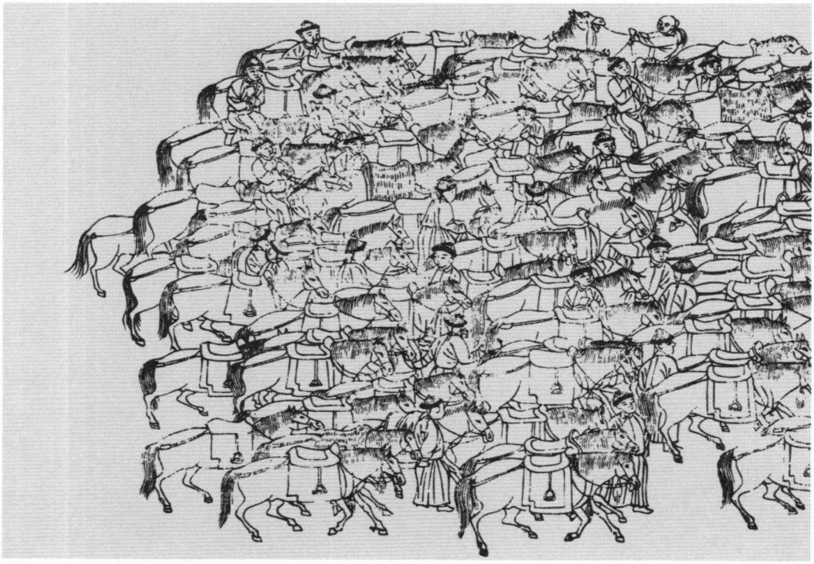

청나라 황제가 순행할 때 시종과 어전 시위들을 위한 군마軍馬

건청궁 안에 걸려 있는 융단 불상

황태후가 기거하는 자령궁慈寧宮 침전에 걸려 있는 융단 불상과 흡사하다.

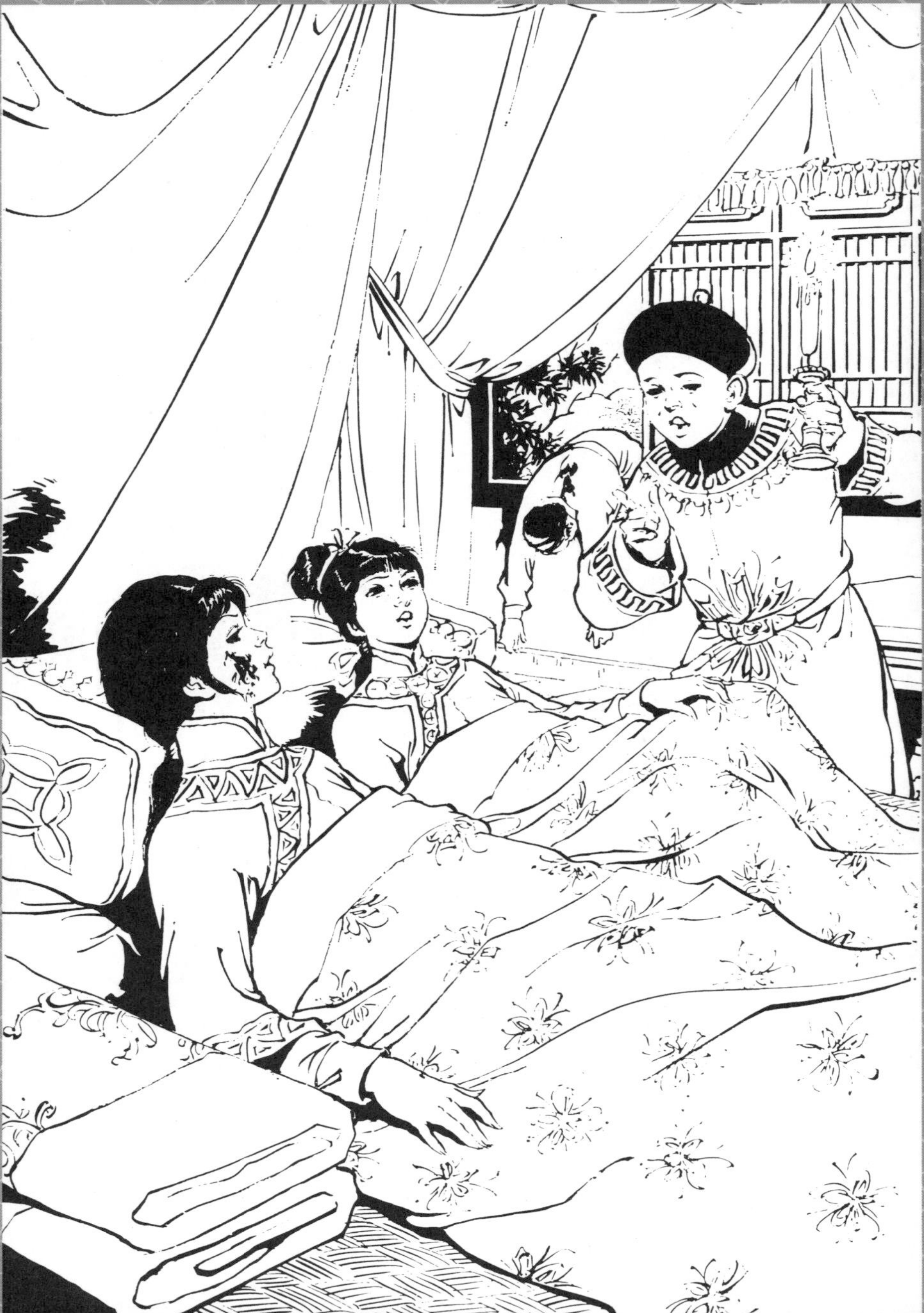

11

굴러들어온 염복

촛불을 가까이 갖다 댔다.

여자는 머리카락이 엉망으로 헝클어지고 얼굴 반쪽이 선혈로 낭자했다.

나이는 열예닐곱 정도고, 이목구비가 수려한 미인이었다. 절로 감탄이 나왔다.

"이제 보니 구린내 나는 사저가 아주 예쁜 미인이구먼!"

소군주가 말했다.

"사저를 욕하지 마. 원래 소문난 미인이야."

소군주는 까르르 웃으며 이불을 젖히고 침상에서 내려왔다.

"난 혈도가 벌써 다 풀렸어. 한참 기다렸는데 왜 이제야 돌아와?"

위소보는 의아했다.

"누가 혈도를 풀어줬어?"

소군주는 태연하게 말했다.

"혈도가 찍혀도 예닐곱 시진이 지나면 저절로 풀리기 마련이야. 부축해줄 테니 침상에 누워. 난 가야겠어."

위소보는 다급해져서 소리쳤다.

"안 돼, 안 돼! 네 얼굴의 상처는 아직 다 낫지 않았어. 약을 다시 발라야 깨끗이 나을 수 있어."

소군주는 히죽 웃었다.

"왜 자꾸만 거짓말을 하지? 정말 나쁜 사람이야. 언제 내 얼굴에다 문양을 새겼는데? 괜히 겁먹고 걱정을 했잖아!"

위소보가 물었다.

"그걸 어떻게 알았지?"

소군주가 대답했다.

"벌써 거울에 비춰봤어. 얼굴이 아무렇지도 않던데!"

위소보는 그녀의 얼굴이 민낯이라는 것을 확인했다. 자기가 여러 가지 먹거리와 진주가루를 섞어 발라준 풀범벅은 이미 깨끗이 씻겨진 상태였다. 정말 후회막급이었다.

'내가 왜 그렇게 덤벙댔지? 우선 얼굴부터 확인했어야 하는데… 깨끗이 씻었다는 걸 알았다면 이렇게 당하지 않았을 거야.'

그는 둘러댔다.

"내가 영단묘약을 발라줬으니까 다 나은 거지. 아니면 내가 뭐 하러 또 서둘러 진주를 사러 갔겠어? 북경성의 보석상을 다 뒤져서 겨우 진주 두 줄을 사왔다고! 그리고 널 주려고 아주 재밌는 노리개도 한 쌍 사왔어."

소군주가 얼른 물었다.

"재밌는 노리개가 뭔데?"

위소보가 천천히 말했다.

"혈도를 풀어줘야 가져와서 보여주지."

소군주는 고개를 끄덕였다.

"좋아!"

그녀는 혈도를 풀어주려다가 위소보가 눈알을 뙤록뙤록 굴리는 것을 보고, 생각을 바꿔 웃으며 말했다.

"하마터면 또 속을 뻔했어. 혈도를 풀어주면 내가 떠나지 못하게 붙잡겠지?"

위소보는 다급해졌다.

"대장부가 말을 한번 내뱉으면, 어떤 말도 따라잡지 못해!"

소군주가 그의 말을 받았다.

"남아일언, 네 마리 말이 끄는 사두마차도 따라잡지 못한다는 뜻의

'사마난추駟馬難追'겠지! 그래, 그 어떤 말이 무슨 말이야?"

위소보는 '남아일언 사마난추'라는 말을 들어봤지만 기억이 나지 않아서 아무렇게나 말한 거였다. 그는 이런 지적을 당해도 절대 꿀리지 않았다.

"그 어떤 말은 사두마차보다 더 빨라! 그 어떤 말도 따라잡지 못하니, 사두마차는 더 따라잡지 못하겠지!"

소군주는 그 '어떤 말'이 무슨 말인지 알 재간이 없어 반신반의하며 말했다.

"그런 말은 처음 들어봤어."

위소보는 얼버무렸다.

"그러니 모르면 배워야 한다니까! 아무튼 그 노리개는 아주 재밌어. 하나는 수컷이고 하나는 암컷이야."

소군주가 물었다.

"그럼 흰 토끼야?"

위소보는 고개를 내둘렀다.

"아니야, 토끼보다 열 배는 더 재밌어."

소군주가 다시 물었다.

"금붕어니?"

위소보가 다시 고개를 내둘렀다.

"금붕어가 뭐가 재밌어? 금붕어보다 백배는 더 재밌을걸!"

소군주는 이어서 몇 가지 노리개를 더 말했지만 다 틀렸다. 그녀는 더 궁금해졌다.

"대체 뭔데 그래? 어서 꺼내봐!"

위소보는 계속 그녀를 꼬드겼다.

"내 혈도를 풀어주면 바로 보여줄게."

이번에는 소군주가 고개를 흔들었다.

"안 돼, 난 지금 바로 떠나야 해. 내가 보이지 않으면 오빠가 무척 걱정할 거야."

위소보가 물었다.

"넌 혈도가 벌써 풀렸는데 왜 그냥 떠나지 않고 내가 올 때까지 기다렸지?"

소군주가 진지하게 대답했다.

"날 위해서 진주를 사온다고 했으니까 고맙다는 인사는 해야지. 아무 말도 없이 떠나면 너무 예의가 없잖아?"

위소보는 속으로 낄낄 웃었다.

'이런 멍텅구리 바보 같으니라고. 목왕부 사람들은 정말 성씨처럼 다 나무토막 같은가 봐.'

그는 그럴싸하게 말했다.

"그래! 네가 여기 혼자 있으면 얼마나 무서울까, 너무 걱정이 돼서 북경성 안을 이리저리 뛰어다녔어. 진주를 빨리 사가지고 돌아와야 하니까. 한데 이 집에 들러도 진주가 맘에 안 들고, 저 보석상에 가도 진주가 신통치 않아서, 다급한 나머지 막 뛰어다니다가 그만 여러 번 고꾸라졌어."

소군주는 그의 말을 곧이곧대로 믿는지 입이 딱 벌어졌다.

"아, 그래? 아프진 않아?"

위소보는 일부러 우거지상을 지어 보였다.

"앞으로 고꾸라지는 바람에 가슴이 커다란 돌부리에 처박혀 아파서 죽는 줄 알았어."

소군주가 얼른 물었다.

"그럼 지금은 좀 나아졌어?"

위소보는 뭉그적뭉그적 말을 이어갔다.

"충격이 너무 컸나 봐. 갈수록 더 아파… 게다가… 혈도를 찍고… 안 풀어주니까… 난… 지금… 숨이 막혀서… 숨이… 숨이…."

목소리가 갈수록 낮아지더니, 갑자기 눈이 뒤집혀 눈알 전체가 허옇게 변했다. 그러고는 바로 숨이 끊어진 듯 호흡을 하지 않았다.

소군주가 그의 코끝에 손을 갖다 대보니 정말 숨을 쉬지 않았다.

"앗!"

그녀는 깜짝 놀라 온몸을 바들바들 떨었다. 목소리도 떨렸다.

"아니, 왜 죽었어?"

잠시 후 위소보가 숨을 몰아쉬며 떠듬떠듬 말했다.

"너… 혹시… 혈도를… 잘못… 찍은 거 아냐… 내 사혈死穴… 사혈을… 사혈…."

소군주는 다급해졌다.

"아니야! 그럴 리 없어. 사부님이 가르쳐준 점혈수법은 정확해. 난 분명히 영허혈靈墟穴하고 보랑혈步廊穴, 천지혈天池穴을 찍었어."

위소보는 막무가내로 우겼다.

"넌… 당… 당황해서 잘못… 찍었어. 아야! 온몸의 피가… 거꾸로 치솟고 경맥이… 천하대란이야. 아마… 주… 주화… 입…."

소군주가 물었다.

"주화입마走火入魔됐다는 거야?"

위소보는 힘주어 말했다.

"그래, 주화입마야! 아야… 왜 그렇게 멍청해? 혈도를 찍는 방법을 제대로 익히지도 않고 내 몸에다 마구잡이로 막 찍으면 어떡해? 네가 찍은 건 그 무슨 천지혈이니 보랑혈이 아니라 사혈이야! 십중팔구 죽는 사혈이라고…."

그는 사혈의 명칭을 잘 몰랐다. 알았으면 벌써 몇 개를 시부렁거렸을 것이다.

소군주는 아직 나이가 어려 무공을 높은 경지로 터득하지는 못했다. 게다가 혈도를 찍는 수법은 원래 배우기가 어려웠다. 인체에 큰 혈도가 수백 군데나 되고, 비슷한 부위에 있는 경우도 허다했다. 그러니 당황하면 잘못 찍을 수도 있었다. 물론 소군주는 훌륭한 스승에게 정확히 배웠고, 혈도를 인지하는 능력도 뛰어났다. 비록 힘이 좀 부족한 면이 없지 않지만 위소보에게 찍은 세 군데 혈도는 빗나가지 않았다. 그러나 배운 지 얼마 되지 않아 자신감이 없는 게 문제였다. 위소보가 오만상을 다 찌푸리며 그럴싸하게 연극을 하니, 정말 자신이 혈도를 잘못 찍었다는 생각이 들어 몹시 당황스러웠다.

"그럼… 내가 정말… 전중혈膻中穴을 찍었나?"

위소보는 떼를 썼다.

"그래! 그래, 전중혈이야. 너무 괴로워할 건 없어. 너… 넌… 고의로 한 게 아니니까. 난 죽더라도 널 원망하지 않을 거야. 염… 염라대왕이 물으면 절대 네가 사혈을 찍어 죽였다고 말하지 않을게. 그냥… 내가 실수해서 손가락으로 몸을 막 찍어 죽은 거라고 할게."

소군주는 그가 염라대왕한테 가서까지 자신을 감싸주겠다고 말하자, 감격하고 또 미안한 생각이 들었다. 그래서 얼른 말했다.

"빨리… 빨리 혈도를 풀어야겠어. 그럼 살 수도 있을 거야."

그러면서 바로 그의 가슴과 겨드랑이 쪽을 주물렀다. 그녀는 점혈을 하면서 내공을 별로 들이지 않아, 몇 번 주무르자 바로 풀렸다. 하지만 위소보는 혈도가 다 풀렸으면서도 일부러 신음을 토했다.

"아… 이미 사혈이 찍혀 살아나지 못할 것 같아…."

소군주는 더욱 다급해졌다.

"살 수 있을 거야. 내가 실수로 잘못 찍어서, 정말… 정말 미안해."

위소보는 슬슬 약을 올렸다.

"네가 좋은 사람이란 걸 알아. 난 죽고 나면 음계陰界에서 널 지켜줄 거야. 아침부터 밤이 샐 때까지 내 혼령이 널 따라다닐 거야."

소군주는 놀라 소리를 지르면서 물었다.

"네 혼령이 왜 날 따라다닌다는 거야?"

위소보는 퉁명스럽게 대답했다.

"겁낼 것 없어. 내 혼령은 널 해치지 않아. 하지만 누가 날 죽이면 혼령이 되어 늘 그 사람을 따라다니는 게 내 원칙이야."

소군주는 생각할수록 무서웠다.

"난 일부러 널 죽인 게 아니잖아."

위소보가 한숨을 내쉬며 물었다.

"꼬마 낭자, 이름이 뭐지?"

소군주는 비칠 뒤로 한 걸음 물러났다.

"그걸 왜 물어?"

만면에 공포가 드리워 다시 물었다.
"저세상에 가서 날 고자질하려는 거지? 가르쳐주지 않을 거야!"
위소보는 고개를 내둘렀다.
"절대로 널 고자질하지 않을게."
소군주가 물었다.
"그런데 왜 이름을 물어?"
위소보는 천연덕스럽게 대답했다.
"이름을 알아야 저승에서도 널 지키고 보살펴주지. 음계에는 귀신 친구들이 많아. 걔네들한테도 힘을 합쳐 널 지켜주라고 할게. 네가 어딜 가든 아마 수천수백의 귀신과 혼령들이 줄줄 널 따라다닐 거야."
소군주는 '으악!' 비명을 질렀다. 너무 놀라 안색이 창백했다.
"안 돼! 안 돼, 날 따라다니지 말라고 해!"
위소보는 웃음을 참으며 말했다.
"좋아, 그럼 나 혼자만 귀신이 돼서 널 따라다니면 되겠지?"
소군주는 잠시 머뭇거리다가 말했다.
"날… 날 해치지 않는다면… 그럼… 괜찮아."
위소보는 한술 더 떴다.
"당연히 해치지 않지. 네가 낮에 가만히 앉아 있으면 난 널 위해 파리를 쫓아주고, 밤에 잘 때는 내 혼령이 모기를 쫓아줄 거야. 그리고 네가 심심해하면 네 꿈속에 나타나 재밌는 옛날얘길 들려줄게."
소군주가 말했다.
"왜 이렇게 나한테 잘해주지?"
그러고는 천천히 한숨을 내쉬며 말을 이었다.

"죽지 않았으면 좋겠어."

위소보는 내친김에 본전을 뽑기로 마음먹었다.

"나한테 약속한 일이 있는데 아직도 해주지 않았으니 난 죽어서도 눈을 감지 못할 거야."

소군주는 고개를 갸웃했다.

"무슨 일인데? 내가 뭘 약속했다는 거지?"

위소보가 태연하게 말했다.

"멋진 오빠라고 세 번 불러주기로 했잖아. 지금이라도 그 말을 들으면 죽어서라도 눈을 감을 수 있을 거야."

소군주는 세습적인 왕공王公 집안에서 태어나 부모와 형제자매들의 사랑과 귀여움을 받으며 자라왔다. 비록 가세가 기울었다고 해도, 가신들과 많은 노비 및 하인들이 그녀를 금지옥엽으로 받들었다. 여태껏 자라오면서 누구도 그녀를 속이거나 겁을 준 적이 없었다. 거짓말을 들어본 적도 없었다. 그래서 위소보가 시부렁거리는 황당한 말들을 처음에는 다 사실 그대로 믿었다.

그런데 위소보는 갈수록 그 황당한 정도가 심해졌고, '멋진 오빠'라고 불러달라는 대목에서는 눈에서 교활한 빛이 반짝이기까지 했다. 그녀는 지나치게 순진하고 착할 뿐이지, 결코 바보천치는 아니었다. 결국은 위소보가 자신을 놀리고 있다는 걸 깨닫고 뒤로 한 걸음 물러나 진지하게 말했다.

"거짓말쟁이, 넌 죽지 않을 거야!"

위소보는 껄껄 웃었다.

"설령 지금은 죽지 않아도 며칠 있으면 죽을 거야."

소군주는 힘주어 말했다.

"며칠 후에도 죽지 않을 거야."

위소보는 물고 늘어졌다.

"그래, 며칠 후에 죽지 않아도 언젠가는 죽게 될 거라고! 멋진 오빠라고 세 번 불러주지 않으면 혼령이 매일 널 따라다니며 부를 거야. 예… 쁜… 누… 이… 예… 쁜… 누… 이…!"

그는 일부러 목소리를 가늘게 해서 한 자 한 자 길게 늘어뜨렸다. 정말 으스스 몸서리가 쳐질 정도로 징그러웠다. 게다가 혀까지 길게 늘어뜨려 귀신 흉내를 냈다.

소군주는 아연실색했다.

"으악!"

비명을 지르며 방문 쪽으로 달려나갔다.

위소보가 얼른 뒤쫓아가, 그녀가 문고리를 열려는 것을 보고 허리를 꽉 끌어안았다.

"나가면 안 돼! 밖에 악귀들이 많아."

소군주는 다급해졌다.

"이 손 놔! 난 집에 갈 거야."

위소보는 그녀를 막아야만 했다.

"나가면 안 돼!"

소군주는 오른손으로 그의 오른쪽 손목을 후려쳤다. 위소보는 손을 뒤집어 오히려 그녀의 팔을 낚아챘다. 소군주는 팔꿈치를 뒤로 밀어붙이며 왼손 주먹으로 그의 머리를 내리쳤다. 위소보는 잽싸게 몸을 숙여 그녀의 주먹을 피하면서 다리를 끌어안았다.

그러자 소군주는 호미전虎尾剪 초식을 전개해 왼손을 후려쳐냈다. 이번에 위소보는 피하지 못했다. '팍!' 하는 소리와 함께 어깨에 일격을 맞았다. 그가 휘청거리면서 힘껏 팔을 끌어당기는 바람에 소군주는 몸의 균형을 잃고 바닥에 넘어졌다. 위소보는 바로 그녀에게 달려들어 몸으로 누르려 했다. 소군주는 원앙연환퇴鴛鴦連環腿 초식으로 그의 얼굴을 걷어차갔다. 위소보는 황급히 몸을 굴려 다시 그녀의 왼팔을 움켜잡았다.

소군주의 권각拳脚 무공은 명사名師로부터 전수받아 위소보보다 훨씬 뛰어났다. 만약 두 사람이 진짜 무공을 겨룬다면 위소보는 절대 적수가 될 수 없었다. 그러나 지금은 상황이 달랐다. 한 사람은 도망치려 하고 한 사람은 붙잡으려 하며 서로 엉켜 엎치락뒤치락했다. 이런 씨름과 유사한 실랑이에는 경험이 많은 위소보였다. 강희와 근 1년간 드잡이를 해왔으니까. 게다가 해 노공이 전수해준 무공이 비록 진가眞假가 불확실하고 그 자신도 열심히 연마하지 않았지만, 가까이 붙어서 싸우는 데는 제법 효과가 있었다.

몇 번 엎치락뒤치락하면서 위소보는 주먹으로 가슴을 두어 번 맞긴 했어도 결국 소군주의 오른팔을 뒤로 꺾고 웃으며 물었다.

"항복할 거야, 안 할 거야?"

소군주가 소리쳤다.

"안 해!"

위소보는 왼쪽 무릎으로 그녀의 팔을 누르며 다시 물었다.

"이래도 항복 안 해?"

소군주는 굴강屈強했다.

"안 해!"

위소보는 오기가 생겨 손에 힘을 가해서 그녀의 팔을 위로 끌어당겼다.

소군주는 너무 아파 비명을 지르면서 바로 울음을 터뜨렸다.

위소보가 강희와 서로 겨룰 때는, 두 사람 다 아무리 아파도 아픈 티를 내지 않았고, 더구나 우는 것은 있을 수도 없는 일이었다. 단지 상대방에게 제압돼 더 이상 반격을 할 수 없을 때에는 그냥 '항복!' 하고 외치며 한 판을 졌다고 승복할 뿐이었다. 그러고는 다시 겨루곤 했다.

그런데 소군주의 반응은 강희와 판이하게 달랐다. 지자마자 울음을 터뜨릴 줄이야! 위소보는 김이 샜다.

"흥, 정말 한심하군!"

바로 그녀의 팔을 놓아주었다. 바로 이때, 홀연 격자창에서 삐꺽 하는 소리가 들렸다. 위소보가 얼른 나직하게 말했다.

"어이쿠, 귀신이야!"

소군주는 화들짝 놀라 위소보의 품속으로 파고들었다. 그 순간 격자창에서 다시 삐꺽 하는 소리가 들리며 창이 스르르 열렸다. 그러자 위소보도 흠칫 놀라 목소리가 떨렸다.

"정말 귀신이 왔나 봐!"

소군주는 너무 놀라 앞으로 몸을 날려 이불 속으로 쏙 들어갔다. 몸이 바들바들 떨리고 있었다.

격자창 쪽에서 음산한 목소리가 들려왔다.

"소계자, 소계자야…."

위소보는 해 노공의 혼령이 찾아온 줄 알았는데, 목소리를 들어보니 여자였다. 더 떨렸다.

"아, 여자 귀신이야!"

그는 비칠거리며 뒤로 몇 걸음 물러났는데 다리 힘이 풀려 침상 맡에 주저앉았다.

갑자기 서늘한 바람이 방 안에 몰아치더니 촛불이 꺼지고, 눈앞에 뭔가 어른거리는가 싶더니 한 사람이 나타났다.

그 '여자 귀신'은 음산한 목소리로 다시 외쳤다.

"소계자야, 소계자! 염라대왕이 널 부른다. 염라대왕이 네가 해 노공을 죽였다고 불러오라고 했어."

위소보는 너무 놀라 혼비백산했다.

'해 노공은 내가 죽인 게 아니야!'

부인하고 싶었으나 입이 굳어 말이 나오지 않았다.

'여자 귀신'이 다시 말했다.

"염라대왕이 널 잡아가 펄펄 끓는 기름 가마솥에 집어넣겠대. 소계자야, 달아날 생각은 말아라."

여기까지 들은 위소보는 번쩍 뇌리에 스치는 게 있었다.

'아, 귀신이 아니라 태후야!'

그는 비로소 상대가 누군지 깨달았다. 그러나 공포는 전혀 가시지 않았다.

'진짜 귀신이라면 날 잡아가지 못할지도 모르지만, 태후이니 무슨 수를 써서라도 날 죽여서 입을 봉하려 할 거야.'

태후의 비밀을 안 후, 처음에는 분명 입을 봉하기 위해 자기를 죽일 거라고 걱정했다. 그런데 줄곧 아무 일도 일어나지 않았다. 그렇게 시간이 지나면서 그 염려는 차츰 줄어들었다. 태후는 해 노공의 말을 듣지 못했다는 자기의 거짓말을 믿고 있거나, 아니면 자기가 그 비밀을 절대 입 밖에 내지 않을 거라고 믿는 거라고 생각했다. 그래서 자기를 상선감의 부총관으로 승진시켰으니 앞으로는 무사태평일 거라고 믿었다.

그러나 그건 어디까지나 위소보의 일방적인 생각이었다. 태후가 지금껏 손을 쓰지 않은 이유는 따로 있었다. 우선 그날 해 노공과 싸우면서 심한 내상을 입었다. 그리고 해 노공이 분명 발로 걷어찼는데도 위소보가 멀쩡한 것을 보고 어린것이 심후한 내공을 쌓았을 거라고 생각했다. 자신의 상처가 완치되고 공력을 회복하기 전에는 섣불리 행동을 하지 않기로, 신중을 기하기로 했던 것이었다.

죽여서 입을 봉하는 살인멸구殺人滅口 같은 일은 남의 손을 빌리지 않고 직접 움직여야만 한다. 그러지 않고 어린것이 죽기 직전에 뭐라고 지껄여서 다른 사람 귀에 들어가는 날이면, 산통이 다 깨지고 만다. 이 일이 알려지면 엄청난 결과를 불러올 게 불을 보듯 뻔했다.

위소보 따위를 죽이는 것은 여반장如反掌, 아무것도 아니었다. 설령 빈비왕후나 왕공대신이라 해도 일단 이 비밀을 안다면 백이면 백, 천이면 천을 다 죽일 수밖에 없었다.

그녀는 이미 오랫동안 기다려왔다. 지금 공력이 완전히 회복된 것은 아니지만, 하루가 늦어질수록 비밀이 새나갈 위험은 그만큼 커진다. 더 이상 그냥 기다릴 수가 없어 오늘 밤 행동에 옮기기로 작심한 것이었다.

위소보가 거처하는 집 밖에 와서 창문을 사이에 두고 귀를 기울여

보니, 그가 '귀신' 운운하고 있기에 아예 귀신 흉내를 내기로 했다. 그녀는 침상에 한 사람이 더 있다는 사실을 모르고 오른손을 들어올려 천천히 공력을 주입해서 한 걸음 한 걸음 침상으로 다가갔다.

위소보는 도저히 반항할 수 없다는 것을 알고 잽싸게 이불 속으로 파고들었다. 태후는 손을 휘둘러 팍 하고 위소보를 타격했다. 다행히 두꺼운 솜이불이라 공력이 많이 줄어들었다.

태후는 다시 손을 들어올렸다. 이번엔 공력을 더 높여서 두 번째로 내리쳤다. 그런데 손이 이불에 닿자마자 손바닥에 극심한 통증이 느껴졌다.

"으악!"

뭔가 아주 예리한 날에 찔린 듯, 비명을 지르며 몸을 뒤로 날렸다. 그와 때를 같이해 창밖에서 서너 명의 고함 소리가 들려왔다.

"자객이다! 잡아라!"

태후는 깜짝 놀랐다.

'아니, 어떻게 알았지?'

그녀는 일개 어린 내관을 죽이러 오면서도 절대 누구에게 들키지 않도록 신중에 신중을 기했다. 자신의 행동이 저들에게 알려지면 큰 낭패였다. 그녀는 갑작스러운 손의 극심한 통증 때문에 위소보가 죽었는지 살았는지 확인할 겨를도 없이 창문을 통해 밖으로 몸을 날렸다.

그녀가 땅에 내려서기도 전에 등 뒤에서 두 사람이 덮쳐왔다. 태후는 쌍장을 뒤로 휘둘러 후고무우後顧無憂 초식을 전개했다. 쌍장이 좌우로 거의 동시에 두 사람의 가슴에 적중했다. 두 사람은 붕 뒤로 날아가 떨어졌다. 비명도 제대로 못 지른 채 죽은 게 분명했다.

이때 징소리가 들리는가 싶더니 삽시간에 사방에서 징소리가 요란하게 울려퍼졌다. 그리고 멀리서 누군가 외치는 소리가 들려왔다.

"우위右衛 제1대, 제2대는 황상을 보호하라! 우위 제3대는 태후마마를 보호하라!"

이어 동쪽 꽃동산 뒤쪽에서 한 사람이 소리쳤다.

"자객이 이쪽에 있다!"

태후는 그들이 궁중 시위들이라는 걸 알고 꽃밭 으슥한 곳에 몸을 숨겼다. 손바닥의 통증이 갈수록 심해졌다. 이때, 대여섯 군데에서 사람들이 뒤엉켜 패싸움을 벌이는 광경이 시야에 들어왔다. 무기가 서로 부딪치는 금속성도 요란했다. 태후는 금세 뭔가 직감했다.

'궁에 정말 자객이 잠입한 모양이군. 해 노공의 패거리일까, 아니면 오배의 잔당일까?'

멀리서 시위들을 호령하는 고함 소리가 계속 들려왔다. 어둠 속에서 횃불과 공명등孔明燈의 불빛이 환하게 밝혀지더니 사면팔방에서 몰려들었다. 태후는 서둘러야만 했다. 여기서 우물쭈물하다가는 발각될지도 모를 일이었다. 그녀는 몸을 낮춰 꽃밭 사이를 뚫고 곧장 자령궁으로 치달렸다.

얼마나 달렸을까, 정면에서 한 사람이 한 쌍의 강추鋼錐로 태후의 얼굴을 공격해왔다.

"달아나지 못한다!"

태후를 자객으로 생각한 모양이었다. 태후는 몸을 살짝 틀어 피하면서 오른손으로 반격 자세를 취하는 척하는 동시에 왼손으로 상대의 어깨를 후려쳐갔다. 상대방도 만만치 않았다. 그는 잽싸게 어깨를 내려 피하면서 강추를 위로 휘둘렀다. 태후는 왼쪽으로 피하면서 오른손을 떨쳐냈다. 두 사람은 삽시간에 여러 합을 겨뤘다.

그자가 소리쳤다.

"자객이 썩을 여편네잖아!"

태후는 상대의 무공이 만만치 않다는 걸 알았다. 그래도 자기가 충분히 해치울 수 있지만 시간이 좀 걸릴 것 같았다. 그새 다른 시위들이 몰려올 수도 있었다. 그녀는 다급한 나머지 소리쳤다.

"난 태후다!"

그 시위는 깜짝 놀라 공격을 거두고, 자신의 귀를 의심했다.

"뭐라고요?"

태후는 호통을 쳤다.

"이런 무엄한 놈! 태후에게 이게 무슨 짓이냐?"

시위는 믿기지 않는 사실에 멈칫할 수밖에. 태후는 그 틈을 타서 쌍장을 쭉 뻗어냈다. 펑 하는 소리가 들리며 상대의 가슴을 정확히 강타했다. 시위는 그 자리에서 절명했고, 태후는 진기를 끌어올려 꽃밭 속으로 몸을 날렸다.

한편, 위소보는 허리에 태후의 장풍을 맞고 숨이 끊어질 것 같았다. 그는 반사적으로 비수를 꺼내 이불 속에서 위로 세웠다. 태후는 이불 속 그 튀어나온 곳을 겨냥해 두 번째 장풍을 날렸던 것이었다. 알다시피 위소보의 비수는 엄청 날카롭고, 태후는 두 번째 장풍에 공력을 많이 실었다. 결국 비수 끝이 이불을 뚫고 태후의 손바닥을 관통했다.

태후가 창문을 통해 달아나자 위소보는 비로소 이불 한 자락을 들쳤다. 집 밖에서 왁자지껄한 소리가 들려왔다. 위소보는 가슴이 철렁했다.

'태후가 사람을 시켜 날 잡으러 왔군!'

그는 얼른 침상에서 내려와 이불을 확 젖혔다.

"빨리 달아나자!"

소군주는 울먹였다.

"아… 아파 죽겠어!"

태후가 전개한 일장이 위소보의 허리 뒤쪽과 소군주의 왼쪽 다리를 가격한 것이었다. 소군주는 비교적 타격을 많이 입어 왼쪽 종아리뼈에 금이 갔다.

위소보는 꾸물댈 시간이 없었다.

"어떡하지?"

그는 소군주의 멱살을 잡고 말했다.

"달아나야 해!"

그녀를 침상에서 끌어내렸다. 소군주는 오른발이 먼저 바닥에 닿았는데, 왼쪽 다리에 극심한 통증이 밀려와 비틀거리며 쓰러졌다.

"아… 다리가… 부러졌나 봐."

위소보는 다급한 나머지 욕이 터져나왔다.

"빌어먹을! 하필이면 이때 다리가 부러질 게 뭐람!"

일단 달아나는 게 시급했다. 목숨이 달린 일이었다. 소군주가 다리가 부러졌든 목이 부러졌든 알 바가 아니었다. 일단 창 쪽으로 달려가 밖을 살폈다. 밖에 아무도 없으면 뛰쳐나갈 심산이었다.

그런데 태후가 쌍장을 떨쳐내고 두 사람이 날아가 쿵 떨어지는 광경이 시야에 들어왔다. 두 사람 중 하나는 마침 창문 아래 떨어졌다. 위소보는 어렴풋이나마 그자가 시위 복색을 하고 있는 걸 알 수 있었다. 이상했다.

'태후가 왜 궁중 시위를 공격했지?'

다시 살펴보니, 태후는 꽃밭 속으로 몸을 숨긴 채 이리저리 움직이고, 얼마 떨어진 곳에서 무기가 부딪치는 소리가 요란하게 들려왔다. 패싸움이 벌어진 모양이었다. 그리고 멀리서 누군가가 소리쳤다.

"자객이 이쪽에 있다!"

위소보는 놀랍고도 기뻤다.

'날 잡으러 온 게 아니라 진짜 자객이 나타났군.'

눈을 가늘게 뜨고 멀리 바라보니, 태후가 또 한 명의 시위와 싸우고 있었다. 그 시위는 한 쌍의 강추를 무기로 사용했는데 멀리서 봐도 그 강추에서 흰 광채가 번쩍거렸다. 잠시 싸우다가 태후가 그를 죽이고 어둠 속으로 사라졌다.

위소보는 고개를 돌려 소군주를 쳐다보았다. 그녀는 바닥에 주저앉아 나직이 신음하고 있었다. 위소보는 자기를 잡으러 온 게 아니라는 걸 알고 마음이 좀 놓여서 소군주에게 다가가 나직이 말했다.

"많이 아픈가 본데… 지금 밖에 누군가 널 잡으러 왔으니 조용히 해야 해."

소군주는 겁을 잔뜩 먹고 아무 소리도 내지 않았다. 이때 갑자기 밖에서 이상한 소리가 들려왔다.

"검둥개 이빨이 사납다. 점창산點蒼山으로 가자!"

소군주의 표정이 밝아지더니 나직이 말했다.

"우리 식구야!"
위소보는 어리둥절했다.
"식구라니? 그걸 어떻게 알아?"
소군주가 설명했다.
"저들이 지금 한 말은 우리 목왕부의 암호야. 어서… 어서 날 좀 부축해줘."
위소보가 물었다.
"그들이 황궁으로 널 구하러 온 거야?"
소군주가 말했다.
"모르겠어. 그런데 여기가 황궁이야?"
위소보는 대답을 하지 않고 속으로 생각을 굴렸다.
'요 계집애가 여기 있다는 걸 알면 바로 뛰어들어와서 구하려 할 텐데… 내가 무슨 수로 그들을 당해?'
그는 얼른 소군주의 입을 손으로 틀어막았다. 그리고 나직이 공갈을 쳤다.
"절대 소릴 내면 안 돼! 발각되는 날이면 네 다른 다리도 부러뜨릴 거야. 그럼 내 가슴만 아프잖아!"
밖에서 다시 기합 소리가 요란하게 들리더니 한 사람이 환호성을 질렀다.
"자객 둘을 죽였다!"
또 한 사람이 소리쳤다.
"자객이 동쪽으로 달아난다! 잡아라!"
왁자지껄한 소리가 차츰 멀어졌다. 위소보는 소군주의 입을 막았던 손을 풀어주었다.
“친구들이 달아난 모양이야.”
소군주는 고개를 내둘렀다.
“달아난 게 아니야. ‘점창산으로 가자’는 말은… 잠시 후퇴하자는 뜻이야.”
위소보가 물었다.
“그럼 검둥개는 무슨 뜻인데?”
소군주가 대답했다.
“검둥개는 청나라 병사야.”
멀리서 고함 소리와 호령하는 소리가 희미하게 들려왔다. 궁중 시위들이 아직도 자객들을 추격하고 있는 모양이었다.
이때 창밖에서 신음 소리가 들려왔다. 여자였다.
위소보는 눈살을 찌푸렸다.
“자객이 아직 죽지 않은 모양인데, 내가 가서 칼로 찔러 죽여야지!”
궁중 시위는 다들 남자니, 신음을 하는 여자는 자객이 분명했다.
소군주가 말렸다.
“안… 돼, 죽이지 마. 우리 왕부 사람일지 몰라….”
그녀는 위소보의 어깨를 짚고 일어나 한쪽 다리로 콩콩 몇 번 뛰어 창가로 다가갔다. 창문 아래 두 사람이 쓰러져 있는 것을 보고 물었다.
“천남지북天南地北의….”
위소보는 얼른 손으로 그녀의 입을 막았다.
곧바로 창 아래 있는 여자의 음성이 들려왔다.
“공작명왕孔雀明王의 휘하… 혹시… 소군주?”

위소보는 지체할 수 없었다. 상대방 여자는 소군주가 여기 있다는 것을 알았으니, 일이 더 커지기 전에 없애버려야 한다. 그가 비수를 꺼내 막 다음 행동을 취하려는데, 갑자기 오른쪽 손목이 따끔했다. 소군주에게 잡힌 것이다. 이어 옆구리도 따끔해지더니 소군주의 입을 막았던 손이 절로 풀렸다.

소군주가 나직이 물었다.

"사저예요?"

창 아래 여자가 대답했다.

"그래, 나야. 한데… 왜 여기 있지?"

소군주가 뭐라고 대답하기도 전에 위소보가 욕을 내뱉었다.

"빌어먹을! 넌 왜 여기 있냐?"

소군주가 얼른 나섰다.

"욕하지 마. 저이는 나의 사저야. 사저, 많이 다친 거예요?"

이어 위소보에게 애원했다.

"어서… 어서 사저를 좀 구해줘. 내가 제일 좋아하는 사저야."

창밖의 여자는 소군주가 애원하는 소리를 듣고는, 신음을 하면서도 차갑게 말했다.

"사정하지 마! 저 녀석의 도움을 받고 싶지 않아. 날 구해줄 재간도 없어!"

위소보는 소군주의 손을 뿌리치고 욕을 해댔다.

"이런 육시랄! 널 구해줄 재간이 없다고? 너같이 무공이 형편없는 계집 같으면 이 어르신이 손가락 하나만 까딱해도 열댓 명은 구할 수 있어! 아니, 100명도 구할 수 있다고!"

이때 멀리서 다시 '자객을 잡아라! 잡아라!' 하는 소리가 들려왔다.

소군주는 다급해졌다.

"어서 사저를 구해줘. 그럼 내가… 멋진… 멋진… 세 번 부를게. 멋진 오빠, 멋진 오빠, 멋진 오빠!"

죽어도 하기 싫은 말이었는데, 사저를 구하기 위해 어쩔 수 없이 연거푸 세 번이나 부르고 말았다.

위소보는 신바람이 났다.

"오냐! 예쁜 누이, 이 멋진 오빠가 뭘 해줄까?"

소군주는 부끄러워 얼굴이 홍당무처럼 빨개졌다. 고개를 숙인 채 모기 소리만 하게 말했다.

"제발 사저를 좀 구해줘."

창밖에 있는 여자는 보통 고집이 아니었다.

"사정하지 마! 그 녀석은 제놈도 곧 죽게 될 주제에 누굴 구해주겠다는 거야?"

위소보는 코웃음을 쳤다.

"흥! 예쁜 누이를 봐서라도 널 꼭 구해줄 거야! 예쁜 누이, 아까 한 말을 끝까지 지켜야 돼. 사저를 구해주고 나서 딴소리를 하면 안 돼. 영원히 날 '멋진 오빠'라고 불러야 된다고!"

소군주는 한시가 급했다.

"알았어, 난 뭐라고 불러도 상관없어. 멋진 아저씨, 멋진 백부, 멋진 공공!"

'공공公公'은 궁에서 내관의 존칭이고, 항간에선 '낭군님'이란 뜻으로 통하기도 했다. 위소보는 흐뭇했다.

"공공이라고 불러주는 사람은 많으니까 그냥 멋진 오빠가 돼줄게."
소군주는 애가 탔다.
"알았어, 영원히 저… 멋진… 멋진…."
위소보가 재촉했다.
"멋진 뭔데?"
소군주는 입술을 깨물었다.
"멋진… 오빠!"
한 마디를 내뱉고 위소보의 등을 살짝 밀었다.
위소보가 창밖으로 나가보니, 검정 옷을 입은 여자가 몸을 웅크린 채 앉아 있었다. 우선 겁부터 줬다.
"궁중 시위가 잡아가면 살을 다다다 다져서 만두소로 만들어 먹을 거야."
여자는 겁먹지 않았다.
"그래? 걱정 마! 날 위해 복수해줄 사람이 있을 테니까!"
위소보는 오기가 생겼다.
"겁도 없고, 입이 아주 야멸찬 계집이네. 시위들이 그냥 죽일 것 같아? 우선 옷을 홀딱 벗겨가지고, 다들… 다들 마누라로 삼을 거야!"
여자는 성난 목소리로 쏘아붙였다.
"어서 단칼에 날 죽여라!"
위소보는 히죽 웃었다.
"내가 왜 죽여? 나도 옷을 홀딱 벗겨가지고 마누라로 삼아야지."
그러면서 몸을 숙여 그녀를 안으려 했다. 여자는 다급해져 냅다 그의 뺨을 갈겼다. 그러나 중상을 입은 탓에 힘이 없어 그냥 손이 얼굴을 스치는 정도였다.

위소보는 약을 올렸다.

"아직 마누라가 되지도 않았는데 지아비의 간지러운 곳을 잘도 긁어주는군."

얼른 그녀를 번쩍 안아 창문 안으로 밀어넣었다. 소군주는 기뻐하며 한쪽 다리로 간신히 몸을 지탱해 그 여자를 받아들고 침상에 눕혔다.

위소보가 뒤따라 들어가려는데 발밑에서 누가 나직이 말했다.

"계… 계 공공, 그 계집은 역도… 자객이오. 구해주면 안 돼요."

위소보는 깜짝 놀라 물었다.

"아니… 누구요?"

그 사람이 대답했다.

"난… 궁중의… 시… 시위…."

위소보는 그제야 어찌 된 영문인지 알았다. 앞서 태후에게 장풍을 맞은 시위가 죽지 않고 그냥 시체처럼 땅에 쓰러져 있었던 것이다. 말을 제대로 잇지 못하는 것으로 미루어 중상을 입은 게 분명했다.

위소보는 잽싸게 생각을 굴렸다.

'내가 지금 저 여자를 내놓으면 공을 세우는 셈이 되겠지. 그럼 소군주는 어떡하지? 모든 게 탄로나면 장난이 아닐 텐데….'

더 망설일 이유가 없었다. 바로 비수를 꺼내 푹, 그의 가슴을 찔렀다. 시위는 찍소리도 못하고 그 자리에서 숨이 끊어졌다.

위소보는 중얼거리듯 말했다.

"정말 미안해. 아무 말도 안 했다면 죽지 않았을 거야. 대신 이 계 공공께서 모가지가 달랑달랑하겠지."

생각을 다시 굴렸다.

'이 주위에 혹시 숨이 붙어 있는 시위가 더 있을지 몰라. 하나하나 확인해서 입을 봉해야지.'

그는 주위 꽃밭 사이를 뒤져보았다. 시체가 모두 다섯 구인데, 셋은 궁중 시위, 둘은 자객 차림이었다. 모두 숨을 쉬지 않았다.

위소보는 자객의 시체 한 구를 옮겨와, 머리를 방 안 쪽으로 향하게 해서 창틀에 걸쳐놓았다. 그러고는 비수로 등을 몇 번 찔렀다.

그 모습을 본 소군주가 놀라며 물었다.

"그는… 우리 왕부 사람인데… 죽은 사람을 왜 또 죽이는 거지?"

위소보는 코웃음을 쳤다.

"이미 죽었는데 또 죽이든 말든 무슨 상관이야? 죽은 사람을 한번 죽여볼래? 네 구린 사저를 구하려면 이 수밖에 없어."

침상에 누운 여자가 바로 쏘아붙였다.

"구린 건 너야!"

위소보가 맞받아쳤다.

"내 냄새를 맡아보지도 않았는데 구린 걸 어떻게 알지?"

여자가 말했다.

"이 방이 구린내로 가득해!"

꿀릴 위소보가 아니었다.

"원래 향기로웠는데 네가 들어와서 구려졌어."

소군주는 다급했다.

"두 사람은 지금 초면인데 왜 만나자마자 입씨름을 하지? 이제 그만해요! 사저, 여긴 어떻게 왔죠? 혹시 날… 날 구하러 왔나요?"

여자가 대답했다.

"소군주가 여기 있는지 몰랐어. 안 보이기에 다들 찾아헤맸는데 도저히…."

여기까지 말하고는 숨이 찬지 말을 잇지 못했다.

위소보가 한마디 던졌다.

"숨이 차면 더 이상 말하지 말고 입 다물고 있어."

여자도 지려고 하지 않았다.

"말할 거야! 어쩔래?"

위소보는 계속 약을 올렸다.

"그래, 맘대로 해! 소군주는 아주 온순하고 얌전한데, 사저란 여자는 왜 이렇게 고집불통에다 발랑 까졌지?"

소군주가 얼른 나섰다.

"아니야, 몰라서 그래. 사저가 얼마나 좋은 사람인데! 욕하지 않으면 화내지 않을 거야."

이어 여자에게 말했다.

"사저, 어딜 다친 거예요? 상처가 심한가요?"

위소보가 또 비꼬았다.

"무공도 신통치 않은데 주제넘게 궁에 들어왔으니 중상을 입는 게 당연하지. 내가 보기에 아무래도 세 시진을 넘기지 못할 것 같아. 날이 밝기 전에 아마 꼴까닥할걸!"

소군주는 애가 탔다.

"아니야! 멋진… 멋진 오빠, 무슨 수를 써서라도 사저를 구해줘야 돼. 어서…."

여자가 화를 냈다.

"난 죽는 한이 있어도 저 녀석의 도움은 받기 싫어! 소군주, 저런 뺀질뺀질한 녀석한테 왜 그… 무슨… 그렇게 불러?"

위소보가 바로 물고 늘어졌다.

"뭐라고 불렀는데?"

여자는 속지 않았다.

"원숭이라고 불렀다!"

위소보가 바로 받아쳤다.

"그래, 난 수원숭이고 넌 암원숭이다."

여자랑 입씨름을 하는 것은, 위소보가 여춘원에 있을 때부터 단련된 자랑거리였다. 크고 작은 경험을 다 해봤는데 어찌 쉽사리 질쏘냐!

여자는 위소보가 저속한 말을 하자 아예 거들떠보지 않고 숨만 몰아쉬었다.

위소보는 탁자의 촛대를 들고 말했다.

"우선 상처부터 살펴봐야겠군."

여자가 소리쳤다.

"보지 마! 날 보지 마!"

위소보가 호통을 쳤다.

"소리 지르지 마. 정말 붙잡혀가서 남의 마누라가 되고 싶어?"

촛불을 가까이 갖다 댔다. 여자는 머리카락이 엉망으로 헝클어지고 얼굴 반쪽이 선혈로 낭자했다. 나이는 열예닐곱 정도고, 이목구비가 수려한 미인이었다. 절로 감탄이 나왔다.

"이제 보니 구린내 나는 사저가 아주 예쁜 미인이구먼!"

소군주가 말했다.

"사저를 욕하지 마. 원래 소문난 미인이야."

위소보는 활짝 웃었다.

"좋아! 그럼 더욱 마누라로 삼아야겠군!"

여자는 놀라고 화가 나서, 그에게 손찌검을 하려고 몸을 일으키다 신음을 내뱉으며 침상에서 떨어졌다.

위소보는 기루에서 자라며 남녀 간의 일에 대해 보고 들은 게 많아, '마누라로 삼겠다'는 말도 아무렇지 않게 내뱉었다. 하지만 아직 나이가 어려서 삐딱한 생각이나 음심을 품어본 적은 없다. 그저 남을 골탕 먹이는 장난을 좋아할 뿐이었다. 지금 여자가 '마누라로 삼겠다'는 말에 당황하는 것을 보자 더 의기양양해져서 웃으며 말했다.

"그렇게 좋아할 필요 없어. 아직 혼례도 올리지 않았는데 어떻게 부부라고 할 수 있겠어? 여기가 여춘원인 줄 아나, 끌어안기만 하면 부부가 되게? 어이구, 피를 많이 흘렸구먼. 내 침상을 다 더럽혔잖아."

옷에서도 피가 계속 배어나오는 것으로 미루어 상처가 심하다는 걸 알 수 있었다.

홀연, 한 무리의 사람들이 빠른 걸음으로 다가오는 소리가 들렸다. 이어 누군가 멀리서부터 소리쳤다.

"계 공공, 계 공공! 별일 없어요?"

궁중 시위들이 자객들을 퇴치한 후 황상과 태후, 지체 높은 빈비들의 안전을 확인하고 그 아래 실권자들의 안부를 물으러 온 모양이었다. 위소보는 황상의 총애를 받고 있는 내관이라, 당연히 10여 명의 시위가 환심을 사려고 몰려온 것이었다.

위소보가 소군주에게 나직이 말했다.

"어서 침상에 올라가!"

그러고는 이불을 덮어주고 휘장을 내린 후 소리쳤다.

"빨리 와봐요! 여기 자객이 있어요!"

여자는 깜짝 놀랐다. 그러나 중상을 입은 몸이라 어찌할 수가 없었다. 소군주가 다급하게 물었다.

"왜 그래? 사저를 잡아가면 안 돼!"

위소보는 더 짓궂게 굴었다.

"내 마누라가 되기 싫다는데 난들 어쩌겠어?"

그러는 사이에 10여 명의 시위들이 창밖까지 달려왔다. 그리고 한 사람이 외쳤다.

"아, 여기 자객이 있다!"

위소보가 웃으며 말했다.

"놈이 방 안으로 들어오려고 하기에 칼로 몇 번 찔러줬어요."

시위들은 횃불을 들고 그자의 등에 칼로 찌른 상처가 있는 걸 확인했다. 창틀과 주위에도 피가 많이 묻어 있었다.

한 사람이 말했다.

"계 공공, 많이 놀라셨겠네요."

또 한 사람이 말했다.

"계 공공이 왜 놀라? 무공이 얼마나 고강한데! 자객 하나쯤이야 거뜬히 해치우지. 몇 명이 더 와도 끄떡없어!"

시위들은 이어서 위소보를 치켜세우며 오늘 또 큰 공을 세웠다는 둥 알랑방귀를 아끼지 않았다.

위소보는 우쭐대며 말했다.

"공은 무슨… 자객 하나쯤이야 별로 힘들이지 않고도 해치울 수 있죠. 물론 오배를 제압하는 데는 약간 애를 먹었지만…."

시위들 입에서 다시 아첨이 쏟아졌다.

잠시 후, 한 시위가 말했다.

"동료 중 조동근과 서선교는 순직했습니다. 자객들이 얼마나 흉악한지 모릅니다. 계 공공이 아니면 어떻게 처단할 수 있었겠습니까?"

위소보가 점잖게 말했다.

"다들 가서 황상을 잘 보호하세요. 난 아무 일 없어요."

또 한 시위가 말했다.

"다 총관께서 200여 명의 형제를 이끌고 직접 황상의 침궁을 지키고 있습니다. 자객들은 달아났거나 피살돼 궁 안은 이제 평온합니다."

위소보가 말했다.

"순직한 시위들은 내일 내가 황상께 아뢰어 후한 보상을 내리도록 하겠소. 모두 수고가 많았어요. 황상께서 상을 내려줄 거예요."

모두들 좋아하며 일제히 고맙다는 인사를 했다.

위소보는 속으로 중얼댔다.

'내 돈이 드는 것도 아닌데 선심을 쓰지 않을 이유가 없잖아?'

이어 물었다.

"여러분의 성함이 일일이 기억이 나지 않는데 다시 한번 밝혀주겠어요? 내일 황상께서 공을 세운 사람이 누구누구냐고 하문하시면 바로 아뢸게요."

시위들은 더욱 좋아하며 앞다퉈 이름을 밝혔다. 위소보는 원래 기억력이 좋았으나 다시 한번 되뇌어 확인했다.

"자객들이 어두운 곳에 숨어 있을지도 모르니, 수고스럽지만 다시 샅샅이 뒤져보세요. 만약 사로잡으면 남자는 호되게 고문을 하고, 여자라면 옷을 홀랑 벗겨 마누라로 삼으세요!"

시위들은 껄껄 웃으며 연신 대답했다.

"네, 네!"

위소보가 분부했다.

"시체를 치워버리세요!"

시위들은 대답을 하고 시체를 옮겨갔다.

위소보는 창문을 닫고 침상 쪽으로 걸어가 이불을 젖혔다. 그러자 소군주가 웃으며 말했다.

"정말 얄미워. 우린 깜짝 놀랐잖아, 아이구…."

이불이 온통 피로 얼룩져 있었다. 그녀의 사저는 안색이 백지장처럼 창백하고 숨소리도 미약했다.

위소보가 말했다.

"어딜 다친 거지? 빨리 지혈을 해야 될 텐데…."

여자는 그를 거부했다.

"안 돼… 저리 비켜! 소군주, 난… 가슴에 상처를 입었어."

위소보는 그녀가 피를 너무 많이 흘려서 정말 죽을까 봐 더 이상은 짓궂게 굴지 않았다. 그는 고개를 돌리고 말했다.

"상처에서 피가 나는데 뭐가 볼 게 있다고 그래? 무슨 서양경西洋鏡

이나 만화통萬花筒처럼 재밌는 구경거리라도 된단 말이야? 소군주, 혹시 상처에 바르는 약 있어?"

소군주가 대답했다.

"없는데!"

위소보가 다시 물었다.

"그럼… 저 구린 여자 몸에도 없을까?"

여자가 쏘아붙였다.

"없어! 너… 구린내 나는 건 너야!"

옷이 바스락거리는 소리가 났다. 소군주가 여자의 옷을 풀어헤치는 모양이었다. 소군주가 소리쳤다.

"어머나! 이… 이를… 어쩌지?"

위소보가 고개를 돌렸다. 여자의 오른쪽 가슴 유두 아래에 두 치가량 상처가 나 있는데, 계속 피가 흘러내렸다.

소군주는 어찌할 바를 몰라 하며 울먹였다.

"빨리… 빨리… 사저를 구해줘…."

여자는 놀라고 부끄러워 떨리는 음성으로 말했다.

"안 돼… 보지 못하게 해!"

위소보는 코웃음을 쳤다.

"흥! 뭘 볼 게 있다고 그래?"

상처 부위에서 피가 계속 흐르자 그 역시 당황했다. 솜 같은 것을 찾아서 상처를 감싸줘야 할 텐데… 주위를 살피다가 약사발에 담겨 있는 그 엉터리 영단묘약이 눈에 띄었다. 그는 기뻐하며 말했다.

"이 영단묘약은 지혈도 할 수 있어!"

다짜고짜 손으로 듬뿍 퍼서 상처에 발라주었다. 자기 손에도 그 끈적끈적한 풀범벅이 잔뜩 묻었다. 위소보는 여자의 유두가 파르르 떨리는 것을 보자, 짓궂은 장난기가 발동해 남은 풀범벅을 유방에 막 발라주었다.

여자는 당황하고 부끄럽고 화가 나서 소리쳤다.

"소… 소군주, 어서… 저 녀석을 죽여버려!"

소군주가 그녀를 진정시켰다.

"사저, 지금 상처를 치료해주고 있어요."

여자는 울화가 치밀어 기절할 것만 같았다. 하지만 꼼짝도 할 수 없으니 정말 환장할 노릇이었다.

위소보가 소군주에게 말했다.

"약을 쓰지 못하게 빨리 혈도를 찍어. 피가 계속 흐르면 목숨을 잃을지도 몰라."

소군주는 그의 말에 따랐다.

"알았어."

바로 여자의 아랫배, 겨드랑이, 허벅지 등의 혈도를 찍었다.

"사저, 움직이면 안 돼요."

그녀 자신도 뼈에 금이 가서 아파 죽을 지경이라 절로 눈물이 그렁그렁 맺혔다. 그것을 본 위소보가 말했다.

"너도 누워서 움직이지 마."

그는 어릴 적 양주에서 어린 양아치들과 싸웠던 기억을 떠올렸다. 그때 누가 팔다리가 부러지면 의원이 약을 바른 후에 협판夾板을 부러진 부위 양쪽에 대고 묶어주곤 했다. 그래서 소군주를 눕힌 다음, 비수로 걸상다리 두 개를 잘라 다친 다리 양쪽에 대고 묶어주었다.

문제는 약이었다.

'어디 가서 진짜 약을 구하지?'

그는 잠깐 궁리를 하다가 좋은 생각이 떠올라 소군주에게 말했다.

"둘 다 침상에 좀 누워 있어. 소리를 내면 안 돼."

그러고는 휘장을 내리고 촛불을 껐다.

소군주가 놀라며 물었다.

"지금… 어딜 가려고?"

위소보가 대답했다.

"다리를 치료할 약을 구해올게."

소군주가 당부했다.

"빨리 돌아와야 해."

위소보가 말했다.

"알았어."

소군주의 말투를 들어보니 자기를 크게 의지하고 있는 것 같아 괜히 우쭐하고 기분이 좋았다. 그는 밖으로 나가 문을 잠그려다가 아차 싶어 다시 집 안으로 들어가 안에서 문을 걸고 창문을 통해 나왔다. 이렇게 조치를 해놓으면 황상과 태후 말고는 아무도 감히 그의 방으로 들어가지 못할 것이었다.

열댓 걸음쯤 걸었을까, 허리가 빠근하게 저려왔다. 위소보는 속으로 시부렁댔다.

'황태후 그 화냥년이 날 노리고 있으니 궁에 계속 남아 있다가는 조

만간 죽을 게 뻔해. 일찌감치 삼십육계 줄행랑을 치는 게 상수야!'

그는 불빛이 있는 쪽으로 걸어갔다. 시위 몇 명이 순시를 돌고 있었다. 시위들은 그를 보자 달려와 반갑게 인사했다. 위소보가 물었다.

"궁중 시위들 중 부상당한 사람이 몇 명이나 되죠?"

시위가 대답했다.

"네, 계 공공. 중상을 입은 사람이 일고여덟 명 되고, 경상자가 열댓 명쯤 될걸요."

위소보가 다시 물었다.

"어디서 치료받고 있죠? 나도 좀 가보려고요."

시위들은 앞을 다퉈 말했다.

"공공께서 저희 형제들에게 이렇게 관심을 가져주시니 뭐라고 감사드려야 할지 모르겠습니다."

바로 두 사람이 앞장서 위소보를 시위들의 숙직방으로 안내했다.

20여 명의 시위들이 그곳에 누워 치료를 받고 있었다. 네 명의 어의가 분주하게 움직였다.

위소보는 시위들에게 다가가 위로했다. 황상을 보호하기 위해 몸을 아끼지 않고 용맹하게 자객을 퇴치했다면서 칭찬을 아끼지 않았다. 그러고는 일일이 이름을 물었다. 시위들은 상처가 다 나은 듯 이내 의기충천했다.

위소보가 시위들에게 물었다.

"그 자객들은 어느 패거리예요? 혹시 오배의 잔당들 아닌가요?"

시위 한 명이 대답했다.

"다들 한인漢人 같은데, 생포된 놈이 있는지 모르겠어요."

위소보는 이어 자객들과 싸운 상황을 물으면서, 눈으로는 어의들이 치료하는 모습을 유심히 관찰했다. 시위들 중에는 무기에 의해 외상을 입은 자, 내상을 당한 자, 그리고 뼈가 부러진 사람도 있었다.

위소보가 넌지시 말했다.

"저런 약들을 나도 항시 좀 갖고 있어야 될 것 같아요. 그래야 시위 형제들이 다치면, 어의를 찾아가기 앞서 바로 치료해줄 수 있으니까요. 흥! 흉악한 자객놈들은 정말 골칫거리예요. 이번에 일망타진하지 못했으니 언제 또 나타날지 몰라요."

몇몇 시위가 굽실거렸다.

"아무튼 계 공공은 우리 형제들을 너무 잘 챙겨주신다니까요…."

위소보가 다시 말했다.

"아까 자객 셋이서 날 공격했어요. 한 명은 내가 죽였는데 두 놈은 달아났죠. 나도 빌어먹을 자객한테 허리 뒤쪽을 맞아 아직도 뻐근하니 아파요."

속으로는 다른 생각을 했다.

'그래, 그 늙은 화냥년이 날 죽이러 왔으니 빌어먹을 자객이 아니고 뭐겠어? 이번엔 내가 거짓말을 한 게 아니야.'

어의 네 명은 시위들을 일단 놔두고 일제히 위소보한테 와서 장포를 풀어 살펴보았다. 허리 뒤쪽에 시퍼렇게 멍든 자국이 역력했다. 어의들은 얼른 약을 발라주고 내복약도 조제해주었다.

위소보는 어의더러 약을 큰 봉지에 싸달라고 해서 품속에 넣었다. 그리고 바르는 약과 먹는 약의 용법을 자세히 묻고, 다시 칭찬을 잔뜩 늘어놓고 나서 유유히 자리를 떴다.

위소보는 원래 아는 것이 별로 없는 데다 말도 유치하고 두서가 없었다. 그러니 시위들을 칭찬하는 와중에 항간에서 쓰는 쌍소리도 거침없이 섞여 나왔다. 시위들은 대부분 종실 귀족 출신이지만 무예를 연마해온 무인들이라 성격이 투박하고 거칠었다. 그래서 '빌어먹을', '씨부랄', '좆같이' 따위의 쌍소리를 별로 대수롭지 않게 여겼다.

그들은 실력이 부족한 탓에 자객에게 부상을 당해 의기소침해 있었다. 그런데 황상이 가장 총애하는 계 공공도 역시 자객한테 부상을 당한 것을 알고 동병상련, 동지의식 같은 걸 느꼈다. 게다가 위소보가 칭찬과 위로를 아끼지 않으니, 마치 황상으로부터 치하를 받은 기분이 들어 우쭐했다. 설령 욕을 한바탕 얻어먹어도 기분이 좋을 판인데 욕설이 섞인 칭찬 일색이니 어찌 신이 나지 않으랴. 계속 병상에 누워 이 기분을 만끽하고 싶을 정도였다.

거처로 돌아온 위소보는 우선 창밖에서 귀를 세워 안에 아무 기척이 없는 것을 확인하고 나서야 나직이 말했다.

"소군주, 내가 돌아왔어."

살그머니 창문으로 기어들어가다가 가시내들한테 칼을 맞을지도 모른다는 생각이 들었다. 그럼 가져온 약은 자기가 먼저 쓸 거라고 작정했다.

소군주가 냉큼 하는 대답에 좋아하는 음성이 담겨 있었다.

"응, 한참 기다렸어."

위소보는 그제야 방 안으로 기어들어가 창문을 잘 잠그고 촛불을 밝혔다. 휘장을 젖혀보니, 두 여자는 나란히 침상에 누워 있었다. 사저라는 여자는 그를 보자 얼른 눈을 감아버렸다. 반면 소군주는 초롱초롱한 눈에 안도하는 기색이 역력했다.

위소보가 말했다.

"소군주, 내가 약을 발라줄게."

소군주가 말했다.

"아니야, 사저부터 먼저 치료해줘. 약을 이리 주면 내가 발라줄게."

위소보는 또 짓궂게 장난을 쳤다.

"나한테 부탁을 하려면 좀 다정하게 불러줘야지."

소군주는 생긋이 웃었다.

"또 뭘… 그런데 이름이 뭐야? 남들이 계 공공이라고 하던데."

위소보가 대답했다.

"계 공공은 개네들이 부르는 거고, 넌 나를 뭐라고 불러야 하지?"

소군주는 슬며시 눈을 감고 말했다.

"난 그냥 맘속으로 저… 멋진… 멋진 오빠라고 부를게. 자꾸 입으로 그렇게… 부르면 쑥스럽잖아."

위소보는 턱을 끄덕였다.

"좋아! 그럼 서로 한 발짝씩 양보하자. 다른 사람들 앞에선 나도 소군주라 부를 테니, 넌 계 대형이라고 불러. 하지만 단둘이 있을 때는 예쁜 누이, 멋진 오빠로 부르자고."

소군주가 뭐라고 대꾸하기도 전에 여자가 눈을 뜨며 쏘아붙였다.

"소군주, 닭살이 돋아서 못 듣겠어! 지금 수작을 부리는 거니까 상대해주지 마!"

위소보는 코웃음을 쳤다.

"흥! 너더러 부르라고 한 것도 아닌데 왜 나서서 참견이야? 네가 멋진 오빠라고 불러준다고 해도 난 사양할 거야."

소군주가 순진하게 물었다.

"그럼 사저가 뭐라고 부르면 좋겠어?"

위소보가 대답했다.

"멋진 낭군님, 사랑스러운 서방님이라고 부르면 모를까, 다른 호칭은 필요 없어."

여자는 얼굴이 빨개지더니 비꼬는 투로 말했다.

"낭군이나 서방이 되고 싶거든, 죽어서 다시 환생해야 될걸!"

소군주가 얼른 말렸다.

"됐어, 그만해. 두 사람은 전생에 무슨 원수진 일이 있나, 왜 보기만 하면 자꾸 아웅다웅하지? 계 대형, 어서 약을 발라줘."

위소보가 말했다.

"그래, 너부터 치료해줄게."

그는 이불을 젖히고 그녀의 바짓가랑이를 걷어올렸다. 그러고는 임시로 매놓은 걸상다리를 치우고 어의에게 얻어온 약을 발라주었다. 이번엔 진짜 협판을 양쪽에 대고 단단히 묶어주었다.

소군주는 자못 진지하게 연신 고맙다고 말했다.

위소보가 불쑥 엉뚱한 걸 물었다.

"내 마누라의 이름은 뭐지?"

소군주는 멍해졌다.

"마누라라니?"

위소보가 입으로 여자를 가리키자, 빙긋이 웃으며 말했다.

"무슨 그런 농담을… 사저는 성이 방方이고 이름은…."

여자가 다급하게 소리쳤다.

"가르쳐주지 마!"

위소보는 그녀가 방씨라는 말을 듣고는 이내 목왕부의 유·백·방·소 4대 장수를 떠올렸다.

"성이 방가라고? 나도 잘 알고 있어. 그 무슨 성수거사 소강, 백씨쌍목 백한송과 백한풍 형제는 다 내 친척이야."

소군주와 여자는 위소보가 소강과 백씨 형제의 이름을 줄줄 내뱉자 매우 의아해했다. 소군주가 물었다.

"그들이 어떻게 네 친척이 되지?"

위소보가 말했다.

"유·백·방·소, 네 성이 4대 장수잖아. 그러니 우리는 당연히 친척이지!"

소군주는 더욱 의아해 눈이 휘둥그레졌다.

"정말 뜻밖이네!"

여자가 빽 소리를 질렀다.

"다 거짓말이야! 소군주, 재는 아주 나쁜 애야. 그리고 우리 친척도 아니야. 저런 재수 없는 친척이 있을 리 만무해."

위소보는 깔깔 웃으며 약을 소군주에게 건네주었다. 그러고는 귀엣말로 살짝 물었다.

"예쁜 누이, 저이의 이름이 뭔지 나한테만 살짝 말해줘."

두 여자는 나란히 누워 있어 위소보가 비록 속삭이듯 말했지만 그녀도 다 들을 수 있었다. 그녀가 다시 다급하게 외쳤다.

"말하지 마!"

위소보는 특기를 발휘했다.

"말 안 해도 좋아. 그럼 대신 입을 맞출게. 우선 이쪽 볼을 쪽하고, 저쪽 볼도 쪽하고 나서 입술을 꽉 눌러줄게. 입맞춤을 원해? 아니면 이름을 밝힐래? 아무래도 입맞춤을 더 원하는 것 같은데…."

희미한 촛불 아래 그녀는 아리따운 용모에 얇은 옷을 입고 있었다. 여인의 향기가 은은히 풍겨왔다. 위소보는 신이 나서 말했다.

"아주 향기로운데! 진짜 뽀뽀를 해주고 싶어."

여자는 움직일 수가 없었다. 이 천덕꾸러기의 짓궂은 수작에 너무 화가 치밀어 그저 씩씩거릴 뿐이었다. 그나마 상대는 나이가 어리고, 또한 시위들의 입을 통해 내시라는 걸 알았기 때문에, 설마 엉뚱한 짓거리는 하지 않겠지 하고, 크게 당황하지는 않았다. 어쨌든 위소보가 입을 쭉 내밀어 얼굴 가까이 들이밀자 얼른 소리를 쳤다.

"아, 그래 알았어! 이름을 가르쳐줘!"

소군주는 싱긋이 웃으며 말했다.

"사저의 성은 방씨고, 이름은 외자 '이怡'라고 해. 마음 '심心' 변에 기쁠 '태台' 자가 있는 '이'야. 방이方怡."

위소보는 '이' 자를 어떻게 쓰는지 알 턱이 없었다. 그래도 고개를 끄덕이며 점잖게 말했다.

"음… 이름이 뭐 그저 그렇군. 아주 썩 좋은 이름은 아니야. 그럼 소군주의 이름은 뭐지?"

소군주가 말했다.

"난 목검병沐劍屛이라고 해. 물병 '병甁' 자가 아니고 병풍 '병' 자야."

위소보는 그 '병' 자랑 이 '병' 자가 어떻게 다른지 알지 못했다. 그래도 한마디 안 할 수 없었다.

"이 이름은 그래도 좋구먼. 물론 최상급의 1류는 아니고."

방이가 말했다.

"그럼 네 이름은 1류냐? 존성대명이 어떻게 되시지? 이름이 얼마나 좋기에 남의 이름을 헐뜯는 거야?"

위소보는 순간 멍해졌다. 그러나 얼른 정신을 차리고 잽싸게 생각을 굴렸다.

'내 진짜 이름을 말해줄 수는 없지. 한데 소계자, 이 이름은 별로 신통치 않단 말이야.'

내친김에 능청을 떨었다.

"난 성이 내씨야. 궁에서 내관으로 있으니까 다들 '내 공공'이라고 부르지."

방이가 냉소를 날렸다.

"내 공공, 내 공공… 그 이름도 뭐 별 볼 일…."

여기까지 말하고는 '아차, 속았다'는 생각이 들었다. '공공'은 낭군이나 서방님이라는 뜻도 되니까, 좀 전에 '내 낭군', '내 서방님' 하고 부른 셈이 되고 만 것이다.

방이는 퉤하고 쏘아붙였다.

"헛소리야!"

소군주도 한마디 했다.

"그래 거짓말이야. 다들 계 공공이라고 하는 걸 들었어. 성이 내씨가 아니야."

위소보가 말했다.
"남자들은 계 공공이라 하고, 여자들은 내 공공이라고 불러."
방이가 회심의 미소를 지으며 말했다.
"난 네 이름이 뭔지 알고 있어."
위소보는 약간 놀랐다.
"어떻게 알았어?"
방이가 말했다.
"성은 복성 '순엉'이고, 이름은 '터리'야!"
위소보는 깔깔 웃었다. 그리고 방이가 이런저런 말을 하는 바람에 숨이 더 가빠진 것을 보고 얼른 말했다.
"예쁜 누이, 사저에게 빨리 약을 발라줘. 아파서 죽으면 큰일이야. 이 내 공공은 마누라가 하나밖에 없는데, 그 마누라가 죽으면 두 번째 마누라를 얻기가 힘들어."
목검병이 눈을 흘겼다.
"사저의 말이 맞아, '순엉터리'야!"
그녀는 방이에게 약을 발라주기 위해 휘장을 내리고 물었다.
"계 대형, 앞서 지혈하려고 발라준 약은 어떻게 하지?"
위소보가 되물었다.
"피는 다 멎었어?"
목검병이 대답했다.
"응, 멎었어."
사실 으깬 약과와 벌꿀 따위는 정말 지혈하는 데 도움이 된다. 점성이 강해 상처 부위에 붙이면 피가 멎을 수 있다. 아무튼 그 '약'이 상처에서 피가 흐르는 걸 막아준 것은 사실이었다.

위소보는 아주 좋아하며 말했다.

"거봐, 내가 만든 영단묘약은 그 어떤 신선초보다 약효가 뛰어나다니까! 이젠 내 말을 믿겠지? 그 영단묘약 속엔 진주가루도 섞여 있어서, 가슴에 바르고 상처가 다 나으면 젖가슴이 아주아주 예뻐질 거야. 그 수화폐월羞花閉月이라고나 할까. 한데 애석하게도 내 아들만이 볼 수가 있어."

목검병이 까르르 웃었다.

"말을 참 재밌게 하네. 왜 아들만 볼 수 있다는 거지?"

위소보가 대답했다.

"내 아들한테 젖을 먹여주니, 내 아들만 볼밖에!"

방이가 '퉤!' 했다. 순진한 목검병은 눈만 껌벅거렸다. 사저가 왜 그의 아들에게 젖을 먹이는지 아리송했다.

위소보가 다시 말했다.

"앞서 바른 영단묘약은 살살 지워버리고, 약을 다시 발라줘."

목검병이 대답했다.

"네엣!"

바로 이때, 난데없이 문밖에서 누군가 가까이 다가와 낭랑한 목소리로 물었다.

"계 공공, 자고 있소?"

위소보가 되물었다.

"자고 있는데, 누구요? 무슨 일인지 몰라도 내일 얘기합시다."

밖에 있는 자가 말했다.
"난 서동瑞棟이오."
위소보는 깜짝 놀랐다.
"아! 서 부총관께서 이 한밤중에 무슨… 무슨 일로 오셨소?"
서동은 어전 시위의 부총관이다. 위소보는 평상시 시위들과 많은 얘기를 나눠서 서동에 관해 잘 알고 있었다. 시위들은 다들 서동의 무공을 높이 평가했다. 어전 시위총관 다륭을 제외하면 서동을 꼽았다. 시위들 중 아주 대단한 인물인데, 근래 늘 궁 밖에서 활약해 위소보는 그를 자주 보지 못했다.
서동이 말했다.
"단잠을 깨워서 미안하지만 급한 일로 상의할 게 있어 이렇게 찾아왔소."
위소보는 나름대로 생각을 굴렸다.
'이 야밤에 무슨 일로 온 거지? 내 방에 자객이 숨어 있다는 걸 안 모양이군. 어쩌면 좋지? 문을 열어주지 않으면 밀고 들어올 게 뻔한데… 두 계집이 다 부상을 입어 달아나지도 못할 테고… 에라, 모르겠다! 일단 부딪쳐봐야지!'
서동이 다시 말했다.
"아주 중대한 일이오. 그렇지 않으면 이 밤중에 찾아와 폐를 끼칠 리가 없잖소."
위소보가 말했다.
"알았어요, 바로 나갈게요."
그러고는 휘장 안으로 고개를 들이밀고 나직이 말했다.

"절대 소릴 내면 안 돼!"

그는 바깥방으로 나가 문을 잠그고 이판사판, 대문을 열었다.

밖에 우람한 사내가 서 있었다. 위소보의 키는 그의 목덜미에도 미치지 못했다.

서동이 공수의 예를 취하며 말했다.

"결례를 범해 미안하오."

위소보는 불안함을 내색하지 않으려 애썼다.

"원, 별말씀을…."

그러면서 고개를 쳐들어 상대의 표정을 살폈다. 얼굴에 전혀 웃음기가 없었다. 그렇다고 화난 표정도 아니었다. 도저히 감이 잡히지 않아 물었다.

"서 부총관께서 무슨 급한 일로 오셨는지요?"

방 안으로 안내하지는 않았다. 서동이 무뚝뚝하게 대답했다.

"태후마마의 명을 받고 왔소. 오늘 밤 자객들이 궁에 잠입해 대역무도한 짓을 저질러서 나더러 계 공공과 함께 진상을 조사해보라고 명하셨소."

위소보는 태후마마의 명을 받고 왔다는 말에, '결국 올 게 왔구나!' 하는 생각이 들었다. 그렇다고 순순히 당할 수는 없었다.

"그래요? 그렇지 않아도 서 부총관을 찾아가 확인해볼 일이 있었는데… 좀 전에 황상의 안부가 걱정돼 뵈러 갔더니 몹시 노하여 하시는 말씀이, '서동 그놈은 무엄하기 짝이 없다. 이번에 궁으로 돌아와 감히… 흥, 흥…' 하시며…."

서동은 깜짝 놀라 황급히 물었다.

"황상께서 뭐라고 하셨는데…?"

위소보는 이 위기를 모면하고 달아날 생각이었다. 그래서 가능한 한 시간을 끌 요량으로 거짓말을 늘어놨는데, 서동이 걸려든 것이다.

"황상께서는 내일 일찍 다륭 총관을 위시해 모든 시위를 소집해서 서동이 무슨 억하심정으로 자객들을 궁으로 끌어들였는지, 누구의 사주를 받았는지, 어떤 음모를 꾸미고 있는지, 일당이 누군지, 오배와 연관이 있는지… 철저히 조사하라고 명하셨소!"

서동은 더욱 놀랐는지 음성이 떨렸다.

"황… 황상께서 어떻게 그런 말씀을… 내가 자객을 궁으로 끌어들이다니? 누가 황상께 그런 무고를 했단 말이오? 이건… 어떻게 이런 억울한 일이 있을 수 있지?"

위소보는 한술 더 떴다.

"황상께서는 암암리에 조사하라고 하시면서, 서동이 만약 낌새를 알아채면 날 죽이려 할 테니 조심하라고 당부하셨소!"

위소보는 서동의 반응을 살피며 말을 이었다.

"그래서 난 서동이 제아무리 무엄하고 당돌해도 궁 안에서 함부로 사람을 죽이지는 못할 거라고 말씀드렸소! 그러나 황상의 생각은 달랐소. '흥! 서동 그놈이 궁으로 자객들까지 끌어들여 날 노리려 했는데, 무슨 짓인들 못하겠나?' 하시며 노발대발하셨소!"

서동은 다급해졌다.

"대체… 무슨 헛소릴… 황상께서 내 충정을 잘 모르고 하시는 말씀이오! 난 자객들을 끌어들이지 않았을 뿐 아니라, 오늘 밤에도 자객 세 명을 내 손으로 죽였소! 많은 시위들이 직접 목격한 사실이오! 황상께서 그들을 불러 대질하면 바로 사실이 밝혀질 거요."

말을 하는 동안 이마에 시퍼런 심줄이 돋고, 두 주먹을 으스러지게 움켜쥐었다.

위소보는 거짓말을 늘어놓으면서 속으로 이미 대안을 마련했다. 일단 서동에게 겁을 잔뜩 줘서 정신을 못 차리게 만들고, 내일 날이 밝는 대로 꽁무니를 뺄 작정이었다. 소군주고 방이고 알 바가 아니었다. 일단 자신부터 살고 볼 일이 아닌가! 가짜 내관 노릇도 이젠 진력이 났다. 청목당 향주고 개나발이고 다 필요 없었다. 40여 만 냥의 은자를 갖고 양주로 돌아가 여춘원을 하나 더 열든, 여춘원을 새로 열든… 룰루랄라 사는 게 '장땡'이라고 생각했다.

그는 시치미를 떼고 물었다.

"그럼 자객을 궁으로 끌어들인 게 부총관이 아니란 말이오?"

서동은 펄쩍 뛰었다.

"당연하지! 태후께선 계 공공이 자객을 불러왔다고 하시던데?"

드디어 본심을 드러내며 음흉하게 웃었다.

"태후께선 네 감언이설에 절대 현혹되지 말고 바로 죽여버리라고 하셨어!"

위소보는 지금이야말로 정신을 바싹 차려야 한다며 자신을 채찍질했다.

"아마 우리 둘 다 누구한테 모함을 당한 모양이오. 서 부총관, 걱정하지 마시오. 내가 황상께 변명을 해주겠소. 정말 자객과 내통하지 않았다면, 황상은 비록 나이는 어리지만 아주 영명하고 또한 날 믿기 때문에 반드시 진실을 밝혀내실 거요."

서동은 건성으로 말했다.

"그렇게만 해준다면 나야 고맙지! 자, 어서 나랑 함께 태후마마를 뵈러 가자고!"

위소보는 고개를 갸웃했다.

"아니, 이 밤중에 왜 태후마마를 뵈러 가자는 거요? 그보다도 먼저 황상을 뵙는 게 좋을 거요. 어쩌면 황명을 받고 곧 서 부총관을 잡으러 올지도 모르오. 시위들이 잡으러 오면 절대 반항을 해선 안 돼요. 대들면 영락없이 죄명을 뒤집어쓰게 될 테니까!"

서동은 잔뜩 화가 났는지, 얼굴 근육이 실룩샐룩 떨렸다.

"태후마마 말씀대로 거짓말을 잘도 꾸며대는군. 난 죄가 없는데 시위들이 왜 날 잡으러 와? 잔말 말고 어서 태후마마께 가자!"

위소보는 몸을 살짝 비틀며 나직이 외쳤다.

"저기 봐, 시위들이 오고 있잖아!"

서동은 안색이 변하며 고개를 돌렸다. 그 순간, 위소보는 잽싸게 방 안으로 쏙 들어갔다.

서동은 아무도 보이지 않자 속았다는 것을 알고 바로 방으로 좇아 들어왔다. 그리고 재빠르게 팔을 뻗어 위소보의 등을 낚아채갔다.

위소보의 그럴싸한 공갈협박에 서동이 몹시 당황한 건 사실이었다. 만약 위소보가 끝끝내 황상을 먼저 뵈러 가자고 우겼다면 서동은 감히 거역하지 못했을 것이다. 그런데 위소보가 방 안에 두 여자를 숨겨 놓은 게 사달이었다. 그중 하나는 정말 궁으로 잠입한 자객이었으니, 그 일이 탄로나서 태후가 서동을 시켜 자기를 잡으러 온 거라고 생각했던 것이다. 게다가 태후는 앞서 자기를 죽이려 하지 않았던가! 지금 황상한테 가봤자 자신한테 유리할 게 아무것도 없었다. 그래서 서동을 잠깐 한눈팔게 만들고 방 안으로 피해서 창문을 통해 달아날 작정이었다. 창문으로 나가면 바로 화초가 무성한 꽃동산이라 어둠 속에 몸을 숨기며 달아나기가 용이할 것이었다.

그런데 우람한 서동의 몸놀림이 이렇게 민첩할 줄이야! 그는 위소보가 방 안으로 들어가자마자 바로 뒤쫓아왔다.

위소보가 창틀 위로 뛰어올라 막 몸을 날리려는데 서동이 오른손을 쭉 뻗어냈다. 한 갈래의 강한 바람이 위소보의 등 뒤로 휘몰아쳐왔다. 위소보는 다리의 힘이 풀리며 창틀 위에서 떨어졌다. 서동은 다시 왼손으로 그의 허리를 낚아채갔다. 위소보는 금나수법을 전개하면서 안간힘을 다해 맞섰지만 역부족이었다. 몸이 휘청하더니 '풍덩' 하는 소리와 함께 큰 물항아리 속으로 빠졌다. 이 물항아리는 원래 해 노공이 병을 치료하기 위해 갖다 놓은 것인데, 그가 죽은 후에도 위소보는 사람을 시켜 치우지 않고 그대로 놔두었다.

위소보는 이제 그야말로 독 안에 든 쥐가 되었다. 서동은 껄껄 웃으며 커다란 손을 항아리 속으로 집어넣어 휘저었다. 그러나 허탕으로 아무것도 잡히지 않았다. 위소보는 몸을 새우처럼 웅크리고 있었다. 하지만 항아리가 제아무리 커봤자 얼마나 크겠나! 서동이 다시 한번 손을 집어넣어 휘젓자 바로 뒷덜미가 잡혔다. 그는 물에 흠뻑 젖은 위소보를 가볍게 들어올렸다.

위소보는 입안 가득한 물을 '푯!' 하고 서동의 눈에다 뿜어내며 몸을 앞으로 솟구쳤다. 그러고는 그의 품속으로 파고들면서 왼손으로 목을 끌어안았다.

"으악!"

서동은 비명을 지르며 몸을 바들바들 몇 차례 떨더니, 위소보의 뒷덜미를 잡았던 손이 스르르 풀렸다. 그의 얼굴은 물을 뒤집어썼으나 눈은 황소 눈깔만 하게 부릅뜨고 있었다. 얼굴은 경악과 당혹감으로 얼룩져 있고, 목에서는 끄르륵 이상한 소리가 났다. 아마 무슨 말을 하려는데 목소리가 나오지 않는 모양이었다.

다음 순간, '쓰윽' 하는 소리가 들리며 비수 한 자루가 그의 가슴부터 아랫배까지를 쭉 그으며 내려갔다. 이어 그의 상반신이 좌우 양쪽으로 쫙 갈라졌다.

서동은 자신을 가른 비수를 응시하면서도 그 비수가 어디서 왔는지 알 수 없었다. 가슴에서 아랫배까지 피가 분수처럼 쏟아졌다. 이어 그의 몸이 뒤로 넘어갔다. 그는 죽는 순간까지도 위소보가 무슨 방법으로 자기를 죽였는지 알지 못했다.

위소보는 '흥!' 코웃음을 치며 왼손으로 비수를 집고 오른손을 장포 속에서 꺼냈다.

그는 물항아리에 빠지자 몸을 웅크려 비수를 뽑아서 칼끝을 밖으로 세워 장포 속에 숨겼다. 그러고는 서동의 얼굴에 물을 뿜는 동시에 몸을 앞으로 솟구쳐 왼손으로 목을 끌어안고 비수로 가슴을 찔렀던 것이다. 만약 맞짱을 떴다면, 열 명의 위소보도 그의 적수가 되지 못했을 것이다. 그러나 창졸간에 위소보가 기지를 발휘하는 바람에 명성이 쟁쟁한 서 부총관이 암산을 당하고 말았다.

위소보와 서동이 어떻게 방으로 들어오게 됐으며, 위소보가 어떻게 항아리 속에 빠졌는지, 방이와 목검병은 휘장을 사이에 두고 똑똑히 지켜보았다. 그러나 위소보가 항아리에서 나와 어떻게 서동을 죽였는지는 자세히 보지 못했다. 두 여자도 그저 어리둥절할 뿐이었다.

위소보는 허풍을 좀 떨어볼 생각으로 입을 열었다.

"내가… 내가… 저… 저…."

그러나 목이 메어 말이 제대로 나오지 않았다. 죽음 직전에 목숨을 건져 아직도 놀라서 달아난 혼이 돌아오지 않은 모양이었다.

목검병이 말했다.

"천지신명께 감사해야겠네. 어떻게 그… 그 오랑캐를 죽였지?"

방이도 말했다.

"서동은 별호가 '철장무적鐵掌無敵'이고 오늘 밤 우리 형제를 셋이나 죽였어. 한데 그를 죽여 복수를 해주다니… 잘했어, 정말 잘했어."

위소보는 정신을 좀 가다듬고 나서 말했다.

"아무리 철장무적이라 해도 이 위… 계 공공을… 내 공공을 당해낼 순 없어. 난 1류 무공 고수라고! 어디서 까불고 있어?"

그러고는 서동의 품속을 뒤져 작은 글씨가 가득한 책 한 권과 몇 가지 공문을 찾아냈다. 위소보는 글을 몰라 그걸 한쪽에 놓아두었다. 그런데 홀연 그의 허리에 뭔가 딱딱한 것이 묶여 있는 것을 느끼고 비수로 장포를 베어 살펴보니, 기름보자기에 뭔가가 싸여 있었다.

"이렇게 잘 감춰놓은 걸 보니 무슨 보물이라도 되나 보지?"

그 보자기를 묶은 줄을 끊어보니 한 부의 경전이었다. 놀랍게도 겉장에 '사십이장경'이라고 적혀 있는 것이 아닌가. 이 경전의 크기와 두께가 전에 봤던 것과 똑같았다. 단지 겉장이 붉은 비단 바탕에 흰색 테두리가 되어 있는 게 다를 뿐이었다.

위소보는 자신도 모르게 소리쳤다.

"맙소사!"

그는 얼른 자기 품속에 손을 넣어, 강친왕부에서 훔쳐온 그《사십이장경》을 꺼냈다. 다행히 항아리에 빠지자마자 서동이 건져올려 책 겉장만 젖었을 뿐 속은 멀쩡했다. 두 부의 경전을 탁자에 나란히 놓고 보니, 겉장만 붉은 비단과 붉은 비단에 흰 테두리라는 것만 다를 뿐 완전히 똑같았다.

태후 손에도 이 경전이 두 부 있다. 지난날 색액도와 함께 오배 집에서 몰수해온 두 부다. 지금 자기한테도 두 부가 생겼다. 위소보는 속으로 생각했다.

'이 경전에는 분명 뭔가 좀 아리송한 게 있는 것 같아. 한데 글을 모르니 애석하구나. 소군주한테 보여주면 틀림없이 알 텐데… 하지만 그럼 날 괜히 얕잡아볼 거야.'

그는 서랍을 열고 경전 두 부를 집어넣었다. 생각이 이어졌다.

'태후는 내가 자기의 비밀을 알고 있기 때문에 직접 날 죽이러 왔어. 그리고 다시 서동을 시켜 내가 자객과 내통했다는 엉뚱한 죄명을 뒤집어씌워 또 죽이려 했어. 좀 이따 서동이 돌아오지 않으면 다른 놈을 다시 보내겠지! 아무래도 선수를 쳐야 될 것 같아. 즉시 황상께 가서 다 고자질하고 내일 날이 밝는 대로 궁에서 달아나 다시는 돌아오지 말아야지!'

그는 방이에게 눈길을 돌리며 말했다.

"난 가서 거짓말을 좀 꾸며대야 해. 서동이 너희 목왕부와 결탁했다고 말이야. 마… 마… 방 낭자…."

그는 원래 '마누라'라고 말하려다 생각을 바꿨다. 지금은 상황이 긴박해서 괜히 농담을 하다가는 일을 그르칠 수도 있어 '방 낭자'라고 부른 것이다. 그의 말이 이어졌다.

"오늘 밤 너희는 왜 궁에 잠입한 거야? 황제를 암살하려던 거야? 그럼 계획을 바꿔. 태후가 정말 나쁜 화냥년이니까 그년을 죽이라고!"

방이가 말했다.

"이젠 한편이 됐으니 솔직히 다 말해줄게. 우린 오삼계의 아들 오응웅의 부하로 위장해서 황제를 노리러 온 거야. 황제를 죽일 수 있다면 더 좋고, 그러지 못하더라도 황제가 대로해 오삼계를 죽이게끔 계획을 짠 거지."

위소보는 숨을 길게 들이켰다.

"그렇군. 좋은 생각이야! 한데 어떻게 오응웅의 부하로 위장했지?"

방이가 대답했다.

"우린 일부러 평서왕의 부하라는 기호를 내복에 남겼어. 무기와 암기에도 평서왕부의 표식이 있고. 그리고 몇 가지 무기에는 '대명산해관大明山海關 총병부總兵府'란 글자도 새겨놨어."

위소보가 물었다.

"그건 왜?"

방이가 다시 대답했다.

"오삼계가 투항하기 전에는 우리 대명 조정에서 산해관을 지키는 총병이었어."

위소보는 고개를 끄덕였다.

"계획이 아주 철저했군!"

방이가 설명했다.

"우린 이번에 죽을 각오를 하고 온 거야. 순국하게 될 사람도 있을 테니, 그들 옷에 있는 표식이 오랑캐에게 발각될 수밖에 없잖아. 그리고 생포되면 처음엔 실토를 하지 않다가 고문에 못 이기면 평서왕이 사주해서 황제를 죽이러 왔다고 자백하기로 돼 있어. 우린 궁으로 들어오자마자 여러 군데에 표식 글이 새겨진 무기를 버렸어. 만약 전원이 무사히 퇴각한다면 그게 바로 증거가 되겠지."

그녀는 다소 흥분되는지 숨을 몰아쉬며 얼굴이 빨갛게 상기되었다.

위소보가 다시 물었다.

"그럼 소군주를 구하러 궁에 들어온 게 아니란 말이야?"

방이가 대꾸했다.

"물론 아니지! 우리가 신선도 아닌데 소군주가 궁에 있는 걸 어떻게 알 수 있었겠어?"

위소보가 고개를 끄덕이고 나서 물었다.

"혹시 표식이 돼 있는 무기가 있어?"

방이가 대답했다.

"있어."

그러고는 이불 속에서 장검 한 자루를 꺼냈다. 그러나 힘이 없어 높이 들어올리지 못했다.

위소보가 웃으며 말했다.

"너랑 한 이불 속에서 자지 않기를 잘했네. 하마터면 그 검으로 날 죽일 뻔했잖아."

방이는 얼굴이 빨개지며 그를 흘겨봤다.

위소보는 장검을 서동의 시체 허리춤에 끼어놓고 말했다.

"바로 가서 고자질할게. 이 검이 바로 서동이 자객과 한패라는 증거가 되겠지."

방이는 고개를 내둘렀다.

"검에 무슨 글자가 적혀 있는지 확인해봐."

위소보가 물었다.

"무슨 글인데?"

그는 글을 모르니 보나마나였다.

방이가 대답했다.

"검에 '대명산해관 총병부'라는 여덟 글자가 적혀 있어. 그런데 서동은 만주 사람이니 산해관 총병 휘하에 있었을 리가 없잖아."

위소보는 고개를 끄덕였다.

"음… 그렇군."

그러고는 장검을 다시 침상에 내려놓았다.

"그럼 이놈 몸에다 뭘 놔둬야 좋지?"

번뜩 떠오르는 생각이 있었다.

"옳거니!"

위소보는 오응웅에게서 받은 한 쌍의 비취 닭과 진주, 그리고 금표 다발을 전부 서동의 품속에 넣었다. 그는 오응웅이 시종들을 시켜 금표를 북경성 안에 있는 금은방에서 사왔다는 걸 알고 있었다. 궁에서 사람을 보내 조사해보면 출처가 바로 밝혀질 것이었다. 이거야말로 누명을 뒤집어씌우기에 천의무봉天衣無縫한 방법이었다.

위소보는 속으로 좋아하며 비아냥거렸다.

'오응웅 세자야, 세자야! 이 어르신이 살고 봐야 하니 너한테 조금 미안할 수밖에 없구나.'

그러고는 서동의 시체를 끌고 화원 쪽으로 옮기려 했다. 그런데 한 발짝 내딛자마자 집 밖에서 누군가 가까이 걸어오는 소리가 들려왔다. 그는 시체를 살며시 내려놓았다.

밖에서 한 사람이 말했다.

"황상께서 시중을 들랍십니다."

위소보는 내심 기뻤다.

'그렇지 않아도 오늘 밤에 황상을 뵙지 못할까 봐 걱정했는데, 황상이 사람을 시켜 날 데리러 왔으니 아주 잘됐어! 이 서동의 시체는 지금 밖으로 옮길 수 없겠군.'

그는 밖을 향해 대답했다.

"알았소, 옷을 갈아입고 바로 나가리다."

그는 서동의 시체를 침상 밑으로 소리 안 나게 밀어넣고, 소군주와 방이에게 손짓으로 조용히 있으라고 당부했다. 그러고는 얼른 젖은 옷을 갈아입었다. 그 검은 조끼는 좀 젖었지만 벗지 않았다.

막 밖으로 나가려는데 뇌리에 스치는 게 있었다.

'방이 계집은 믿을 수 없어. 내 물건을 훔쳐가면 안 되지!'

그는 두 부의 《사십이장경》과 은표다발을 품속에 갈무리하고 나서야 촛불을 끄고 방을 나섰다. 그런데 사부님이 준 그 무공 비급은 잊어버리고 가져가지 않았다.

12 조여오는 살수

"소계자, 네가 죽인 그 역도가 무슨 초식을 사용했지?"

위소보가 바로 대답했다.

"그는 횡소천군을 전개했고, 또 고산유수를 구사했습니다."

강희가 다륭에게 물었다.

"그건 무슨 무공이오?"

"아뢰옵니다. 그건 운남의 옛 목왕부의 무공인 듯싶습니다."

위소보가 문밖으로 나가보니, 네 명의 내관이 서 있었다. 그런데 한 명도 아는 사람이 없었다. 앞장선 내관이 말했다.

"계 공공, 황상께서 야밤인데도 공공을 모셔오라고 하셨소. 쯧쯧… 황상은 정말 계 공공을 총애하시는 것 같소. 한데 서 부총관은 어딨죠? 황상께서 계 공공과 함께 모셔오라고 했는데…."

위소보는 가슴이 철렁했지만 얼른 시치미를 뗐다.

"서 부총관이 궁으로 돌아왔나요? 난 보지 못했는데요."

그 내관이 말했다.

"그래요? 그럼 우리끼리라도 먼저 가죠."

말을 끝내고는 몸을 돌려 앞장서 걷기 시작했다.

위소보는 속으로 생각을 굴렸다.

'왜 나한테 서 부총관의 행방을 묻지? 내가 서 부총관과 함께 있는 걸 황상이 어떻게 알고?'

생각이 이어졌다.

'나는 너보다 직급이 높은 부총관 내관이야. 한데 왜 싸가지 없게 내 앞에서 걷는 거지? 나이도 먹을 만큼 처먹은 것 같은데, 그런 궁중 법도도 모른단 말이야?'

뭔가 심상치 않아서 물었다.

“그런데 공공은 성함이 어떻게 되죠? 전에 한 번도 본 적이 없는 것 같은데….”

그 내관은 얼버무렸다.

“계 공공이 우리처럼 하급 내관을 알 리가 없죠.”

위소보가 받아쳤다.

“황명을 받고 왔다면 끗발 없는 내관이 아닐 텐데….”

그러면서 주위를 살폈다. 황상의 침궁은 동북쪽에 있는데, 그 내관은 서쪽으로 걸어가고 있었다. 위소보가 다시 물었다.

“지금 길을 잘못 가고 있는 게 아니오?”

그 내관이 대답했다.

“틀림없어요. 황상께서는 자객들이 나타나 태후마마께서 혹시 놀라시지 않았는지 문안을 올리러 가셨습니다. 그래서 지금 자령궁으로 가는 중이오.”

위소보는 태후마마라는 말을 듣자 깜짝 놀라 걸음을 멈췄다. 그러자 뒤따르고 있던 내관 두 명이 바로 달려들어 양쪽에서 그의 팔을 끼었다. 네 명이 그를 가운데 두고 에워싼 격이 됐다.

위소보는 더욱 놀라 잽싸게 생각을 굴렸다.

‘아뿔싸, 큰일 났군! 황상이 날 부른 게 아니라 태후가 잡아오라고 한 거야.’

상대 네 명의 무공이 어떤지 알 수는 없지만 1대4로 싸우는 건 별로 승산이 없다. 게다가 소란을 피워 시위들이 달려온다면 달아나긴 틀려버리고 만다.

위소보는 가슴이 두근거렸지만 겉으론 히죽 웃었다.

"자령궁으로 간다고요? 참 잘됐군요. 태후마마는 날 볼 때마다 금은을 하사하거나 맛있는 약과와 사탕을 주셨어요. 내가 어리다고 특히 먹을 것을 많이 주셨지요."

그러면서 자령궁으로 통하는 회랑 쪽으로 걸어갔다.

네 명의 내관은 그가 스스로 자령궁으로 향하자, 다시 원래처럼 앞에 한 사람, 뒤에 세 사람의 형태를 유지했다.

위소보는 천연덕스럽게 말했다.

"지난번에도 태후마마를 뵈러 갔는데, 정말 운이 좋았어요. 태후마마께서는 내가 오배를 제압하는 데 공을 많이 세웠다면서 상금으로 금 5천 냥과 은자 2만 냥을 주셨어요. 난 힘도 약한데 어떻게 그 무거운 걸 가져올 수 있겠어요? 그러자 태후마마께서 한 번에 다 못 가져가면 천천히 가져가라고 하셨어요. 그리고 돈을 어떻게 쓸 건지도 물으시더군요. 그래서 맘에 맞는 친구가 있으면 그들에게 나눠줄 생각이라고 말했죠. 나 혼자 어떻게 그 많은 돈을 다 쓰겠어요? 주위 사람들하고 나눠 써야죠."

생각나는 대로 시부렁거리면서 달아날 궁리를 하느라 연신 잔머리를 굴렸다.

뒤쪽에 있는 내관 하나가 말했다.

"상금을 그렇게 많이 내리셨을 리가 있나?"

위소보는 둘러대는 데 명수였다.

"하하… 믿지 못하는 모양이지? 자, 이걸 보라고!"

그는 품속에서 은표 한 다발을 꺼냈다. 한 장에 500냥짜리도 있고 1천 냥, 2천 냥짜리도 있었다. 등롱불이 환하게 밝혀져 있어 진짜 은표임을 알 수 있었다. 네 내관은 그 많은 돈을 보자 숨이 턱 막혀 다들 걸음을 멈췄다.

위소보는 은표 네 장을 뽑아들고는 웃으며 말했다.

"황상과 태후마마가 계속해서 돈을 하사하시는데, 나 혼자 어떻게 다 쓰겠어요? 여기 은표 네 장이 있어요. 2천 냥짜리도 있고 1천 냥짜리도 있으니, 오늘 운이 어떤지 각자 한 장씩 뽑아봐요."

네 내관은 선뜻 그의 말을 믿지 않았다. 수천 냥의 은자를 그냥 내줄 사람이 어디 있단 말인가? 그래서 아무도 은표를 뽑으려 하지 않았다.

위소보가 말했다.

"은자를 이렇게 많이 지니고 있으면서 별로 쓸 데도 없으니 얼른 다른 사람들에게 주고 싶어요. 지금도 황상과 태후마마를 뵈러 가는데, 또 얼마나 많은 은자를 하사하실지 정말 걱정이에요."

그러면서 은표를 높이 들어올렸다. 바람에 은표가 나부꼈다. 위소보는 곁눈질로 주위 지형을 살폈다.

내관 하나가 웃으며 말했다.

"계 공공, 정말 우리한테 은표를 주는 거요? 농담이 아니겠죠?"

위소보가 당당하게 말했다.

"내가 왜 농담을 해요? 우리 상선감의 형제들은 1천 냥 넘게 안 받은 사람이 없다니까요. 자, 자, 자! 운을 한번 점쳐봐요. 누가 먼저 뽑겠어요?"

그 내관이 헤벌쭉 웃었다.

"내가 먼저 뽑아보지!"

위소보가 말했다.

"잠깐만, 우선 자세히 보세요."

그는 은표 네 장을 불빛 아래 가까이 가져갔다. 네 명의 내관은 똑똑히 보았다. 틀림없는 1천 냥짜리와 2천 냥짜리 은표였다. 모두들 안색이 확 변했다. 내관들은 아내를 얻지 못하고 물론 자식도 없다. 그리고 벼슬도 할 수 없어, 유독 금은재화에 대한 애착이 아주 강했다. 네 사람은 비록 궁에 들어온 지 오래됐지만 은자 1천 냥, 2천 냥은 만져본 적이 없었다.

위소보는 은표가 바람에 몇 번 나부끼도록 살랑살랑 흔들고 나서 웃으며 말했다.

"좋아요, 그럼 이 형제가 먼저 뽑도록 하죠."

그 내관이 팔을 뻗어 막 은표를 집으려는 순간, 위소보는 손을 놓았다. 그러자 은표 네 장이 바람에 날아갔다. 나비가 나풀나풀 춤을 추듯 꽃밭 사이로 흩날렸다. 위소보가 소리쳤다.

"어이구… 손을 놓쳐버리고 말았네. 빨리 낚아채요! 빨리… 은표를 줍는 사람이 임자예요!"

네 내관은 나는 듯이 은표를 쫓아갔다.

위소보는 계속 소리쳤다.

"저기 날아가고 있어요. 빨리 낚아채요!"

이어 몸을 웅크려 미리 봐두었던 꽃동산 뒤로 숨었다. 그곳에는 작은 동굴이 하나 있었다. 위소보는 이 일대 지형을 빠삭하게 알고 있었다. 꽃동산도 많이 조성돼 있고 군데군데 인조 동굴이 있는데 그 동굴들은 서로 이어지기도 했다. 일단 동굴 안으로 들어가면 좀처럼 찾아내기가 어려웠다.

네 내관은 각자 은표를 쫓아가 두 사람이 한 장씩 주웠다. 한 사람은 두 장을 찾아냈고 나머지 한 사람은 빈손이었다. 둘은 바로 다투기 시작했다. 한 사람이 말했다.

"계 공공은 줍는 게 임자라고 했어. 그러니 두 장 다 내 거야!"

다른 한 사람이 언성을 높였다.

"한 사람이 한 장씩이라고 했잖아. 난 그냥 1천 냥짜리만 주면 돼!"

두 장을 주운 내관은 완강했다.

"1천 냥짜리만 주면 된다고? 1천 냥이 뉘 집 개 이름이야? 난 한 냥도 못 줘!"

은표를 줍지 못한 내관이 상대의 멱살을 잡았다.

"이런 시팔… 줄 거야, 안 줄 거야? 가서 계 공공한테 물어보자고!"

그러면서 몸을 돌렸는데, 위소보는 온데간데없었다. 네 사람은 당황해 일제히 소리를 지르며 찾아나섰다. 그 와중에도 은표를 줍지 못한 사람은 상대의 멱살을 쥐고 계속 나눠달라고 악을 썼다.

위소보는 이미 10여 장이나 떨어진 동굴 안에 있었다. 그는 두 사람이 다투는 소리를 들으며 속으로 낄낄 웃었다.

'그래, 날이 밝을 때까지 숨어 있다가 뒷문을 통해 도망쳐서 다신 돌아오지 않을 거야.'

내관 한 명의 목소리가 멀리서 들려왔다.

"태후마마께서는 어떤 일이 있어도 계 공공과 서 부총관을 데려오라고 했는데, 대체… 어디로 숨은 거지?"

다른 한 내관이 말했다.

"아무리 숨어봤자 궁에서 벗어날 수는 없어. 그나저나 은표에 대해선 절대 입 밖에 내면 안 돼. 학郝 형제, 은표를 두 장 주웠으니 한 장은 노勞 형제에게 나눠줘. 괜히 나발을 불면 다들 한 푼도 챙기지 못하게 되잖아!"

그들의 음성은 차츰 멀어지고, 위소보는 다시 얼마 정도 기다렸다.

그때 갑자기 앞쪽에서 여러 사람의 발걸음 소리가 들려왔다. 한 사람이 말했다.

"오늘 밤 자객들이 궁에 잠입해 설치는 바람에 내일이면 다들 처벌을 받게 될지도 몰라."

위소보는 그들이 궁중 시위라는 것을 대번에 알 수 있었다.

다른 한 명이 말했다.

"계 공공이 황상께 말을 잘 해주길 바라야지."

또 한 사람이 말했다.

"계 공공은 비록 나이는 어려도 아주 의리가 있어. 분명히 우릴 감싸줄 거야."

위소보는 크게 기뻐하며 동굴에서 기어나와 나직이 말했다.

"잘 만났어요, 조용히 해요."

등롱을 들고 앞장서던 시위 둘이 그를 반갑게 맞았다.

"계 공공!"

시위는 대략 열댓 명 정도였다. 위소보는 그들을 알고 있었다. 조금 전 자기 집 창 밖에 왔던 그 시위들이었다. 그때 들었던 이름까지도 아직 기억하고 있었다.

"장 대형, 조 대형! 자객과 내통한 내관 네 명이 저쪽에 있으니 빨리 가서 붙잡아요. 그럼 또 공을 세우게 될 거예요."

이어 다시 몇 명의 이름을 불러주고 당부했다.

"혁 대형, 악 대형! 우선 놈들의 아혈啞穴을 찍거나 아래턱을 으깨버려 소릴 지르지 못하게 만들어야 해요. 소란을 피우다가 황상을 놀라게 하면 큰일이니까요."

시위들은 상대가 내관 네 명이라는 말을 듣자 대수롭지 않게 여겼다. 그들은 손짓을 교환해 등불을 끄고 몸을 숙인 채 내관들이 있는 쪽으로 천천히 접근해갔다.

내관 네 명 중 둘은 주위 동굴을 살피느라 여념이 없고, 나머지 둘은 아직도 은표를 놓고 다투고 있었다.

시위들은 포위망을 구축해 낮은 신호와 함께 사면팔방에서 일제히 덮쳐갔다. 시위 서너 명이 내관 하나를 제압하기란 누워서 떡 먹기였다. 내관 네 명은 이내 땅바닥에 나자빠졌다. 이 시위들은 아직 무공이 신통치 않아 점혈수법을 구사할 줄 몰랐다. 그래서 금나수법을 전개해 내관들의 아래턱을 내리쳤다.

내관들은 턱관절이 떨어져 입을 크게 벌린 채 말은 못하고 공포에 질려 있었다.

위소보는 한쪽에 빈집이 한 채 있는 걸 보고 얼른 나직이 외쳤다.

"저 안으로 끌고 가 신문해봅시다."

시위들은 내관 네 명을 개 끌듯이 빈집 안으로 끌고 들어갔다. 누군가 등롱을 밝혔다. 위소보가 방 한가운데 앉자, 시위들이 내관 네 명을 무릎 꿇렸다. 내관들은 태후의 명을 받고 사람을 잡으러 왔으니, 무릎을 꿇지 않으려고 버둥댔으나 시위들이 발로 차고 주먹으로 후려패서 강제로 무릎을 꿇게 만들었다.

위소보가 다그쳤다.

“너희는 조금 전에 뭘 그리 은밀하게 다투었느냐? 무슨 1천 냥을 받았다는 둥, 2천 냥을 받았다는 둥, 그리고 바깥에서 온 친구들은 운이 없어 개좆같은 시위들에게 많이 당했다고? 그 ‘바깥에서 온 친구들’이 누구냐? 그리고 왜 궁중 시위들더러 ‘개좆같은 시위’라고 했느냐?”

시위들은 부아가 치밀어 내관들에게 발길질을 해댔다. 네 명의 내관은 속으로 억울해 죽을 지경이었지만 아무 말도 할 수 없었다.

위소보가 다시 말했다.

“내가 몰래 뒤를 밟으며 들으니, 한 사람이 ‘내가 길을 안내했기 때문에 은표 두 장을 얻은 건데, 왜 너한테 한 장을 나눠줘야 해?’ 하고 말하던데?”

그러면서 은표 두 장을 주운 학 내관을 가리켰다. 이어 은표를 줍지 못한 노 내관을 가리키며 말을 이어갔다.

“넌 ‘다 함께 꾸민 일이니 극형을 당하더라도 같이 당하고, 돈도 공평하게 나눠가져야지! 왜 나한텐 안 나눠주는 건데? 안 돼! 나도 나눠줘’라고 말했지?”

그러고는 또 한 명의 내관을 가리켰다.

“그리고 너는 ‘학 형제, 은표를 두 장 주웠으니 한 장은 노 형제에게 나눠줘. 괜히 나발을 불면 다들 한 푼도 챙기지 못하게 되잖아!’라고 말했어. 내가 엿들은 말이 다 사실이지? 다 함께 무슨 일을 꾸민 거야? 극형을 당할 일이 뭔데? 은표는 도대체 어디서 얻은 거지?”

시위들이 앞다퉈 말했다.

“자객들을 안내해줬으니 당연히 극형을 당할 죄를 지은 것이고, 그 무슨 은표는 몸을 뒤져보면 바로 알 수 있겠지!"

내관들의 몸을 뒤지자 바로 은표 네 장이 나왔다.

"우아…!"

시위들은 은표가 어마어마한 거액이라 자신도 모르게 탄성을 질렀다. 내관이 한 달에 받는 봉록은 기껏해야 넉 냥에서 닷 냥 정도다. 그런데 몸에 이런 거액의 은표를 지니고 있으니 불문가지不問可知, 묻지 않아도 뻔한 일이었다.

조씨 성의 시위가 은표 두 장을 갖고 있던 내관에게 물었다.

"네 성이 학가냐?"

그 내관은 고개를 끄덕였다.

그 시위가 이번에는 은표를 줍지 못한 내관에게 물었다.

"네 성은 노가냐?"

그 내관도 창백한 안색으로 고개를 끄덕였다.

다른 시위 한 명이 핏대를 올렸다.

"좋다, 좋아! 자객이 돈을 많이 주니까 길을 안내하고 그들더러 뭐 '바깥에서 온 친구들'이라고? 그리고 우리더러 '개좆같은 시위'? 이런 육시할 놈들을 봤나?"

그가 발로 힘껏 뒤통수를 걷어차자 학가라는 내관은 눈알이 튀어나왔다.

"컥컥컥…."

목에서 이상한 소리만 날 뿐 아무 말도 하지 못했다.

조씨 성의 시위가 말렸다.

"신문을 해야 하니까 너무 호되게 다루면 안 돼."

이어 노가라는 내관의 아래턱을 위로 밀어올려 관절에 맞춰주었다. 그러자 조 시위가 뭐라고 묻기도 전에 위소보가 나섰다.

"너희들은 오늘 겁 없이 대역무도한 짓을 저질렀는데, 대체 누구의 지시를 받은 것이냐? 솔직하게 말해라!"

그 내관이 대답했다.

"억울해요! 우린 태후마마의 분부로…."

위소보는 펄쩍 뛰어 왼손으로 그의 입을 막고 호통을 쳤다.

"헛소리 말아라! 어떻게 그런 말을 함부로 지껄이느냐? 또 입을 열면 당장 죽여버리겠다!"

그는 오른손으로 비수를 뽑아 손잡이로 그 내관의 머리를 세게 두 번 내리쳤다. 내관은 바로 기절해버렸다.

위소보는 시위들에게 고개를 돌렸다.

"그의 말로는 태후가 지시했다는데, 이건… 이건… 이런 변이 어디 있겠어요?"

시위들은 일제히 안색이 변했다.

"저들더러 자객을 궁으로 안내하라고 지시한 게 태후라고?"

그들은 태후가 황상의 친모가 아니라는 사실을 다 알고 있었다. 태후는 아주 깐깐하고 결단력이 있기로 소문이 나 있었다. '혹시 황상이 그의 비위를 건드린 걸까? 그래서… 그래서…?' 황궁은 음모와 술수, 질투와 시기가 난무하는 곳이다. 상상을 초월하는 일이 벌어지는 것도 그다지 놀랄 일이 아니었다. 하지만 그 와중에 휘말리면 목숨을 잃을 수도 있는 법이었다.

위소보가 다른 내관에게 물었다.

"솔직히 말해야 한다. 이번 일이 정말 태후마마께서 분부를 하신 것이냐? 이건 아주 심각한 일이라 거짓말을 하면 엄청난 결과를 초래하게 된다."

그 내관은 말을 할 수 없으니 연신 고개를 끄덕일밖에!

위소보가 다시 물었다.

"그럼 너희들이 갖고 있는 은표는 태후마마가 준 것이냐?"

내관 세 명은 일제히 고개를 내둘렀다. 위소보가 또 물었다.

"좋아! 너희들은 자신의 뜻과는 상관없이, 그저 분부에 따라 행동한 것뿐이겠군. 그렇지?"

세 내관이 일제히 고개를 끄덕였다. 위소보가 다시 물었다.

"그럼 너희들은 죽길 원해, 살길 원해?"

이 물음은 고개를 끄덕이거나 흔들어서 대답할 수 있는 게 아니었다. 셋 중 한 명은 고개를 끄덕였고, 한 명은 내둘렀다. 나머지 한 명은 처음엔 고개를 끄덕였다가, 바로 흔들고, 생각해보니 그것도 아닌 것 같아 다시 끄덕였다. 위소보가 또 물었다.

"죽고 싶어?"

셋은 일제히 고개를 내둘렀다. 위소보가 다시 물었다.

"그럼 살고 싶어?"

셋이 일제히 아주 빨리 고개를 끄덕였다.

위소보는 두 명의 시위에게 밖에서 잠깐 보자는 눈짓을 보냈다. 그러고는 문밖으로 나서면서 나직이 말했다.

"우리 목 위에 자리 잡은 밥 먹는 곳이 잘못하면 이번에 이사를 가게 될 것 같아요."

두 시위는 멍해졌다.

"네?"

위소보가 말했다.

"모가지가 달아날 거란 말입니다!"

장씨 성의 시위는 이름이 장강년張康年이고, 조씨 성의 시위는 조제현趙齊賢이었다. 두 사람 다 한인으로 구성된 한군기漢軍旗 출신으로 한족이었다. 그들은 이미 놀란 나머지 넋이 달아나 있었다.

"그럼… 어떡하죠?"

위소보가 고개를 흔들더니 외려 반문했다.

"글쎄, 나도 어쩌면 좋을지 모르겠어요. 장 대형, 조 대형! 무슨 좋은 수가 없을까요?"

장강년이 말했다.

"만약 소문이 나면 엄청난 일이 벌어질 테니, 숨길 수만 있다면 가능한 한 숨기는 게 좋겠죠."

조제현도 동조했다.

"그래요! 내관들을 다 놓아주고, 그냥 없었던 일로 하죠."

위소보가 나섰다.

"물론 그들을 다 놔주면 좋겠지만, 그들이 태후께 이 사실을 아뢰지 말아야죠. 만약 입을 벙긋하면 태후는 분명 발끈해서 살인멸구, 입을 봉하기 위해 다 죽이려 할 거예요. 그 내관들은 물론 목숨을 부지할 수 없을 것이고, 우리 쪽 형제 열여섯 명하고 나까지 합쳐 거의 다 능지처참당할걸요."

두 시위는 동시에 몸서리를 쳤다.

잠시 후, 장강년이 오른손을 들어올려 목을 베는 시늉을 했다. 위소보는 두 사람의 표정을 살폈다. 둘 다 고개를 끄덕였다. 이어 장강년이 물었다.

"그럼 그들이 갖고 있는 은표 네 장은 어쩌죠?"

위소보가 대답했다.

"은자 6천 냥이니 여러분이 나눠가지세요. 난 혼비백산해서 그저 목숨만 부지하면 됐지, 돈 같은 건 필요 없어요."

두 시위는 6천 냥을 나눠가지라는 말에 눈이 빛났다. 각자의 몫이 300냥은 될 터였다. 웬 떡이냐 싶어 주저 없이 방 안으로 들어가 다른 동료 네 명에게 귓속말로 속닥였다. 네 시위도 곧 고개를 끄덕이더니 내관들을 끌어 일으켰다.

"태후께서 시킨 일이니 너흰 돌아가도록 해라."

위소보의 비수 손잡이에 맞아 기절한 내관도 지금은 깨어나 있었다. 그들은 크게 기뻐하며 밖으로 나갔고, 시위 네 명도 따라나갔다.

곧이어 밖에서 '컥, 컥…' 하는 이상한 소리와 비명이 들려왔다. 그리고 곧이어 시위 한 사람이 소리쳤다.

"자객이다, 자객이 나타났다!"

또 한 명이 외쳤다.

"아! 자객이 내관들을 죽였다! 잡아라!"

잠깐 사이를 두었다가 시위 네 명이 방으로 다시 들어와 위소보에게 말했다.

"계 공공, 밖에 자객이 나타나 내관 네 명을 죽였습니다!"

위소보는 길게 한숨을 내쉬었다.

"애석하군, 애석해! 자객은 달아나서 도저히 잡을 수가 없죠?"

시위 한 명이 대답했다.

"얼마나 빠른지 도저히 쫓아갈 수가 없었어요."

위소보가 말했다.

"음… 그거야 뭐 어쩔 수 없죠. 자객이 나타나 내관 네 명을 죽였다고, 가서 다 총관에게 보고하세요."

시위들은 웃음을 참으며 일제히 대답했다.

"네!"

위소보는 더 이상 웃음을 참을 수 없어 깔깔 웃었다. 시위들도 덩달아 웃음을 터뜨렸다.

잠시 후, 위소보가 여전히 웃음 띤 얼굴로 말했다.

"횡재한 것을 축하합니다, 내일 만납시다."

위소보는 서둘러 거처로 돌아왔다. 그가 막 문을 열려는데 홀연 꽃밭 사이에서 냉랭한 음성이 들려왔다.

"소계자, 아주 잘하는군!"

위소보는 태후의 음성임을 대번에 알아차리고 소스라치게 놀랐다. 대뜸 몸을 돌려 달아나려는데, 몇 발짝 나가지 못해 왼쪽 어깨가 따끔했다. 태후의 손이 그의 어깨를 낚아챈 것이다. 곧 온몸이 빼근해지며 마치 수백 근의 무게에 짓눌린 듯, 한 발짝도 내디딜 수 없었다.

위소보는 황급히 허리를 구부려 비수를 뽑으려고 했는데, 손가락이 칼자루에 닿자마자 오른손에 일장을 맞고 말았다.

"으악!"

그는 비명을 내질렀다. 곧이어 태후의 음성이 들려왔다.

“소계자, 어린 녀석이 아주 재주도 좋구먼. 내가 보낸 내관 네 명을 감쪽같이 죽인 것도 부족해 나한테까지 누명을 씌워 모함하다니, 흥! 이런….”

위소보는 속으로 ‘이젠 영락없이 죽었구나’ 하고 생각했다. 태후는 자기를 씹어먹고 싶을 정도로 미워하고 있으니 아무리 통사정을 해도 소용없을 거라는 것을 잘 알고 있었다. 어차피 이판사판이었다. 무슨 수를 써서라도 일단 겁을 줘서 시간을 벌고 기회를 엿봐 달아나는 수밖에 방법이 없었다.

위소보는 당당하게 말했다.

“태후마마, 지금 날 죽이기엔 이미 때가 늦은 것 같아요. 애석하군요, 정말 애석해….”

태후가 냉랭하게 반문했다.

“뭐가 애석하다는 것이냐?”

위소보가 말했다.

“날 죽여서 입을 봉하려는 모양인데 이미 한발 늦었다고요! 아까 그 시위들이 네 내관이 무슨 말을 했는지 아마… 아마 다 들었겠죠?”

태후의 음성이 더욱 싸늘하게 변했다.

“내가 내관들을 시켜 자객들을 궁으로 불러들였다고? 흥! 내가 뭐가 아쉬워서 자객들을 불러들이겠느냐?”

위소보는 깡다구를 부렸다.

“그 이유를 내가 어떻게 알겠어요? 그러나 황상께선 당연히 잘 알고 계시겠죠!”

어차피 십중팔구는 죽은 목숨이니 갈 데까지 가보자는 심산이었다.

태후는 화가 치밀어 냉소를 날렸다.

"흥! 이런 생쥐 같은 녀석! 지금 당장 널 죽일 수도 있지만, 그렇게 편히 죽게 하진 않을 거다!"

위소보는 앞뒤 가리지 않고 대들었다.

"그렇겠죠! 당장 이 소계자를 죽이면 내일 궁 안 사람들은 다 알겠죠. 다들 '소계자가 왜 죽었지?' 하고 수군거릴 테고, 그러면 당연히 '태후가 죽였다'고들 하겠죠! '태후가 왜 죽였지?' 하고 물으면 누군가 말하겠죠. '소계자가 태후의 아주 중대한 비밀을 알고 있었기 때문이야.' 그럼 또 물을 겁니다. '무슨 비밀인데?' 그렇게 되면 이러쿵저러쿵 세세하게, 하나도 빠짐없이 다 까발려질 거고, 입에서 입으로 궁 밖까지 다 알려지겠죠. 그러면 사태가 아주… 아주 복잡해지겠죠?"

태후는 울화가 치미는지 그의 어깨를 누르고 있는 손이 파르르 떨렸다. 그녀는 숨을 길게 들이켜 마음을 진정시키고 나서 말했다.

"기껏해야 그 시위 열댓 명이 알고 있을 테니 널 죽이고 나서 바로 서동을 시켜 그것들을 모조리 잡아들여서 처단하면 무슨 후환이 있겠느냐?"

위소보는 하하 웃었다. 태후가 눈살을 찌푸리며 물었다.

"곧 죽을 녀석이 웃음이 나오느냐?"

위소보가 말했다.

"태후마마, 서동을 시켜 그 시위들을 죽이겠다고요? 하하… 그는… 핫하…!"

태후가 다시 물었다.

"그가 어찌 됐다는 것이냐?"
위소보가 느긋하게 대답했다.
"그는 벌써 이미…."
그는 원래 '그는 이미 내 칼에 죽었다'라고 말할 생각이었는데, 그때 번뜩 뇌리에 스치는 게 있었다.
"하핫… 하하…!"
선뜻 말을 하지 않고 웃기만 했다.
태후는 궁금할밖에.
"그를 이미 어쨌다는 것이야?"
위소보는 그제야 뒷말을 바꿔 말했다.
"그는 이미 나한테 설복당했으니, 다신 태후마마의 말을 듣지 않을 겁니다."
태후는 코웃음을 쳤다.
"네깐놈이 무슨 재주로 그를 설복시켜 날 배신하게 만들겠느냐?"
위소보는 당당했다.
"나같이 보잘것없는 내시 따위는 당연히 그의 안중에도 없겠죠! 하지만 서 부총관이 겁내는 사람은 따로 있습니다요!"
태후의 목소리가 떨려나왔다.
"그게… 그게 황상이란 말이냐?"
위소보가 다시 느긋하게 말했다.
"우리 같은 잡것들이 황상을 두려워하는 건 당연한 일 아니겠어요? 그를 나무랄 수도 없죠, 안 그래요?"
태후가 물었다.

"서동에게 무슨 말을 했느냐?"

위소보의 대답은 간단했다.

"다 말했어요."

태후는 혼잣말로 중얼거렸다.

"다 말했다고…?"

잠시 침묵을 지키더니 다시 물었다.

"그는… 그는 지금 어디 있느냐?"

위소보가 대답했다.

"멀리 갔어요. 아주아주 멀리요. 다신 돌아오지 않을 겁니다. 태후마마, 그를 만날 수 있으면 좋겠죠. 당연히 만나려고 하겠죠. 하지만 만나기가 그리 쉽진 않을걸요!"

태후는 놀란 눈빛으로 물었다.

"출궁했단 말이냐?"

위소보는 내친김에 그럴싸하게 둘러댔다.

"그래요. 그는 황상도 겁나고 태후도 무서우니 중간에서 이러지도 저러지도 못하겠다고 울상을 짓더라고요. 아무래도 목숨을 부지하기 어렵겠고, 곧 살신지화殺身之禍가 닥칠 것 같으니, 역시 삼십육계 줄행랑을 치는 게 상수라고 했어요."

태후는 코웃음을 쳤다.

"벼슬자리도 버렸다고? 대체 어디로 달아났지?"

위소보가 천천히 입을 열었다.

"그는 아마… 아마…."

금방 뇌리에 스치는 생각이 있었다.

"무슨 대산으로 간다고 했는데, 육대인가 칠대인가… 아무튼 그리 간다고 했어요."

태후가 물었다.

"오대산 말이냐?"

위소보는 고개를 끄덕였다.

"맞아요, 맞아! 오대산이에요. 태후마마는 뭐든지 다 알고 있네요."

태후가 다시 물었다.

"그가 또 무슨 말을 했느냐?"

위소보가 생각을 더듬는 듯 고개를 갸웃거리며 대답했다.

"다른 말은… 별로 하지 않았어요. 단지… 단지 제가 부탁한 일은 무슨 수를 써서라도 꼭 지키겠다고 약속했어요. 아예 맹세까지 하더군요. 그 무슨 기름 가마솥에 들어가는 한이 있어도, 날벼락을 맞아 죽는 한이 있더라도 약속은 반드시 꼭 지키겠다고요!"

태후가 또 물었다.

"네가 부탁한 일이 뭔데?"

위소보는 우선 딴소리를 늘어놓았다.

"뭘 별것 아녜요. 서 부총관은 관직을 그만두는 건 상관없지만 앞으로 세상을 떠돌자면, 한두 해도 아닐 텐데 수중에 돈이 없다고 하더군요. 그래서 내가 2만 냥의 은표를 줬어요."

태후가 비아냥거리는 투로 말했다.

"그동안 많이도 긁어모았구나. 그 많은 은자가 어디서 났느냐?"

위소보는 당당하게 말했다.

"전부 다른 사람들이 준 거예요. 강친왕도 주고, 색액도 대인도 주셨고, 오삼계의 아들도 많이 줬어요."

태후가 다시 말했다.

"그렇게 많은 돈을 주었으니 서동이 고마워서 보답하려고 했겠지. 대체 뭘 부탁했지?"

위소보는 꾸물댔다.

"저… 그건 말하기 곤란해요."

태후가 싸늘하게 다그쳤다.

"정말 말을 안 할 것이냐?"

그러면서 그의 어깨를 누른 손에 힘을 약간 더했다.

"으악!"

위소보는 아파서 비명을 질렀다.

태후는 손의 힘을 좀 빼고 나서 다시 다그쳤다.

"빨리 말해!"

위소보는 한숨을 내쉬고 나서 말했다.

"서 부총관은 내가 만약 궁에서 피살되면 그 연유를 자세히 적어 황상께 상소해주겠다고 약속했어요. 상소문을 미리 작성해서 몸에 지니고 다니겠다고요. 그리고 또 약속했죠. 두 달에 한 번 내가… 내가…."

태후의 음성이 다시 떨렸다.

"계속 말해봐!"

위소보가 천천히 말을 이었다.

"두 달에 한 번 내가 천교로 가서 빙당冰糖 파는 사람을 만나 서로 연락을 취하기로 했어요. 내가 빙당장수에게 '비취 빙당이 있나요?' 하고 물으면, 상대는 '안 팔아, 안 팔아. 아직 죽을 때가 되지 않았어'

하고 말할 거래요. 내가 '가서 영감한테 말해봐!' 하고 답하면 그 사람이 바로 서 부총관한테 연락을 취해주기로 돼 있어요."

목숨이 경각에 달려 있어 다른 거짓말을 꾸며낼 여유가 없었다. 그래서 그냥 서천천을 만날 때 진근남이 가르쳐준 암호를 약간 변형시켜 둘러댔다.

태후는 냉소를 날렸다.

"강호의 무인들이 쓰는 연락 방법을 네깐놈은 절대 생각해내지 못했을 텐데, 서동 그 녀석이 가르쳐준 모양이군! 그렇지?"

위소보는 일부러 놀란 표정을 지었다.

"아니… 서 부총관이 가르쳐준 것을 어떻게 알았죠? 그래요, 우리가 얘기할 때 어디서 다 엿들었나 보죠?"

그의 어깨를 누른 태후의 손이 계속 떨리고 있는 것을 느낄 수 있었다. 잠시 침묵을 지키던 태후가 물었다.

"약속한 때가 됐는데도 네가 천교로 나가지 않으면 어떡하기로 했느냐?"

위소보는 특기를 살려 다시 둘러댔다.

"서 부총관이 그러는데, 다시 열흘을 기다리겠대요. 그래도 내가 나타나지 않으면 틀림없이 죽은 것이니, 그는 바로… 바로 무슨 수를 써서라도 황상께 상소문을 올리겠죠. 그때쯤이면 전 이미 죽었을 테니 뭐 별로 생길 것도 없겠지만 황상에 대한 충심만은 절대 변함이 없어요. 황상께 부디 몸조심해야 된다고 알려드려야죠. 누구에게 암살을 당하지 말고, 원한이 있으면 반드시 원수를 갚아야 된다고 말이죠. 나도 그렇고, 서 부총관도 오로지 황상께 충성을 다할 뿐이에요."

태후는 혼잣말처럼 중얼거렸다.

"원한이 있으면 반드시 원수를 갚으라고… 그거 아주 잘됐군!"

위소보가 진지하게 말했다.

"그동안 소인은 맨날 황상의 시중을 들면서도 쓸데없는 말은 눈곱만큼도 하지 않았어요. 제가 살아서 황상을 곁에서 모시는 이상, 황상이 그런 일을 모르게 하는 것이 가장 좋아요. 괜히 알아서 심기를 불편하게 만들 필요가 없잖아요?"

태후는 한숨을 내쉬었다.

"아주 생각이 깊고 착한 아이로구먼."

위소보가 다시 말했다.

"황상은 소인에게 아주 잘해주셨어요. 태후마마도 잘해준 게 사실이고요. 소인은 늘 태후마마께 충성을 바쳐왔고, 마마께서 기분이 좋으면 예전처럼 소인에게 다시 상을 내려주실 수도 있고… 그럼 모두에게 즐겁고 좋은 일 아니겠어요?"

태후는 연이어 몇 번 냉소를 날렸다.

"흥… 아직도 나에게 상을 바란단 말이냐? 정말 뻔뻔하고 낯가죽이 두껍구나."

그녀의 냉소에는 흐뭇해하는 마음도 약간 담겨 있었다. 말투도 한결 부드러워졌다.

위소보는 그녀의 말투가 달라진 것을 알아차렸다. 그렇게 상황이 전환될 기미가 보이자, 얼른 입을 열었다.

"소인이 무슨 욕심을 부리겠습니까? 그저 황상과 태후마마께옵서 평안하시고 화기애애하게 지내신다면 우리 같은 아랫것들은 하늘에서 내린 홍복이라 생각할 겁니다. 마마께옵서는 전혀 심려하지 마시옵소서. 소인이 내일이라도 당장 천교로 가서 그 빙당장수를 만나 서 부총관에게 조속히 말을 전하라고 할게요. 죽을 때까지 입을 굳게 다물고 있으라고요. 그리고 소인이… 소인이 다시 은자 3천 냥을 가져가 태후마마께서 하사하신 거라고 말할게요."

태후는 코웃음을 쳤다.

"직책을 버리고 달아난 그런 쓸모없는 것은 당장 목을 쳐도 시원치 않은데 은자까지 하사하라는 것이냐?"

위소보가 얼른 말을 받았다.

"아, 네! 그 3천 냥은 당연히 소인이 내야죠. 어떻게 태후마마의 하사를 바라겠습니까?"

태후는 그의 어깨를 짚었던 손을 천천히 풀면서 말했다.

"소계자, 정말 나한테 충성을 맹세하겠느냐?"

위소보는 황급히 무릎을 꿇고 연신 큰절을 올렸다.

"소인이 태후마마께 충성하면 좋은 점이 천만 개도 넘을 것이고, 불충하면 바로 목이 달아나겠죠. 이 소계자는 비록 어리석으나 대갈통이 중요하다는 것은 잘 알고 있습니다요."

태후는 고개를 끄덕였다.

"그래, 좋아, 좋아! 좋아!"

그녀는 '좋아'라는 말을 내뱉을 때마다 위소보의 등을 살짝 한 번씩 내리쳤다. 그 말을 세 번 내뱉었으니 연거푸 세 번을 친 셈이다. 위소보는 그 즉시 머리가 핑 돌고 눈의 초점이 흐려지며 구역질이 났다. 그리고 목구멍에선 계속 '컬컬컬' 하는 이상한 소리가 났다.

태후가 말했다.

"소계자, 그날 밤 해대부 그놈이 세간에 화골면장化骨綿掌이란 무공이 있다고 한 말을 너도 들었겠지? 그 무공을 상승 경지로 연마해서 사람을 내리치면 온몸의 뼈마디가 산산조각으로 부서진다. 허나 그 경지에 이르려면 여간 어려운 일이 아니란다. 물론 나도 그 경지는 못 된다. 그래도 네가 아주 착하고 귀여워서 등을 세 번 쳐 시험해봤다. 역시 재밌는 것 같아."

위소보는 속에서 기혈이 끓어올랐다. 구역질이 올라오는 것을 도저히 참을 수 없었다.

"우웩!"

결국 토하고 말았다. 선혈과 누런 음식물 따위가 왕창 입 밖으로 쏟아져나왔다.

위소보는 속으로 생각했다.

'이 늙은 화냥년이 내 말을 안 믿고 역시 독수毒手를 전개했군.'

태후가 다시 말했다.

"널 죽이지는 않을 것이니 겁내지 마라. 네가 죽으면 누가 천교에 가서 그 빙당장수를 만나겠느냐? 단지 가벼운 내상을 입혔으니 일하는 데 약간 불편한 점이 있을 것이다."

위소보는 머리를 조아렸다.

"태후마마의 은전에 감사드립니다."

그는 천천히 몸을 일으켰으나 비칠거리다가 다시 주저앉으며 울컥, 핏물을 토해냈다.

태후는 깔깔 웃으며 몸을 돌려 꽃밭 사이로 사라졌다.

위소보는 안간힘을 써서 몸을 일으켜 어기적어기적 거처로 돌아왔다. 창가에 기대 한참 숨을 몰아쉬고 나서 창문 안쪽으로 천천히 기어들어갔다.

소군주 목검병이 나직이 물었다.

"계 대형, 돌아왔어?"

위소보는 울화가 치밀었던 터라 욕을 했다.

"빌어먹을! 내가 아니면 누구겠어?"

방이가 나섰다.

"소군주는 걱정이 돼서 묻는데 왜 욕을 하는 거야?"

위소보는 막 창을 넘으려는 순간이었다.

"난…."

말을 제대로 잇지 못하고 '쿵!' 하는 소리와 함께 바닥에 쓰러져 일어나지 못했다.

방이와 목검병은 깜짝 놀라며 이구동성으로 물었다.

"아니… 왜 그래? 다친 거야?"

위소보는 창문에서 떨어져 뼈가 으스러지듯 아팠지만 두 여자가 걱정스레 묻자 기분이 좋아져서 하하 웃었다. 그러고는 숨을 가다듬고 나서 말했다.

"그 늙은 화냥년한테 몇 대 맞았어. 그 무슨 화골면장인지 뭔지… 제대로 연마를 못한 건지, 아니면 내가 보의寶衣를 입고 있었기 때문인지… 제기랄… 날 죽이진 못했어…."

숨을 몰아쉬더니 다시 말했다.

"예쁜 누이랑 마누라가 다 다쳤는데, 내가 다치지 않으면 그게 어디

행복과 고난을 함께하는 공생공사라고 할 수 있겠어?"
목검병이 물었다.
"계 대형, 어딜 다쳤는데? 많이 아파?"
위소보는 이 상황에서도 장난을 쳤다.
"예쁜 누이는 역시 인정이 있군. 그렇게 걱정을 해주니까, 원래는 엄청 아팠는데 이젠 다 나은 것 같아. 정말 이상한 일이잖아?"
목검병이 웃으며 말했다.
"순엉터리, 또 거짓말을 한다!"
위소보는 탁자를 짚고 숨을 몰아쉬며 일어났다. 그러면서 속으로 생각했다.
'이 어르신이 죽지 않고 목숨을 부지한 건 따지고 보면 서 부총관 덕이야. 한데 그 늙은 화냥년이 서동이 죽은 걸 알면, 난 얼마 못 가서 바로 꼴까닥하겠지!'
태후가 서동이 죽은 사실을 알게 해선 안 될 일이었다. 위소보는 약상자에서 그 청색 바탕에 흰 점이 있는 삼각형 약병을 찾아냈다. 해 노공의 약상자에는 많은 약이 있는데, 그가 아는 약은 오직 이 화시분化屍粉밖에 없었다.
그는 침상 밑에서 서동의 시신을 끄집어내 우선 품속에 넣어두었던 금표와 보석 등을 꺼내 챙겼다.
목검병이 말했다.
"침상 밑에 시체가 있는데, 계속 돌아오지 않아서 무서워 죽는 줄 알았어."
위소보가 말했다.

"정말 무서워서 죽었다면, 이 시체는 수화폐월의 길동무가 둘이나 생겨 저승길이 심심하지 않았겠지?"

방이가 말했다.

"퉤! 소군주, 더 이상 그와 말하지 마!"

위소보가 다시 말했다.

"지금부터 마술을 부릴 텐데, 볼 거야 안 볼 거야?"

방이는 잘라 말했다.

"안 봐!"

위소보는 강요하지 않았다.

"안 볼 거면 눈을 감아!"

방이는 바로 눈을 감아버렸다. 목검병도 눈을 감았지만 다시 떴다.

위소보는 약상자에서 작은 숟가락을 꺼내 약병 뚜껑을 열고 소량의 화시분을 떠 서동의 시신 상처 부위에 뿌렸다. 잠시 후, 상처 부위에서 연기가 피어오르더니 아주 고약한 냄새가 진동했다. 다시 얼마간 시간이 경과되자, 상처 부위에서 누리끼리한 물이 흥건히 흘러나와 그 양이 이내 많아졌다. 그에 따라 상처 부위도 갈수록 많이 썩어들어갔다.

"잇?"

목검병은 놀라 눈이 휘둥그레졌다.

방이도 호기심에 눈을 떴고, 이 광경을 보고는 역시 눈이 둥그레져 다시는 감지 않았다.

누런 물이 닿자 시체는 빠른 속도로 썩어들어갔다.

위소보는 두 사람이 놀라는 모습을 보고는 말했다.

"누구든 내 말을 듣지 않으면 이 가루약을 얼굴에 뿌려주겠어. 그럼 바로 이 꼴로 변할 거야."

목검병은 사색이 됐다.

"안 돼… 겁주지 마!"

방이는 눈을 부릅떠 그를 노려봤다. 하지만 놀란 기색까지 감추진 못했다.

위소보는 앞으로 다가가 약병을 그녀의 얼굴 가까이 흔들어 보이고 나서 품속에 갈무리했다.

시간이 얼마나 흘렀을까, 서동의 시신은 완전히 두 동강이 났다. 위소보는 걸상을 들어 걸상다리로 동강난 시신을 한데 모았다. 결국 얼마 안 지나서 시신은 완전히 누런 물로 녹아버렸다.

위소보는 길게 숨을 내쉬었다.

'늙은 화냥년이 백만 명의 군사를 오대산으로 보내도 서동을 잡지 못할 거야.'

그런 생각을 하면서 물항아리에서 물을 퍼내 시체에서 흘러나온 누런 물을 씻어냈다. 그걸 다 치우고 나니 피로가 밀려와 몸이 휘청거렸다. 그는 바로 침상에 쓰러져 잠들어버렸다.

잠에서 깨어났을 때는 날이 훤하게 밝아 있었다. 그는 가슴이 울렁거리고 구토를 하고 싶었지만 아무것도 내뱉지 못했다.

목검병이 걱정스러운 목소리로 물었다.

"계 대형, 좀 나은 것 같아?"

위소보는 몸을 일으켰다. 그제야 자신이 두 여자 발밑에서 옷을 입은 채 밤새 잠을 잤다는 사실을 알았다. 날이 밝은 것을 보고 그는 얼른 침상에서 내려왔다.

"난 황상을 뵈러 가야 하니 둘 다 여기 누워서 꼼짝도 하지 마!"

그는 창문을 통해 기어나가려 했는데, 허리가 너무 아파 어쩔 수 없이 문을 열고 나가 다시 밖에서 잠갔다.

위소보가 상서방에 온 지 반 시진도 못 돼 강희가 모습을 나타냈다. 그는 위소보를 보자마자 웃으며 말했다.

"소계자, 듣자니 어제 자객 한 명을 죽였다더군?"

위소보는 문안을 드리고 나서 말했다.

"황상께선 성체 강녕하신지요?"

강희가 웃으며 물었다.

"넌 운이 좋아서 자객과 한판 신나게 겨뤘지만 난 자객의 그림자도 못 봤어. 네가 죽인 그 사람의 무공은 어땠어? 무슨 초식을 썼지?"

위소보는 자객과 겨룬 일이 없다. 황제는 무공이 만만치 않아 함부로 말했다가는 들통이 날 수도 있었다. 순간, 그날 양류 골목에서 풍제중과 현정 도인이 시연했을 때 전개하던 초식이 떠올랐다.

"주위가 어두워 자세히 보지는 못했지만, 상대가 갑자기 왼발을 오른쪽으로 쓸어내면서 오른팔을 왼쪽으로 확…."

말을 하면서 손과 발을 따라서 움직였다.

강희는 그것을 보고 손뼉을 치며 말했다.

"맞아, 맞아! 바로 그 초식이야!"

위소보는 멍해져서 물었다.

"황상께서도 이 초식을 아시나요?"

강희가 웃으며 반문했다.

"넌 그 초식의 이름을 아느냐?"

위소보는 그게 횡소천군橫掃千軍 초식이라는 것을 알면서도 시치미를 뗐다.

"소인은 모르겠는데요."

강희는 우쭐거리며 말했다.

"그럼 내가 가르쳐주마. 그건 횡소천군이야!"

위소보는 깜짝 놀랐다.

"이름이 아주 멋있네요."

그가 놀란 것은 초식의 명칭이 아니라 강희도 그것을 알고 있다는 사실이었다. 강희가 물었다.

"상대가 그 초식을 썼을 때 넌 어떻게 맞섰지?"

위소보가 설명했다.

"순간적으로 너무 당황했어요. 어떡해야 좋을지 몰라 위기에 처했는데, 황상과 겨룰 때가 떠오르더라고요. 그때 황상께서 아주 절묘한 초식을 전개해 저를 머리 위에서 날려버렸잖아요. 그때 아마 무당파의 무공 영양괘각羚羊掛角이라고 했던 것 같아요."

강희는 크게 기뻐했다.

"내 무공을 써서 그의 횡소천군을 깨버렸다는 거야?"

위소보가 대답했다.

"네, 그래요. 저는 원래 무공이 신통치 않은데 다행히도 그때 황상과 겨루면서 공격수법을 많이 배웠어요. 그때 분명히 이렇게 후려치고, 이렇게 비틀어서…."

강희는 신이 났다.

"맞아, 맞아! 그건 내가 쓰던 자운수紫雲手랑 절매수折梅手야!"

위소보는 속으로 생각했다.

'아첨을 떨 거면 기분 좋게 확실하게 해야지!'

이어서 말했다.

"저는 황상을 흉내 내서 얼른 그의 손을 잡았어요. 잡긴 잡았지만 힘이 딸리고 잡은 부위도 정확하지 않아… 그가 뿌리치는 바람에 그만 놓치고 말았어요."

강희는 안타까워했다.

"애석하군, 애석해! 내가 가르쳐줄 테니 잘 봐. 상대방의 이곳 회종會宗과 외관外關혈 사이를 잡으면 절대 손을 뿌리칠 수가 없어."

그러면서 위소보의 손목 혈도를 낚아챘다. 위소보는 일부러 이를 악물고 힘껏 뿌리치는 척했다. 물론 강희의 손에서 벗어날 수 없었다.

"진작 가르쳐주셨다면 어젯밤 그렇게 아슬아슬한 일을 당하지 않았을 텐데요."

강희는 그의 손목을 놓아주면서 물었다.

"그래서 어떻게 됐지?"

위소보가 하던 이야기를 이어갔다.

"그는 제 손을 뿌리치자마자 몸을 번뜩이더니 제 뒤로 돌아와서 등에 쌍장을 내리쳤어요…."

강희가 소리쳤다.

"그건 고산유수高山流水야!"

위소보가 말했다.

"그게 고산유수인가요? 난 당시 너무 놀라서 낙화유수가 될 뻔했어요. 어쩔 수 없이 또 황상의 초식을 사용했지요."

강희가 웃으며 말했다.

"한심하군. 적과 겨루면서 왜 사부한테 배운 무공을 쓰지 않고 자꾸 내 무공을 사용하지?"

위소보가 다시 말했다.

"사부님한테 배운 무공은 연습할 땐 공격과 수비가 척척 잘 들어맞는데, 막상 적과 싸울 때는 별로 쓸모가 없어요. 저도 모르게 자꾸 황상의 무공만 떠오르는 거예요. 그때 상대의 손이 이미 제 등을 내리쳐서 혼비백산해 무슨 초식을 써야 할지 생각도 안 나더라고요. 그래서 아예 앞으로 쭉 밀려나면서 오른쪽으로 몸을 돌렸어요."

강희가 소리쳤다.

"잘했어! 그게 바로 회풍보迴風步야!"

위소보는 천연덕스럽게 말을 이었다.

"아, 그래요? 저는 그의 공격을 피하고 비수를 뽑아 뒤로 찌르면서 소리쳤어요. '소계자, 항복할 거냐?'"

강희가 깔깔 웃으며 물었다.

"왜 갑자기 소계자를 불러?"

위소보가 대답했다.

"저는 위급한 상황에서 황상의 초식을 그대로 흉내 낸 거예요. 황상은 뒤로 장풍을 전개하면서 저한테 늘 '소계자, 항복할 거냐?' 하고 소리치셨잖아요. 저는 장풍 대신 칼을 썼지만 저도 모르게 그 소리가 튀어나온 거죠. 상대방은 '항복!'이라고 소릴 지르지도 못하고 바로 죽어버렸어요."

강희는 웃으며 말했다.

"아주 잘했어. 내가 뒤로 일장을 전개한 것은 고운출수孤雲出岫란 초식인데, 넌 장풍을 검으로 바꿔 단번에 적을 제압했군."

강희는 무공을 연마한 뒤에 오로지 위소보와 형식적으로 겨뤘을 뿐, 진짜 목숨을 걸고 적과 싸운 적이 없다. 그런데 위소보가 자신의 무공을 써서 적을 이겼다고 하니, 마치 직접 적과 맞붙은 것 같아서 신바람이 났다. 정말 자기가 직접 나섰다면 위소보보다 훨씬 더 잘 싸웠을 거라고 생각했다.

"그 자객들은 무엄하기 짝이 없는데, 무공은 아주 평범했나 보지?"

위소보가 말했다.

"황상, 자객들의 무공도 만만치 않았어요. 우리 궁중 시위들 중 여러 명이 목숨을 잃었다고요. 저는 황상을 모시고 무공을 겨루면서 몇 수 훔쳐배웠기 때문에 간신히 살아난 겁니다. 그렇지 않았으면 황상께선 아마 조만간 성지를 내리시겠죠. 충신 소계자는 조정을 위해 자객과 싸우다 순직했으니 은자 1천 냥을 내려 위로하노라!"

강희는 웃었다.

"1천 냥 갖고 되겠느냐? 최소한 1만 냥은 내려야지!"

두 사람은 동시에 깔깔 웃었다.

잠시 후, 강희가 정색을 하더니 물었다.

"소계자, 혹시 자객들의 정체를 알고 있느냐?"

위소보가 대답했다.

"저는 잘 모릅니다. 황상께선 그들의 무공 내력을 아시니 아마 추측을 하실 수 있을 겁니다."

강희가 말했다.

"원래 확신이 서지 않았는데, 아까 네가 보여준 무공을 보고 다시 입증을 하게 됐다."

이어 상서방의 시종 내관에게 분부했다.

"색액도와 다륭을 들라 해라!"

두 사람은 이미 상서방 밖에서 대기하고 있던 터라, 황상의 명을 받자 바로 들어와 무릎을 꿇고 큰절을 올렸다.

다륭은 만주 정백기正白旗의 군관으로, 중원으로 들어올 때 많은 전공을 세웠다. 무공도 높았지만 오배에게 배척을 받아 벼슬길이 그리 순탄치 못했다. 최근 오배가 무너지자 비로소 강희에게 중용돼 어전 시위총관을 비롯해 건청문乾淸門, 중화전中和殿, 태화전太和殿 각처의 숙위宿衛를 맡는 등 고속 승진했다.

궁내 시위대신은 모두 여섯 명이다. 정황正黃, 정백正白, 양황鑲黃 삼기三旗에 각 두 명이 있다. 그중에서 진짜 실권이 있는 사람은 궁중 숙위를 관장하는 어전 시위의 정·부총관이다.

다륭은 요직을 맡은 지 얼마 되지 않아 궁에 난데없이 자객이 나타나는 바람에 밤새 잠을 설쳤다. 그리고 행여 황상과 태후로부터 질책을 받을까 봐 전전긍긍 불안해했다.

강희는 그의 눈이 충혈된 것을 보며 물었다.

"어제 잠을 제대로 못 잔 모양이군요. 그래, 자객을 붙잡아 뭔가 좀 알아냈소?"

다륭이 대답했다.

"아뢰옵니다. 생포된 자객은 모두 세 명이고, 그들을 엄히 신문했습니다. 처음엔 죽어도 입을 열지 않더니, 결국 혹형에 실토를 했습니다. 역시… 역시 평서왕… 평서왕 오삼계의 부하였습니다.”

강희는 고개를 끄덕였다.

“음….”

별다른 말이 없자, 다륭이 다시 아뢰었다.

“역적들이 남긴 병기에도 ‘평서왕부’라는 글자가 새겨져 있었습니다. 아울러 격살된 자객들의 내의에도 평서왕부의 표식이 있는 걸 확인했습니다. 간밤에 궁에 침입한 역적들의 정체는 확연합니다. 바로 오삼계의 수하들입니다. 설령 오삼계가 시키지 않았더라도 분명 그… 그와 연관이 있을 겁니다.”

강희는 색액도에게 물었다.

“경도 조사를 했소?”

색액도가 대답했다.

“아뢰옵니다. 역도들의 병기와 내의를 다 확인했습니다. 다 총관이 그들로부터 받아낸 자백도 틀림이 없습니다.”

강희가 말했다.

“그럼 그 병기와 내의를 가져와보세요.”

다륭이 대답했다.

“네!”

그는 황제가 비록 어리지만 영명하다는 것을 잘 알고 있었다. 이번 일은 매우 중대하므로 이미 각종 증거를 모아, 부하들로 하여금 그것을 갖고 상서방 밖에서 대기하도록 조치를 해놓았다. 즉시 밖으로 나가 그 증거물을 가져와서, 보자기를 풀어 탁자에 늘어놓고, 뒤로 한 걸음 물러났다.

청나라는 숱한 전투를 치르면서 중원 천하를 얻었다. 그래서 개국 군신들은 모두 무예에 능했다. 당연히 무기에도 익숙했다. 그러나 이곳은 상서방이라 신하가 황제 앞에서 병기를 보이는 것은 금기시됐다. 이를 아는 다륭이 신중을 기하기 위해 뒤로 물러난 것이다.

강희는 앞으로 나와 도검을 들어 자세히 관찰했다. 칼 한 자루에 새겨진 글씨에 시선이 머물렀다.

대명산해관大明山海關 총병부總兵部

강희는 빙긋이 웃었다.

"진실을 가리기 위해 연막전술을 쓸 수도 있지만, 그것이 지나치면 오히려 허점이 드러나게 되지."

이어 색액도에게 말했다.

"오삼계가 대역을 획책하기 위해 궁으로 자객을 보냈다면, 치밀하게 계획을 짜고 심사숙고를 거듭했을 거요. 한데 왜 다른 병기를 쓰지 않고, 하필이면 자신이 누구인지를 드러내는 글자가 새겨진 무기를 사용했을까요? 그리고 그 무기를 궁에 떨어뜨릴 수도 있다는 생각을 왜 못했을까요?"

색액도는 이내 깨달아지는 바가 있어 머리를 조아렸다.

"네, 네! 황상께옵선 역시 영명하시옵니다. 신은 그저 탄복할 따름입니다."

강희는 고개를 돌려 위소보에게 물었다.

"소계자, 네가 죽인 그 역도가 무슨 초식을 사용했지?"

위소보가 바로 대답했다.

"그는 횡소천군을 전개했고, 또 고산유수를 구사했습니다."

강희가 다륭에게 물었다.

"그건 무슨 무공이오?"

다륭은 비록 만주의 귀족 출신 고관이지만, 강호 각 문파의 무공에 대해서도 많이 알고 있었다. 게다가 횡소천군이나 고산유수는 생소한 초식이 아니었다.

"아뢰옵니다. 그건 운남의 옛 목왕부의 무공인 듯싶습니다."

강희는 손뼉을 한 번 치고 나서 말했다.

"그렇소! 다 총관은 제법 견식이 넓군요."

다륭은 갑작스러운 칭찬에 황공해하면서도 얼굴에 한 가닥 미소가 번졌다. 그는 얼른 무릎을 꿇었다.

"황상의 칭찬에 신은 몸 둘 바를 모르겠습니다."

강희가 말했다.

"다들 잘 생각해보시오. 오삼계가 정말 궁으로 자객을 보낼 작정이었다면, 절대 자신의 아들이 경성에 와 있는 동안 일을 저지르진 않았을 거요. 자객을 어느 때고 동원할 수 있는데, 왜 아들이 입궐 조견朝見할 즈음에 무모한 짓을 하겠소? 이게 바로 첫 번째 의문이 가는 점이오. 그리고 오삼계는 용병술에 능하며 주도면밀하다고 들었소. 한데 역모를 꾀하러 궁으로 보낸 자객들이 수적으로도 적고 무공도 아주 뛰어나지 않았소. 실패를 충분히 예견할 수 있는데, 이런 무모한 일을 저지른 목적이 뭐죠? 오삼계의 성격과는 전혀 부합되지 않아요. 이것이 두 번째 의문점이죠. 게다가 그가 자객들을 동원해 설령 목적한 대로 짐을 시해했다고 합시다. 과연 그에게 무슨 이득이 돌아가겠소? 정말 반란을 일으켜 황위를 찬탈할 심산이었단 말이오? 그렇다면 왜 아들을 북경으로 보냈겠소? 조정에서 바로 아들을 붙잡아 목을 치라는 이야기와 다를 바가 없잖아요? 이게 세 번째 의문점이오."

위소보는 앞서, 오삼계를 모함하기 위해 이번 일을 계획했다는 방이의 말을 듣고 묘책이라고 생각했었다. 그런데 강희의 분석을 들어보니 도처에서 허점이 발견됐다. 그는 절로 고개를 끄덕이며 강희의 영명함에 탄복하지 않을 수 없었다.

색액도가 나섰다.

"황상의 영명함은 소인들이 도저히 따라갈 수가 없습니다."

강희가 다시 말했다.

"다시 잘 생각해보시오. 만약 오삼계가 보낸 자객이 아니라면, 평서왕부의 병기를 휴대하고 역모를 획책한 목적이 무엇이겠소? 당연히 오삼계를 모함하기 위해서겠죠. 오삼계는 대청제국이 천하를 차지하는 데 지대한 공을 세웠어요. 그를 시기하고 증오하는 사람들이 적지 않겠죠. 진짜 자객들을 사주한 자가 누군지, 다시 단단히 신문해서 확인해야 할 것이오."

색액도와 다륭은 입을 모아 대답했다. 이어 다륭이 말했다.

"황상은 정말 영명하시옵니다. 황상의 지적이 없었다면 소인들은 우매하게 간계에 속아, 죄 없는 사람에게 억울한 누명을 씌울 뻔했습니다."

강희는 의미심장하게 웃었다.

"흠흠… 죄 없는 사람에게 억울한 누명이라…."

그는 더 이상 아무 말도 하지 않았다.

색액도와 다륭은 황제가 더 이상 분부를 내리지 않자 인사를 올리고 물러났다.

강희가 위소보에게 물었다.

"소계자, 내가 어떻게 그 횡소천군과 고산유수 두 초식을 알았는지 맞혀볼래?"

위소보는 가슴이 철렁했다.

"그러잖아도 이상하게 생각했는데, 어떻게 아셨죠?"

강희가 설명했다.

"오늘 아침 일찍 많은 시위들을 불러들여 간밤에 자객들과 싸운 상황을 자세히 물어봤어. 알아보니 자객이 사용한 무공 중에 몇 가지는 옛 목씨 문중의 무공이더군. 목씨 가문은 세세대대로 운남을 다스렸는데, 대청이 중원으로 들어와 운남을 오삼계에게 내주었으니, 목씨 집안이 어찌 분개하지 않을 수 있겠느냐? 게다가 목씨 집안의 마지막 왕인 목천파가 오삼계에게 죽음을 당했어. 내가 사람을 시켜 목가의 가장 잘 알려진 무공을 시연해보라고 했더니, 그중에 바로 횡소천군과 고산유수 두 초식이 포함돼 있더구나."

위소보가 그를 치켜세웠다.

"황상께선 정말이지 대단하십니다."

속으로는 걱정이 됐다.

'내 방에 목왕부의 두 여자가 숨어 있는데, 설마 그건 모르겠지?'

강희가 갑자기 웃으며 물었다.

"소계자, 혹시 횡재를 하고 싶은 생각이 없느냐?"

위소보는 '횡재'라는 말에 귀가 쫑긋해졌다. 걱정이고 나발이고 다 잊고 헤벌쭉 웃었다.

"황상께서 횡재하지 말라면 감히 할 수 없지만, 횡재를 하라면 어찌 감히 명을 거역하겠습니까?"

강희가 다시 웃으며 말했다.

"좋아, 횡재하라고 황명을 내리마! 이 도검 병기와 자객에게서 벗긴 내의, 그리고 그들의 자백서를 가지고 한 사람을 찾아가면 틀림없이 큰 횡재를 하게 될 것이다."

위소보는 처음에 멍해졌으나 이내 깨닫고 소리쳤다.

"오응웅!"

강희는 빙긋이 웃었다.

"아주 똑똑하군. 어서 가봐라!"

위소보가 몇 마디 덧붙였다.

"오응웅은 이번에 정말 운이 좋았어요. 모든 집안 식구의 목숨을 황상께서 새로 하사하신 거나 다름없죠."

강희가 궁금한 듯 물었다.

"가서 그에게 어떻게 말할 건데?"

위소보가 대답했다.

"이렇게 말할 겁니다. 오가야, 우리 황상께서는 명견만리明見萬里라, 너희 부자간이 운남에서 무슨 일을 하는지 손바닥 보듯이 다 알고 계셔. 역모를 꾸미지 않았다는 것을 물론 잘 알지! 허나 만약 흐흐… 엉뚱한 생각, 엉큼한 생각을 한다면 황상께서 바로 알아낼 수 있어! 제기랄, 그러니 허튼수작 말고 얌전히 있어야 돼!"

강희는 깔깔 웃었다.

"넌 아주 영리하고 재치가 있는데 글공부를 하지 않아 말투가 너무 투박해. 하지만 난 그 점이 맘에 들어. '제기랄, 그러니 허튼수작 말고 얌전히 있어야 돼!' 하하… 하하…."

위소보는 황제가 자기한테 '제기랄'이란 말을 배워 사용하는 것을 듣자, 기분이 '째지게' 좋았다. 그는 싱글벙글 절을 올리고 나서, 도검과 자백서 따위를 챙겨가지고 상서방을 나서 자기 거처로 돌아왔다.

위소보는 문을 따려는데 갑자기 등에 극심한 통증이 밀려와 구역질이 났다. 간신히 문을 열고 들어가 겨우 의자에 앉아서 계속 숨을 몰아쉬었다.

목검병이 걱정이 되어 물었다.

"아니… 어디가 아픈 거야?"

위소보가 말했다.

"아팠는데 수화폐월의 얼굴을 보니까 바로 나아버렸어."

목검병이 웃었다.

"사저야말로 수화폐월의 용모지, 난 얼굴에 작은 자라가 있어서 아주 보기 흉해."

위소보는 그녀가 농담까지 하는 것을 보자 기분이 좋아졌다.

"얼굴에 왜 자라가 있지? 아, 알았다! 예쁜 누이, 누이는 얼굴이 매끌매끌한 게 뽀얗고 윤기가 흘러서 마치 거울 같아. 그러니까 자라가 있지."

목검병은 이해가 가지 않아 물었다.

"무슨 말이야?"

위소보가 설명했다.

"누구랑 함께 자지? 얼굴이 거울 같으니까 함께 자는 그 사람의 모습이 비쳐서 당연히 자라가 생기지."

방이가 '퉤!' 했다.

"네 얼굴을 비춰야 소군주 얼굴에 자라가 생기겠지!"

위소보는 짓궂게 웃었다.

"내 얼굴을 비추면 예쁜 누이 얼굴에 아주 멋지고 귀티 나는 나리가 나타날 거야."

두 여자는 그의 과장된 자화자찬에 웃음을 금치 못했다.

방이가 웃으며 쏘아붙였다.

"그럼 자라 나리겠지!"

세 사람은 어우러져 나직하게 낄낄 웃었다.

방이가 물었다.

"그런데… 우린 무슨 수로 궁에서 빠져나가지? 좋은 방법을 좀 생각해봐."

위소보는 궁에 살면서 가는 곳마다 사람들이 떠받들어주니 신바람이 났다. 그런데 자기 방으로 돌아오면 혼자서 늘 심심하고 외로웠다. 그런데 생각지도 못한 젊고 예쁜 낭자가 둘씩이나 곁에 함께 있게 됐다. 비록 시시각각 어떤 위험이 닥칠지 알 수 없어 걱정이 좀 됐지만 그냥 떠나보내기가 아쉬웠다. 그래서 말했다.

"천천히 방법을 생각해봐야지. 지금은 부상을 당했으니 밖으로 나가기만 하면 바로 붙잡힐 거야."

방이가 한숨을 내쉬며 물었다.

"간밤에 궁에 들어온 우리 동료들 중에서 몇 명이 붙잡히고 몇 명이 희생됐지? 그들의 이름을 혹시 알지 않아?"

위소보는 고개를 내둘렀다.

"모르겠어, 꼭 알고 싶다면 내가 알아봐줄게."

방이가 낮은 목소리로 말했다.

"고마워."

위소보는 그녀를 만난 후로 이렇듯 부드럽게 말하는 것을 들어본 적이 없었다. 그래서 의아한 표정을 짓자 목검병이 말했다.

"특히 성이 유씨인 자가 무사히 달아났는지, 자세히 좀 알아봐줘."

위소보가 물었다.

"유씨라고? 이름이 뭔데?"

목검병이 대답했다.

"우리 유 사형은 유일주劉一舟라고 해. 그는… 우리 사저가 좋아하는 사람이야. 그러니… 그러니…."

그녀는 말을 제대로 잇지 못하고 까르르 웃었다. 방이가 말을 막기 위해 겨드랑이를 쿡쿡 찔러 간지럼을 태운 것이다.

위소보의 머리가 빠르게 돌아갔다.

"아아…!"

그러고는 바로 다음 말을 이었다.

"유일주라… 음… 그거 참 안됐군."

방이는 이내 표정이 굳으며 물었다.

"왜 그래요?"

위소보가 천연덕스럽게 말했다.

"그 키가 헌칠한 게 얼굴은 뽀얗고, 스무 살 정도의 멋진 젊은이가 아닌가? 무공도 아주 대단하던데… 맞지?"

위소보는 유일주가 누군지 알 턱이 없었다. 그러나 방이가 좋아하는 사람이라면 멋진 젊은이가 틀림없을 거라고 생각했다. 그리고 동문 사형이니 무공도 만만치 않을 게 분명해서 넘겨짚은 것이었다.

순진한 목검병이 바로 걸려들었다.

"맞아, 맞아! 바로 그 사람이야. 방 사저의 말로는 어제 자기가 부상을 입었을 때 유 사형이 시위 세 명과 싸우다 쓰러지는 걸 봤다는데, 아마 붙잡힌 것 같아. 지금 어떻게 됐을까?"

위소보는 한숨을 내쉬었다.

"휴… 그 유 소협이 바로 방이 낭자의 정인이었구먼…."

그는 연신 고개를 내두르며 한숨을 쉬었다.

방이의 안색이 어두워졌다.

"계 대형, 그 유… 유 사형은 어떻게 됐지?"

위소보는 속으로 시부렁댔다.

'못된 계집애, 나랑 말할 때는 벌이 쏘듯이 쏘아대더니 유 사형 얘기가 나오니까 뭐… 계 대형이라고? 좋아! 우선 겁을 잔뜩 줘야지.'

그는 다시 한숨을 길게 내쉬고는 고개를 절레절레 흔들었다.

"애석하군, 정말 애석한 일이야…."

방이는 사색이 됐다.

"왜요? 그는… 그는… 중상인가요? 아니면… 죽었나요?"

위소보는 깔깔 웃었다.

"애석하게도 그 무슨 유일주인지 유이주인지, 난 본 적이 없어! 그러니 중상을 입었는지 죽었는지 어떻게 알겠어? 나한테 '낭군님' 하고 세 번 부르면 확실하게 알아봐줄게."

방이는 앞서 그가 계속 고개를 절레절레 흔들며 한숨을 내쉬고 '애석하군, 애석하다' 뇌까리자, 유일주가 분명 죽었을 거라고 생각했다. 그런데 그게 아니라는 걸 알고는 마음이 한결 놓였다. 그녀는 뾰로통해져서 쏘아붙였다.

"말을 좀 제대로 해야지! 어느 말이 진실이고 어떤 말이 거짓인지, 도통 알 수가 없단 말이야!"

위소보는 콧방귀를 날렸다.

"흥! 그 유일주가 내 손에 걸려들기만 해봐라! 우선 밧줄로 꽁꽁 묶어 호되게 볼기짝을 때리고 나서 다그칠 거야. 야! 무슨 감언이설로 내 마누라의 마음을 빼앗았냐? 그리고 칼로 고환을 싹둑 잘라서 내시로 만들어버릴 거야!"

목검병은 그의 말을 잘 알아듣지 못했지만, 방이는 얼굴이 붉어지며 욕을 했다.

"요런 못돼먹은 것이 있나! 입만 뻥긋하면 헛소리군!"

위소보가 말했다.

"그 유 사형은 붙잡혀 있는 게 거의 틀림없어. 이 계 공공의 한마디면 다들 따르니까, 그가 내시가 될지 안 될지는 방 낭자가 나한테 어떻게 하느냐에 달려 있어. 사정할 거야, 안 할 거야?"

방이는 다시 얼굴이 붉어져 우물쭈물 말을 잇지 못했다.

목검병이 나섰다.

"계 대형, 누가 사정을 하지 않아도 도와줘야지. 그래야만 진정한 영웅호한이야!"

위소보는 손사래를 쳤다.

"아니야, 아니야! 난 누가 나한테 사정을 하는 걸 좋아해. '낭군님', '서방님' 하고 다정하게 불러줄수록 신바람이 나서 남을 도와주지."

방이는 잠시 망설이다가 입을 열었다.

"계 대형, 멋진 대형, 부탁해!"

위소보는 일부러 인상을 팍 썼다.

"낭군님!"

순진한 목검병이 또 나섰다.

"그렇게 부르라고 하면 안 되지. 사저는 나중에 유 사형한테 시집갈 테니, 유 사형이 낭군님이지. 어떻게 아무한테나 낭군님이라고 부를 수 있겠어?"

위소보는 막무가내였다.

"안 돼! 그녀가 유일주한테 시집가면 난 질투할 거야! 질투 때문에 술을 왕창 마실 거야!"

목검병이 진지하게 말했다.

"유 사형은 아주 좋은 사람이야."

위소보는 더욱 몽니를 부렸다.

"그가 멋있고 좋을수록 난 더욱더 질투심에 불타 술을 마시고 또 마시고, 고주망태로 취해서 횡설수설, 횡수설거, 콩팔칠팔할 거야! 하하… 하하하!"

그러고는 뭐가 그렇게 재밌는지 깔깔깔깔 웃으며 도검 따위가 들어 있는 보따리를 둘러메고 밖으로 나가 문을 걸어잠갔다. 그리고 시종 내관 네 명을 이끌고 말에 올라 기세당당하게 장안가에 있는 오응웅의 북경 저택으로 향했다.

위소보는 안장 위에 높이 앉아 박자를 맞춰가며 이상한 소리를 질러댔다.

"싹싹! 싹싹 싹! 팍팍! 팍팍 팍!"

그를 따르는 시종들은 무슨 뜻인지 몰라 어리둥절했다. 그럴밖에! '계 공공이 황명을 받들고 납신다! 이번에 운남 평서왕부를 등쳐서, 싹싹 긁어내고 팍팍 챙겨야지!' 이런 깊은 뜻이 담겨 있을 줄이야, 누군들 상상이나 하겠는가!

오응웅은 황명을 받은 흠차欽差가 왔다는 전갈을 받고 허겁지겁 달려나와 무릎을 꿇고 맞이해 대청으로 모셨다.

위소보는 칙사답게 의젓하게 말했다.

"황상의 분부를 받고 보여줄 것이 있어 가져왔소. 소왕야, 어찌 그리 무엄하고 겁이 없는 거요?"

오응웅은 고개를 들지 못했다.

"비직卑職은 원래 겁이 많아 무엄함을 범하지 못합니다."

위소보는 일단 시치미를 뗐다.

"겁이 많다고요? 한데 하는 일을 봐서는 무엄하기 짝이 없는 것 같소이다!"

오응웅이 어리둥절해하며 말했다.

"무슨 말씀이신지 비직은 잘 모르겠습니다. 명시해주시길 바랄 뿐입니다."

'비직'은 원래 아래 관리가 자신을 낮추는 말이다. 그런데 오늘 위소보가 황명을 받들고 와서 으름장을 놓으니, 아무래도 분위기가 심상치 않은 것 같아 스스로를 '비직'으로 낮춘 것이었다.

위소보는 음성을 약간 높였다.

"어젯밤에 궁으로 자객을 몇 명이나 보냈소? 황상께서 나더러 확실히 알아보라고 하셨소."

오응웅도 간밤에 궁에 자객이 들었다는 소식을 전해들었다. 그런데 위소보가 이렇게 묻자 기절초풍했다. 그는 황급히 무릎을 꿇고 천장을 향해 연신 큰절을 올리며 말했다.

"소신 부자에게 베풀어주신 황상의 은혜는 하해와 같습니다. 소신 부자는 우마牛馬가 되어도 성은에 다 보답하지 못할 겁니다. 소신 오삼계, 오응웅 부자는 기꺼이 목숨을 다 바쳐 황상께 충성할 것을 맹세하며, 절대 무엄한 짓을 하지 않을 것입니다."

위소보는 그가 비로소 겁을 잔뜩 집어먹었다는 것을 알아채고 웃으며 말했다.

"일어나시오, 일어나요. 큰절은 나중에 직접 황상께 올려도 늦지 않아요. 소왕야, 우선 보여드릴 게 있소이다."

그러면서 가져온 보자기를 풀어 물건들을 탁자에 늘어놓았다.

오응웅은 몸을 일으켜 보자기 속에서 나온 병기와 옷을 보고는 손이 바들바들 떨렸다. 그는 떠듬떠듬 말을 제대로 잇지 못했다.

"이건… 이건…이건…."

이어 자백서를 집어들었다. 거기에는 체포된 자객들이 자백한 내용이 명명백백하게 적혀 있었다.

> 자객들은 평서왕 오삼계의 명을 받고 궁으로 잠입해 오랑캐 황제를 죽이고, 그 즉시 오삼계를 황제로 옹립한다. ……

오응웅은 더 이상 읽어 내려가지 못했다. 제아무리 기지가 뛰어난 오응웅이라 해도 너무 놀라 혼이 달아나고 다리가 후들후들 떨려 다시 무릎을 꿇고 말았다. 이번엔 위소보 앞에 꿇어앉았다.

"계… 계 공공, 이건… 이건 사실이 아닙니다. 소신 부자는 간인奸人의… 모함을 받은 겁니다. 공공께서 황상께… 천… 천명하여 부디…."

위소보가 말했다.

"보시다시피 이 병기는 역도들이 역모를 꾀하기 위해 궁에 가져온 거요. 병기에 분명히 평서왕부의 표식이 새겨져 있잖소?"

오응웅은 단호하게 말했다.

"소신 부자에게 원한을 품은 자들이 많으니 필시 그들의 간계일 겁니다."

위소보는 잠시 생각을 하는 듯하더니 이내 고개를 끄덕였다.

"그 말도 일리가 없진 않소. 그러나 과연 황상께서 믿어주실지 모르겠소."

오응웅은 다시 간곡하게 말했다.

"공공께서 대은대덕을 베풀어 황상께 비직 부자의 누명을 벗겨주십시오. 그럼 공공을 저희 부자와 가솔들의 목숨을 구해준 은인으로 받들겠습니다."

위소보가 다시 말했다.

"소왕야, 어서 일어나시오. 어젯밤 저에게 예물을 주셨는데, 마치 오늘 일을 예견한 듯싶습니다. 허허… 허허…."

오응웅은 원래 몸을 일으키려다가 그의 이 말을 듣고는 다시 무릎을 꿇었다.

"공공께서 황상께 저희 부자의 억울함을 조금만 소명해주신다면, 황상께선 영명하시어 공공의 말을 믿어줄 겁니다."

위소보는 능청을 떨었다.

"이번 일은 이미 걷잡을 수 없을 만큼 커졌소. 색액도 대인과 시위총관 다륭 대인도 이미 황상을 알현하고 자객들의 자백서를 올렸소. 알다시피 이런 엄청난 역모대죄를 누가 쉽게 가라앉히고 무마할 수 있겠소? 물론 황상께 억울함을 소명해줄 수 없는 것은 아니오. 내게 한 가지 묘안이 있는데… 비록 성사될 확률이 십중팔구라고 장담할 수는 없지만, 소왕야 부자의 억울한 누명을 벗겨드리는 데는 별 문제가 없을 것 같소. 단지 좀… 너무 번거로울 따름이오."

오응웅은 크게 기뻐했다.

"오로지 공공의 도움만 바랄 뿐입니다."

위소보가 말했다.

"일어나서 얘기합시다."

오응웅은 몸을 일으켰으나 연신 허리를 숙여 굽실거렸다.

위소보가 나직이 물었다.

"자객을 보내지 않은 게 사실이죠?"

오응웅은 펄쩍 뛰었다.

"절대 아닙니다! 비직이 어떻게 그런 사악무도하고 골백번 죽을 대역죄를 저지를 수 있겠습니까?"

위소보는 고개를 끄덕이며 일단 으름장을 놓았다.

"좋아요, 우린 새로운 친구니 친구의 말을 믿겠소! 만에 하나 자객을 보낸 게 사실이고, 나중에 그것이 밝혀진다면, 난 그냥 죽지 않을 겁니다. 왕야 일가족도 결코 무사하지 못할 거요!"

오응웅은 그야말로 똥줄이 탔다.

"계 공공, 절대 그럴 리가 없으니 안심하고 또 안심해도 됩니다."

위소보가 그럴싸하게 물었다.

"그렇다면… 소왕야의 생각으로는 누가 그 역도들을 궁으로 보낸 것 같소?"

오응웅은 잠시 생각하다가 입을 열었다.

"소신 부자는 원한을 지은 사람이 워낙 많아서… 선뜻 누구의 소행인지 단정을 짓기가 어렵네요."

위소보가 말했다.

"제가 황상께 소명을 하는 건 문제가 안 되는데, 그래도 평서왕부를 모함한 자가 누군지 구체적으로 밝혀야 황상께서 믿어주시겠죠."

오응웅은 연신 고개를 끄덕였다.

"아, 네! 네… 가친은 청 왕조의 건국을 위해 많은 역도들과 맞서싸워 섬멸했습니다. 그들의 잔당은 다들 가친에 대해 원한을 품고 있겠죠. 이자성의 잔당을 비롯해서 명나라의 당왕과 계왕의 후손들, 그리고 운남의 목가… 원한을 갚으려고 무슨 짓인들 못하겠습니까!"

위소보는 고개를 끄덕였다.

"그 무슨 이자성의 잔당이나 운남 목가의 후손들은 어떤 무공을 연마했죠? 나한테 몇 가지만 가르쳐줘봐요. 그럼 황상께 가서 어젯밤 자객들이 전개한 무공이라고 하면서 그대로 펼쳐 보이면 틀림없이 믿으실 겁니다."

오응웅은 크게 좋아했다.

"그거 정말 좋은 생각이군요. 비직의 무공은 신통치 않으니 부하를 데려오겠습니다. 잠깐만 앉아 계십시오."

그러면서 인사를 올리고 서둘러 안채로 들어갔다.

얼마 후, 그는 한 사람을 데려왔다. 바로 그의 '시종' 중 우두머리인 양일지였다. 위소보는 전날 그를 도와 노름판에서 은자 700냥을 따주었다. 양일지는 위소보에게 정중히 인사를 올렸다. 그의 안색이 어두운 것으로 미루어 오응웅이 그에게 사정을 얘기해준 모양이었다.

위소보가 말했다.

"양 대형, 걱정 말아요. 강친왕부에서 멋진 솜씨를 보인 것을 문무대신들이 다 지켜봤어요. 절대 양 대형을 자객이라 하지 않을 거예요. 그건 내가 보증할게요."

양일지가 말했다.

"네, 네! 정말 감사합니다. 역도들은 치밀한 흉계를 꾸몄을 테니, 어쩌면 역으로 우릴 모함할지도 모릅니다. 일부러 우릴 강친왕부로 데려가서 문무대신을 증인으로 만들고, 암암리에 따로 자객을 궁으로 보내 대역죄를 범한 거라고 억지를 부릴 수도 있습니다."

위소보는 고개를 끄덕였다.

"그 말도 일리가 있군요."

양일지가 다시 말했다.

"세자를 통해, 공공께서 정의와 진실을 바로잡기 위해, 저희의 결백을 밝혀주실 거라고 들었습니다. 정말 저희의 대은인이십니다. 평서왕부에 원한을 진 사람은 워낙 많고, 그들의 무공 또한 아주 잡다합니다. 그러나 목왕부의 무공만은 독창적이라 누가 봐도 금방 알아차릴 수 있습니다."

위소보가 다시 말했다.

"그렇군요. 그럼 목왕부 사람을 찾아내서, 무공을 시연해 보이라고 해야 하는데, 지금은 그러기가 쉽지 않겠네요."

양일지가 말을 받았다.

"목가권과 목가검은 운남에서 널리 알려져 있기 때문에 소인도 약간은 기억하고 있습니다. 몇 가지만 펼쳐 보이겠습니다. 자객들이 검을 들고 궁에 잠입했다고 하니, 목가검 중 회풍검迴風劍을 한번 보여드릴까요?"

위소보는 좋아했다.

"양 대형이 목가의 무공을 알고 있다니 정말 잘됐어요. 한데 난 검법에 대해 전혀 아는 게 없으니 봐도 배우지 못할 겁니다. 그보다는 목가권을 좀 배워볼게요."

양일지가 고개를 살짝 숙이며 말했다.

"공공은 너무 겸손하십니다. 오배를 제압해 온 나라에 명성을 날렸으니 권법의 조예가 상당히 깊겠죠. 제가 시연하면서 미흡한 부분이 있으면 바로 지적해주십시오."

말을 마치고 대청에서 자세를 취하며 권법 초식을 천천히 시연해 보였다.

이 목가권법은 지난날 목영沐英이 직접 창시해 300년 넘게 이어져 왔고, 그동안 목가권의 고수도 많이 배출됐다. 그야말로 자타가 공인하는 절정 무학으로, 운남을 중심으로 널리 알려져 있었다.

양일지는 비록 목가권을 연마하지는 않았지만, 원래 무공이 뛰어나고 견문이 넓어서 한 초식 한 초식 펼쳐나가자, 절묘한 이어짐과 무게가 실린 기도氣度가 좌중을 압도했다.

위소보는 그가 횡소천군 초식을 전개하자 절로 찬사를 보냈다.

"멋진 초식이오!"

나중에 또 고산유수가 펼쳐지자 다시 환호했다.

"우아! 대단한 초식이오!"

목가권 시연이 끝나자 다시 말했다.

"좋아요, 좋아! 양 대형의 무공은 정말 대단합니다. 강친왕부의 무사들은 열 명이 덤벼도 양 대형을 당해내지 못할 거예요. 시간이 별로 없어 많이 배울 순 없지만 한두 가지는 기억해뒀으니 나중에 황상께 보여드리겠습니다."

그러고는 자리에서 일어났다.

"양 대형, 황상이 무공 고수를 불러와서 확인하라고 할 텐데, 이렇게 하면 무슨 무공인지 알아볼 수 있을까요?"

그러면서 자세를 취했다. 그리고 손짓 발짓을 해가며 횡소천군과 고산유수 초식을 흉내 냈다.

양일지의 표정이 환해졌다.

"공공께서 보여준 횡소천군과 고산유수에는 초식의 정수精髓가 그대로 담겨 있습니다. 전문가라면 대번에 목가권임을 알아볼 겁니다. 공공은 한 번만 보고도 이내 깨우치시니 정말 영민하십니다. 우리 평서왕부는 이제 숨통이 트일 것 같습니다."

오응웅도 연신 굽실거렸다.

"오씨 문중 수백 명의 목숨이 다 계 공공 손에 달려 있습니다."

위소보는 속으로 생각했다.

'오삼계는 집에 금산은산金山銀山이 가득할 테니, 돈은 얘기할 필요도 없겠지.'

그는 곧 읍을 해 답례하며 말했다.

"좋은 친구끼리 서로 돕는 게 당연하죠. 소왕야, 은덕이니 생명의 은인이니, 그런 말은 하지 마십시오. 그리고 저는 최선을 다할 뿐이지, 과연 모든 게 순조롭게 될지는 장담 못합니다."

오응웅은 다시 허리를 숙였다.

"네, 네!"

위소보는 가져온 것을 다시 보자기에 싸서 겨드랑이에 끼었다.

'이건 그냥 놔두고 갈 수 없지.'

그때 문득 생각나는 일이 있었다.

"참, 소왕야! 황상께서 한 가지 물어보라는데요, 운남에서 경성으로 보낸 관리 중에 혹시 노일봉이란 사람이 있습니까?"

오응웅은 순간 멍해졌다가 이내 생각을 굴렸다.

'노일봉은 콩알만 한 작은 벼슬아치고 상경해서 아직 황상을 알현하지도 않았을 텐데, 황상께서 그를 어떻게 아시지?'

궁금해하면서 말했다.

"노일봉은 새로 위임된 운남 곡정현의 현령입니다. 지금 경성에서 황상의 부름을 기다리고 있는 중인데요."

위소보가 말했다.

"노일봉이 며칠 전에 경성 주루에서 양민들을 핍박하고 못된 하인들을 시켜 악행을 저질렀는데, 황상께서는 그가 잘못을 반성하고 있는지 소왕야한테 확인해보라고 하셨습니다."

노일봉이 오삼계로부터 곡정현 현령으로 발령받은 것은 은자 4만 냥을 뇌물로 바쳤기 때문이었다. 그중 3천 냥을 슬쩍 삼킨 오응웅은 지금 위소보의 말을 듣고 소스라치게 놀랐다.

"비직이 단단히 혼을 내주겠습니다."

바로 양일지에게 분부했다.

"지금 당장 가서 노일봉을 잡아들여 우선 곤장 50대를 치고 하옥시키시오."

이어 위소보에게 몸을 숙였다.

"공공, 수고스럽지만 황상께 아뢰어, 소신 부자의 불찰로 사람을 잘못 추천해 민폐를 끼쳤으니 문책을 달게 받겠다고 전해주십시오. 그리고 당장 노일봉을 파직해 영구히 채용하지 않고 엄히 다스릴 겁니다."

위소보는 시치미를 뗐다.

"그렇게까지 중벌을 내릴 필요가 있을까요?"

오응웅은 단호하게 말했다.

"노일봉의 횡포를 황상께서도 다 아셨으니 절대 용서할 수가 없습니다!"

이어 양일지에게 다시 일렀다.

"그놈을 단단히 혼내주도록 하시오!"

양일지가 대답했다.

"네!"

위소보는 속으로 혀를 찼다.

'그 노가는 아마 목숨을 부지하기 어렵겠군.'

이어 말했다.

"지금 입궐해서 황상을 알현할 텐데, 그 횡소천군과 고산유수를 실수 없이 비슷하게 시연해 보일 수 있었으면 좋겠습니다."

말을 마치고는 작별을 고했다.

오응웅은 얼른 소매 안에서 두툼한 봉투를 꺼내 두 손으로 바쳤다.

"계 공공의 대은대덕을 무엇으로 보답해도 부족할 겁니다. 어쨌든 다 총관과 색 대인, 그리고 어전 시위들에게 작은 경의라도 좀 표해야 마음이 놓일 것 같습니다. 이건 작은 성의니 수고스럽지만 계 공공께서 비직을 대신해 전달해주십시오. 모두들 도와줘야 소신 부자의 누명이 벗겨질 수 있지 않겠습니까."

위소보는 사양하지 않고 그것을 받아 웃으며 말했다.

"제가 대신 성의를 전해주라고요? 그런 심부름쯤이야 뭐 어려울 것이 없습니다."

그는 궁에 1년 남짓 머물면서 내관들의 상투적인 말투를 충분히 익혔다. 게다가 약삭빠른 북경 말투까지 몸에 배, 이제 양주 사투리는 전혀 쓰지 않았다. 만약 지금 소계자로 위장한다면 아마 해 노공도 전혀 눈치를 채지 못할 것이었다.

오응웅과 양일지는 공손하게 그를 문밖까지 배웅했다.

위소보는 가마를 타고 궁으로 돌아가는 도중에 봉투를 확인해보니 은표 10만 냥이 들어 있었다. 바로 머리를 굴렸다.

'빌어먹을! 우선 절반을 잘라먹어야지!'

그는 5만 냥을 추려내 품속에 잘 갈무리하고, 나머지 5만 냥을 다시 봉투에 넣었다.

입궐한 위소보는 먼저 상서방으로 달려가 강희를 알현했다. 오응웅은 황상께서 영명하여 자기 부자의 누명을 벗겨줬다는 얘기를 듣고 감격하여 어찌할 바를 모르더라고 아뢰었다.

강희는 하하 웃었다.

"아마 이번에 놀라서 혼비백산했을걸!"

위소보도 웃으며 말했다.

"너무 놀라 오줌을 질질 싸더라고요. 그래서 소인이 단단히 타일렀죠. 이와 유사한 일은 나중에도 발생할 수 있으니 가서 오삼계와 함께 허튼수작 말고 오로지 황상께 충성을 다하라고 말입니다."

강희는 만족한 듯 연신 고개를 끄덕였다.

위소보가 다시 말했다.

"일단 겁을 팍 주고 나서 소인이 그에게 말했어요. 황상께서는 명견만리라 자객의 무공을 조사해 바로 목가의 소행임을 알아차렸다고요. 오응웅은 놀라면서도 너무 기뻐 입이 헤벌쭉 벌어져가지고 계속 황상의 영명함을 극구 칭송했어요."

강희가 미소를 지었다. 위소보는 품속에서 봉투를 꺼냈다.

"그는 너무 감격한 나머지 은표를 꺼내줬어요. 모두 5만 냥이더군요. 소인한테 만 냥을 주고 남은 것은 어제 고생한 시위들에게 나눠주라고 했어요. 황상, 말씀하신 대로 이번에 큰 횡재를 한 겁니다."

은표는 한 장에 500냥짜리라 100장이나 되니 제법 두툼했다.

강희가 말했다.

"넌 아직 나이가 어리니 만 냥을 평생 써도 다 못 쓸 거야. 나머지는 시위들에게 나눠주도록 해라."

위소보는 속으로 웃었다.

'황상은 영명하지만 내가 이미 수십만 냥을 챙겼다는 걸 모르는군.'

겉으로는 사뭇 진지하게 말했다.

"황상, 소인은 평생 황상을 모실 텐데 이따위 은자가 무슨 소용이 있겠어요? 그저 황상께 충성하면 다 알아서 챙겨주실 거잖아요. 이 5만 냥은 전부 다 시위들에게 나눠줄게요. 괜히 오응웅이 환심을 사도록 할 필요가 없으니까, 황상께서 하사하는 거라고 하겠습니다."

강희는 환심을 산다는 말에 위소보의 제안을 말리지 않았다.

위소보는 상서방을 나와 시위방으로 향했다. 그리고 다륭 총관에게 말했다.

"다 총관! 황상께서 시위들이 간밤에 수고가 많았다고, 은자 5만 냥을 나눠주라고 하셨습니다."

다륭은 크게 기뻐하며 무릎을 꿇고 하사에 감사했다.

위소보가 웃으며 말했다.

"황상은 지금 기분이 좋으니까 직접 가서 황은에 감사를 올리세요."

그러면서 은표 5만 냥이 든 봉투를 그에게 건네주었다.

다륭은 위소보를 따라 상서방으로 가서 강희에게 무릎을 꿇었다.
"소인이 시위들을 대신해 황상의 하사에 감사드리옵니다."
강희는 웃으며 고개를 끄덕였다. 위소보가 말했다.
"황상의 분부니 다 총관이 알아서 분배하되, 자객을 죽여 공을 세운 자와 부상을 입은 형제들에게 좀 더 많이 나눠주길 바라신답니다."
다륭은 다시 큰절을 올렸다.
"네, 명 받들겠습니다."
강희는 속으로 생각했다.
'소계자는 충성심이 강하고 돈에도 욕심이 없으니 정말 기특해. 자기는 한 푼도 갖지 않고 은자 5만 냥을 다 시위들에게 나눠주는군.'
위소보는 다륭과 함께 물러나왔다.
다륭은 은표 중에서 만 냥을 추려내더니 웃으며 말했다.
"계 공공, 이건 우리 형제들의 성의니 받아주시오. 다른 공공들에게 나눠줘도 좋고요."
위소보는 사양했다.
"어이구… 다 총관, 이러면 친구가 아니죠. 이 소계자는 무예가 고강한 친구를 가장 존경합니다. 황상께서 은자 5만 냥을 문관들에게 나눠주라고 했다면, 난 만 냥이 아니라 8천 냥쯤은 뜯어낼 겁니다. 하지만 다 총관에게 주는 거니 난 단 한 푼도 받을 수 없어요. 내가 다 총관을 친구로 생각하듯이 다 총관도 나를 친구로 생각해줘야죠."
다륭은 껄껄 웃었다.
"궁의 그 많은 공공들 중에서 계 공공은 비록 나이가 어리지만 가장 의리가 있고 가장 인정이 많다고 하던데, 역시 명불허전, 그 말이 정말 틀림이 없군요."

위소보가 화제를 돌렸다.

"다 총관, 어제 잡힌 역도들 중에 혹시 유일주라는 놈이 있는지 알아봐주시겠소? 그놈을 통해 자객들의 정확한 신상 내력과 정체를 파악해봅시다."

다룽은 바로 대답했다.

"알았소. 역도들은 가짜 이름을 대기 일쑤니 철저히 알아보리다."

위소보는 거처로 돌아왔다. 그런데 문 앞에 이르자 어선방의 내관 한 명이 기다리고 있었다. 그는 위소보를 보자 나직이 말했다.

"계 공공, 그 푸줏간 전씨가 또 돼지 한 마리를 가져왔어요. 무슨 '연와인삼저燕窩人蔘豬'라나요. 지금 어선방에서 공공을 기다리고 있어요."

위소보는 눈살을 찌푸리며 속으로 투덜댔다.

'그 복령화조돈도 아직 처리를 못했는데, 또 연와인삼저를 가져왔다고? 황궁이 무슨 돼지우리인 줄 아나 보지?'

어쨌든 그 전씨가 왔으니 안 가볼 수는 없는 노릇이었다. 바로 어선방으로 가보니 전씨가 만면에 웃음을 띠고 그를 맞이했다.

"계 공공, 소인이 지난번에 가져다드린 그 복령화조돈이 정말 최상의 보약인 것 같아요. 그동안 눈에서 광채가 나고 안색이 훤해지셨습니다. 소인은 공공의 보살핌에 보답하기 위해 오늘은 연와인삼저를 가져왔습니다."

그러면서 한쪽을 가리켰다.

이번엔 살아 있는 돼지였다. 온몸이 흰털로 덮여 있고 돼지치곤 아주 예쁘게 생겼다. 돼지는 대나무우리 안에서 이리저리 돌아다녔다.

위소보는 이게 또 무슨 꿍꿍이속인지 알 수 없어 그저 고개만 가볍게 끄덕였다.

전씨는 가까이 와서 반갑게 위소보의 손을 잡으며 말했다.

"이런… 계 공공은 복령화조돈을 잡수시더니 맥이 아주 왕성하군요. 역시 약발이 있네요."

위소보는 손에 뭔가 쥐여지는 것을 느꼈다. 쪽지였다. 하지만 주위에 이목이 많아 뭐냐고 물어볼 수는 없었다.

전씨는 너스레를 떨었다.

"이 연와인삼저는 먹는 방법이 좀 다릅니다. 공공께선 사람을 시켜 열흘 동안 좋은 술찌꺼기를 먹이세요. 열흘 후에 소인이 다시 와서 직접 돼지를 잡아 대접해드리겠습니다."

위소보는 눈살을 찌푸리며 말했다.

"그 복령화조돈만 하더라도 시도 때도 없이 열이 북받쳐서 귀찮아 죽겠는데, 이번엔 또 무슨 인삼돼지니 제비집돼지니 가져와서 나더러 먹으라니, 혹시 배 터져 죽는 게 아닌지 모르겠소."

전씨는 깔깔 웃었다.

"이게 다 계 공공에 대한 소인의 성의입니다. 다시는 귀찮게 해드리지 않을게요."

그러면서 몸을 굽실거리더니 바로 물러갔다.

위소보는 쪽지에 글이 적혀 있을 거라고 생각했다. 그러나 글이라곤 쥐뿔도 알아보지 못할 테니, 아랫것들에게 돼지를 잘 보살피라고 당부하고, 거처로 향했다.

가는 도중에 속으로 생각했다.

'전씨는 제법 똑똑하군. 처음엔 죽은 돼지 속에 산 사람을 숨겨서 궁으로 가져왔으니, 혹여 남의 의심을 살까 봐 이번엔 진짜 살아 있는 돼지를 가져왔군. 그럼 설령 의아하게 생각했던 사람이 있더라도 그 의심이 사라지겠지. 젠장! 그래, 남을 속이려면 저렇게 주도면밀해야 하고, 나중에 문제가 생기면 빌미를 봉쇄할 방책까지 미리 마련해둬야 되는 거야.'

생각은 다른 쪽으로 이어졌다.

'그나저나 이 쪽지는 소군주한테 보여주는 수밖에 없겠군. 제기랄! 할 말이 있으면 말로 할 것이지, 쪽지는 무슨 개딱지 같은 쪽지야?'

방으로 들어서자 목검병이 말했다.

"계 대형, 문밖에 누가 왔었는데 아마 밥을 가져온 모양이야. 한데 문이 잠겨 있는 것을 보고 다시 돌아갔어."

위소보가 물었다.

"밥을 가져왔는지 어떻게 알았지? 흐흐… 밥 냄새를 맡았군… 배가 고팠나 보지, 그렇지? 약과가 많은데 좀 먹지 그랬어?"

목검병이 낄낄 웃었다.

"솔직히 말해서 벌써 집어먹었어."

방이가 입을 열었다.

"계… 계 대형, 저… 혹시…."

그녀는 말을 떠듬거릴 뿐 제대로 잇지 못했다.

위소보는 눈치 하나는 빨랐다.

"그 유 사형의 일을 물으려는 거지? 아직 확인해보지 못했어. 시위들 말로는 붙잡힌 사람들 중엔 유가가 없다던데….”
방이가 나직이 말했다.
“고마워. 오랑캐들한테 죽었는지도 모르겠어. 그리고 설령 붙잡혔어도 성이 유씨라고 말하진 않을 거야. 모두 사전에 서로 짜놨어. 그는 하夏씨라고 하기로 했어. 오삼계의 사위가 하씨거든. 유 사형은 아마 그 하씨가 자기 숙부라고 자백할 거야.”
위소보가 피식 웃었다.
“그럼 방 낭자는 오삼계의 친척이 되겠군.”
소군주가 얼른 나섰다.
“그건 사실이 아니고 가짜야!”
위소보는 한숨을 내쉬었다.
“어쨌든 방 낭자가 오삼계의 손자며느리가 되고 싶어도 그건 불가능해. 유 사형이 설령 궁에서 도망쳤다고 해도 그저 밖에서 방 낭자를 그리워할 뿐이야. 방 낭자는 평생 궁 안에서 그를 그리워하며 질질 짜겠지. 보고 싶어도 볼 수 없으니, 얼마나 슬픈 일인가!”
방이는 얼굴이 붉어졌다.
“내가 왜 평생 궁 안에 있어야 하지?”
위소보가 말했다.
“낭자들이 일단 궁에 들어오면 절대 밖으로 나갈 수 없어. 특히 방 낭자 같은 수화폐월은 이 소계자가 봐도 마누라로 삼고 싶은데, 만약 황제의 눈에 띄면 기를 쓰고 황후로 삼으려 할 거야. 방 낭자, 아무래도 여기서 그냥 황후마마로 눌러앉는 게 좋을 것 같아.”
방이는 토라졌다.

"너랑 말하고 싶지 않아! 무슨 말만 하면 내 속을 긁어놓으니, 정말 속상해 죽겠어!"

위소보는 빙글빙글 웃으며 쪽지를 목검병에게 건네주었다.

"소군주, 한번 읽어봐."

목검병은 쪽지를 받아 읽어 내려갔다.

"고승차관설영렬전高陞茶館說英烈傳, 고승찻집에서 《영렬전》을 이야기한다는 건데… 이게 무슨 뜻이지?"

위소보는 당연히 그 뜻을 알아차렸다.

'천지회에 일이 생겼으니 나더러 고승찻집으로 오라는 뜻이군.'

그는 웃으며 말했다.

"목왕부의 후손이면서 《영렬전》도 모르나?"

목검병은 눈을 흘겼다.

"내가 왜 몰라? 《영렬전》은 태조 황제가 개국을 하는 이야기지!"

위소보가 또 뺑을 쳤다.

"그중 한 대목이 '목왕야삼전정운남沐王爺三箭定雲南, 계공공쌍수포가인桂公公雙手抱佳人'인데, 혹시 들어봤어?"

목검병이 말했다.

"우리 목 왕야가 화살을 쏴서 운남을 평정하는 '목왕야삼전정운남'은 있는데, 그 무슨 계 공공이 쌍수로… 가인을… 끌어안는다고? 그런 건 못 들어봤어."

위소보는 정색을 하고 말했다.

"계 공공이 쌍수로 가인을 끌어안는다는 '계공공쌍수포가인' 대목이 없다고?"

목검병이 단호하게 말했다.

"그래, 없어! 네가 꾸며낸 얘기겠지!"

위소보가 말했다.

"그럼 내기를 할까? 있으면 어쩔 거고, 없으면 또 어쩔래?"

목검병은 물러서지 않았다.

"《영렬전》 이야기를 숱하게 들어서 잘 알고 있어. 절대 그런 대목 없어. 무슨 내기를 해도 좋아! 방 사저, 내 말이 맞지, 그렇지?"

방이가 뭐라고 대답하기도 전에 위소보는 펄쩍 뛰어 침상에 올라서더니 신발도 벗지 않고 이불 속으로 쏙 기어들어갔다. 바로 두 여자 가운데 누워 왼팔로 방이의 목을 끌어안고 오른손으로 목검병의 허리를 끌어안았다.

"내가 있다면 있는 거야!"

"앗!"

"어머나!"

두 여자는 깜짝 놀라 동시에 소리쳤다. 그러나 미처 피하지 못하고 그에게 끌어안기고 말았다. 목검병이 오른손으로 그를 힘껏 밀어내자, 위소보는 그녀가 미는 대로 몸을 돌려 방이에게 '쪽' 입맞춤을 하고 외쳤다.

"아, 달콤하다!"

방이는 그를 뿌리치기 위해 몸을 움직이자 늑골 부위의 상처가 아파왔다. 얼른 왼손을 돌려 찰싹, 그의 뺨을 후려쳤다.

위소보는 깔깔 웃었다.

"낭군 살려!"

그는 미꾸라지처럼 이불 속에서 빠져나와 목검병을 안고 또 입맞춤을 했다.

"우아, 역시 달콤하다! 자, '계공공쌍수포가인'이 틀림없지?"

그는 낄낄 웃으며 옷가지를 챙겨 밖으로 뛰쳐나왔다. 그러고는 밖에서 문을 잠갔다.

13 황제의 묘수

사내 세 명이 웃통이 벗겨진 채 기둥에 묶여 있는데, 그동안 얼마나 호된 고문을 당했는지, 모두 피범벅이 되어 있었다.

한 사람은 텁석부리에 건장한 중년 사내였다. 나머지 둘은 젊은데, 한 사람은 몸에 꽃 문신이 가득하고 가슴엔 징그럽게 생긴 호랑이 문신까지 새겨져 있었다.

그리고 또 한 사람은 살결이 뽀얀 젊은이였다.

위소보의 거처는 건청문 서쪽, 남고南庫 남쪽에 위치한 어선방 옆이다. 거처에서 북쪽으로 양심전養心殿을 끼고 돌아 서쪽으로 꺾어지면 서삼소西三所, 양화문養華門, 수안문壽安門이 나온다. 거기서 다시 수안궁壽安宮, 영화전英華殿을 거쳐서 동쪽으로 서철문西鐵門을 끼고 돌면 신무문神武門이 보인다. 이 신무문이 바로 자금성의 뒷문이다.

위소보는 신무문을 통해 황궁을 빠져나와 곧장 고승찻집으로 향했다. 그가 자리에 앉자마자 차박사가 차를 가져왔다. 곧이어 고언초가 천천히 다가와 그에게 눈짓을 보냈다. 위소보 역시 알았다고 고개를 끄덕여 보였다.

고언초가 찻집에서 나가자, 위소보는 차를 몇 모금 마시고 은자 한 푼을 탁자에 내려놓았다.

"오늘의 설화는 별로 들을 것이 없구먼."

어슬렁어슬렁 밖으로 나가보니, 생각대로 고언초가 골목 어귀에서 기다리고 있었다. 골목을 나서자마자 대기하고 있는 가마 두 대가 보였다. 고언초는 위소보를 가마에 태우고 자기는 얼마 동안 뒤따라 걷다가, 주위를 살펴 아무도 없는 걸 확인하고 다른 가마에 올라탔다.

가마꾼의 걸음은 날 듯이 빨랐다. 밥 한 끼 먹는 시간이 지났을까, 가마가 멈췄다. 'ㅁ' 자형으로 둘러싸인 북경의 전통 주택, 어느 아담한 사합원四合院 앞이었다. 위소보는 고언초를 따라 안으로 들어갔다.

대문 안으로 들어서자마자 천지회 형제들이 그를 맞이하며 몸을 숙여 인사했다. 이역세와 관안기, 기표청 등도 천진天津과 보정保定 각지에서 달려와 회동했다. 그리고 번강, 풍제중, 현정 도인과 그 푸줏간 주인 전씨의 모습도 보였다.

위소보는 웃으며 전씨에게 물었다.

"한데 존성대명이 어떻게 되십니까?"

전씨가 대답했다.

"존성대명이라뇨, 그냥 성은 전가고, 이름은 노본老本입니다. 본은 근본 본本 자인데, 실은 본받을 게 없습니다."

'노본'은 장사 밑천, 본전을 뜻한다. 노름판에서의 밑천도 역시 '노본'이다. 위소보는 깔깔 웃었다.

"생각도 기상천외하고 요령이 많으니, 정말 장사를 한다면 남의 '노본'까지 다 긁어오겠네요."

전노본은 멋쩍게 웃었다.

"위 향주, 과찬입니다."

일행은 위소보를 안채로 안내해 한가운데 앉게 했다. 관안기는 뭐가 급한지 그가 앉자마자 바로 입을 열었다.

"위 향주, 이것 좀 보십시오."

말을 하면서 그가 건넨 것은, 붉은 바탕에 금박 테두리가 있는 큼지막한 청첩이었다. 위소보는 청첩에 글이 몇 줄 적혀 있는 것을 보고 받지 않았다.

"글이라면… 개네들은 날 알지 몰라도 난 글하고는 별로 친하지 않아요. 게다가 오늘 처음 보는 글이라 잘 모르겠네요."
전노본이 말했다.
"위 향주, 이건 청첩인데… 우릴 식사에 초대하겠답니다."
위소보의 눈이 빛났다.
"그거 잘됐군요. 누가 우릴 접대하겠다는 겁니까?"
전노본이 대답했다.
"청첩에 이름이 적혀 있는데, 목검성沐劍聲입니다."
위소보는 멍해졌다.
"목검성이라고요?"
역시 전노본이 대답했다.
"바로 목왕부의 소공야小公爺입니다."
위소보는 고개를 끄덕였다.
"그럼 복령화조돈의 오빠군요?"
전노본이 웃으며 대답했다.
"네, 그렇습니다."
위소보가 물었다.
"우릴 어디로 모시겠다는 겁니까?"
전노본이 설명했다.
"청첩에 정중하게 적혀 있습니다. 천지회 청목당 위 향주를 위시해 천지회의 영웅들을 초청한다고요. 시간은 오늘 저녁이고, 장소는 조양문朝陽門 안쪽 남두아南豆芽 골목입니다."
위소보가 말했다.
"'두아'는 콩나물인데, 이번엔 양류 골목이 아니라 콩나물 골목이란 말이에요?"

전노본이 말을 받았다.

"네, 경성에서 일을 보려면 거처를 수시로 옮겨야 합니다."

위소보가 다시 물었다.

"무슨 속셈으로 우릴 초청한 거죠? 설마 술이나 밥에다 정신을 잃게 만드는 몽한약을 타는 건 아니겠죠?"

이번엔 이역세가 나섰다.

"운남 목왕부는 강호에서 명성이 자자하고 목검성은 소공야 신분으로 우리 총타주와 맞먹는 큰 인물이라, 상식적으로 봐서 그런 비열한 짓은 하지 않을 거요. 그러나 지난번 일도 있고 하니, 위 향주의 말대로 우린 만약의 경우에 대비를 안 할 수는 없죠."

위소보가 말했다.

"그럼 이번 성찬을 가서 먹어야 하나요, 가지 말아야 하나요? 흥! 운남 요리 중에 선위화퇴, 과교미선, 기과계는 다 먹을 만한데…."

군호들은 서로 마주 보기만 할 뿐, 누구 하나 선뜻 나서서 말하는 사람이 없었다.

한참 후에야 관안기가 입을 열었다.

"우린 위 향주 의사에 따를 겁니다."

위소보가 웃으며 말했다.

"맛있는 술이든 밥이든 다들 오늘 밤에 배를 채워야 하니, '안전빵'을 원한다면 제가 한턱 쏘겠습니다. 큰 요릿집에 가서 실컷 때려먹고, 먹고 나서 노름도 한판 합시다. 색시가 필요하면 부르세요, 다 제가 책임지겠습니다. 그러나 만약 돈을 아끼고 싶다면, 까짓것 목가에게 가서 한바탕 휘저어놓읍시다!"

그의 말은 아주 호탕하고 거침없이 선심을 쓰는 것처럼 들리지만, 실은 말장난에 불과했다. 따지고 보면 연회에 가겠다는 것도 아니고, 안 가겠다는 것도 아니었다. 확답을 하지 않은 것이다.

관안기가 말했다.

"위 향주께서 형제들이 마시고 즐기게끔 한턱내겠다면, 그보다 더 즐거운 일이 어디 있겠습니까. 그러나 목가의 초청에 응하지 않는다면 천지회의 위풍에 손상이 가지 않을까요?"

위소보가 바로 말했다.

"그럼 가자는 겁니까?"

그렇게 물으면서 이역세와 번강, 기표청, 현정 도인, 풍제중, 전노본, 고언초 등을 일일이 쳐다보았다. 모두들 천천히 고개를 끄덕였다. 위소보는 더 이상 망설일 필요가 없었다.

"다들 가기를 원한다면 가서 실컷 먹고 마십시다. 옛말에도 병兵이 오면 장수가 막고, 물은 흙으로 막으라고 했습니다. 차를 주면 손으로 받고, 밥을 주면 입을 벌려서 먹읍시다! 독약을 주면… 빌어먹을! 까짓것, 꿀꺽 삼켜버리죠 뭐! 영웅은 죽음을 겁내지 않고, 죽음을 겁내면 영웅이 아닙니다!"

이역세가 말했다.

"그래도 다들 조심하는 게 좋을 것 같아요. 미리 서로 상의해서 차를 마시는 사람, 안 마시는 사람, 술을 마시는 쪽과 안 마시는 쪽, 고기만 먹거나 생선만 먹을 사람을 정해놓으면, 설령 독을 푼다고 해도 우릴 일망타진하진 못할 거요. 아무것도 먹지 않으면 웃음거리가 될 수 있으니까요."

군호들은 서로 상의를 하고 담소를 나눴다. 신시가 될 때까지 기다렸다가 위소보는 내관 복식을 벗고 귀공자로 위장한 후, 가마를 타고 군호들의 호위를 받으며 남두아 골목으로 향했다.

위소보는 가면서 생각했다.

'궁에서는 그 늙은 화냥년이 날 죽일까 봐 밤낮으로 전전긍긍했는데, 이렇게 나와서 청목당의 향주 노릇을 하니 너무 편하고 즐겁구먼! 하지만 사부님은 나더러 궁에 잠복해 있으라고 하셨으니 그냥 나와버리면 향주도 할 수 없을 거야. 과연 목숨을 부지할지, 곧 뒈지게 될지는 두고 보는 수밖에 없겠군!'

남두아 골목은 약 2리 밖에 있었다. 가마가 멎자마자 풍악 소리가 들려왔다. 위소보는 가마에서 내리며 속으로 투덜댔다.

'제기랄! 뉘 집에서 시집장가를 보내나, 왜 이리 흥청대지?'

꽤 큰 저택이었다. 대문이 활짝 열려 있고, 의관을 갖춘 10여 명이 문밖에서 영접을 했다. 앞장선 자는 나이가 스물대여섯 정도의 젊은이인데 키가 헌칠하고 영기발발하게 생겼다. 그가 먼저 입을 열었다.

"목검성입니다. 위 향주께서 오신 것을 진심으로 환영합니다."

위소보는 그동안 고관대작들과 사귀면서 인사치레를 하는 이런 상황을 많이 겪어왔다. 옛말에 사람은 환경에 따라 바뀐다고 했다. 위소보는 매일 황제와 벗하며 친왕이니 패륵이니 상서니 장군 따위를 수시로 만나왔기 때문에, 웬만한 상황은 대수롭지 않게 생각했다. 그래서 비록 나이는 어리지만 당당한 기풍이 엿보였다. 목검성의 명성이 아무리 쟁쟁한들 강친왕이나 오응웅보다야 더하랴! 위소보는 공수의 예를 취하며 말했다.

"소공야께서 이렇게 직접 맞아주시니 몸 둘 바를 모르겠습니다."

가까이서 자세히 보니 얼굴이 약간 검다는 것 말고는, 미간이며 이목구비가 소군주 목검병과 닮은 데가 있었다.

목검성은 천지회 북경의 수장인 위 향주가 어린아이라는 것을 이미 알고 있었다. 게다가 백한풍을 통해 이 어린아이가 무공은 형편없고 입만 살아 있는 천덕꾸러기라는 이야기를 전해들었다. 그래서 사부인 진근남이 전적으로 밀어주는 바람에 향주가 된 거라고 생각했다. 그런데 지금 보니, 아주 침착한 게 의젓해 보이기까지 했다. 생각이 약간 달라졌다.

'어리지만 뭔가 남다른 재주가 있는 모양이야.'

그는 곧 위소보 일행을 안으로 안내했다.

대청에 마련돼 있는 의자는 붉은 융단이 씌워져 있고, 비단방석이 놓여 있었다. 주객이 각자의 위치에 자리를 잡고 앉았다. '성수거사' 소강과 백한풍 등 10여 명은 모두 목검성 뒤쪽에 꼿꼿이 서 있었다.

목검성은 이역세, 관안기 등과 일일이 통성명을 하고, 상대를 치켜세우는 의례적인 말도 잊지 않았다.

이역세 등은 비슷한 생각을 했다.

'이 목왕부의 소공야는 전혀 왕손 티를 내지 않는군. 말투는 오히려 호방한 강호 사람 쪽에 가까워.'

하인들이 향차를 올리자 다시 풍악이 울려퍼졌다. 귀빈을 환영하는 융숭한 예의였다. 풍악 소리가 들리는 가운데 목검성이 아랫사람에게 분부를 내렸다.

"연회를 시작해라!"

이어 군호들을 내청으로 안내하고, 문을 닫았다.

내청 한가운데 큼지막한 팔선탁八仙卓이 놓여 있었다. 식탁보에는 잔잔한 꽃수가 놓여 있고, 팔선탁 좌우에도 식탁이 마련되어 있었다. 식탁 위 식기들은 비록 강친왕부처럼 호화스럽지는 않지만 매우 정갈하고 고급스러워 보였다.

목검성이 몸을 약간 숙여 말했다.

"위 향주, 상석에 앉으시죠."

위소보는 자기가 상석에 앉아야 할 상황이라 거침이 없었다.

"그럼… 사양하지 않겠습니다."

목검성은 그 아래쪽 주석主席에 앉았다.

각자 자리를 잡고 앉자 목검성이 말했다.

"사부님을 모셔오세요."

소강과 백한풍이 안채로 들어가 노인 한 분을 모시고 나왔다. 목검성은 얼른 자리에서 일어나 맞이했다.

"사부님, 천지회 청목당의 위 향주께서 영광스럽게도 왕림해주셨습니다."

이어 위소보에게 고개를 돌렸다.

"위 향주, 이분 유柳 노사부님은 저를 가르쳐주신 은사입니다."

위소보는 자리에서 일어나 공수의 예를 취했다.

"뵙게 되어 영광입니다."

노인은 몸집이 우람하고 안색이 불그스름하며 숱이 많지 않은 흰 수염을 길게 늘어뜨렸다. 나이는 어림잡아 칠순 안팎으로 짐작되는데,

형형한 눈빛하며 아주 점잖고 위엄이 있어 보였다.

노인은 예리한 눈빛으로 위소보의 얼굴을 한번 훑어보더니 웃으면서 입을 열었다.

"천지회는 갈수록 명성이 드높아지는데…."

음성이 아주 쩌렁쩌렁해서, 일반인이라면 한껏 목청을 높여 소리치는 것 같았다. 그가 말을 이었다.

"역시 영걸이 많이 배출되는군요. 위 향주와 같은 소년영걸만 하더라도 무림에서 찾아보기 드문 기재奇才로소이다."

위소보 역시 웃으며 말했다.

"소년은 틀림없지만 영걸도 아니고 기재도 아닙니다. 그냥 둔재鈍才일 뿐입니다. 일전에 백 사부께서 저의 손목을 비트는 바람에 하마터면 '어이구머니나!' 하고 소릴 지를 뻔했습니다. 솔직히 말해 저의 무공은 너무 평범하다 못해 형편없습니다. 하하… 가소로워요, 하하…."

좌중은 그의 말을 듣자 모두 아연실색했다. 특히 백한풍은 얼굴이 이상하게 일그러졌다.

노인은 한참 껄껄 웃었다.

"위 향주는 성품이 호방하고 거침이 없군요. 역시 영웅본색이외다. 노부는 십분 탄복했소이다."

위소보가 다시 웃으며 말했다.

"십분 탄복하셨다는데 십분은 너무 많습니다. 그냥 일, 이분이면 충분하지요. 그저 저를 비렁뱅이나 어릿광대로만 취급하지 않아주시면 됩니다."

노인은 다시 껄껄 웃었다.

"위 향주는 농담도 참 잘하는군요."

현정 도인이 얼른 나섰다.

"노선배님은 천남天南에서 위명을 떨쳐온, 무림인들이 '철배창룡鐵背蒼龍'으로 일컫는 유 노영웅이 아니십니까?"

노인은 빙긋이 웃으며 대답했다.

"그렇소, 현정 도장은 노부의 허명虛名을 알고 있군요."

현정 도인은 등줄기가 써늘해지는 느낌이었다.

'통성명도 안 했는데 내 이름을 알고 있다니, 목왕부는 이미 우리 쪽을 세세하게 파악했군.'

'철배창룡' 유대홍柳大洪은 일찍이 명성을 떨친 인물로, 지난날 왕야인 목천파도 그를 무척 존중했다. 청나라 군사가 운남을 공격했을 때 그는 목왕부의 가족들을 구하는 데 목숨을 걸고 전력을 다했다. 목검성이 그의 직계 제자이고, 목왕부에서 현재 목검성을 제외하면 아마 그가 신분이 가장 높은 인물일 것이었다.

현정 도인은 몸을 숙였다.

"유 노영웅께서 지난날 노강怒江 전투에서 삼패三覇를 주살하고 청병을 무찌른 위명을 익히 들어 잘 알고 있습니다. 강호의 후생이라면 노영웅을 존경하지 않는 사람이 없을 겁니다."

유대홍은 담담하게 말했다.

"허허… 그건 이미 오래된 일인데 무슨 얘깃거리가 되겠소?"

목검성이 말했다.

"사부님, 위 향주와 함께 앉으시죠."

유대홍은 고개를 끄덕이면서 위소보 옆자리에 앉았다.

이 팔선탁의 바깥쪽은 공석으로 놔두었다. 한가운데 상석은 위소보와 유대홍이 차지하고, 왼쪽에는 이역세와 관안기가 앉았다. 그리고 오른쪽 하석엔 목검성이 앉고, 그 위 상석은 비어 있었다.

천지회 사람들은 각자 속으로 궁금해했다.

'목왕부에서 또 어떤 대단한 인물을 모셔낼 것인가?'

이때 목검성이 분부를 내렸다.

"어서 서 사부님을 부축해 모셔오시오. 친구들과 대면을 해야 다들 안심이 될 거요."

소강이 대답했다.

"네."

그가 안으로 들어가 한 사람을 부축해 데려왔다.

이역세 등은 그 사람을 보자 모두 놀라면서도 기쁨을 감추지 못하고 일제히 소리쳤다.

"서 삼형!"

부축을 받아 나온 사람은 등이 구부정한, 바로 '팔비원후' 서천천이었다. 안색이 누리끼리한 것으로 미루어 상처가 아직 다 낫지 않았지만, 생명에는 지장이 없는 것 같았다. 천지회의 군호들은 일제히 달려나가 안부를 물으며 기쁨을 나눴다.

목검성은 비워두었던 자기 옆 좌석을 가리키며 말했다.

"서 사부님, 이리 앉으시죠."

서천천은 앞으로 한 걸음 더 나서 위소보에게 몸을 숙여 인사했다.

"위 향주님, 별고 없으셨죠?"

위소보도 포권으로 답례했다.

"서 삼형도 무사했군요. 요즘 고약장사가 잘 안 되나 보죠?"
서천천은 한숨을 내쉬었다.
"아예 장사를 못했어요. 저는 오삼계 부하들에게 잡혀가 하마터면 목숨을 잃을 뻔했는데 다행히 목왕부의 소공야와 유 노영웅께서 구해 주셨습니다."
천지회 사람들은 다들 멍해졌다. 번강이 말했다.
"이제 보니 서 삼형은 오삼계 부하놈들에게 잡혀간 거였군요?"
서천천이 대답했다.
"그렇소. 그놈들이 회춘당으로 쳐들어와서 제대로 움직이지도 못하는 날 무조건 잡아간 거요. 그 노일봉 놈은 날 호되게 욕하더니 고약을 입에다 잔뜩 붙이고는, 늙은 원숭이가 굶어죽을 때까지 고약을 떼지 말라고 부하들에게 일렀소."
군호들은 노일봉이 앞장서 저지른 일이었다는 것을 알고는 더 이상 의심할 여지가 없었다. 번강과 현정 도인 등은 소강과 백한풍에게 사과했다.
"지난날 본의 아니게 결례를 많이 범했습니다. 여러 영웅들이 의로운 도움을 주셨으니 천지회는 진심으로 감사드립니다."
소강이 대답했다.
"별말씀을, 우린 그저 소공야의 명을 받고 행동을 했을 뿐입니다."
백한풍은 '흥!' 하고 코웃음을 쳤다. 서천천을 구해준 것에 대해 불만을 품고 있는 듯했다.
관안기도 한마디 했다.
"서 삼형이 납치된 후로 저희는 사방으로 찾아헤맸지만 도무지 단

서가 없어 그 초조함은 이루 말할 수 없었습니다. 한데 목왕부에서 서 삼형을 찾아내 구해주셨으니 정말 탄복해 마지않습니다."

소강이 말했다.

"오삼계의 부하 관리들은 다들 목왕부의 앙숙입니다. 우린 늘 그놈들의 동태를 예의 주시해왔습니다. 그러다가 노일봉이란 놈이 서 삼형을 능멸하는 것을 알게 된 것이니, 지극히 당연한 일입니다."

위소보는 속으로 생각을 굴렸다.

'소공야는 아주 현명한 사람 같은데, 혹시 내가 그의 누이를 잡고 있는 것을 알고 서 삼형을 구해준 게 아닐까? 나더러 누이를 풀어달라고 하기 위해서? 에라, 모르겠다. 일단 시치미를 떼고 무슨 말을 하는지 들어봐야지.'

그는 서천천에게 말했다.

"서 삼형은 백 이협에게 얻어맞아서 중상을 입었잖아요. 그는 손힘이 얼마나 매서운지 몰라요. 서 삼형은 과연 목숨을 부지할 수 있을까요? 이대로 귀천하는 건 아니겠죠?"

서천천이 대답했다.

"백 이협이 당시 사정을 봐줬기 때문에… 그동안 치료를 받아 많이 나아졌어요."

백한풍은 위소보를 무섭게 째려봤다. 그러나 위소보는 싱글벙글 웃으며 아예 그를 못 본 체했다.

하인들이 술과 요리를 올렸다. 푸짐하게 차린 성찬이었다. 천지회의 군호들은 서천천이 살아 있는 것을 확인했고, 또한 '철배창룡' 유대홍 같은 명성이 쟁쟁한 노영웅도 동석을 했기 때문에 목왕부에서 절대 음식에다 장난을 쳤을 리가 없다고 믿었다. 그래서 마음 놓고 실컷 마시고 즐겼다.

유대홍이 술을 몇 잔 마시고 나서 수염을 쓰다듬으며 입을 열었다.

"한 가지 여쭤보고 싶은 게 있는데, 천지회 북경 직속에서 어느 분이 수장인지요?"

이역세가 대답했다.

"경성 일원에서 천지회 형제들 중 직위가 가장 높은 사람은 바로 위향주입니다."

유대홍은 고개를 끄덕였다.

"아, 그렇군요. 좋아요."

그는 술을 한 잔 더 마시고 나서 위소보에게 물었다.

"소형제가 천지회와 목왕부의 분규에 대해 책임을 짊어질 수 있을지 모르겠네."

위소보가 그의 말을 받았다.

"어르신, 분부할 게 있으면 말씀해주세요. 나 위소보는 보시다시피 어깨가 좁아서 작은 일을 쪼금 짊어질 수 있을지 모르겠으나, 큰일을 짊어지라면 아마 지기도 전에 어깨뼈가 빠개져버릴 겁니다."

천지회와 목왕부 사람들은 모두 눈살을 찌푸렸다. 그들의 생각은 거의 똑같았다.

'저 어린것은 말투가 왜 저잣거리의 망나니 같지? 입을 열었다 하면 떼를 쓰거나 비꼬니, 영웅호한의 기백이라곤 찾아볼 수가 없구먼!'

유대홍이 말했다.

"짊어질 수 없다면… 그렇다고 이 일을 그냥 덮어둘 수도 없고… 그럼 소형제가 사부님께 말을 전해, 진 총타주께서 직접 처리하도록 하는 수밖에 없겠군."

위소보가 말했다.

"저의 사부님께 하실 말씀이 있으면 편지를 써주세요. 제가 바로 사부님께 전해드리겠습니다."

유대홍은 의미를 알 수 없는 웃음을 입가에 흘렸다.

"다름이 아니라 백한송이 서 대협 손에 죽은 일인데, 어떻게 매듭을 지어야 할지? 진 총타주가 나서서 처리를 해줬으면 좋겠는데…."

서천천이 벌떡 일어나 앙연히 말했다.

"소공야, 유 노영웅! 제가 매국노 손에 능욕을 당하지 않게 구해주셔서 진심으로 감사드립니다. 그리고 백 대협은 저의 실수로 목숨을 잃은 겁니다. 이에는 이, 눈에는 눈! 제 목숨으로써 보상하겠습니다. 굳이 진 총타주와 위 향주의 입장을 난처하게 만들 필요 없습니다."

이어 번강에게 고개를 돌렸다.

"번 형제, 칼을 좀 빌려주게."

그러면서 오른손을 내밀었다. 그의 의도는 분명했다. 당장 스스로 목숨을 끊어 자신의 손으로 이 일을 매듭짓겠다는 뜻이었다.

위소보가 말렸다.

"잠깐! 잠깐만요, 서 삼형, 우선 앉으세요. 나이도 지긋하신데 왜 그리 성격이 불같으십니까? 제가 천지회 청목당의 향주가 맞죠? 제 분부에 따르지 않으면, 그건 제 체면을 완전히 뭉개버리는 것과 다를 바가 없습니다."

천지회에서 '명령에 따르지 않는다'는 것은 엄청난 죄명에 해당되었다. 서천천은 몸을 숙였다.

"서천천이 경솔했습니다. 위 향주의 명에 따르겠습니다."

위소보는 고개를 끄덕이며 말했다.

"그래야죠. 백 대협은 이미 작고했습니다. 설령 서 삼형이 목숨을 내놓는다고 해도 다시 살아날 수는 없잖아요. 그건 이러나저러나 밑지는 장사입니다. 상도에 어긋나죠."

모두들 눈을 크게 뜨고 그를 응시했다. 이어서 또 무슨 엉뚱한 소리를 지껄일지 알 수 없었다. 천지회 형제들은 심히 우려스러웠다.

'저 어린것이 천지회의 명성을 훼손하면 안 되는데… 또 무슨 얼토당토않은 얘기를 하면 큰일인데… 강호에 그 소문이 퍼지면, 우린 앞으로 어떻게 낯을 들고 다니지?'

위소보가 말을 이어갔다.

"소공야, 이번에 운남에서 북경으로 오면서 몇 사람을 데려왔습니까? 이 자리에는 몇몇이 빠진 것 같은데요."

목검성은 속으로 '흥!' 하고는 물었다.

"위 향주, 그 말이 무슨 뜻이죠?"

위소보가 말했다.

"별다른 뜻은 없습니다. 소공야는 존귀한 몸이라 이 위소보와는 판이하게 다릅니다. 경성에 오면서 좀 더 많은 사람을 대동하지 않았다가, 만약 오랑캐한테 잡혀간다면 그야말로 큰일이 아니겠습니까?"

목검성이 눈살을 찌푸렸다.

"오랑캐가 날 잡으려 한다 해도 그건 결코 쉬운 일이 아닐 거요."

위소보는 빙긋이 웃었다.

"소공야는 무예가 출중하다는 걸 천하가 다 아니… 흐흐… 당연히 적수가 많지 않아서 오랑캐가 감히 건드리지 못하겠죠. 그러나… 목왕부의 다른 친구들은 다 소공야처럼 그렇게 대단하지 않을 겁니다. 만약 오랑캐에게 얼렁뚱땅 잡혀가거나, 흐지부지 본의 아니게 그냥 끌려간다면, 그건 결코 유쾌한 일이 아니겠죠."

좌중은 위소보가 지금 무슨 의도로 이런 말을 시부렁거리는지 종잡을 수가 없었다.

위소보는 히죽히죽 웃으며 말을 이어갔고, 목검성은 줄곧 굳은 표정으로 그의 말을 듣고 있다가 입을 열었다.

"위 향주는 지금 나를 비꼬는 겁니까?"

그러면서 안색이 더욱 차갑게 변했다.

위소보가 손사래를 쳤다.

"아, 아닙니다, 아녜요. 난 여태껏 남에게 멸시를 당했으면 당했지 누구를 업신여기거나 비꼰 적이 없습니다."

여기까지 말하고 나서 한쪽에 앉아 있는 백한풍을 힐끗 쳐다봤다.

"보십시오, 남한테 손목을 잡혀 아직도 시퍼렇게 멍이 들어 있습니다. 아파서 죽겠어요. 백 이협은 정말 흐흐… 손힘이 대단하더군요. 그 횡소천군과 고산유수의 초식도 아주 대단했고요. 오랑캐한테 붙잡혀 간 형제들을 구하는 데도 아마 그 초식이 꽤 쓸모가 있을 겁니다. 상대가 누구든 제압하기에는 그야말로 떼놓은 당상이겠죠."

백한풍은 안색이 얼음장처럼 차갑게 변해, 대뜸 입을 열어 쏘아붙이려다 꾹 참았다.

유대홍이 목검성을 한 번 쳐다보고 나서 말했다.

"소형제, 지금 하는 말들이 너무 심오해서, 우린 도무지 무슨 뜻인지 알아들을 수가 없는데…?"

위소보가 웃으며 말했다.

"어르신은 너무 겸허하시군요. 저의 말은 워낙 두서가 없습니다. '심오'라뇨? 당치 않습니다. 아주 수준이 낮습니다, 낮아요."

유대홍이 구체적으로 물었다.

"소형제는 우리 목왕부의 사람이 오랑캐한테 붙잡혀갔다고 하는 것 같은데… 그 말이 무슨 뜻인지…?"

위소보가 대답했다.

"뜻은 별로 없습니다. 소왕야, 유 어르신! 저는 술을 잘 못 마십니다. 아마 취해서 좀 횡설수설한 것 같습니다. 그냥 못 들은 척하셔도 좋습니다."

목검성은 코웃음을 치며 끓어오르는 화를 참았다.

"이제 보니 위 향주는 심심해서 우리랑 놀자는 거군요?"

위소보가 반문했다.

"소공야, 놀고 싶습니까? 놀면서 북경성 안을 두루두루 좀 둘러보셨나요?"

목검성이 화를 내며 물었다.

"둘러봤다면?"

위소보가 말했다.

"북경성은 아주 넓어요. 운남은 북경만큼 크지 않을걸요?"

목검성은 갈수록 음성이 높아졌다.

"그래서요?"

위소보가 횡설수설하며 갈수록 엉뚱한 말만 늘어놓자 관안기가 얼른 나섰다.

"북경성은 별의별 게 다 있는 아주 번화한 곳이죠. 한데 애석하게도 오랑캐가 점령하는 바람에… 뜨거운 피가 끓는 우리로선 비분을 금할 길이 없습니다."

위소보는 그를 아랑곳하지 않고 말을 이어갔다.

"소공야, 오늘 우리에게 융숭한 대접을 해줬으니 보답하는 뜻에서 제가 언제 한번 북경 구경을 시켜드리겠습니다. 지리를 잘 아는 사람이 안내를 해야 길을 잃지 않죠. 그렇지 않고 함부로 돌아다니다가 자칫 오랑캐 황궁으로 들어갈 수도 있어요. 소공야는 물론 무공이 고강하지만, 만약 그렇게 되면 곤란해지겠죠."

유대홍은 역시 참을성이 강했다.

"소형제는 다른 뜻이 있어 그런 말을 하는 것 같은데, 우릴 친구로 생각한다면 좀 더 구체적으로 언급을 해주시오."

위소보가 느긋하게 말했다.

"저의 말은 아주 명확합니다. 목왕부의 친구들은 무공이 고강해서 그 무슨 횡소천군이나 고산유수를 잘 구사하겠지만, 북경 지리를 잘 몰라 이리저리 돌아다니다가, 야밤이라 잘 보이지도 않아, 얼떨결에 자금성 안으로 들어갈 수도 있다는 뜻입니다."

유대홍은 목검성을 다시 한번 쳐다보고 나서 위소보에게 물었다.

"그래서?"

위소보가 다시 말했다.

"듣자니 자금성은 문도 숱하게 많고, 궁전도 헤아릴 수 없을 만큼

많대요. 그냥 멋대로 들어갔다가 황제나 황태후가 길을 안내해주지 않으면 길을 잃기 쉬워요. 어쩌면 그 안에 갇혀 평생 나오지 못할 수도 있지요. 저는 워낙 견식이 좁기 때문에 황제나 황태후가 낮이고 밤이고 누굴 위해 길을 안내해줄 시간이 없다는 생각이 들어요. 소공야는 명성이 쟁쟁하기 때문에 부하들이 소공야의 이름을 대면, 혹시 황제나 그 화냥년 같은 황태후가 겁을 먹을 수도 있겠죠."

좌중은 그가 황태후를 '화냥년'이라고 하자 눈이 휘둥그레졌다. 황태후는 오랑캐 황족 중에서 신분이 가장 높은 사람이다. 그런데 거침없이 그를 '화냥년'이라고 하니, 듣기만 해도 속이 후련해졌다. 관안기와 이역세 등은 참지 못하고 웃음을 터뜨렸다. 위소보는 늘 속으로만 '늙은 화냥년'이라고 태후를 욕했는데, 오늘 대중 앞에서 당당하게 욕을 하니 그 통쾌함이란 이루 형용할 수 없었다.

유대홍이 말했다.

"소공야의 부하들은 워낙 매사에 신중을 기하는 터라 황궁에 잘못 들어갈 리가 없네. 듣자니 오삼계의 아들 오응웅이 북경에 와 있다는데, 그가 부하들을 황궁으로 들여보낼 수도 있겠지."

위소보가 그의 말을 받았다.

"유 어르신의 말이 맞습니다. 저하고 주사위노름을 자주 하는 친구가 있는데, 궁에서 어전 시위들의 시중을 들고 있습니다. 그의 말에 따르면, 간밤에 궁에서 자객 몇 명을 잡았는데, 목왕부 소공야의 부하라고 실토했다는데요…."

목검성은 소스라치게 놀랐다.

"뭐라고?"

너무 놀라 손이 떨리는 바람에 쥐고 있던 술잔이 떨어져 쟁그랑 하는 소리와 함께 산산조각이 났다.

위소보는 태연하게 말을 이어갔다.

"저는 그 말을 믿었어요. 목왕부는 대명의 충신 중에 충신이었으니까요. 사람을 시켜 오랑캐 황제를 죽이려는 것은… 정말… 영웅호한이 당연히 해야 될 일 아니겠어요? 한데 지금 유 어르신의 말을 들어보니 매국노 오삼계 부하가 한 짓인 모양이네요. 그렇다면 절대 용서해서는 안 되죠. 좀 이따 그 친구한테 가서 말할게요. 그 자객들을 아주 호되게 혼내주라고요. 빌어먹을! 매국노의 부하들인데 좋은 놈이 있겠어요? 온갖 고문을 다 하라고 부탁할게요."

유대홍이 정색을 하고 물었다.

"소형제, 궁에서 일한다는 그 친구의 존성대명은 무엇인가? 궁에서 무슨 직책을 맡고 있지?"

위소보가 고개를 내두르며 대답했다.

"그는 어전 시위의 시중을 들며 땅이나 쓸고 차를 대접하는 등 허드렛일을 하는 조무래기예요. 좀 창피하지만 다들 그를 개똥쇠 소삼자小三子라고 부르는데, 무슨 존성대명이 있겠어요? 그 자객들은 단단히 묶여 있다고 해서, 저는 원래 개똥쇠 소삼자한테 부탁해 몰래 먹을 것을 좀 갖다주려고 했어요. 한데 유 어르신이 그들은 매국노의 부하라고 하니, 개똥쇠더러 칼로 놈들의 허벅지를 마구 찌르라고 해야겠어요. 그래야 그 망할 놈의 새끼들이 달아나지 못하죠."

유대홍은 말을 바꿨다.

"나도 추측일 뿐이지 확실하지는 않네. 어쨌든 그들이 궁으로 들어

가서 오랑캐 황제를 암살하려 했다면 훌륭한 영걸임에 분명하네. 가능하다면 위 향주는 그 친구에게 부탁해서 잘 좀 대해주라고 하게. 그것이 강호인의 의리 아니겠는가?"

위소보가 말했다.

"그 개똥쇠 소삼자는 저하고 둘도 없는 친구예요. 노름에서 걔가 돈을 잃으면 언제나 꿔주고 갚으라고 한 적이 없어요. 소공야나 유 어르신이 분부할 것이 있다면 제가 개똥쇠한테 시킬게요. 걘 내 말이라면 무조건 들어줘요."

유대홍은 길게 숨을 들이켰다.

"그렇게 해주면 좋겠네. 한데 궁에 잡혀 있는 자객은 몇 명이며 이름이 뭔지 모르겠네. 우린 같은 무림인으로서 그 자객들에게 경의를 표하지 않을 수 없네. 지금 얼마나 고초를 겪고 있는지 모르겠군. 그 친구가 알아봐줄 수만 있다면, 위 향주의 은공은 내 잊지 않겠네."

위소보는 가슴을 활짝 펴며 말했다.

"그건 아주 간단해요. 그런데 애석하게도 소공야의 부하가 아니었군요. 만약 그랬다면 제가 무슨 수를 써서라도 궁에서 구해내 소공야에게 넘겨드릴 텐데. 그럼 한 목숨 대 한 목숨! 서 삼형과 백 대협의 일도 말끔하게 다 해결될 텐데 말예요. 정말 애석하네요."

유대홍은 목검성과 눈빛을 교환하며 동시에 천천히 고개를 끄덕였다. 목검성이 말했다.

"우린 자객들이 누군지 알 수 없지만 오랑캐 황제를 죽이러 갔다면 협사임에 분명하고 우리와 같은 반청복명의 동지일 거요. 위 향주, 만약 그들을 구해준다면, 성사 여부를 떠나서 그 은혜는 잊지 않겠소. 그리고 서 삼형의 일도 다시는 거론하지 않겠소."

위소보는 고개를 돌려 백한풍을 쳐다보며 말했다.

"소공야께서 거론하지 않아도 백 이협은 아마 가만있지 않을 텐데요. 다음에 만나서 또 제 손목을 비틀어 비명을 지르게 만들면 제 입장이 얼마나 난처하겠어요?"

백한풍은 벌떡 자리에서 일어나 낭랑하게 말했다.

"위 향주가 만약 우리… 우리… 그 협사들을 구해준다면 이 백한풍은 위 향주의 존엄을 손상시킨 손을 스스로 잘라서 사죄를 하리다!"

위소보는 웃으며 말했다.

"아녜요, 아녜요. 손을 잘라준다고 해도 제가 그 손을 어디다 쓰겠어요? 그리고 제 친구 개똥쇠 소삼자가 과연 황궁에서 그들을 구해낼 재주가 있는지도 장담 못해요. 그 사람들은 황제를 죽이려 했으니 죄가 얼마나 크겠어요. 손발과 온몸이 쇠사슬로 묶여 있고, 또 얼마나 많은 사람들이 지키고 있겠어요. 구해낸다는 게 쉬운 일이 아니죠. 저도 그냥 해본 소리예요. 뻥이라고 생각해도 좋아요."

목검성이 다급하게 말했다.

"궁에서 사람을 구해낸다는 것은 물론 쉬운 일이 아니겠죠. 꼭 성공할 거라고 기대하진 않아요. 그러나 위 향주가 최선을 다해준다면 그것만으로도 감지덕지할 겁니다."

그러고는 약간 멈칫하더니 다시 말했다.

"그리고 또 한 가지 부탁이 있소. 내 누이동생이 갑자기 실종돼 걱정이 태산 같습니다. 천지회는 경성에서 많은 친구들과 교분을 쌓아왔으니 누이를 찾는 데 큰 도움을 줄 수 있을 거라 믿소. 누이를 찾아준다면 그 은혜 또한 잊지 않겠소."

위소보가 말했다.

"그 일은 어려울 게 없으니 소공야는 백번 안심해도 좋습니다. 자! 배불리 먹고 마셨으니, 이제 저는 그 개똥쇠 소삼자를 찾아가 상의를 좀 해보겠습니다. 간 김에 빌어먹을, 한판 놀아봐야죠."

그러면서 품속에 손을 집어넣어 뭔가를 꺼내 팔선탁 위에 팍 던졌다. 뜻밖에도 주사위 네 알이었다. 주사위는 대구르르 굴러가더니 곧 멈췄다. 놀랍게도 네 알이 다 붉은 4점이었다.

위소보는 손뼉을 치며 외쳤다.

"만당홍滿堂紅, 만당홍이에요! 온통 붉은색이니 대박이요, 대박!"

그렇게 환호를 하더니 갑자기 한숨을 내쉬었다.

"다들 모가지가 달아나 피로 만당홍이 되는 건 아니겠죠?"

좌중은 그의 말을 듣자 아연실색하며 서로 마주 보았다.

위소보는 느긋하게 주사위를 챙기고 공수의 예를 취했다.

"폐가 많았습니다. 이만 작별을 고할까 합니다. 서 삼형은 우리랑 함께 가도 되겠죠?"

목검성이 말했다.

"네, 당연하죠. 그럼 위 향주와 천지회 친구들을 배웅하겠습니다."

위소보는 곧 서천천, 이역세, 관안기 등과 함께 자리에서 일어났다. 목검성과 유대홍 등은 대문 밖까지 그들을 배웅해주었다. 위소보가 가마에 타는 것을 보고서야 집 안으로 들어갔다.

천지회 군호들은 다시 그 사합원으로 돌아왔다. 성질이 급한 관안기가 바로 물었다.

"위 향주, 궁 안에 어제 자객이 잠입했나요? 그들이 몹시 긴장하는 것으로 보아 목왕부에서 보낸 것 같던데요."

위소보가 웃으며 말했다.

"그래요, 간밤에 자객들이 궁에 잠입한 사실을 아무도 감히 누설하지 못했을 테니, 외부 사람들은 알 리가 없어요. 한데 그들은 전혀 의외란 기색이 없으니, 당연히 그들의 소행이겠죠."

현정 도인이 말했다.

"그들이 감히 오랑캐 황제를 죽이러 가다니, 겁도 없거니와 존경할 만도 합니다. 위 향주, 붙잡힌 사람들을 구해준다고 했는데, 쉬운 일이 아닐 텐데요?"

위소보는 목검성, 유대홍과 이야기를 나누면서 이미 궁리를 해놓은 게 있었다. 자객을 구한다는 것은 절대 불가능한 일이었다. 그러나 자기 방에 두 사람이 있다. 하나는 소군주, 또 한 사람은 방이 낭자다. 소군주는 천지회에서 잡아왔으니 놓아줘봤자 구해준 것이 아니다. 그러나 방이는 황제를 죽이려고 궁에 잠입한 자객임에 분명하다. 수를 써서 그를 궁 밖으로 내보내면, 그것은 자객을 구해준 것과 다를 바가 없다. 그리고 가히 그다지 어려운 일도 아니다.

위소보는 현정 도인의 말을 듣고 나서 미소를 지었다.

"여러 명은 몰라도 한 사람을 구하는 것은 어려운 일이 아니에요. 서 삼형은 백한송 한 사람을 죽였으니 우리가 한 사람을 구해주면, 목숨 하나와 목숨 하나를 바꾸는 격으로, 그들도 손해 볼 게 없어요. 게다가 이자까지 붙여서, 전노본 형제가 데려온 소군주까지 돌려줄 테니 그들로서는 땡잡은 셈이죠. 그러니 불만이 없을 거예요."

이어 전노본에게 말했다.

"내일 일찍 죽은 돼지 두 마리를 어선방으로 가져갔다가 제 방에 와서 사람을 담으세요. 그럼 제가 어선방에 가서 화딱지를 내며 돼지에서 피비린내가 나고 맛대가리가 하나도 없다면서, 돼지를 도로 가져가라고 으름장을 놓을게요."

전노본은 무릎을 탁 쳤다.

"하하… 위 향주, 정말 묘안입니다. 소군주를 담을 돼지는 작아도 괜찮지만, 또 한 마리는 제법 커야겠네요."

위소보는 서천천에게 위로의 말을 해주고 나서 말했다.

"서 삼형, 속상해할 필요 없어요. 노일봉 그놈은 제가 오응웅을 시켜 다리몽둥이를 부러뜨리라고 했어요."

서천천은 연신 고개를 조아렸다.

"아, 네, 네… 감사합니다, 향주님."

그러면서도 속으론 별로 믿지 않았다.

'또 얼토당토않은 뻥을 치는군. 오응웅은 평서왕부의 세자로서 얼마나 도도하고 건방진데, 설마 네가 시키는 대로 하겠어?'

위소보가 자신을 위해 백한송과의 풀기 어려운 응어리를 해결해주겠다고 장담하니, 말만으로도 너무 고마운 일이지만, 그러나 과연 자객 한 명을 구해낼 능력이 있을지는 믿어지지 않았다.

위소보가 궁으로 돌아와 신무문을 들어서자마자 내관 두 명이 달려와 일제히 알렸다.

"계 공공, 어서… 어서 가보세요. 황상께서 부르십니다."

위소보가 물었다.

"무슨 일이라도 있나요?"

내관 한 명이 대답했다.

"황상께서 이미 여러 번 독촉했어요. 급한 일인 것 같아요. 황상은 지금 상서방에서 기다리고 계십니다."

위소보는 서둘러 상서방으로 달려갔다.

강희는 방 안에서 이리저리 왔다 갔다 하면서 초조하게 기다리고 있다가 위소보를 보자 표정이 이내 환해지면서 욕을 했다.

"빌어먹을! 어디 가서 자빠져 있다가 이제 오는 거야?"

위소보가 얼른 대답했다.

"아뢰옵니다. 그 무엄한 자객들 때문에 좀 바빴습니다. 만약 그들을 일망타진하지 않으면 언제 또 극악한 일을 저지를지 모르잖아요. 황상의 근심을 덜어드리기 위해 주모자를 반드시 찾아내야 한다고 생각했습니다. 그래서 편복으로 갈아입고 북경성 이곳저곳을 돌아다니며 외부에서 누가 자객들을 들여보냈는지, 혹시 궁 안 사람의 소행은 아닌지, 암암리에 염탐을 해봤어요."

강희는 고개를 끄덕였다.

"그래, 잘했다. 뭘 좀 알아낸 게 있느냐?"

위소보는 속으로 생각을 굴렸다.

'궁 밖으로 나가자마자 뭘 알아냈다고 하면 너무 속보이잖아.'

그는 시치미를 뗐다.

"반나절이나 돌아다녔지만 특별히 눈에 띄는 사람이 없었습니다.

내일 다시 알아보겠습니다."

강희가 말했다.

"그렇게 마구 돌아다닌다고 해결될 일이 아니다. 나한테 좋은 생각이 있어."

위소보는 좋아했다.

"황상의 생각이라면 틀림없이 아주 기발할 겁니다."

강희가 설명했다.

"좀 전에 다륭으로부터 보고를 받았다. 잡혀 있는 자객 세 명은 입이 얼마나 무거운지 아무리 모질게 문초하고 회유를 해도 끝끝내 오삼계가 시킨 거라고 잡아떼니, 더 이상 문초해봤자 얻어낼 게 없을 것 같다. 그러니 차라리 놓아줄 생각이다."

위소보는 자신의 귀를 의심했다.

"놓아준다고요? 그건… 너무 큰 관용을 베푸는 게 아닐까요?"

강희가 진지하게 말했다.

"그 자객들은 명에 따라 행동을 했을 뿐이다. 물론 대역무도를 범했지만 그들을 극형에 처하든 않든 근본적인 문제가 해결되는 건 아니다. 주모자를 색출해내는 게 가장 중요한 관건이야. 주모자를 찾아내 일망타진해야만 후환이 없겠지."

여기까지 말하고 나서 빙긋이 웃었다.

"어린 늑대를 풀어주면 당연히 어미 늑대를 찾아가겠지?"

위소보는 너무 좋아서 손뼉을 쳤다.

"묘책이에요, 정말 묘안입니다! 우린 자객을 풀어주고 암암리에 미행을 해야겠죠. 그럼 자객들은 당연히 우두머리를 찾아갈 겁니다. 황상의 신기묘책은 제갈공명 셋이 와도 따라잡지 못할 겁니다."

강희가 다시 빙긋이 웃었다.

"무슨 제갈공명 셋이 와도 따라잡지 못한다는 거냐? 아첨이 너무 지나친 것 같구나! 한데 자객이 눈치 못 채게 뒤를 미행하는 건 결코 쉬운 일이 아니야. 소계자, 내가 한 가지 중대한 임무를 맡길게. 넌 어떤 방법을 써서라도 그들에게 접근해 구해주는 척해라. 그리고 그들을 궁 밖으로 내보내면, 널 한패로 생각해서 행동을 함께할 거야."

위소보는 생각을 굴리며 말했다.

"그건 좀…."

강희는 자못 진지했다.

"물론 위험이 따르는 일이야. 만약 그들에게 발각되면 바로 널 죽이려 하겠지. 내가 황제가 아니면 좋을 텐데… 얼마나 재미있고 아슬아슬하겠어? 직접 한번 체험해보고 싶은데 말이야."

위소보가 힘주어 말했다.

"심려 마십시오. 황상이 시키시면 저는 당연히 명에 따를 겁니다. 그 어떤 위험이 닥친다 해도 겁날 게 없습니다."

강희는 좋아하며 그의 어깨를 토닥거려주었다.

"네가 총명하고 용감하다는 것을 잘 알고 있어. 게다가 가장 중요한 건 믿을 수 있다는 거야. 넌 아직 나이가 어리니까 자객들이 크게 의심하지 않을 거야. 원래 무공이 뛰어난 무사 둘을 딸려보낼 생각이었는데, 자객들은 바보가 아니니 눈치를 챌 수도 있어. 이런 일은 한번 실패하면 다음 기회가 없어. 소계자, 이번 일은 물론 처음부터 끝까지 네가 맡아서 하는 거지만, 마치 내가 친히 나서서 하는 느낌으로 해줬으면 좋겠구나."

강희는 무공을 연마한 후 아슬아슬하고 긴박감이 넘쳐 손에 땀을 쥐게 하는 일을 직접 체험해보고 싶은 생각이 굴뚝같았다. 그러나 황제의 몸이라 위험에 노출될 수는 없었다. 그래서 마치 자신이 직접 겪는 것처럼 위소보를 보낼 생각을 하게 된 것이다. 설령 시위들을 보내면 일을 더 잘해낼 수 있다는 보장이 있다 하더라도, 기꺼이 위소보를 보낼 것이었다.

위소보는 자기와 나이가 비슷하다. 그런데 무공이 자기만 못하고, 또한 자기보다 더 똑똑하지도 않다. 그런데도 일을 잘 해낸다면, 자신도 해낼 수 있다는 의미였다. 위소보를 시키면 자신이 직접 나서는 것과 비슷하다. 비록 몸소 체험을 하지 못할지라도, 그 기분은 상상할 수 있을 것 같았다.

강희가 다시 말했다.

"가능한 한 자객들을 감쪽같이 속여야 돼. 필요하다면 자객들이 보는 앞에서 간수 시위 한두 명쯤은 죽여서 그들이 의심하지 않도록 만들어. 그리고 내가 미리 다륭한테 일러둘게. 네가 자객들을 데리고 궁을 쉽게 빠져나갈 수 있도록 적당히 조치를 해놓을 거야."

위소보가 말했다.

"네, 알았습니다. 하지만 간수 시위들은 무공이 고강한데 저에게 쉽사리 당할까요?"

강희가 다시 그의 어깨를 토닥거렸다.

"그러니까 상황을 봐가면서 요령껏 해야지. 어쨌든 조심해야 돼. 괜히 잘못했다가 시위한테 먼저 피살되면 큰일이니까."

위소보는 혀를 날름 내밀었다.

"만약 제가 시위에게 피살되면, 그건 정말 억울할 거예요. 다들 소계자가 오히려 역도들과 한패거리였다고 생각할 테니까요."

강희는 상상만 해도 흥분이 되는지 손을 비벼대며 물었다.

"소계자, 이번 일을 잘 해내면, 무슨 상을 내려줄까?"

위소보가 대답했다.

"제가 이번 임무에 성공하면 황상께서 분명 기뻐하실 겁니다. 저는 황상이 즐거워하면 그 어떤 상보다 더 좋아요. 다음에 또 무슨 재밌고 위험을 감수할 일이 떠오르면 또 저를 보내주세요. 그게 상을 내리는 것보다 낫죠."

강희는 무척 좋아했다.

"그래, 그래, 꼭 그렇게 할게! 소계자, 네가 내관이 아니면 좋을 텐데… 그럼 아주 높은 벼슬을 내려줄 수도 있는데 말이야."

위소보는 생각을 굴리며 말했다.

"성은이 망극하옵니다."

속으로는 은근히 걱정이 되었다.

'나중에 내가 내시가 아니라는 걸 알면 얼마나 화가 날까?'

그래서 다시 점잖게 말했다.

"황상, 간청드릴 게 있사옵니다."

강희는 빙긋이 웃었다.

"고관대작이 되고 싶으냐?"

위소보가 말했다.

"아니옵니다. 제가 충성을 다 바쳐 황상을 보필하다가 혹시 무슨 잘

못을 저질러서 노여움을 사게 되더라도, 목숨만은 꼭 살려주셔야 해요. 제발 목을 자르진 마세요."

강희가 말했다.

"네가 짐에게 충성을 다한다면, 그 대갈통은 모가지 위에 언제나 온전하게 놓여 있을 테니 걱정 말아라."

그러면서 깔깔 웃어젖혔다.

위소보는 상서방에서 나와 계속 생각을 굴렸다.

'그러지 않아도 몰래 소군주랑 방이를 놓아줘 목왕부로 돌려보내려 했는데, 황상께서 그렇게 말하니 황명에 따라 자객을 놓아주는 꼴이 됐잖아. 그러니까 두 계집아이는 서둘러 놔줄 필요가 없어. 진짜 자객의 우두머리는 좀 전에 나랑 술자리도 함께했어. 황상께 확 일러바쳐 목검성과 유대홍 늙은이를 잡아들이라고 할까? 하지만 그걸 사부님이 아시면 절대 날 용서하지 않을 거야. 빌어먹을! 천지회의 향주를 계속 해야 되나, 말아야 하나?'

궁에서 모든 사람이 자신을 떠받들고 있고, 또한 황제의 신임을 한몸에 받고 있으니, 차라리 한평생 궁에서 사는 게 낫지 않을까? 순간적으로 갈등이 생겼다. 그러나 태후가 떠오르자 이내 등줄기가 써늘해졌다.

'그 늙은 화냥년은 틈만 나면 날 잡아먹으려 하니, 아무래도 궁에 오래 머물진 못해.'

그는 곧 건청궁 서쪽에 있는 시위방으로 갔다. 당직을 서고 있는 시위들의 우두머리는 바로 조제현이었다. 간밤에 엄청난 은자를 나눠가졌고, 오늘 시위총관 다륭으로부터 또 적지 않은 장려금을 받았다. 그것도 위소보가 황상께 말을 잘 해준 덕분이라는 걸 잘 알고 있었다. 그래서 위소보를 보자, 죽은 작은마누라가 다시 살아 돌아온 듯 좋아하며 펄떡 일어나 활짝 웃으며 맞았다.

"계 공공, 무슨 바람이 불어서 여기까지 행차하셨습니까?"

위소보는 웃으며 말했다.

"대역무도한 자객들을 한번 보러 왔습니다."

이어 그의 귀에다 대고 나직이 말했다.

"황상께서 놈들의 주모자가 누군지 확실히 알아보라고 해서 왔죠."

조제현은 고개를 끄덕였다.

"네."

그러고는 역시 목소리를 낮춰 말했다.

"세 녀석이 어찌나 고집이 센지 가죽채찍이 두 개나 끊어졌는데도 한사코 오삼계만 물고 늘어져요."

위소보가 말했다.

"내가 직접 신문을 해볼게요."

그러고는 서청으로 들어갔다. 사내 세 명이 웃통이 벗겨진 채 기둥에 묶여 있는데, 그동안 얼마나 호된 고문을 당했는지, 모두 피범벅이 되어 있었다. 한 사람은 텁석부리에 건장한 중년 사내였다. 나머지 둘은 젊은데, 한 사람은 몸에 꽃 문신이 가득하고 가슴엔 징그럽게 생긴 호랑이 문신까지 새겨져 있었다. 그리고 또 한 사람은 살결이 뽀얀 젊은이였다.

위소보는 속으로 생각을 해보았다.

'저 두 젊은이 중에 과연 유일주가 있을까?'

그는 고개를 돌려 조제현에게 말했다.

"조 대형, 사람을 잘못 잡을 수도 있으니 내가 다시 확인해볼게요. 잠시만 자리를 비워주실래요?"

조제현은 군말이 없었다.

"네."

그러고는 바로 몸을 돌려 밖으로 나가더니 문을 닫았다.

위소보가 세 사람에게 다가갔다.

"세 분은 존성대명이 어떻게 되죠?"

그 텁석부리 사내가 눈을 부라리며 소리쳤다.

"코딱지 같은 내시 따위가 이 어르신의 이름을 물을 자격이 있다고 생각하느냐?"

위소보는 목소리를 낮춰 말했다.

"난 누구의 부탁을 받고 유일주라는 사람을 구하러 온 거요."

그 말을 듣자 세 사람은 일제히 놀란 표정으로 서로를 쳐다보았다. 역시 그 텁석부리가 물었다.

"누구의 부탁을 받았다는 건지…?"

위소보가 말했다.

"세 사람 가운데 유일주가 있어요, 없어요? 있다면 말을 계속 나눠 볼 거고, 없다면 그냥 관둡시다!"

세 사람은 혹여 속는 게 아닌가 싶은지 시인도 부인도 하지 않았다. 텁석부리가 다시 물었다.

"댁은 누구요?"

말투가 좀 누그러졌다. 위소보가 대답했다.

"나한테 부탁한 두 친구는 목씨와 유씨 성을 가졌소. '철배창룡'이 누군지 아나요?"

텁석부리가 큰 소리로 말했다.

"그 '철배창룡' 유대홍은 운남, 귀주, 사천 일대에서 워낙 명성이 쟁쟁해 모르는 사람이 없지. 목검성은 목왕부의 아들이고… 지금 강호를 떠돌 텐데 죽었는지 살았는지 알 길이 없으니…."

그는 말을 하면서 연신 고개를 흔들었다.

위소보가 고개를 끄덕이며 말했다.

"좋아요, 세 사람이 목왕부의 소공야와 유 노영웅을 모른다면 그들하고는 친구가 아니겠군요. 당연히 이런 초식도 알 턱이 없겠군!"

그러면서 자세를 취하더니 목가권 중 두 초식을 시연했다. 당연히 그 횡소천군과 고산유수였다.

가슴에 호랑이 문신을 한 사내의 얼굴에 놀란 기색이 스쳤다.

"그건…?"

위소보가 자세를 거두고 물었다.

"왜요?"

그자가 얼버무렸다.

"아, 아니오…."

텁석부리가 다시 물었다.

"그 초식을 누구한테 배웠지?"

위소보가 웃으며 대답했다.

"마누라가 가르쳐줬는데."

텁석부리가 '퉤!' 하고 침을 뱉고는 말했다.

"내시가 무슨 마누라가 있어?"

그러면서 다시 고개를 흔들었다. 원래는 '개내시'라고 욕하려 했는데, 상대의 말투와 행동이 아무래도 뭔가 좀 심상치 않아 '개' 자를 빼고 말한 것이었다.

위소보가 그의 말을 받았다.

"내관이 왜 마누라를 얻을 수 없죠? 상대가 시집오겠다는데 누가 말리겠어요? 내 마누라의 성은 방가고, 이름은 외자 이예요, 방이."

그 살결 뽀얀 젊은이가 갑자기 악을 쓰듯 핏대를 세웠다.

"헛소리하지 마!"

위소보는 그를 유심히 살폈다. 이마에 심줄이 시퍼렇게 돌기되고, 눈에서는 이글거리는 불길이 뿜어져나오는 것 같았다. 뚱줄이 타는 게 분명했다. 보나마나 그가 바로 유일주였다. 네모반듯한 얼굴에 제법 준수하게 생겼는데, 지금 열받은 모습은 좀 무섭기도 했다.

위소보가 빙글빙글 웃으며 말했다.

"내가 왜 헛소리를 해? 마누라는 목왕부의 유·백·방·소 4대 장수 가문의 후손이오. 중매를 해준 사람은 소가인데 이름은 강이지. 별호는 '성수거사'고. 또 한 사람의 중매인은 백한풍인데 얼마 전에 형 백한송이 누구한테 맞아 죽었어요. 그 백한풍은 돈이 궁했는지 중매를 해서 돈을 편취해 형의 장례식을 치르려고…."

그 젊은이는 갈수록 표정이 일그러지며 악을 썼다.

"이… 이런… 이…."

텁석부리가 고개를 흔들며 그를 말렸다.

"이봐, 참으라고!"

이어 위소보에게 말했다.

"목왕부의 일을 제법 많이 알고 있구먼."

위소보는 능청을 떨었다.

"목왕부의 사위인데 처가의 일을 몰라서야 되겠어요? 그 방이 낭자는 원래 나한테 시집오지 않겠다고 고집을 부렸어요. 사형인 유일주하고 이미 혼약이 돼 있다고 하더군요. 한데 그 유가 녀석이 머리가 돌았는지 매국노 오삼계 밑으로 들어가 황궁에 잠입해서 자객으로 변신했대요. 생각해보세요, 그… 그 매국노 오삼계는…."

여기까지 말하고 나서 음성을 낮췄다.

"오랑캐와 결탁해 우리 대명 천하를 만주 개새끼들한테 바쳐버렸어요. 우리 같은 한인들은 오삼계 얘기만 나오면 누구나 다 그놈의 살가죽을 벗겨 살을 잘근잘근 씹어먹고 싶은 심정이죠. 한데 그 유일주 녀석이 왜 하필이면 오삼계 밑으로 들어갔는지 모르겠어요. 방이 낭자는 당연히 치가 떨리고… 그러니 그에게 시집갈 리가 없겠죠."

그 젊은이는 다급해져서 말을 제대로 잇지 못했다.

"난… 난… 난…."

텁석부리가 고개를 흔들며 말했다.

"사람은 나름대로 다 자기 갈 길이 있기 마련이지. 그렇게 말하는 내관 나리께서도 청 오랑캐 궁에서 내시 노릇을 하고 있으니, 별로 잘난 것은 없는 것 같은데…."

위소보는 절대 꿀리지 않았다.

"네, 네, 맞아요. 잘난 게 없을 뿐 아니라 아주 못났어요. 마누라는 옛 정인을 못 잊어 나더러 한번 확인해달라고 통사정하더라고요. 유일주가 죽었는지, 살았는지? 만약 죽었다면 홀가분하게 나한테 시집와서 지난날을 깨끗이 다 잊겠대요. 대신 유 사형의 지방을 써서 향은 좀 피워주겠다고 하더군요. 세 분 중에 정녕 그 유일주가 없다는 거죠, 그렇죠? 그럼 돌아가서 방 낭자한테 솔직히 말하고 오늘 밤에 바로 혼례식을 올려야겠어요."

말을 마치고는 바로 몸을 돌려 밖으로 걸어나가려 했다.

그때 그 젊은이가 냅다 소리를 질렀다.

"내가 바로…."

텁석부리가 호통을 쳤다.

"속지 마!"

젊은이는 힘겹게 몸을 몇 번 버둥거리며 악을 썼다.

"그는… 그는…."

그러더니 갑자기 '퉤!' 하고 위소보에게 침을 뱉었다.

위소보는 살짝 피했다. 세 사람은 쇠심줄로 엮은 밧줄로 단단히 기둥에 묶여 있어 절대 벗어날 수가 없었다. 그는 벌써 속으로 감을 잡고 있었다.

'저 사람이 틀림없이 유일주군. 시인하려는데 털보가 막는 거야.'

잠시 멈칫했지만, 이미 계획이 서 있었기 때문에 더 이상 이곳에 있을 필요가 없었다.

"그럼 여기서 기다리십시오. 내가 가서 다시 마누라한테 물어보고 오겠소."

그는 밖으로 나와 조제현에게 나직이 말했다.

"이미 어느 정도 윤곽을 알아냈으니 더 이상 고문하지 말고 내가 다시 올 때까지 기다리세요."

어느덧 어둠이 짙게 깔려 있었다. 위소보는 방이와 목검병이 배가 고플 거라고 생각해 곧장 자기 거처로 가지 않고 어선방에 들러 아래 내관에게 풍성한 만찬을 차려 방으로 가져오라고 분부했다. 시위들이 자객을 잡느라 수고가 많았으니 자기가 한턱내려 한다고 핑계를 댔다. 그리고 은밀히 상의할 게 있으니 와서 시중들 필요는 없다고 했다.

그가 문을 따고 슬그머니 방으로 들어가자 목검병이 나직이 환호하며 일어나 앉았다.

"왜 이제야 오는 거야?"

위소보가 말했다.

"기다리다 눈이 빠질 뻔했군, 그렇지? 좋은 소식을 알아왔어."

방이가 침상에서 고개를 들고 물었다.

"무슨 좋은 소식인데?"

위소보는 촛불을 밝혔다. 방이는 두 눈이 빨갛게 부어 있었다. 운 게 분명했다. 위소보는 한숨을 내쉬었다.

"이건 방 낭자한테는 좋은 소식이지만, 나한테는 아주 젬병인 일이야. 손아귀에 다 들어온 마누라가 날아갈 판이니 말이야. 휴, 유일주 그 녀석이 아직 살아 있더라고."

"아!"

방이는 소리를 질렀다. 기쁨이 담겨 있는 음성이었다.

목검병도 좋아했다.

"우리 유 사형이 무사하다고?"

위소보가 다시 말했다.

"죽진 않았지만 살기도 쉽지 않을 것 같아. 시위들한테 문초를 당하면서 끝끝내 매국노 오삼계의 부하라고 우겼대. 극형에 처해질 것은 물론이고, 소문이 퍼지면 강호인들은 다들 그를 매국노 오삼계의 앞잡이라고 욕을 해대겠지. 죽은 후에도 엄청난 지탄을 받게 될 거야!"

방이는 상반신을 일으키며 말했다.

"우린 황궁에 오기 전에 이미 모든 것을 각오했어. 매국노 오삼계를 쓰러뜨려 선황과 목 왕야를 위해 복수할 수만 있다면, 목숨을 잃는 것은 물론 사후에 명성이 더럽혀지는 것쯤은 생각 안 하기로 했어."

위소보는 엄지를 세웠다.

"좋아, 대단한 기백이야! 이 낭군께서도 그 점은 탄복 안 할 수 없지. 방 낭자, 이 시점에서 우린 한 가지 중요한 협약을 맺어야 할 것 같아. 내가 만약 그 유 사형을 구해준다면, 나한테 어떻게 보답할 거지?"

방이는 눈이 반짝 빛나며 양 볼이 약간 불그스름해졌다.

"정말 유 사형을 구해준다면… 나한테 그 어떤 위험하고 어려운 일을 시켜도 절대 눈 하나 깜박하지 않고 다 들어줄게!"

위소보가 말했다.

"그럼 정식으로 약속을 해야 해. 할 수 있어? 소군주는 증인이 돼야 하고. 만약 내가 그 유 사형을 구해내서 소공야와 '철배창룡' 유대홍 어른에게 넘겨준다면…."

목검병이 얼른 물었다.

"어떻게 오빠랑 사부님을 알지?"

위소보는 얼버무렸다.

"목왕부의 소공야와 '철배창룡'은 명성이 쟁쟁한데, 모르는 사람이 어딨어?"

목검병이 말했다.

"계 대형이 좋은 사람이라는 걸 잘 알아. 만약 유 사형을 구해준다면 우리 모두 그 은혜에 감사할 거야."

위소보는 고개를 흔들었다.

"난 좋은 사람이 아니야. 이건 그냥 거래일 뿐이지. 나중에 관아에 들키면 내 목이 달아나는 건 물론이고 우리 할아버지, 할머니, 아버지, 어머니, 형님 세 분, 누이동생 넷, 그리고 이모부, 이모, 고모부, 고모, 삼촌, 숙모님, 외할아버지, 외할머니, 사촌형, 사촌동생, 사촌누나, 사촌누이동생… 몽땅 다 목이 달아날 거야. 안 그래? 그게 소위 멸족이야. 우리집에서 그동안 애써 모아둔 금덩어리, 은자, 집, 솥, 우산, 바지, 신발… 전부 다 관아에 몰수당할 거야. 안 그래?"

그가 '안 그래?' 하고 물을 때마다 목검병은 고개를 끄덕였다.

방이가 말했다.

"그래, 이런 일은 너무 많은 희생이 따르게 돼. 감히 부탁할 수가 없어. 어쨌든 난… 사형이 죽으면… 나도 살고 싶지 않아. 바로 따라 죽을 거야."

그러면서 주르르 눈물을 흘리자, 위소보가 얼른 달랬다.

"울지 마, 너무 상심할 것 없어. 그렇게 눈물을 흘리면 내 마음이 약해지잖아. 방 낭자, 난 방 낭자를 위해 무슨 일이든 다 할 수 있어. 어떤 어려움이 있어도 반드시 그 유 사형을 구해낼게. 우리 이 자리에서 확실하게 약속하자고! 내가 유 사형을 구해내지 못하면 평생 우마가 되어 밤낮으로 노예같이 방 낭자의 시중을 들어줄게. 대신 유 사형을 구해낸다면 평생 내 마누라가 돼줘야 해. 대장부일언중천금, 한번 입 밖에 내뱉은 말은 그 어떤 말이든 따라잡지 못해. 바로 그 한 마디야!"

방이는 그를 똑바로 쳐다보았다. 얼굴의 홍조가 차츰 사라지고 창백해졌다.

"계 대형, 유 사형을 구하기 위해 무슨 일이든 다… 날 위해 하겠다고 하니, 만약 정말 그를 무사히 구해낸다면 난 한평생… 곁에서 모실 수도 있어. 한데… 한데…."

그때 밖에서 발걸음 소리가 들리더니 누군가 소리쳤다.

"계 공공, 주안상을 가져왔어요."

방이는 이내 입을 다물었다.

위소보가 말했다.

"그래, 알았어!"

그러고는 방에서 나가 문을 닫고, 대문을 열었다. 내관 네 명이 푸짐하게 차린 상을 들고 안으로 들어와 탁자에 늘어놓았다. 큰 접시에 담긴 요리가 열두 가지고, 운남의 명물 닭요리 기과계가 한 솥이었다. 내관들은 8인분의 앞접시와 수저를 준비해왔다.

그들 중 한 명이 공손하게 물었다.

"계 공공, 뭐 더 필요한 게 있습니까?"

위소보는 간단하게 대답했다.

"됐어요, 이제 가도 좋아요."

그러면서 각자 은자 한 냥씩을 내주었다. 내관들은 신이 나서 물러갔다.

위소보는 문을 안에서 잠그고, 음식을 방으로 가져가 침상 앞에 늘어놓았다. 그리고 밥을 푸고 술을 석 잔 따랐다.

"방 낭자, 아까 '한데… 한데…' 하고 말을 끊었는데, 무슨 말을 하려고 했지?"

이때 방이는 목검병의 부축을 받아 침상에서 일어나 앉았다. 얼굴이 붉어진 채 고개를 숙이고 잠시 머뭇거리다가 나직이 말했다.

"난 궁에서 종사하는 사람이 어떻게 아내를 얻을 수 있냐고 물으려 했어. 하지만… 그거야 어찌 됐든 유 사형의 생명을 구해준다면… 한평생 모시도록 할게."

그녀의 안색은 백옥처럼 매끄러워, 붉은 촛불이 비치니 정말 요염하고 아름다웠다. 위소보는 비록 나이가 어리지만, 그래도 넋이 빠져나가는 것 같았다. 그는 당황함을 감추려고 웃으며 말했다.

"내가 내관이라서 마누라를 얻을 수 없다는 거군. 아내를 맞이하든 안 하든, 그건 내가 알아서 할 일이니까 신경 쓰지 마. 그냥 확실하게 대답만 해주면 돼. 내 마누라가 될 거야, 안 될 거야?"

방이는 눈살을 찌푸렸다. 얼굴에 화난 표정이 스쳤다. 그렇게 잠시 침묵을 지키다가 뭔가 결심한 듯 입술을 깨물더니 말했다.

"아내는 물론이고, 설령 날 사창굴에 내다팔아도 원망하지 않을게."

다른 남자가 이런 말을 들었다면 분명 화를 낼 텐데, 위소보는 어려서부터 기루에서 자라 아무렇지도 않았다. 그는 오히려 히죽히죽 웃으며 말했다.

"좋아, 그렇게 약속하자고! 착한 마누라, 예쁜 누이! 셋이 한잔하는 게 어때?"

방이는 처음엔 일개 내시인 위소보를 대수롭지 않게 생각했다. 그런데 그가 어전 시위 부총관 서동을 죽이는 것을 직접 목격했고, 또한 이상한 약으로 시신을 없애는 것도 지켜보았다. 게다가 궁중 시위들과 내관들이 그를 깍듯이 대하는 것을 보고 예사롭지 않은 면이 있다는 것을 알았다.

유일주는 그녀가 진심으로 좋아하는 사람이고, 또한 서로 마음을 주고받은 정인이었다. 비록 정식으로 혼약을 맺지는 않았지만 자타가 공인하는 한 쌍의 원앙이었다. 지난밤에 둘은 함께 궁중에 잠입했다. 그녀는 유일주가 시위들에게 붙잡히는 것을 지켜보면서도, 자신 역시 심한 부상을 입어 구해주지 못한 게 너무 안타까웠다. 정인이 틀림없이 죽었을 거라고 생각했는데, 뜻밖에도 이 어린 내관이 살아 있다는 것을 알려주고, 또한 구해주겠다고 하니 마음을 정리해야만 했다.

'그 사람을 구해 위험에서 벗어나게만 해준다면, 난 평생 고통을 당하더라도 하늘에 감사해야지. 그리고 이 내시가 어떻게 날 아내로 맞이하겠어? 그냥 짓궂게 날 골려주려는 걸 거야. 일단 말이라도 응해줄 수밖에.'

이렇게 생각을 정리하고 나니 마음이 홀가분해졌다. 그래서 미소를 지으며 술잔을 들어올렸다.

"이 술을 함께 마실게. 그러나 유 사형을 구해내지 못하면 내 검에 죽을 줄 알아!"

위소보는 그녀의 웃는 모습을 보자 기분이 좋았다. 역시 술잔을 높이 들어올렸다.

"오늘 우리가 한 말은 절대 번복해서는 안 돼. 만약 내가 유 사형을 구해줬는데도 약속을 어기고 시집오지 않겠다고 하면 나만 붕 뜨잖아? 게다가 두 사람이 합작해서 덤벼들면 난 당해낼 재간이 없어. 네가 칼로 베고 재가 검으로 후려치면, 이 계 공공은 네 토막이 날 거야. 거기에 대비하지 않을 수 없지!"

방이는 웃음을 거두고 숙연하게 말했다.

"천지신명께 맹세할게! 계 공공이 만약 유일주를 구해준다면 소녀 방이는 계 공공의 아내가 되어 평생 남편만을 섬기고 보필하겠습니다. 설령 계 공공이 저를 아내로 맞아들이지 못한다고 해도 평생 곁에서 모시겠습니다. 지금 한 약속을 지키지 않는다면 만겁의 지옥으로 떨어져 영원히 환생하지 못해도 좋습니다."

그러면서 정식으로 맹세의 격식을 갖춰, 술잔의 술을 바닥에 뿌렸다. 그리고 한마디 덧붙였다.

"소군주가 증인이 돼줄 거야."

위소보는 '얼씨구나, 좋다' 하며 목검병에게 물었다.

"예쁜 누이, 혹시 누이한테도 내가 구해줘야 될, 마음속에 두고 있는 정인이 있나?"

목검병은 바로 대답했다.

"난 없어. 내가 무슨 마음에 둔 정인이 있겠어?"

위소보는 혀를 끌끌 찼다.

"애석하군, 애석해!"

목검병이 물었다.

"뭐가 애석하다는 거지?"

위소보가 능청스럽게 말했다.

"만약 누이한테도 위험에 빠진 정인이 있어서, 내가 가서 구해주면 누이도 나한테 시집와 마누라가 될 거 아니야?"

목검병은 콧방귀를 날렸다.

"흥! 마누라가 하나 있으면 됐지, 또 욕심을 부리려고?"

위소보는 웃었다.

"언감생심이지만, 다다익선이라고 하잖아. 참, 예쁜 누이! 그 유 사형과 함께 잡혀 있는 사람이 두 명 더 있던데, 한 사람은 털보에다…."

목검병이 얼른 말을 받았다.

"오吳 사숙이야!"

위소보가 또 말했다.

"그리고 또 한 사람은 온몸에 꽃 문신이 있고, 가슴엔 범 대가리가 새겨진…."

목검병이 외쳤다.

"그는 청모호青毛虎 오표敖彪, 오 사숙의 제자인데…."

위소보가 물었다.

"그 오 사숙은 이름이 뭐지?"

목검병이 대답했다.

"오 사숙의 이름은 오입신吳立身이고, 별호는 요두사자搖頭獅子야."

위소보는 웃음이 나왔다.

"그 '요두사자'라는 말의 뜻은 '고개를 흔드는 사자'잖아. 별호를 아주 알맞게 잘 지었네. 누가 뭐라고 말해도 무조건 고개를 흔들었어."

목검병이 다급하게 말했다.

"계 대형, 유 사형을 구해줄 거면 오 사숙과 오 사형도 함께 구해주면 안 돼?"

위소보는 엉뚱한 것을 물었다.

"그럼 오 사숙과 그 오표에게 혹시 수화폐월의 정인이 있나?"

목검병은 무슨 뜻인지 몰라 어리둥절해했다.

"모르겠어, 그걸 왜 물어보는 건데?"

위소보가 다시 능청을 떨었다.

"있으면 우선 그 정인들에게 가서 물어보려고 그러지. 구해주면 나한테 시집올 건지? 그러지 않는다면 내가 목숨을 걸고 그들을 구해주는 게 괜한 헛수고가 되잖아."

그의 말이 끝나기 무섭게, 난데없이 눈앞에 뭔가 어른거리는가 싶더니 물체 하나가 얼굴을 향해 날아왔다. 위소보는 본능적으로 고개를 숙였으나, 이미 때가 늦었다. '팍!' 하는 소리와 함께 그 물체는 위소보의 이마를 맞추고 바닥에 떨어져 산산조각이 나버렸다. 다름 아닌 술잔이었다.

위소보와 목검병은 동시에 놀란 외침을 토했다.

"으악!"

"어머나!"

위소보가 급히 뒤로 물러나는 바람에 의자도 쓰러졌다. 이마에선 피가 흘러내렸고, 술이 눈에 들어가 앞이 잘 보이지 않았다.

방이의 호통이 들려왔다.

"당장 가서 유일주를 죽여버려! 나도 살고 싶지 않아! 매일 너한테 괴롭힘을 당하고 시달리느니 차라리 죽는 게 나아!"

그 술잔은 방이가 집어던진 것이었다. 그녀는 중상을 입은 터라 손에 힘을 줄 수 없어 그나마 다행이었다. 위소보는 술잔에 맞아 피가 났지만 이마의 살가죽이 살짝 벗겨진 정도로, 심하게 다친 건 아니었다.

그래도 피가 흐르자 목검병은 걱정이 돼서 말했다.

"계 대형, 이리 와봐. 혹시 깨진 조각이 살에 박히지 않았나 보게."

위소보가 말했다.

"난 겁나서 못 가. 마누라가 낭군님을 죽이려고 하잖아!"

목검병이 말했다.

"이상한 말을 하지 말라고 했잖아. 또 다른 여자도 어떻게 해보려고? 내가 들어도 화가 나!"

위소보는 깔깔 웃었다.

"아, 알았다! 이제 보니 둘 다 질투를 하는 모양이군. 내가 다른 여자를 어떻게 할까 봐 큰마누라, 작은마누라가 다 질투하고 있어!"

목검병이 술잔을 번쩍 들어올렸다.

"나더러 뭐라고? 나도 술잔을 던져버릴 거야!"

위소보가 소매로 눈을 닦고 살펴보니 목검병은 일부러 화난 척하는지 눈가에 웃음이 어려 있었다. 그리고 방이는 좀 미안해하는 표정이었다. 위소보는 비록 상처 부위가 아팠지만 마음은 흐뭇했다.

"큰마누라가 낭군한테 술잔을 던졌는데, 작은마누라가 안 던지면 불공평하지."

그는 앞으로 한 걸음 나섰다.

"자, 작은마누라도 던져줘!"

목검병이 그 말을 받았다.

"좋아!"

그러고는 손을 떨쳐 술잔의 술을 얼굴에 끼얹었다. 위소보는 피하지 않고, 얼굴에 술세례를 받도록 가만히 있었다. 그리고 혀를 내밀어 얼굴에 묻은 술을 핥으며 쩝쩝 입맛을 다셨다.

"아! 맛있다, 맛있어. 큰마누라는 피맛을 보게 하고, 작은마누라는 술맛을 보게 해주니… 우아! 기분 좋다, 기분이 째진다!"

목검병이 그의 말에 먼저 까르르 웃자, 방이도 덩달아 풋 하고 웃음을 터뜨리며 쏘아붙였다.

"이런 순엉터리!"

그녀는 품속에서 수건을 꺼내 목검병에게 건네주었다.

"네가 좀 닦아줘."

목검병이 웃으며 말했다.

"사저가 부상을 입혔는데 왜 나더러 닦아주라는 거지?"

방이가 입을 가리고 말했다.

"소군주는 그의 작은마누라잖아."

목검병은 입을 삐쭉거렸다.

"쳇! 사저는 마누라가 되겠다고 했지만 난 작은마누라가 되겠다고 말 안 했어!"

방이가 웃으며 말했다.

"무슨 말이야? '작은마누라도 던져줘!' 하니까 술을 뿌렸잖아. 그게 작은마누라가 되겠다고 승낙한 것과 마찬가지 아냐?"

위소보는 깔깔 웃었다.

"맞아, 맞아! 난 큰마누라도 사랑하고 작은마누라도 좋아해. 둘이면 충분하니 이젠 다른 여자한테 찝쩍거리지 않을게, 걱정 마!"

방이는 위소보를 가까이 불러 부서진 술잔 조각이 박혀 있는지 확인하고 나서 피를 깨끗이 닦아주었다.

세 사람은 술은 별로 마실 줄 몰랐다. 마침 배가 고팠던 터라 맛있는 음식을 실컷 먹으며 희희낙락, 분위기가 사뭇 화기애애했다.

식사를 마치자 위소보가 기지개를 켜며 말했다.

"오늘 밤은 큰마누라하고 잘까, 아니면 작은마누라하고 잘까?"

방이의 안색이 차갑게 변했다.

"농담도 가려서 해야지! 또 내 이불 속으로 들어오면 바로 검으로… 베어버릴 거야!"

위소보는 혀를 내밀었다.

"언젠가는 이 낭군님의 목숨이 당신 손에 이슬로 사라지겠군!"

그는 남은 음식을 다시 바깥방으로 가져다놓고, 돗자리를 찾아와 바닥에 깔더니 옷을 입은 채 누웠다. 너무 피곤한 터라 눕자마자 바로 잠들어버렸다.

다음 날 아침 일어나보니 몸이 따뜻했다. 누가 솜이불을 덮어주었고, 베개도 베어주었다. 일어나 망사휘장 너머로 바라보니 방이와 목검병이 한 베개를 베고 자는 모습이 어렴풋이 보였다. 그는 살그머니 다가가 휘장을 젖혔다. 방이는 요염하면서도 아름답고, 목검병은 귀엽고 수려했다. 두 미인이 나란히 누워 있으니 눈부신 명주明珠 같고, 화사한 미옥美玉 같았다. 절로 마음이 설레 확 끌어안고 입맞춤을 하고 싶은 충동이 일었다. 그러나 행여나 그녀들을 깨울까 봐 꾹 참고 속만 끓였다.

'빌어먹을, 이 두 여자가 정말 내 큰마누라와 작은마누라가 되면 그보다 신나는 일은 없을 거야. 여춘원엔 이렇게 빼어난 여자가 없어.'

그가 방문을 살며시 열고 나가려 하자, 방이가 깨어나 미소를 지으며 물었다.

"계… 계… 잘 잤어?"

위소보가 말했다.

"계… 뭔데? 그냥 낭군님이라고 불러주시지."

방이가 눈을 흘겼다.

"아직 사람을 구해내지 못했잖아."

위소보가 자신 있게 말했다.

"걱정 마, 지금 당장 가서 구할 테니!"

목검병도 깨어났다.

"둘은 이른 아침부터 또 말싸움을 하는 거야?"

위소보가 웃으며 말했다.

"우린 밤새 자지 않고 사랑을 속삭였어."

그러고는 하품을 하며 입을 탁탁 쳤다.

"아, 피곤해, 정말 피곤해. 이젠 좀 자야겠어."

이번에는 기지개를 켰다.

방이의 얼굴이 살짝 붉어졌다.

"우리가 무슨 할 말이 있다고 밤을 새워?"

위소보가 다시 웃으며 말했다.

"마누라, 쓸데없는 소리 그만하고 편지를 좀 써줘. 그걸 유 사형한테 갖다줘야 날 믿고 함께 궁에서 빠져나갈 거야. 아니면 그는 끝까지 죽어라 오삼계의 사위라고 우길 판이니….”

목검병이 말했다.

“그가 오삼계의 사위라고 거짓말을 한 거야?”

위소보가 말했다.

“내가 방 낭자를 마누라로 삼으면 그는 진짜 오삼계의 사위가 될 수도 있어.”

방이가 나섰다.

“쓸데없는 소리 그만해! 편지를 쓰는 건 좋지만… 뭐라고 쓰지?”

위소보가 다시 말했다.

“뭐라고 써도 상관없어. 그냥 내가 낭군님인데 의리도 있고 아주 좋은 사람이라 사형을 구해달라고 부탁했다고 쓰면 돼. 틀림없는 사람이니까 믿으라고!”

그는 해 노공이 쓰던 지필묵을 가져와 먹을 갈고, 종이가 있는 작은 탁자를 침상 앞으로 밀어주었다.

방이는 일어나 앉아 붓을 들더니 갑자기 주르르 눈물을 흘렸다.

“정말… 뭐라고 써야 하지?”

위소보는 그녀의 애처로운 모습을 보자 측은한 생각이 들었다.

“아무렇게나 써도 상관없어. 난 글을 모르니까. 아무튼 내 마누라가 됐다고는 하지 마. 그럼 화딱지가 나서 내 도움을 거절할 거야. 성질이 좀 더럽더라고.”

방이는 그의 말을 반신반의했다.

“글을 모른다고? 또 날 속이는 거지?”

위소보가 말했다.

"내가 만약 글을 안다면 자라에다 개뻐다귀고, 너의 낭군님이 아니라 아들이다! 아니, 개똥손자야!"

방이는 붓을 들었지만 뭐라고 써야 좋을지 몰라 다시 훌쩍훌쩍 흐느꼈다. 위소보는 끓어오르는 호기豪氣를 주체할 수 없어 목청을 높여 소리쳤다.

"좋아, 좋아! 내가 유일주를 구해내더라도 내 마누라가 되지 않아도 좋아! 개랑 쩨쩨하게 다투고 싶지 않아! 설령 내 마누라가 되더라도 옛정을 못 잊어서 몰래 만나 놀아날 게 뻔할 텐데! 그럼 난 황하강의 오리알 신세가 되잖아. 까짓 내가 인심을 쓸 테니 그 빌어먹을 유일주한테 시집가버려! 그러니까 쓰고 싶은 대로 써. 제기랄, 난 이제 맘을 비웠어!"

방이는 눈물이 그렁그렁한 눈을 크게 뜨고 그를 한 번 쳐다보더니 고개를 숙였다. 그녀의 눈에는 기쁨과 감사의 빛이 서려 있었다. 종이에다 몇 줄을 적더니 접어서 위소보에게 내줬다.

"저… 좀 전해줘."

위소보는 속으로 구시렁거렸다.

'젠장, 아무튼 깍쟁이야! 이젠 대형이라고도 불러주지 않는군. 똥 마려울 때하고 뒷간에서 나올 때가 다르다더니, 절밥을 배불리 먹고 나니 중은 안중에도 없군!'

그러나 이왕 영웅호한의 흉내를 내서 호기를 부렸으니 더 이상 방이를 마누라로 삼겠다고 억지를 부릴 수는 없는 노릇! 쪽지를 받아 품속에 쑤셔넣고는 고개도 돌리지 않고 밖으로 나갔다.

그는 스스로를 위로했다.

'그래, 영웅이 되려면 자신이 손해를 봐야 되는 거야. 다 된 마누라를 남한테 두 손으로 바치는 꼴이 돼버렸네, 쌍!'

건청궁 옆 시위방의 당직 우두머리가 이미 장강년으로 바뀌어 있었다. 장강년은 간밤에 다륭으로부터 지시를 받았다. 위소보가 자객들을 데리고 궁을 빠져나갈 수 있게끔, 다른 사람들이 눈치 못 채게 도와주라는 것이었다. 물론 자객들도 의심하지 않게 신중을 기하라는 당부도 잊지 않았다.

장강년은 위소보를 보자 얼른 달려가 맞이하며 눈짓을 보내, 꽃동산 뒤쪽으로 데리고 갔다. 그리고 속삭이듯 말했다.

"계 공공, 사람을 어떻게 구해갈 겁니까?"

위소보는 그의 다정한 모습을 보고는 속으로 망설였다.

'황상은 자객들의 의심을 사지 않기 위해 시위를 죽여도 좋다고 했는데, 이 장 대형은 나한테 정말 잘해줬으니 차마 죽일 순 없어. 다행히 그 계집이 편지를 써줬으니 유가 녀석은 의심하지 않고 믿을 거야.'

그는 생각을 굴리며 말했다.

"그 고약한 녀석들을 다시 신문해보고… 상황을 봐서 해야죠."

장강년은 웃으며 꾸벅 몸을 숙였다.

"감사합니다, 계 공공."

위소보가 물었다.

"뭐가 감사하다는 겁니까?"

장강년이 말했다.

"소인은 무조건 계 공공을 따를 테니 당연히 저를 계속 잘 이끌어주시겠죠. 그럼 승진은 떼놓은 당상이고, 재물도 짭짤하게 들어오겠죠, 안 그래요?"

위소보는 시치미를 떼고 말했다.

"황상께 충성하면 나중에 걱정할 일이 한 가지 있을 텐데요."

장강년이 흠칫하며 물었다.

"걱정할 일이 뭐죠?"

위소보는 빙긋이 웃으며 말했다.

"집에 창고가 너무 협소해서 걱정이 되겠죠. 은자를 다 쌓아놓을 수 없을 테니까요."

장강년은 깔깔 웃다가 얼른 웃음을 거두고 나직이 말했다.

"공공, 우리 시위들은 서로 상의를 했습니다. 계 공공이 내관 총수령이 되도록 무슨 일이든 적극적으로 도와드리기로 다들 굳게 약속을 했어요."

위소보는 미소를 지었다.

"그거 듣던 중 반가운 소식이네요. 아무튼 내가 몇 살 더 먹은 다음에 얘기합시다."

그때 전노본이 돼지를 가져오겠다고 한 말이 생각났다. 그는 계속 생각을 굴리며 넌지시 물었다.

"한데 서 부총관은 어디 갔죠? 다 총관하고 다들 바빠서 정신을 못 차리고 있는데 그는 왜 코빼기도 보이지 않나요?"

장강년이 대답했다.

"아마 태후마마의 명을 받고 출궁한 모양이죠."

위소보는 고개를 끄덕였다.

“그렇군요. 나중에 서 부총관을 보면 저한테 와달라고 좀 전해줘요. 황상께서 몇 가지 물어보라고 해서요.”

장강년은 그렇게 하겠노라고 대답했다.

위소보는 시위방으로 들어가 유일주 등이 묶여 있는 서청으로 향했다. 세 사람은 밤새 더 초췌해진 것 같았다. 비록 더 이상의 고문은 없었지만 이틀 동안 밥을 먹지 못했으니 무쇠 같은 사내들이라도 견디기 어려울 터였다. 예닐곱 명의 간수들은 위소보를 보자 일제히 문안인사를 올렸다. 태도가 매우 공손했다.

위소보가 큰 소리로 말했다.

“황상께서 역도 세 명을 바로 참수하라고 황명을 내리셨소. 굶어죽은 귀신이 되면 안 되니 어서 가서 주안상을 차려오시오!”

간수 시위 서너 명이 대답을 하고 밖으로 나갔다.

그 텁석부리 오입신이 악을 썼다.

“우리는 평서왕께 충성을 다하고 죽으니 여한이 없다! 천추에 명성을 남길 테니, 오랑캐의 노예 노릇을 하는 네놈들보다 백배천배는 더 낫다!”

시위 한 명이 채찍으로 그를 후려치며 욕을 했다.

“오삼계 그 매국노는 곧 멸문을 당할 거야!”

유일주는 감정이 몹시 격해져 있는 것 같았다. 고개를 쳐들어 위를 보며 입을 움지럭거리는 것이 뭔가 중얼거리고 있는 듯했다.

시위들이 밥 세 그릇과 술 세 사발을 가져왔다. 위소보가 말했다.

“역도들은 곧 처형될 거란 말을 듣고 바들바들 떨고 있으니, 술이고 밥이고 들어가지 않을 거요. 수고스럽지만 그들이 술을 두 모금씩만 마시게끔 도와주시오. 밥은 다 처먹여도 좋소. 너무 취하면 목을 베도 아픔을 느끼지 못할 거요. 저승에 가서 염라대왕도 주정뱅이를 보면 우선 곤장부터 300대 때릴 텐데, 얼마나 아프겠소."

시위들은 낄낄 웃으며 그들에게 밥을 먹여주었다. 오입신은 술도 발칵발칵 마시고, 밥도 우걱우걱 잘 받아먹었다. 전혀 동요됨이 없었다. 오표는 밥을 한 숟갈 먹을 때마다 욕을 해댔다.

"개새끼!"

그리고 유일주는 안색이 창백해져서는 밥이 안 넘어가는지 몇 숟가락 먹더니 고개를 흔들며 더 이상 먹지 않았다.

밥을 다 먹이고 나자 위소보가 말했다.

"됐어요. 다들 잠깐만 나가 있어줘요. 황상께서 몇 가지만 물어보고 나서 목을 치라고 하셨소."

장강년은 몸을 숙여 대답하고는 시위들을 이끌고 밖으로 나가 문을 닫았다.

위소보는 시위들의 발자국 소리가 멀어진 것을 확인하고 나서, 고개를 갸웃거리며 오입신 등 세 사람을 훑어보았다. 그의 입가에 의미를 알 수 없는 야릇한 미소가 번졌다.

오입신이 바로 욕을 했다.

"이 개똥 같은 내시 새끼야! 왜 웃느냐?"

위소보가 웃으며 대꾸했다.

"내가 좋아서 웃는데 웬 참견이지?"

유일주가 갑자기 소리쳤다.

"공공, 내가… 내가 유일주요!"

위소보는 멍해졌다. 그가 뭐라고 말하기도 전에 오입신과 오표가 거의 동시에 호통을 쳤다.

"무슨 헛소리야?"

유일주는 아랑곳하지 않고 말했다.

"공공, 날 좀 구해주시오. 우릴… 우릴 좀 구해주십시오."

오입신이 소리쳤다.

"이런 겁쟁이 같으니라고! 사나이답지 못하게 왜 남한테 목숨을 구걸해?"

유일주가 말했다.

"그는… 그는 소공야와 사부님의 부탁을 받고 우릴… 구하러 왔다고 하잖아요."

오입신은 고개를 내둘렀다.

"그런 허무맹랑한 말을 믿는단 말이냐?"

위소보가 웃으며 말했다.

"이봐요, '요두사자' 오 어르신! 내 얼굴을 봐서라도 제발 고개를 좀 그만 흔드세요."

오입신은 깜짝 놀랐다.

"아니… 네가… 어떻게…?"

위소보는 다시 웃으며 말했다.

"이쪽은 오표 오 대형이고, 어르신의 자랑스러운 제자잖아요. 역시 그 사부에 그 제자라더니… 화끈한 기백에 경의를 표합니다."

오입신과 오표는 모두 너무 놀라서 안색이 크게 변했다.

위소보는 품속에서 방이가 써준 편지를 꺼내 유일주 앞에다 펼쳐 보였다. 그러고는 웃으며 말했다.

"이게 누구의 편지인지 확인해보시오."

유일주는 편지를 보자 몹시 좋아하며 떨리는 음성으로 말했다.

"이건 방 사매의 필체가 확실해요. 오 사숙님, 방 사매가 이 공공이 우릴 구하러 온 것이니 그가 시키는 대로 하래요."

오입신이 말했다.

"나도 좀 보자."

위소보는 편지를 그의 앞으로 가져다 보여주었다. 그러면서 속으로 투덜거렸다.

'빌어먹을, 뭐라고 썼는지 모르겠군. 큰마누라가 외간 남자한테 무슨 닭살 돋는 달콤한 말을 갈겨써놓은 것 아닐까?'

오입신이 편지를 읽어 내려갔다.

"'유 사형, 계 공공은 우리 편이에요. 의박운천義薄雲天하여 위험을 무릅쓰고 도와주는 거예요. 부디 공공의 지시에 따라 무사히 탈출하길 바라요. 사매 방이 올림.' 음… 우리 목왕부의 표식도 있으니 틀림없는 것 같군."

위소보는 방이가 자기를 '의박운천'이라 칭찬했다는 것을 알고 기분이 좋았다. '의박운천'은 의리가 하늘에 깔린 구름만 하다는 뜻인데, 위소보는 확실하게 알진 못했다. 그냥 이왕이면 구름이 두꺼워야 좋은데 왜 얄팍한 '박'이라고 하지? 알쏭달쏭했다. 그래도 전에 여러 사람으로부터 그 말이 아주 좋은 뜻이라는 이야기를 들어서 알고 있었다. 더 중요한 것은, 방이가 편지에 닭살 돋는 밀어 같은 것을 적지 않았다는 사실이었다. 기분이 좋을밖에!

위소보가 우쭐대며 말했다.

"자, 사실이 맞죠?"

유일주가 물었다.

"공공, 방 사매는 지금 어디 있습니까?"

위소보는 속으로 소리쳤다.

'내 침상에 누워 있다, 어쩔래?'

하지만 겉으로는 점잖게 말했다.

"지금 안전한 곳에 숨어 있어요. 우선 세 사람을 궁에서 벗어나게 한 뒤에 다시 그녀를 구해 서로 만나게끔 해드릴게요."

유일주는 왈칵 눈물을 쏟으며 목이 메었다.

"공공의 대은대덕을 어떻게 보답해야 좋을지 모르겠습니다."

그는 나름대로 사내다운 기백도 있고 담대했지만, 죽음이 눈앞에 닥치자 두려움을 이기지 못하고 위소보에게 자신이 유일주라고 시인했다. 그건 마지막으로 남은 한 오라기의 희망이기도 했다. 지금 방이의 편지를 읽고 나자, 그 한 오라기 희망의 끈이 현실이 되었으므로, 날 듯이 기뻤다.

오입신은 역시 침착하고 어떤 상황에도 두려워하거나 위축되지 않았다. 다시 확인할 필요를 느껴 정중히 물었다.

"귀하의 존성대명은 어떻게 되죠? 무슨 연유로 우릴 돕는 거요?"

위소보는 태연하게 말했다.

"이렇게 된 이상 다 솔직하게 털어놓겠습니다. 주위 사람들은 다들 저를 개똥쇠 소삼자라고 부릅니다. 저에게 친한 친구가 하나 있는데, 그는 천지회 청목당의 향주로 위소보라고 합니다. 그 친구의 말에 의

하면, 천지회에 '팔비원후' 서천천이라는 노인이 있는데, 그 무슨 당왕을 옹립하느니 계왕을 옹립하느니를 놓고 다투다가 목왕부의 백한송을 죽였다고 하더군요. 그 일로 목왕부의 소공야와 백한풍이 끝까지 물고 늘어졌대요. 하지만 이미 죽은 사람을 어떻게 살려내겠습니까, 안 그래요? 어쩔 수 없이 위소보란 친구가 저를 찾아와 세 사람을 구해줘서 목왕부에 변상을 하게 해달라고 부탁했어요. 그럼 쌍방의 분쟁을 퉁칠 수 있을 테니까요."

천지회와의 분규를 알 잘고 있는 오입신이라 더 이상 의심하지 않았다. 그는 연신 고개를 흔들다가 다시 끄덕이며 말했다.

"역시 그랬군. 좀 전에 결례 되는 말을 한 것을 사과하겠네."

위소보가 웃으며 말했다.

"별말씀을요. 그보다 먼저 궁에서 어떻게 달아날 건지, 묘책을 함께 생각해봐야 해요."

유일주가 말했다.

"공공이 묘책을 갖고 있을 테니 우린 무조건 공공이 시키는 대로 하겠습니다."

위소보는 속으로 콧방귀를 뀌었다.

'흥! 이놈아, 난 아직 생각해낸 방법이 없어.'

그는 오입신에게 물었다.

"오 어른은 혹시 무슨 방법이 없나요?"

오입신의 생각은 단순했다.

"황궁엔 개똥 같은 시위들이 많으니 낮에는 그들과 맞서싸워 도망치긴 어려울 걸세. 밤이 되면 우리의 사슬을 끊어주게. 그럼 어둠을 틈타 알아서 달아나겠네."

그건 어림없는 일이었지만 위소보는 무조건 반대하지는 않았다.

"그것도 좋은 방법이네요. 하지만 성공할 확률이 높지 않아요."

그가 이리저리 왔다 갔다 하며 궁리를 하자 오표가 한마디 했다.

"뚫고 나갈 수 있으면 좋겠지만, 그러지 못한다 해도 죽기밖에 더하겠습니까?"

유일주가 나섰다.

"오 사형, 공공이 지금 궁리 중이니 방해하지 말아요."

오표는 성난 눈초리로 그를 한번 노려보았다.

위소보는 속으로 결정을 내렸다.

'몽한약을 쓰는 게 가장 좋을 것 같아. 시위들을 죽일 필요 없이 그냥 정신만 잃게 만들면 되니까.'

그는 바깥방으로 나가 장강년에게 말했다.

"장 대형, 몽한약이 좀 필요한데 혹시 구해줄 수 있나요?"

장강년이 웃으며 말했다.

"네, 문제없어요. 조 이형이 몽한약을 갖고 있으니 당장 가서 가져올게요."

위소보는 호기심에 물었다.

"조 이형이 몽한약을 갖고 있다고요? 어디다 쓰려고요?"

장강년이 목소리를 낮췄다.

"솔직히 말해서 일전에 서 부총관이 우리더러 한 사람을 잡아오라고 했어요. 게다가 소문이 나지 않게 몰래 사로잡아오라고 했는데, 상대의 무공이 만만치 않더라고요. 정면으로 맞붙으면 당하지 못할 것 같아, 조 이형이 몽한약을 왕창 구해와 슬쩍 타먹였죠."

위소보는 속으로 구시렁댔다.

'제기랄, 실력으로 안 되니까 수작을 부렸구먼!'

겉으로는 내색하지 않고 물었다.

"그래서 성공했나요?"

장강년은 웃으며 대답했다.

"그야 당연하죠."

위소보는 서동이 잡아오라고 한 사람이 혹시 자기가 아닌가 싶어서 자세히 물어봤다.

"누굴 잡아오라고 했죠? 무슨 죄를 저질렀는데요?"

장강년이 대답했다.

"종인부宗人府의 양홍기鑲紅旗 통령 화찰박和察博인데, 태후의 노여움을 샀나 봐요. 서 부총관은 그를 잡아와 경전 한 권을 빼앗고, 입과 코에다 기름종이를 붙여서 숨을 못 쉬게 만들어 죽여버렸어요."

위소보는 내심 흠칫했다.

'그 늙은 화냥년이 또 그 《사십이장경》 때문에 일을 저질렀군. 한데 서동은 경전을 손에 넣고 왜 곧바로 태후한테 바치지 않고 자기 몸에 지니고 있었지? 혼자 꿀꺽하려고 했나?'

그러나 이내 생각을 달리했다. 서동은 때려죽여도 감히 태후의 경전을 독식할 위인이 아니었다.

'음… 그래, 늙은 화냥년은 서동을 봤지만 경전을 내놓으라고 말할 새도 없이 우선 날 잡아서 죽이라고 시킨 거군. 서동 그 녀석도 태후의 엄명이니 일단 날 죽이고 나서 경전을 전해줘도 늦지 않다고 생각했겠지. 서동은 그야말로 창극 〈장판파長阪坡〉에 나오는 그 하후夏候 뭐라고 하는 광대처럼, 보검을 나중에 내주려다가 먼저 목숨을 잃은 꼴이 되고 말았잖아. 그럼 난 위험한 고비를 아슬아슬하게 잘 넘긴 조자룡이겠군!'

그런 생각을 하면서 물었다.

"그게 아주 대단한 경전인가 보죠?"

장강년은 경전엔 관심이 없었다.

"글쎄, 잘 모르겠는데요. 난 가서 몽한약을 가져올게요."

위소보는 밖으로 나가려는 그를 불러세웠다.

"수고스럽지만 어선방에 가서 주안상을 좀 차려오라고 전해줄래요? 형제들과 한잔하고 싶어서요."

장강년은 얼굴 가득 희색을 띠었다.

"공공께서 또 술상을 베풀어주는군요. 아무튼 공공을 따르면 평생 먹고 마시는 건 걱정할 필요가 없다니까요."

가벼운 걸음으로 떠난 장강년은 얼마 뒤 몽한약을 한 보따리 가져왔다. 반 근은 족히 돼 보였다. 그는 의미심장하게 웃으며 말했다.

"이 정도면 몇백 명은 거뜬히 쓰러뜨릴 수 있을 거예요. 만약 한 사람이면 새끼손가락에 살짝 묻혀서 차나 술에 타면 충분할 겁니다."

이어 시위들에게 계 공공이 술을 내릴 테니 상 차릴 준비를 하라고 분부했다. 시위들은 좋아하며 분주히 움직였다.

위소보가 지시했다.

"범인들이 있는 서청에다 술상을 차려요. 우리끼리 실컷 마시고 즐기면 놈들은 아마 침을 질질 흘릴 겁니다."

상차림 준비가 다 되어갈 즈음, 어선방의 관사管事 내관이 아랫사람과 소랍蘇拉(청나라 궁중에서 허드렛일을 하던 가장 낮은 직급, 만주어로 '수라'라고 한다)들을 이끌고 와서, 가져온 음식과 술을 상에 가득 차려주었다.

위소보는 웃으며 말했다.

"역도들은 잘 봐라. 대역무도한 죄를 저질러 죽음을 눈앞에 두고도 진실을 실토하지 않고 모르쇠로 일관하느냐? 우린 실컷 마시고 즐겨야겠다. 먹고 싶거든 침만 질질 흘리지 말고 개 짖는 소릴 내봐라. 그럼 고기 한 점이라도 던져주마!"

그 말을 듣고 시위들은 깔깔 웃어댔다.

오입신이 대뜸 욕설을 터뜨렸다.

"이런 우라질 시위 나부랭이들하고 개똥 내시야! 우리 평서왕야가 운남에서 군사들을 이끌고 조만간 북경으로 쳐들어올 거다! 시위 나부랭이와 내시 새끼들은 싸그리 모가지를 잘라서 돼지 여물로 만들어 줄 거다!"

위소보는 슬쩍 품속으로 오른손을 집어넣어 몽한약을 반 움큼 쥐고, 왼손으로 술주전자를 든 채 오입신 앞으로 다가갔다. 주전자를 높이 들어올리고 웃으며 말했다.

"털보야, 술이 고프지 않으냐?"

오입신은 그가 무슨 꿍꿍이속인지 몰라 목청을 높였다.

"마셔도 그만, 안 마셔도 그만이다! 평서왕의 군사가 몰려오면 네놈들은 살아남지 못할 거야!"

위소보는 냉소를 날렸다.

"그거야 두고 봐야지!"

그는 주전자를 높이 들어 고개를 젖히면서 입에다 술을 부어넣었다. 그러고는 입맛을 다시며 말했다.

"캬… 술맛 한번 좋다!"

그러면서 주전자를 가슴쯤에 놓고 식지로 뚜껑을 슬쩍 열어 오른손에 움켜쥐고 있던 몽한약을 주전자 속에 털어넣었다. 이어 뚜껑을 닫고 다시 주전자를 들어올려 흔들면서 깔깔 웃었다.

"털북숭이가 주둥아리는 살아서 잘도 씨부렁대는군!"

그는 주전자에 약을 탈 때 시위들을 등지고 있어 오입신 말고는 그것을 본 사람이 없었다. 게다가 주전자를 자연스럽게 흔드는 바람에 몽한약이 골고루 섞였다. 오입신은 그가 하는 짓을 봤기 때문에 이내 눈치를 채고 속으로 좋아하며 다시 목청을 높였다.

"대장부가 한 번 죽지 두 번 죽겠냐? 절대 살려달라고 사정은 안 한다! 그 술을 줘라. 단숨에 다 비워버리겠다!"

위소보가 웃으며 말했다.

"술을 달라고? 어림없지! 하하… 하하!"

그는 몸을 돌려 좌중으로 가서 시위들 잔에다 술을 가득 따랐다.

장강년 등은 일제히 자리에서 일어났다.

"이거 정말 황송하군요. 공공이 술을 따르게 해서야 되겠어요?"

위소보가 말했다.

"식구끼린데 따질 게 뭐가 있겠어요?"

그러고는 술잔을 높이 들어올렸다.

"자, 마십시다!"

시위들이 막 마시려는데 문밖에서 누군가가 큰 소리로 외쳤다.
“태후마마께옵서 소계자를 부릅니다. 소계자가 여기 있소?”
위소보는 깜짝 놀랐다.
“여기 있소이다!”
그는 술잔을 내려놓고 속으로 잽싸게 생각을 굴렸다.
‘늙은 화냥년이 왜 또 날 찾지?’
밖으로 나가보니, 내관 차림의 네 사람이 대기하고 있었다. 앞장선 자가 어깨를 빳빳이 세우고 배를 불룩 내민 게 아무래도 심상치 않은 분위기였다.
위소보는 일단 무릎을 꿇었다.
“소인 소계자 태후마마의 명을 받드옵니다.”
그 내관이 말했다.
“태후마마께옵서 급히 자령궁으로 오라는 엄명이오.”
위소보는 일단 대답했다.
“네, 네!”
그러고는 몸을 일으키며 생각했다.
‘몽한약을 다 타놨는데 이대로 떠나면 시위들이 바로 술을 마실 거고… 그러면 모든 게 들통나고 말 거야. 그건 둘째 치고 자령궁엔 절대 갈 수가 없지. 제기랄, 자령궁이 무슨 여춘원이냐? 화냥년이 사람을 시켜 돈 많은 손님을 모셔오라는 거야, 뭐야?’
위소보는 주위에 시위들이 많이 있었기 때문에 겁을 먹지는 않았다. 그는 태연하게 웃으며 상대에게 물었다.
“한데 공공의 성함은 어떻게 되죠? 전에 본 적이 없는 것 같은데….”

그 내관은 코웃음을 쳤다.

“흥! 난 동금괴董金魁라 하오. 마마께서 기다리시니 어서 갑시다. 찾아다닌 지 이미 반나절이나 됐소!”

위소보는 덥석 그의 손목을 잡았다.

“동 공공, 아주 재밌는 일이 있으니 날 따라오시오.”

그는 무조건 상대를 끌고 안으로 들어갔다.

동금괴는 재미있는 일이 있다는 말에 자의 반 타의 반 따라 들어갔다. 나머지 세 내관도 뒤를 따랐다. 안으로 들어가보니, 술상이 푸짐하게 차려져 있는 것을 보고 음성을 높였다.

“잘들 노는군! 아주 살판이 났구먼. 소계자, 태후마마께서 어선방을 맡겼더니 사적으로 선심을 쓰려고 황상과 태후의 은자를 마구 뿌려대는군.”

위소보는 태연하게 웃었다.

“천만의 말씀! 시위 형제들이 역도들을 제압하는 데 공을 세웠으니 포상을 하라고, 황상께서 직접 내게 성지를 내린 거요. 자, 자… 동 공공, 황상께서 내려주신 술이니 앉아서 한잔하시구려. 세 분 공공도 어사주를 한 잔씩 마셔야죠.”

동금괴는 고개를 내둘렀다.

“난 안 마셔요. 태후마마께서 부르시는데 냉큼 나서지 않고 뭐 하는 거요?”

위소보는 여전히 웃으면서 말했다.

“시위 대인들은 다들 좋은 친구요. 친구들과 한잔 마시는 걸 거절하면 그건 예의가 아니죠."
동금괴는 한사코 사양했다.
"난 술을 못 마셔."
위소보는 장강년한테 눈짓을 하며 말했다.
"장 대형, 이 동 공공께서 거드름을 피우는 건지, 우리랑은 술을 마시려 하지 않는군요."
장강년은 술 한 잔을 따라 동금괴의 손에 쥐여주었다.
"동 공공, 내키지 않더라도 우리 체면을 봐서 한잔합시다."
동금괴는 어쩔 수 없이 잔을 받아 비웠다.
위소보가 빙긋이 웃으며 말했다.
"그래야 친구죠. 자, 세 분 공공께서도 한 잔씩들 하시죠."
동금괴를 따라온 세 내관도 일제히 한 잔씩 마셨다.
위소보는 술잔을 들어 왼쪽 소맷자락으로 살짝 가리고 마시는 척하면서 술을 소매 속에다 쏟아부었다. 그러고는 한 잔으론 약발이 부족할 것 같아 다시 한 잔씩 돌리려는데 시위 한 사람이 주전자를 받았다.
"제가 따르겠습니다."
동금괴가 눈살을 찌푸렸다.
"계 공공, 태후마마의 부름을 받으면 누구나 맨발로라도 바로 달려가기 마련인데, 이렇게 술을 마시면서 꾸물대는 건 크나큰 불경이라는 걸 모르시오?"
위소보는 얼굴에 웃음을 띤 채 천천히 말했다.
"동 공공, 당연히 그럴 만한 이유가 있죠. 자, 자… 한 잔 더 마시면 내가 그 연유를 말하리다."

장강년이 술잔을 들었다.

"동 공공, 드시죠!"

동금괴는 거절했다.

"난 술을 별로 마실 줄 몰라요."

그러면서 순간 몸이 비틀거렸다. 위소보는 몽한약의 약발이 나타나기 시작한 거라 생각하고, 갑자기 허리를 꺾으며 소리를 질렀다.

"어이구, 배야!"

시위들도 약발이 오르는지 어지러움을 느꼈다. 한 시위가 말했다.

"왜 이러지? 술이 이상한데!"

위소보가 바로 화를 내며 외쳤다.

"동 공공! 태후의 명을 받고 우리한테 독주를 내린 거요? 왜 술에다 독을 풀었어?"

동금괴는 깜짝 놀라며 떨리는 음성으로 말했다.

"아니… 그럴 리가?"

위소보는 물고 늘어졌다.

"아까 술을 바꿔치기했다고 말했잖아! 이런 악랄한 놈, 술에다 독을 타다니! 형제들이여, 이런 놈은 죽여야 돼!"

그는 고래고래 소리를 질렀지만 시위들은 약기운이 올라와 제정신이 아니었다. 도처에서 '쿵!', '쾅!' 하는 소리가 들리며 시위들이 쓰러지기 시작하더니, 이어서 동금괴와 장강년, 그리고 내관들이 콰당콰당 쓰러지면서 탁자랑 의자도 뒤집어졌다. 서청은 순식간에 아수라장이 되어버렸다.

위소보는 가장 먼저 동금괴한테 달려가 발로 냅다 걷어찼다.

"으음…."

동금괴는 신음을 토하며 손발을 약간 버둥거리더니 곧 더 이상 움직이지 않았다. 위소보는 기뻐하며 달려가 문을 닫고는 돌아와서 비수를 꺼내 동금괴와 내관 세 명의 가슴을 일일이 찔렀다.

"앗!"

유일주는 이 놀라운 광경에 그만 외마디 소리를 질렀다.

위소보는 비수로 오입신과 오표, 유일주의 사슬을 쉽게 다 끊어버렸다. 그의 비수는 워낙 예리해 닿기만 하면 안 끊어지는 게 없었다.

오입신 등은 모두 무공이 고강했다. 특히 오입신은 매우 뛰어났다. 세 사람은 비록 모진 고초를 겪었지만 외상을 입었을 뿐 뼈에는 손상이 없었다.

유일주가 떨리는 목소리로 물었다.

"계 공공, 저… 우린… 어떻게 달아나죠?"

위소보가 말했다.

"오 어른과 오 사형은 얼른 몸집이 비슷한 시위를 찾아내 옷을 갈아입으십시오. 유 사형은 수염이 없어 내시로 위장할 수 있으니, 어서 그 동금괴의 옷을 입어요."

유일주가 주춤했다.

"나도 시위의 옷으로 갈아입으면 안 될까요?"

위소보는 단호했다.

"안 돼요! 내시로 위장하세요."

유일주는 감히 거역할 수 없어 고개를 끄덕였다. 세 사람은 서둘러 옷을 갈아입었다.

위소보는 품속에서 화시분을 꺼냈다. 그리고 동금괴의 시신을 한쪽 구석으로 끌고 가, 비수로 몸 여기저기 상처를 낸 다음 화시분을 골고루 뿌렸다. 이러면 시신이 빨리 썩어 없어질 것이었다.

위소보가 다시 지시를 했다.

"날 따라오세요. 가는 도중에 누가 말을 걸어도 절대 말을 해선 안 돼요."

생각했던 대로 조치를 취하고 나서 세 사람을 데리고 밖으로 나갔다. 그는 시위방을 나서자 문을 닫고, 세 사람을 데리고 뜻밖에도 어선방으로 향했다.

어선방은 건청궁 동쪽에 있어 시위방과는 거리가 가까웠다. 삽시간에 바로 당도했다. 그 전노본이 벌써부터 공손한 자세로 기다리고 있었다. 건장하게 생긴 그의 하수인 몇 명이 깨끗하게 손질을 마친 커다란 돼지 두 마리를 가져왔다.

위소보는 이미 짜놓은 각본대로, 어선방에 들어서자마자 인상을 찌푸리며 소리를 질렀다.

"전씨! 아니 이게 대체 어떻게 된 거요? 내가 분명히 최상품 돼지로 가져오라고 하지 않았소? 한데 저 돼지는 삐쩍 마른 데다가 새끼를 낳았어도 열댓 번은 깠을 거요. 이렇게 얼렁뚱땅 눈가림을 해도 되는 겁니까? 이런… 이런… 빌어먹을! 앞으로 거래를 안 할 작정이오?"

그가 호통을 칠 때마다 전노본은 그저 몸을 숙여 굽실거렸다.

"아, 네, 네…."

어선방의 내관들은 전노본이 가져온 돼지가 아주 통통하고 먹음직

스러운 상품이라는 걸 금방 알 수 있었다. 그러나 납품된 물건에 대해 꼬투리를 잡는 것은 어선방 내관들이 떡값을 받아내기 위한 상투적인 수법이었다. 소, 양, 닭, 오리, 채소와 양념들을 제아무리 최상품으로 가져와도 일단 트집을 잡아 깎아내리면 바로 비렁뱅이들도 거들떠보지 않는 쓰레기로 전락하고 만다. 반대로 뇌물을 두둑하게 챙겨주면, 형편없는 하품도 일약 최상품으로 둔갑해 황상과 태후의 입맛에 맞는 최고급 식자재로 바뀌어버린다.

내관들은 위소보가 소리를 지르자 바로 감을 잡고 덩달아 호가호위했다.

"가져가요, 가져가! 그런 썩어빠진 돼지는 다져서 채소밭에 퇴비로 줘야 돼!"

그러면서 하수인들에게 어서 돼지를 들고 가라고 명했다. 위소보는 더욱 화를 내면서 오입신 등 세 사람에게 손을 휘저었다.

"시위 두 형제와 저 공공은 어서 궐 밖으로 뒤따라가 허튼짓을 못하게 잘 감시하시오!"

전노본은 위소보의 의도가 뭔지 모르겠다는 듯 울상이 됐다.

"계 공공, 죄송합니다. 소… 소인이 바로 가서 다른 돼지로 바꿔오겠습니다. 그리고 따로… 성의를 갖춰 찾아뵙겠습니다. 이번… 이번 한 번만 봐주십시오."

위소보는 짜증스레 말했다.

"어서 가봐요! 돼지가 필요하면 사람을 시켜 주문하겠소!"

전노본은 허리를 굽혀 인사했다.

"아, 네!"

어선방 내관들은 서로 마주 보며 빙긋이 웃었다.

'그래, 성의를 챙겨오면 이런 일이 없지.'

오입신 등은 전노본의 뒤를 따라 밀다시피 재촉하며 함께 어선방 밖으로 나갔다.

위소보도 뒤따라 나왔다. 회랑 하나를 꺾어돌자 주위를 두리번두리번 살펴 아무도 없는 걸 확인하고 전노본에게 나직이 말했다.

"전 형, 저 세 사람은 목왕부의 영웅들이오. 앞장선 사람이 '요두사자' 오입신, 오 어른이오."

"아!"

전노본은 입이 딱 벌어지더니 반색을 했다.

"명성은 익히 들었습니다. 인사는 나중에 할 테니 너무 나무라지 마십시오."

오입신은 그가 위소보의 동료임을 알고 기뻐했다.

"별말씀을… 고맙소이다."

위소보가 다시 말했다.

"전 형, 천지회 위 향주에게 좀 전해주시오. 그가 부탁한 일을 친구 개똥쇠가 무사히 마쳤다고요. 그리고 이 세 사람을 목왕부 소공야와 유 어른께 잘 안내해주시오. 세 사람이 달아난 것을 알면 궁에서 자객을 잡으려고 날뛸 테니 전 형도 당분간 입궐하지 마세요."

오입신이 전노본에게 물었다.

"그럼 친구는 천지회 소속이오?"

전노본이 대답했다.

"그래요, 천지회 청목당 소속입니다."

일행 다섯 명은 빠른 걸음으로 신무문에 다다랐다. 궁문을 지키는 시위들은 위소보를 보자 모두 공손하게 인사를 올렸다.

"계 공공, 안녕하세요?"

위소보는 고개를 끄덕여 보였다.

"다들 수고가 많습니다."

시위들은 오입신 등 세 사람이 낯설었다. 그러나 위소보가 오입신의 팔짱을 끼고 있어 아무도 감히 꼬치꼬치 캐묻지 못했다.

신무문을 나서 얼마 동안 걸은 후 위소보가 멈춰섰다.

"난 이제 궁으로 돌아갈 테니 나중에 다시 만납시다."

오입신이 정중히 말했다.

"구명지은救命之恩을 무엇으로 감사해야 할지… 미력이나마 저희들이 필요해 천지회에서 불러준다면, 물불을 안 가리고 바로 달려가겠습니다."

위소보가 몸을 살짝 숙였다.

"별말씀을…."

유일주가 성큼 앞으로 오더니 주위를 두리번거렸다. 몹시 초조한 기색이었다. 여긴 궁에서 멀리 떨어지지 않아 위험할 텐데 왜 빨리 떠나지 않느냐고, 오입신을 원망하는 눈치였다.

위소보는 그의 모습을 보며 빙긋이 웃었다.

신무문으로 돌아온 위소보는 수문 시위에게 말했다.

"아까 그 공공은 태후의 명이라면서 몇 사람을 데리고 출궁을 하겠다고, 나더러 궁문 밖까지 수행을 하라더군요. 빌어먹을, 뭐 하는 놈들인지 모르겠네!"

수문 시위가 말했다.

"정말 건방지군! 누구를 데리고 나가기에 계 공공한테까지 수고를 끼치죠? 혹시 왕공 패륵이라도 되나요?"

다른 시위 하나도 끼어들었다.

"설령 왕공 패륵이라고 해도 계 공공더러 직접 배웅하라고 하는 건 결례죠!"

위소보는 고개를 절레절레 흔들었다.

"태후께서 하시는 일은 정말 종잡을 수가 없어요. 혹시 중범죄자가 아닌가 하고 의심도 갔지만, 그 내관은 태후의 친필 성지를 갖고 있더라고요. 우리 같은 아랫것들은 그저 시키는 대로 할 수밖에, 무슨 재간이 있겠습니까?"

시위 몇 명은 연신 고개를 끄덕였다.

"네, 네! 어쩔 도리가 없죠."

위소보는 시위방으로 돌아왔다. 시위들은 아직도 몽한약에 취해 쓰러져 있었다. 그는 대야에 물을 떠서 누리끼리한 물을 깨끗이 씻어버리고 나서, 우선 장강년의 얼굴에 물을 끼얹었다. 그는 서서히 깨어나 멋쩍게 웃었다.

"계 공공, 왜 이렇게 쉽게 취했는지…."

겸연쩍어하며 일어나다가 서청 안에 벌어져 있는 광경을 보고는 소스라치게 놀랐다. 음성까지 떨렸다.

"아니… 이게… 어떻게…? 자객들은… 다 떠난 건가요?"

위소보가 말했다.

"태후가 그 동가 녀석을 시켜 우리한테 몽한약을 먹이고, 자객 세 명을 다 구해갔어요."

그 몽한약은 분명히 장강년이 위소보에게 갖다준 것이었다. 그러니 위소보가 한 말을 믿을 리 없었다. 하지만 약기운이 아직 다 가시지 않아 머리가 어지러워서 어찌할 바를 몰라 했다.

위소보가 다시 말했다.

"장 대형, 다륭 총관이 자객들을 놓아주라고 시켰죠?"

장강년은 고개를 끄덕였다.

"다륭 총관은 황명이라고 했어요. 자객들을 놓아줘 뒤를 미행해서 그 배후를 알아내야 한다고…."

위소보가 그의 말을 받았다.

"그래요. 하지만 자객이 달아나버렸으니, 지키는 사람들은 문책을 당하겠죠?"

장강년의 표정이 굳었다.

"그거야… 당연히 죄가 되겠죠. 하지만… 하지만 다 총관이 시킨 일이라 분부에 안 따를 수도 없었죠."

위소보가 물었다.

"그럼 다 총관이 직접 써준 수결령手決令이 있습니까?"

장강년은 더욱 놀랐다.

"아니… 없는데요. 그가 직접 말한 건데… 무슨 수결령이 필요하겠습니까? 다 총관은 분명히 황상의 명이라고 했다고요."

위소보가 다시 물었다.

"그럼 다 총관이 황상의 성지를 보여줬습니까?"

장강년의 음성이 다시 떨렸다.

"아… 아뇨. 그… 그럼… 다 총관이 거짓말을 했다는 겁니까?"

온몸이 너무 떨려, 위아래 이빨이 다다닥 서로 부딪쳤다.

위소보가 말했다.

"물론 거짓말은 아니죠. 하지만 다 총관이 자신은 다치지 않으려고, 시치미를 딱 떼고 모든 책임을 장 대형한테 미뤄버리면 어떡할 겁니까? 장 대형, 다시 묻겠는데, 황상이 왜 자객을 놓아주라고 했을까요?"

장강년이 말했다.

"다 총관의 말로는 자객의 배후를 알아내기 위해서라던데요."

위소보는 고개를 끄덕이며 심각하게 말했다.

"그건 틀림없는 사실이에요. 그러나 자객 세 명이 궁에서 달아났는데, 아무런 조치도 취하지 않을 수 있겠어요? 그럼 자객들도 뭔가 의도된 일이 아닌가 하고 의심을 할 겁니다. 그럼 배후를 밝혀내는 일은 물 건너가기 마련이죠. 그렇기 때문에 황상은 자객들의 의심을 사지 않기 위해서라도 시위 몇 명을 죽여 널리 소문을 낼 겁니다."

이 말은 위소보가 꾸며낸 게 아니었다. 엄연히 황제가 그더러 자객들의 의심을 사지 않도록 시위 한두 명쯤은 죽이라고 했었다.

장강년은 너무 놀라고 당황해 바로 무릎을 꿇었다.

"공공, 살려주세요."

그가 연신 절을 올리자 위소보가 말했다.

"장 대형, 이러지 말고 일어나세요."

그를 부축해 일으키고 웃으며 말을 이었다.

"모든 책임을 대신 짊어질 친구가 있어요. 그 동금괴라는 내관에게 미루면 돼요. 그가 시위들에게 몽한약을 먹이고 자객을 구해갔다고 하세요. 그럼 장 대형과는 아무 상관이 없잖아요? 황상은 태후마마께서 동금괴라는 내관을 보낸 걸 알면 더 이상 문책하지 않을 거예요. 그리고 황상께서도 진짜 장 대형을 죽일 생각은 아녜요. 죄를 뒤집어쓸 친구가 있고, 그가 자객을 놓아줬으니 문제가 간단히 해결된 셈이죠."

장강년은 매우 좋아했다.

"그거 좋은 생각이네요, 묘책입니다. 목숨을 살려줘서 감사합니다."

위소보는 속으로 생각했다.

'그래, 난 비록 직접 네 목숨을 구해준 건 아니지만, 아까 혼수상태에 있을 때 죽일 수도 있었는데 사정을 봐줬으니 목숨을 구해준 거나 마찬가지지. 황상이 나더러 시위 한두 명쯤은 죽이라고 했으니까.'

그가 말했다.

"어서 형제들을 깨워요. 무조건 그 동금괴라는 내관이 자객을 놔줬다고 하세요."

장강년이 대답했다.

"네, 네!"

그러나 과연 책임을 피할 수 있을지는 두고 봐야 할 일이었다. 당황한 마음은 쉬 가라앉지 않고, 사지에 힘이 풀렸다. 어쨌든 물을 떠와 시위들을 일일이 깨웠다.

시위들은 동금괴가 미리 몽한약을 술에 타서 자기들을 기절시키고 자객을 구해갔다는 말에 이를 갈며 욕을 해댔다. 하지만 동금괴가 동료 세 사람까지 죽인 것에 대해서는 잘 납득이 가지 않았다. 하지만 그들 모두 더 궁금해하는 일은 따로 있었다.

'태후가 왜 자객을 놔주라고 했을까? 혹시 태후가 자객들을 끌어들인 건가?'

아무튼 태후가 연루된 일이라 모두 궁금해할 뿐, 아무 말도 입 밖에 내지 않았다. 동금괴의 시신과 입고 있던 옷도 이미 다 사라진 뒤라, 다들 그가 정말 자객들을 데리고 사라진 거라고 생각했다.

위소보는 자기 거처로 돌아와 방으로 들어갔다.

목검병이 대뜸 물었다.

"계 대형, 무슨 소식이 없어?"

위소보가 대답했다.

"계 대형은 가져온 소식이 없고, 멋진 오빠는 좋은 소식이 있어."

목검병은 빙긋이 웃었다.

"난 별로 급할 게 없어. 급한 사람이 멋진 오빠라고 부르겠지."

방이가 얼굴을 붉히며 나직이 말했다.

"멋진 형제! 나보다 나이가 어리니 멋진 형제라고 부르면 되겠지?"

위소보는 한숨을 내쉬었다.

"예쁜 마누라가 갑자기 예쁜 누님으로 변했네. 눈 깜박할 사이에 암탉을 오리로 바꿔버린 거야. 좋아, 구해냈어!"

방이는 벌떡 일어나 떨리는 음성으로 물었다.

"정말… 유 사형을 구해준 거야?"

위소보가 다시 말했다.

"대장부일언중천금이잖아. 한번 내뱉은 말은 그 어떤 말도 쫓아오지 못해! 당연히 구해줬지!"

방이는 반신반의하는 모양이었다.

"아니… 어떻게 구해줬지?"
위소보는 여유 있게 웃었다.
"당연히 비책을 썼지! 나중에 사형을 만나게 되면 그가 다 얘기해줄 거야."
방이는 길게 숨을 내뱉으며 천장을 향해 혼잣말처럼 중얼거렸다.
"천지신명께 감사드립니다. 정말 보살께서 도와주셨군요…."
위소보는 방이가 무척 좋아하는 모습을 보자 은근히 배알이 뒤틀려 '흥!' 하고 가볍게 코웃음을 날렸다. 그리고 더 이상 아무 말도 하지 않았다.
목검병이 한마디 했다.
"사저, 천지신명과 보살한테만 감사하고, 멋진 형제한테는 고맙다고 하지 않아?"
방이가 말했다.
"멋진 형제의 대은대덕이야 그냥 고맙다는 인사만으론 다 보답할 수가 없지."
위소보는 그 말에 다시 기분이 좋아졌다.
"그럼 어떻게 보답하려고?"
방이는 대답하지 않고 딴소리를 했다.
"유 사형이 무슨 말을 하지 않았나?"
위소보는 솔직히 대답했다.
"별다른 말은 없었어. 그냥 자기를 좀 구해달라고만 했어."
"음…."
방이는 고개를 한 번 끄덕이더니 다시 물었다.

"우리에 대해서도 묻지 않았어?"

위소보는 고개를 갸웃하며 생각을 좀 하더니 말했다.

"그런 얘긴 없었어. 내가 먼저 방이 낭자는 안전한 곳에 있으니 걱정 말라고 했어. 그리고 나중에 내가 방이 낭자도 보내줄 테니, 그때 만나보라고 했어."

방이는 고개를 끄덕였다.

"그래…."

그러더니 갑자기 울먹였다. 눈물이 볼을 타고 주르르 흘러내렸다.

목검병이 물었다.

"왜 우는 거야?"

방이는 목이 메었다.

"그냥… 너무 좋아서…."

위소보는 속으로 투덜거렸다.

'빌어먹을, 그 멀쑥하게 생긴 유일주 녀석이 좋아서 저 모양이니, 눈꼴이 시어서 못 봐주겠네. 소현자가 나더러 자객의 우두머리를 알아보라고 했으니, 보고하려면 나가서 알아보는 척이라도 해야지!'

그는 바로 궁에서 빠져나와 천교 일대를 어슬렁거리며 거닐었다.

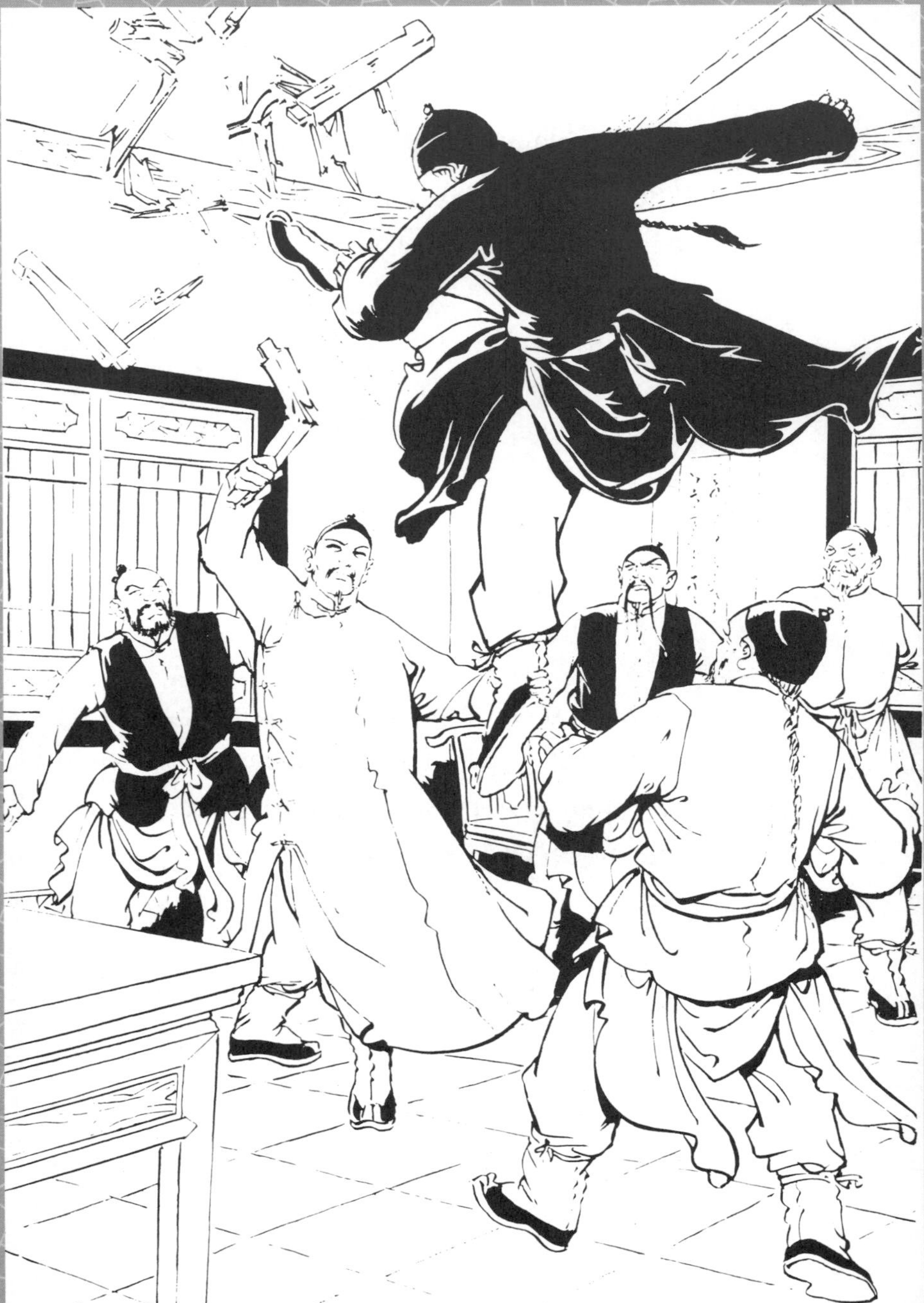

14
궁녀들의 혈투

그 서생은 네 사람의 손에서 벗어났지만 왼쪽 발목이 조여오는 것을 느꼈다.

진근남에게 발목이 잡히고 만 것이다.

그는 진근남의 얼굴을 향해 대뜸 오른발을 걷어차냈다.

진근남은 옆에 있는 찻상을 집어 막았다.

'팍!' 하는 소리와 함께 서생의 발에 걷어차인 찻상이 박살나 바닥에 떨어졌다.

북경에 있는 천교의 왼쪽 거리는 늘 사람들로 북적였다. 온갖 잡화를 파는 사람, 광대놀이패, 약장수 등 세간의 잡다한 장사치들이 모두 모여드는 저잣거리다.

위소보가 가까이 가보니 한곳에 포졸들이 벌떼처럼 몰려 저쪽으로 가고 있었다. 앞장선 포졸 둘이 남루한 차림의 잡상인 다섯 명을 사슬에 엮어 끌고 가는 중이었다. 뒤따르는 포졸들 손에는 짚을 엮어 만든 긴 막대기가 들려 있는데, 그 막대기에는 얼음사탕 빙당이 잔뜩 꽂혀 있었다. 잡상인들에게서 몰수한 것이었다. 그러고 보니, 잡혀가는 잡상인 다섯 명은 모두 빙당장수들이었다.

위소보는 직감적으로 심상치 않은 느낌이 들어 얼른 한쪽으로 몸을 숨겼다. 포졸들은 잡상인들을 끌고 차츰 멀어져갔다. 그때 사람들 틈에서 늙수그레한 음성이 들려왔다.

"에구… 어떻게 된 세상인지 요즘은 빙당을 파는 것까지 죄가 되는 모양이니…."

위소보가 어찌 된 영문인지 물어보려는데, 갑자기 한 늙은이가 헛기침을 하며 가까이 다가왔다. 허리가 구부정하고 백발이 성성한 그 늙은이는 다름 아닌 '팔비원후' 서천천이었다. 그는 위소보에게 눈짓을 하고는 바로 몸을 돌려 떠났다. 위소보는 그의 뒤를 따랐다.

한적한 곳에 이르자 서천천이 걸음을 멈췄다.
"위 향주, 참으로 기쁜 일입니다."
위소보는 미소를 지으며 속으로 생각했다.
'내가 오입신 등을 구한 일을 벌써 알았군.'
그는 덤덤하게 말했다.
"뭐 별것 아닙니다."
서천천이 눈을 크게 떴다.
"별것 아니라뇨? 총타주께서 오셨습니다."
위소보가 놀라 물었다.
"아니… 사부님이 오셨다고요?"
서천천이 고개를 끄덕였다.
"그래요, 어젯밤에 오셨어요. 나더러 무슨 수를 써서라도 위 향주께 알려 바로 모셔오라고 했습니다."
위소보는 일단 건성으로 대답했다.
"아, 네!"
사부님과 헤어진 지 반년쯤 됐는데, 그동안 무공을 전혀 연마하지 않았다. 사부님을 만나면 무공에 어느 정도 진척이 있느냐고 물어볼 게 분명한데, 진척이랄 게 있을 턱이 없으니 어찌해야 좋을지 몰랐다. 잔머리를 굴릴밖에!
"황제가 시킨 일이 있어서 빨리 돌아가 보고를 해야 해요. 일을 마치고 나서 사부님을 뵈러 나올게요."
일단 난처한 입장을 모면해보려고 했는데, 서천천은 단호했다.
"총타주님은 북경에 오래 머물 수 없답니다. 어떤 일이 있어도 속히 위 향주를 모셔오라고 분부하셨습니다."

위소보는 더 이상 피할 수 없어, '에라, 모르겠다' 하는 심정으로 서천천을 따라 천지회 모임 장소로 향했다. 속으론 계속 투덜거렸다.

'이럴 줄 알았다면 며칠 동안은 궁에서 빈둥대며 나오지 말걸. 사부님이 설마 궁으로 들어와서 날 끌고 나오지는 못할 텐데….'

골목으로 들어서기도 전에 천지회 형제들이 곳곳에 흩어져 망을 보고 있는 게 눈에 들어왔다. 어느 저택으로 들어가자, 지나는 문마다 역시 지키는 사람들이 있었다. 뒤뜰 대청으로 들어서니 진근남이 한가운데 앉아 있는 게 보였다. 이역세와 관안기, 번강, 현정 도인, 기표청 등과 이야기를 나누고 있었다.

위소보는 얼른 앞으로 달려가 무릎을 꿇고 절을 올렸다.

"사부님, 오셨군요. 정말 보고 싶었습니다."

진근남이 웃으며 그를 맞아주었다.

"그래, 좋아. 착하기도 해라. 다들 널 칭찬하더구나."

위소보는 몸을 일으켰다. 사부님의 안색이 온화한 것을 보고 마음이 놓였다.

"사부님, 그동안 별고 없으셨죠?"

진근남은 미소를 지으며 말했다.

"나야 잘 있었다. 그동안 무공을 열심히 연마했니? 혹시 이해가 안 가는 부분은 없었느냐?"

위소보는 이곳까지 오는 동안 사부님이 무공 연마에 대해 물으면 어떻게 적당히 얼버무릴지 머리를 굴렸다. 그러나 아무리 생각해도 사부님은 쉽사리 속을 것 같지 않아, 그냥 상황에 따라 대처하기로 마음먹었다.

"모르는 부분이 참 많아요. 그렇지 않아도 사부님이 오시면 여쭤보려고 했어요."

진근남은 여전히 미소를 짓고 있었다.

"좋아, 이번엔 며칠 더 머물면서 너를 잘 좀 지도해야겠다."

그때 문을 지키던 형제가 급히 들어와 몸을 숙였다.

"총타주께 아룁니다. 손님이 찾아왔는데, 운남 목왕부의 목검성과 유대홍이라고 합니다."

진근남은 반색을 하며 몸을 일으켰다.

"그럼 어서 가서 맞이해야지."

위소보가 말했다.

"저는 옷을 갈아입지 않아서 아무래도 불편할 것 같습니다."

진근남이 고개를 끄덕였다.

"그렇겠구나, 뒤에 가서 좀 기다려라."

천지회 사람들은 마중을 나갔고, 위소보는 뒤쪽 방으로 들어가 의자를 끌고 와서 편하게 앉았다.

얼마 뒤에 유대홍의 그 카랑카랑한 목소리가 들려왔다.

"천하에 명성을 떨치고 있는 진 총타주를 만나뵙는 것이 평생의 소원이었는데, 오늘에야 그 소원을 이루게 되었구려."

진근남이 답례했다.

"별말씀을요… 노영웅께서 그렇게 말씀하시니 몸 둘 바를 모르겠습니다."

군호들은 서로 얘기를 나누며 대청 안으로 들어와 제각기 자리를 잡고 앉았다.

목검성이 먼저 입을 열었다.

"귀회의 위 향주는 이곳에 안 계십니까? 뵙고 직접 감사의 뜻을 전하고 싶습니다. 목왕부의 모든 사람을 대신해 그의 대은대덕에 감사드립니다."

진근남은 그간 일어난 일들을 몰라 어리둥절해했다.

"위소보는 아직 나이도 어린데, 소공야께서 너무 치켜세우시는 것 같습니다."

그러자 한 사람이 목청을 높여 말했다.

"위 향주께서 저와 제자, 그리고 유 사질의 목숨을 구해줬습니다. 하해와 같은 은혜를 입었으니, 저는 귀회의 전 사부師傅한테 약속한 바가 있습니다. 반청복명을 위한 일에 천지회에서 저와 제자를 불러주신다면, 언제든지 달려와 명에 따르겠습니다!"

'요두사자' 오입신이었다.

진근남은 영문을 알 수 없어 전노본에게 물었다.

"전 형제, 이게 어찌 된 일인가?"

오입신 등 세 사람을 목검성의 거처까지 데려다준 전노본은 청에 못 이겨 그곳에 눌러앉아 푸짐하게 술대접을 받았다. 그러고 나서 목검성과 유대홍이 사람들을 이끌고, 그를 앞장세워 천지회에 감사의 뜻을 전하러 온 것이었다. 그런데 마침 총타주까지 와 있을 줄은 뜻밖이었다. 지금 총타주 진근남이 묻자 전노본은 경과를 대충 얘기해주었다. 위 향주에게 궁에서 내관으로 재직하는 친구가 있는데, 그에게 부탁해 위험을 무릅쓰고 궁에 잡혀 있던 오입신 등 세 사람을 구해주었다고 했다.

진근남은 그 이야기를 다 듣고 나서, 궁에 있는 위 향주의 친구가 바로 위소보라는 것을 알아채고는 매우 흐뭇해했다.

"소공야, 유 어른, 오 대형! 세 분은 너무 겸손하십니다. 폐회와 목왕부는 같은 뜻을 품고 있는 동지로서 서로 돕는 것이 당연지사인데, 은혜니 보은이니 하는 말은 당치 않습니다. 그 위소보는 저의 어린 제자입니다. 나이가 어려 철이 없지만 '의리'만은 좀 남다른 것 같습니다."

여기까지 말하며 내심 생각을 굴렸다.

'소보가 궁에 들어가 있는 것은 아주 은밀한 일이다. 하지만… 반청복명의 대업을 이루기 위해 그가 궁의 기밀을 알아내주길 바랐는데, 그런 큰일은 언젠가는 강호에 알려지기 마련이다. 지금 목왕부의 사람들까지 속인다면 친구의 도리가 아닌 것 같아.'

오입신이 간곡하게 말했다.

"저희는 위 향주를 꼭 뵙고 싶습니다. 직접 감사의 뜻을 전해야겠습니다."

진근남이 웃으며 말했다.

"이건 예삿일이 아닌데… 다들 허물없는 친구니 솔직히 말씀드리겠소. 궁에서 내관 노릇을 하고 있는 사람이 바로 저의 제자 위소보요."

그러고 나서 위소보를 불렀다.

"소보야, 어서 나와서 여러 선배님께 인사드려라."

위소보가 뒷방에서 대답했다.

"예!"

그러고는 바로 나와서 좌중을 향해 포권의 예를 취했다.

목검성, 유대홍, 오입신 등은 일제히 자리에서 일어나며 크게 경악했다. 목검성 등은 위 향주가 내관일 줄은 전혀 생각지 못했다. 그리고 오입신, 오표, 유일주 세 사람은 자기들을 구해준 내관이 뜻밖에도 천지회의 위 향주일 줄이야, 역시 꿈에도 몰랐다.

위소보는 싱글벙글 웃으며 오입신에게 말했다.

"오 어른, 궁에선 어쩔 수 없이 가짜 이름을 댔는데, 너무 나무라지 마십시오."

오입신은 정중하게 말했다.

"험지에 몸담고 있으니 그야 당연하죠. 좀 전에도 제자 오표에게 언급했습니다. 그 소영웅은 일을 아주 깔끔하게 처리하고 간담과 기백, 용기가 있는 아주 훌륭한 인물이라고요. 오랑캐 궁중에 어떻게 그런 걸출한 인물이 있는지 이해가 가지 않았는데, 이제 보니 천지회의 향주였군요. 아… 허허… 어쩐지, 어쩐지… 이제야 납득이 갑니다!"

그러면서 연신 엄지를 세우며 계속 고개를 흔들어댔다. 얼굴엔 감탄하는 기색이 역력했다.

'요두사자'는 유대홍의 사제이고 강호에서 꽤나 명성이 알려져 있었다. 진근남은 그가 자신의 제자를 극구 칭찬하자 매우 흐뭇해하며 미소를 지었다.

"오 형이 그렇게 칭찬하면, 어린 나이에 너무 우쭐해지지 않을까 걱정이 됩니다."

유대홍이 고개를 세우고 껄껄 크게 웃었다.

"진 총타주, 무림의 모든 명예를 혼자서 다 독차지하는 것 같구려. 무공이 아주 대단하고 명성이 쟁쟁할 뿐 아니라, 활약이 왕성한 천지회를 이끌며 제자까지도 빛을 보태니 정말 부럽소이다."

진근남은 공수의 예를 취했다.

"과찬입니다. 유 어른의 말씀을 들으니 저까지도 너무 으쓱해질까 봐 걱정이 됩니다."

유대홍이 다시 말했다.

"진 총타주, 이 유가는 여태껏 살아오면서 진심으로 존경하는 사람이 몇 안 됩니다. 진 총타주께 정말 마음 깊이 경의를 표합니다. 차후에 오랑캐를 몰아내고 우리 주오朱五 태자가 등극하면, 재상 자리는 진 총타주가 꼭 맡아주셔야 될 것 같습니다."

진근남은 미소를 지었다.

"무덕무능한 제가 어찌 감히 그런 자리에 오를 수 있겠습니까?"

천지회 군호들 중에서 기표청이 나섰다.

"유 어르신, 나중에 오랑캐를 몰아내고 주삼朱三 태자가 황위에 올라 대명을 중흥하면 천하 병마를 이끌 대원수 자리는 어르신이 맡아주셔야 할 것 같습니다."

유대홍의 눈이 둥그레졌다.

"아니… 뭐라고 했소? 주삼 태자라니?"

기표청은 자못 진지했다.

"융무隆武 천자께서 순국하신 후 남은 주삼 태자는 지금 대만에 행궁이 세워져 있습니다. 훗날 강산을 수복하면 당연히 주삼 태자가 황위에 올라야죠."

유대홍이 자리에서 벌떡 일어났다.

"천지회가 나의 사제와 제자를 구해준 것은 고맙게 생각하지만, 대명천자의 정통을 잇는 일은 절대 소홀히 다룰 수가 없소! 기 노제, 진 명천자는 오직 주오 태자뿐이오. 영력 천자만이 정통을 이어받은 걸 천하가 다 아는데 그런 엉뚱한 소릴 하면 안 되지!"

진근남이 나섰다.

"유 어른, 노여워하지 마십시오. 우리의 당면과제는 강호 호걸들을 연합해서 반청복명을 이루는 겁니다. 주오 태자를 옹립하든 주삼 태자를 황위에 받들든, 그건 다 차후의 일이니 지금 서로 의견 다툼을 벌여 감정을 상할 필요가 없습니다. 누구로 하여금 대명의 정통을 잇게 할 것인지는 물론 중대사지만, 신하인 우리가 논쟁을 벌여 결정할 일이 아닙니다. 자, 자… 술상을 차려 즐겁게 마십시다. 다들 힘을 합쳐 오랑캐를 몰아내면, 그 후의 일은 천천히 상의해도 되지 않겠습니까?"

목검성이 고개를 내둘렀다.

"진 총타주의 말에 찬동할 수 없습니다. 우선 명분을 바로 세워야 합니다. 명분이 바르지 않으면 일을 그르칠 수 있으니까요. 저희가 주오 태자를 추대하겠다는 것은 결코 무슨 부귀영화를 누리기 위함이 아닙니다. 진 총타주께서 천명에 따라 주오 태자께 충성을 다하겠다면 목왕부의 모든 사람이 진 총타주의 명에 따를 수도 있습니다."

진근남은 미소를 지으며 고개를 내저었다.

"하늘에 두 개의 해가 있을 수 없듯이, 백성에게도 두 군주가 있을 수 없습니다. 주삼 태자가 엄연히 대만에 좌진座鎭하고 있습니다. 대만의 수십만 군민과 천지회의 십수만 형제들은 이미 주삼 태자께 충성을 맹세했습니다."

유대홍은 눈을 부릅뜨며 더욱 언성을 높였다.

"진 총타주는 무슨 수십만 군민, 십수만 형제를 운운하는데, 수적으로 많은 것을 가지고 천명을 정하자는 겁니까? 그 외에도 천천만만의 백성들이 있습니다. 만백성은 미얀마에서 순국하신 영력 천자께서 대명의 마지막 황제라는 사실을 다 알고 있습니다. 우리가 영력의 후손을 옹립하지 않으면, 천신만고를 겪으며 결국 순국하신 비운의 대명천자를 대할 면목이 있겠습니까?"

그는 본디 음성이 동종銅鐘을 치듯 쩌렁쩌렁했는데, 열을 받자 더욱 커져 고막이 찢겨나갈 것 같았다. 나중에는 감정이 북받치는지 목이 메어 쉿소리가 났다.

얼마 전에 천지회의 서천천이 당왕과 계왕 중 누가 정통인지를 놓고, 목왕부 백씨 형제와 논쟁을 벌이다가 백한송을 죽이는 불상사까지 있었다. 진근남이 이번에 북경에 온 것도 바로 그 일 때문이었다. 그는 무엇보다도 반청복명의 대업이 우선시돼야 한다고 생각했다. 오랑캐를 몰아내기도 전에 자중지란이 일어나 동지끼리 서로 다투고 등을 돌린다면 대업을 이루는 데 큰 장애가 될 게 분명했다. 그래서 서천천과 목왕부의 분규 소식을 듣고 밤을 새워가며 하남河南에서 북경까지 한달음에 달려온 것이었다.

북경에 당도해 확인해보니, 생각했던 것보다 상황이 많이 호전돼 있어 마음이 좀 놓였다. 천지회는 위소보의 영도하에 목왕부 수뇌 인물들과 직접 면담을 했고, 일이 극단적인 국면으로 치닫지 않고 일단 원만하게 매듭이 됐다고 들었다. 그리고 위소보가 오입신 등을 구해냈으니 서천천과 백한송의 일이 다 해결될 거라고 믿었다.

그런데 뜻밖에도 기표청과 유대홍이 다시 당왕과 계왕 문제를 놓고 논쟁을 벌이는 바람에 일촉즉발의 긴장 국면으로 전환됐다. 진근남은 유대홍이 영력제의 순국을 언급하면서 목이 메고 눈물까지 글썽이는 것을 보자, 절로 가슴이 찡했다.

"영력제의 순국은 천인공노할 일입니다. 옛말에도 '초수삼호楚雖三戶 망진필초亡秦必楚'라고, 초나라는 비록 세 가호밖에 없어도 진나라를 망하게 하는 건 분명 초나라 사람일 거라 했습니다. 하물며 우리 한인은 오랑캐에 비해 수백 배가 더 많습니다. 우리 한인의 자손들이 한마음 한뜻으로 뭉친다면 반드시 오랑캐를 몰아내고 강산을 수복할 수 있을 거라 믿습니다. 소공야, 유 어른! 우리가 피맺힌 원한을 갚기도 전에 스스로 분쟁을 일으킬 필요가 있겠습니까? 우리의 당면과제는 동심협력해서 매국노 오삼계를 죽여 영력제와 목 왕야의 복수를 하는 일입니다!"

목검성, 유대홍, 오입신 등은 일제히 소리쳤다.

"옳소! 맞습니다!"

어떤 이는 눈물을 보이고, 또한 끓어오르는 격정으로 인해 몸을 떠는 사람도 있었다.

진근남이 다시 말했다.

"과연 융무와 영력, 어느 쪽이 정통을 이을지 구체적으로 논하기엔 시기상조인 것 같습니다. 목 소공야, 유 어른! 천하영웅 중에 누구든 오삼계를 죽이면, 모두 그의 호령에 따르도록 합시다!"

목검성의 아버지 목천파는 오삼계에게 목숨을 잃었다. 그래서 오삼계를 죽여 복수해야 한다는 지상명제를 단 한시도 잊은 적이 없다. 지금 진근남의 말을 듣자 바로 소리쳤다.

"그래요! 누구든 오삼계를 죽이면 천하영웅들이 다 그의 호령을 따를 겁니다!"

진근남이 고개를 끄덕이며 말했다.

"소공야, 우리 서로 한 가지 언약을 합시다. 만약 목왕부가 오삼계를 죽이면 우리 천지회의 모든 형제들은 흔쾌히 목왕부의 호령에 따를 것이며…."

목검성이 바로 그의 말을 받았다.

"천지회 영웅이 오삼계를 죽이면 우리 운남 목왕부는 저를 비롯해서 모든 사람이 진 총타주의 명에 따르겠습니다!"

두 사람은 손을 내밀어 '팍!' 하고 서로 손뼉을 마주쳤다. 손뼉을 세 번 마주쳐서 약속을 하면 절대 번복할 수 없는 게 강호의 철칙이었다.

두 사람이 두 번째 손뼉을 마주치려는 순간, 지붕 위에서 난데없이 웃음소리가 들려왔다.

"하하… 내가 오삼계를 죽인다면 어쩔 거요?"

지붕 동서쪽에서 호통이 터졌다.

"누구냐?"

집 밖을 지키던 천지회 사람들이 일제히 달려왔다.

그러자 '팍!' 하는 소리가 들리며 한 사람이 지붕 위에서 사뿐히 마당으로 뛰어내렸다. 이어 바람도 없는데 창문이 스르르 열리더니 청색 그림자가 번개인 양 잽싸게 안으로 들어왔다. 창가 쪽에 서 있던 관안기, 서천천, 유대홍, 오입신은 동시에 장풍을 뻗어냈다.

그 청색 옷을 입은 사람은 여유 있게 네 사람의 머리 위를 스치고 지나서 진근남과 목검성 앞에 내려섰다. 관안기 등 네 고수가 동시에 장풍을 전개했는데도 그자를 막지 못한 것이다. 그자가 땅에 내려서자마자, 네 사람의 손은 이미 그의 몸을 낚아잡았다. 관안기는 그의 오른쪽 어깨를 잡았고, 서천천은 오른쪽 옆구리, 유대홍은 왼팔을 잡았다. 그리고 오입신은 두 손을 동시에 뻗어 그의 허리 뒤쪽을 잡았다. 네 사람이 동시에 상승 금나수법을 전개한 것이다.

그자는 반항을 하지 않고 웃으며 말했다.

"천지회와 목왕부는 이런 식으로 친구를 맞이합니까?"

모든 사람의 눈길이 그에게 쏠렸다. 그는 일신에 청색 장포를 입었고 나이는 스물대여섯쯤 돼 보였다. 헌칠한 키에 겉보기엔 문약한 서생 같았다.

진근남이 포권의 예를 취하며 물었다.

"존성대명이 어떻게 되죠? 우리의 친구요?"

그 서생이 웃으며 대답했다.

"친구가 아니라면 여기 올 리가 없죠."

그는 갑자기 몸을 움츠리는가 싶더니, 몸 전체가 마치 솜뭉치로 변한 듯 나긋해졌다. 그와 동시에 관안기 등 네 사람은 손이 스르르 풀리며 허공을 잡고 있는 격이 되고 말았다. '찌찍' 헝겊 찢기는 소리가 들리며 그자의 몸이 허공으로 치솟은 것도 거의 같은 순간에 일어난 일이었다.

그때 진근남이 외마디 긴 웃음과 함께 잽싸게 오른손을 뻗어냈다. 그 서생은 네 사람의 손에서 벗어났지만 왼쪽 발목이 조여오는 것을 느꼈다. 진근남에게 발목이 잡히고 만 것이다.

그는 진근남의 얼굴을 향해 대뜸 오른발을 걷어차냈다. 진근남은 옆에 있는 찻상을 집어 막았다. '팍!' 하는 소리와 함께 서생의 발에 걷어차인 찻상이 박살나 바닥에 떨어졌다. 진근남은 그 서생을 팽개치듯 발목을 잡은 손을 아래로 확 뿌렸다. 서생은 엉덩방아를 찧으며 바닥에 떨어졌는데, 마치 빙판 위를 미끄러지듯 바닥을 타고 몇 장 정도 쭉 밀려가 벌떡 일어나서는 벽에 기대섰다.

관안기, 서천천, 유대홍, 오입신 네 사람의 손에는 제각기 천 조각이 쥐여져 있었다. 서생이 입고 있던 장포에서 찢긴 것이었다. 매미가 탈피하는 듯했던 서생의 일련의 동작은 신속하기 그지없었다. 그를 포함한 여섯 명의 출수는 모두 절묘했다. 이 광경을 지켜보고 있던 사람들의 입에서 절로 감탄이 터져나왔다.

"우아!"

그중에서 탄성이 제일 큰 사람은 다름 아닌 '철배창룡' 유대홍이었다. 오입신은 연신 고개를 흔들며 얼굴에 멋쩍은 표정과 탄복의 빛이 엇갈리고 있었다.

진근남이 미소를 지으며 말했다.

"정녕 친구로 왔다면 앉아서 차라도 한잔하지 않겠소?"

서생은 공수의 예를 취했다.

"원래 차 한잔 신세를 지려고 온 겁니다."

그는 의젓한 걸음으로 가까이 걸어오면서, 군호들에게 살짝 몸을 숙여 보이며 맨 아랫자리에 앉았다. 좌중은 만약 직접 목격하지 않았다면, 이 문약해 보이는 서생이 그런 상승 무공을 지녔으리라곤 상상도 못했을 것이었다.

진근남이 말했다.

"너무 겸손한 게 아닙니까? 위로 와서 앉으시죠."

서생은 손사래를 쳤다.

"아닙니다, 아녜요. 제가 여러 영웅들과 자리를 함께한 것만으로도 크나큰 영광인데 어찌 감히 상좌에 앉겠습니까? 진 총타주께서 좀 전에 이름을 물으셨는데 바로 대답을 하지 못해 죄송합니다. 저의 성은 이李가고, 이름은 서화西華라고 합니다."

진근남과 유대홍 등은 그의 이름을 듣자 속으로 의아해했다.

'무림에서 이서화라는 이름을 들어본 적이 없는데, 필시 가명이겠지. 그리고 젊은 층에서 이다지 무공이 고강한 인물이 있다는 이야기는 전혀 들어본 적이 없어.'

진근남이 다시 말했다.

"저는 워낙 견식이 얕아서, 강호에 귀하와 같은 영웅이 있다는 얘길 들어보지 못했으니 실로 부끄럽소이다."

서생 이서화는 하하 웃었다.

"다들 천지회의 진 총타주는 아주 진솔하다고 하던데, 역시 명불허전이십니다. 만약 제 이름을 듣고 그냥 형식적으로 '명성을 익히 들었다'고 하셨다면, 그건 저를 멸시하는 거겠죠. 저는 강호에 나온 지 얼마 안 돼 아무 명성도 쌓지 못했습니다. 저 자신도 제 이름을 익히 듣지 못했는데, 하물며 남이야 당연하지 않겠어요? 하하… 하하…."

진근남은 미소를 지었다.

"오늘 이렇게 만났으니 이 형의 명성은 곧 강호에 널리 알려질 겁니다. 앞으로 누구든 이 형을 보면 '명성을 익히 들었다'고 말하겠죠."

그 말은 아주 대단한 찬사라는 것을 다들 잘 알고 있었다. 실제로 천지회와 목왕부의 고수 네 명이 동시에 출수했는데도 그를 제압하지 못했고, 진근남은 그와 두 초식을 겨뤄 약간의 우위를 차지했을 뿐이었다. 이런 솜씨라면 며칠 사이에 강호에 소문이 쫙 퍼질 터였다.

이서화는 다시 손사래를 쳤다.

"아닙니다. 제가 좀 전에 보인 것은 사소한 무공이고 거의 잡기에 가깝습니다. 저 노영웅께서 전개한 운중현조雲中現爪 초식에 저는 하마터면 팔이 부러질 뻔했습니다. 저기 고개를 자주 흔드는 털보 어른이 제 허리를 움켜쥔 초식은 박토수搏兎手 같은데, 허리가 얼마나 아팠는지 울음조차 나오지 않았습니다. 그리고 흰 수염을 기르신 어른은 백원취도白猿取桃 초식으로 제 옆구리를 복숭아 쥐듯이 했고요. 저분 수염이 긴 고수께서 펼친 초식은 아주 절묘하던데 혹시… 천왕투소귀天王鬪小鬼가 아닙니까?"

관안기는 엄지를 세워 그의 말이 맞다는 걸 확인했다. 사실 그 초식의 이름은 소귀가 천왕을 상대한다는 뜻의 '소귀투천왕小鬼鬪天王'인데, 이서화가 반대로 말한 것이다. 그건 상대가 천왕이고 자신은 소귀라고 일부러 낮춘 것이었다.

관안기 등 네 사람이 동시에 출수해 그의 몸을 잡고 그가 몸을 솟구치기까지 불과 눈 깜빡할 사이에 일어난 일이었다. 그런데 그 순식간에 이미 네 사람의 초식을 다 파악했으니, 무공 실력도 대단하지만 무공에 대한 견식은 더욱 놀랄 만했다.

유대홍이 입을 열었다.

"이 형제, 무공도 대단하지만 보는 눈은 더욱 놀랍구려."

이서화는 또 손사래를 쳤다.

"과찬입니다. 네 분께서 저에게 전개한 그 어떤 초식도 저의 목숨을 취할 수 있었을 겁니다. 한데 적당히 혼만 내주고 손상을 입히지 않았으니, 그 배려에 감사할 따름입니다."

유대홍 등은 그 말을 듣고 내심 흐뭇했다. 사실 운중현조, 박토수, 백원취도, 소귀투천왕 네 가지 초식은 힘만 조금 더 주입하면 무서운 살수殺手로 변할 수 있었다. 이서화가 그 점을 분명히 밝혀주니 한결 체면이 섰다.

진근남이 물었다.

"한데 이 형은 무슨 일로 오신 거요?"

이서화가 대답했다.

"우선 사과부터 드려야겠습니다. 저는 진 총타주를 늘 흠모해왔습니다. 이번에 우연한 기회에 진 총타주께서 북경에 오신 것을 알고 어떤 일이 있어도 직접 찾아뵈려 했습니다. 한데 안내해주는 사람이 없어서 부득이 무턱대고 찾아와 지붕 위에서 본의 아니게 대화를 엿듣게 되었습니다. 저 역시 매국노 오삼계를 찢어죽이고 싶을 정도로 증오하고 있습니다. 그래서 대화에 끼어들게 되었습니다. 무례했던 점 사과드립니다."

말을 마치고 자리에서 일어나 군호들에게 일일이 몸을 숙여 인사했다. 군호들도 일제히 일어나 답례했다. 천지회와 목왕부의 몇몇 수뇌 인물도 통성명을 했다. 위소보는 비록 천지회 수뇌 인물들 중에서 서열이 진근남 바로 아래지만 이서화가 그에게 전혀 눈길을 주지 않아 먼저 입을 열지 못했다.

목검성이 말했다.

"귀하가 오삼계를 원수로 여기고 있다면 우린 뜻을 함께하는 동도同道니, 손을 잡고 결맹하여 그 매국노를 처단합시다."

이서화는 그의 제의를 흔쾌히 받아들였다.

"좋습니다. 소공야께서 진 총타주랑 맹약을 하는 도중에 제가 방해를 해서 중단됐는데, 손뼉을 세 번 마주친 연후에, 저하고도 똑같이 하는 게 어떻겠습니까?"

유대홍이 나섰다.

"그럼 귀하의 뜻은, 만약 본인이 오삼계를 죽이면 천지회와 목왕부가 다 귀하의 호령에 따르라는 거요?"

이서화가 말했다.

"그건 절대 있을 수 없는 일입니다. 저같이 보잘것없는 후생이 여러 영웅들과 뜻을 함께할 수만 있다면 그걸로 만족합니다. 어찌 감히 군웅들을 호령하겠습니까?"

유대홍이 고개를 끄덕였다.

"그럼 귀하는 영력과 융무 중 어느 선제先帝가 대명의 정통이라고 생각하오?"

지난날 유대홍은 영력 황제와 목천파를 따라 중원 서남을 비롯해 운남에서 미안마까지 숱한 전투를 치르며 천신만고를 다 겪었다. 그리고 영력 황제가 오삼계에게 죽음을 당하자, 어떤 일이 있어도 영력의 후손을 다시 황위에 옹립하겠다고 피로써 맹세했다. 오늘 진근남은 분위기가 이상하게 돌아가는 것을 원치 않아, 가급적 그런 민감한 문제를 피하려 했는데, 노영웅 유대홍은 아직도 선제에 대한 충성의 열혈이 들끓는지 다시 그 얘기를 꺼냈다.

이서화는 결코 그의 물음을 피하지 않았다.

"한 가지 외람된 말씀을 드려야겠는데… 소생을 너무 나무라지 마십시오."

유대홍은 짚이는 바가 있는지, 이내 안색이 변하며 급히 물었다.

"귀하는 노왕의 옛 부하요?"

왕년에 명나라 마지막 황제인 숭정이 죽자, 도처에서 청나라에 대한 항거가 일어났다. 우선은 복왕이 있었고 그다음에 당왕, 노왕, 계왕으로 이어졌다.

유대홍은 성급하게 말을 내뱉고 나서 이내 실언을 한 것을 깨달았다. 이서화의 나이로 볼 때 어쩌면 청나라 군사가 중원에 들어온 이후에 태어났을지도 모르니, 절대 노왕의 옛 부하일 리가 없었다. 그래서 다시 물었다.

"귀하의 선인이 노왕의 옛 부하였소?"

이서화는 그의 질문에 직접 답하지 않았다.

"나중에 만주 오랑캐를 몰아내면 숭정, 복왕, 당왕, 노왕, 계왕 어느 누구의 자손도 황제가 될 수 있습니다. 사실 한인의 자손이라면 누군들 황제가 될 수 없겠습니까? 소공야나 유 어르신도 안 될 이유가 없지 않습니까? 대만의 정 왕야, 그리고 진 총타주 자신도 안 된다고 잘라 말할 수 없습니다. 대명을 개국한 태조 황제께서도 몽골 오랑캐를 몰아내고 나서 송 왕조의 조씨 자손을 황제로 추대하지 않고 스스로 등극해서 만민의 칭송을 받지 않았습니까?"

이런 말을 여태껏 들어본 사람이 없었다. 다들 안색이 급변했다.

유대홍은 찻상을 팍 치며 싸늘하게 외쳤다.

"그 말은 실로 대역무도하군! 우린 다 대명의 유민遺民이고 유신遺臣의 후예로서 명 왕조를 다시 수복하길 바랄 뿐, 어찌 감히 그런 야심을 품을 수 있단 말이오?"

이서화는 화를 내지 않고 미소를 지었다.

"유 어르신, 외람되오나 한 가지 여쭙고 싶습니다. 역시 좀 전에 거론한 일과 연관이 있습니다. 송나라 말년에 몽골 오랑캐가 무력으로 우리 한인의 금수강산을 차지했습니다. 그리고 나중에 우리 대명의 홍무제가 몽골 오랑캐를 몰아냈는데, 왜 송나라를 세웠던 조씨 자손을 황위에 앉히지 않았죠?"

유대홍은 코웃음을 치고 나서 말했다.

"흥! 조씨 자손은 이미 천운이 다했다고 봐야겠지. 이 강산은 태조 황제께서 무수한 혈전을 치러 쟁취한 건데 왜 조씨 자손들에게 내줘야 하지? 더욱이 조씨 자손은 원병元兵을 몰아내는 데 전혀 기여한 바가 없소. 설령 태조 황제께서 그들에게 강산을 내줬다고 해도 천하 만백성과 군사들이 승복하지 않았을 거요!"

이서화가 그의 말을 받았다.

"네, 그렇습니다. 나중에 조씨 후손이 큰 공을 세울지, 반청복명에 전혀 기여하지 않을지, 현재로선 아무도 단언할 수 없습니다. 만약 공로가 크다면 만백성이 받들 것이고, 그렇게 황위에 오르면 아무도 그 자리를 빼앗지 못할 겁니다. 하지만 전혀 공이 없다면 설령 등극을 해도 그 자리는 오래가지 못하겠죠. 유 어르신, 반청대업은 온갖 고난의 과정을 거쳐야 합니다. 서둘러야 할 일, 차후에 논해야 될 일이 있습니다. 오삼계를 제거하는 일은 서둘러야 하고, 황위 옹립은 차후에 논해야 하겠지요."

유대홍은 입이 딱 벌어질 뿐, 할 말을 잃었다. 멋쩍은지 혼잣말처럼 중얼거렸다.

"뭘 서두르고 늦춰야 하는지… 무조건 다 서둘러야지. 단숨에 모든 걸 다 해버렸으면 좋겠구만…."

이서화가 다시 말했다.

"매국노 오삼계를 죽이는 일은 반드시 서둘러야 합니다. 그놈은 이미 나이가 많은데, 만약 천수를 다 누리게 놔둔다면 동도들의 가슴속에 한으로 남지 않겠습니까? 그리고 거듭 말하지만, 새로운 군주를 옹립하는 것은 오랑캐를 몰아낸 후의 일입니다. 우선 오랑캐를 몰아내는 데 전력을 다해야죠. 그때가 되면 새로운 명군明君을 찾아낼 수 있을 겁니다."

진근남은 어느 한쪽에 치우치지 않는, 그의 논리정연한 말에 깊이 탄복했다.

"이 형의 말이 옳아요. 그럼 오삼계를 어떻게 제거해야 할지… 고견이 있으면 들어보고 싶소."

이서화가 그의 말을 받았다.

"별말씀을… 그렇지 않아도 고견을 들으러 온 겁니다."

이번엔 목검성이 나섰다.

"진 총타주는 어떤 고견을 갖고 있습니까?"

진근남은 자신의 생각을 밝혔다.

"제 생각으론 오삼계는 만고의 역적이라 단지 그만을 죽여서는 죗

값을 다 물릴 수 없습니다. 그의 일족은 물론이고 그를 따랐던 군졸 부하들까지 모두 일망타진해야만 만백성의 한이 풀릴 겁니다."

유대홍이 탁자를 내리치며 소리를 질렀다.

"옳소, 옳은 말이오! 진 총타주의 말을 들으니 속이 다 후련하구려. 진 총타주, 난 무조건 시키는 대로 할 테니 무슨 묘책이 있으면 말해보시오. 어떡해야만 오삼계 일당을 깡그리 다 없앨 수 있겠소?"

그는 진근남의 팔을 잡고 흔들며 독촉했다.

"어서 말해보시오, 어서…!"

진근남이 미소를 지으며 말했다.

"그것이 모두의 소망이라는 것이지, 저에게 무슨 특별한 묘책이 있겠습니까?"

유대홍은 매우 실망한 듯 그의 팔을 풀어주었다.

진근남이 손을 내밀었다.

"소공야, 우리 손뼉을 두 번 더 마주쳐야죠."

목검성이 응했다.

"네, 좋습니다."

그도 손을 내밀어 손뼉을 다시 두 번 마주쳤다.

진근남은 이어 이서화에게 몸을 돌렸다.

"이 형도 우리와 손뼉을 세 번 마주치는 게 어떻겠소?"

이서화는 자리에서 일어나 공손하게 말했다.

"진 총타주가 오삼계를 주멸한다면 저는 당연히 천지회의 호령에 따를 겁니다. 그리고 제가 다행히 그 매국노를 처단하게 된다면, 진 총타주께서 저와 결의를 맺는 것을 허락해주십시오. 저는 진 총타주를 형으로 모시고 싶을 뿐, 그 외엔 아무것도 바라는 것이 없습니다."

진근남은 웃으며 말했다.

"이 현제, 날 너무 치켜세우는 것 같아 민망하오. 어쨌든… 좋소이다! 장부일언 사마난추요!"

위소보는 한쪽에서 군웅들의 언동을 지켜보며 피가 끓어올랐다. 빨리 나이를 더 먹고 무공이 고강해져 이서화처럼 군호들 앞에서 멋지게 폼을 잡고 싶었다. 그리고 사부님이 '장부일언 사마난추'라고 하는 말을 듣자, 혼잣말로 중얼거렸다.

"사마난추… 사마난추…."

그러면서 속으로 생각했다.

'사마가 도대체 무슨 말이지? 그렇게 빨리 달릴 수 있나?'

진근남은 부하들을 시켜 주연을 마련케 했다. 이서화는 술자리에서 여유롭게 대화를 나눴고, 군호들은 그가 다방면으로 견문이 넓다는 것을 은연중 알 수 있었다. 그러나 이서화는 자신의 사문과 출신 내력에 대해서는 전혀 언급하지 않았다.

이역세와 소강은 그에게 군호들을 소개해주었다. 이서화는 위소보가 어린 나이에 천지회 청목당 향주라는 사실을 알고 몹시 의아해했다. 하지만 그가 진근남의 제자라는 말을 듣고 내심 이해가 되었다.

'음… 그렇군….'

이후 그는 술을 몇 잔 마시더니 작별을 고했다. 진근남은 그를 문 밖까지 배웅하며 몸을 가까이 붙여 나직이 말했다.

"이 현제, 좀 전에는 현제가 적인지 친군지 몰라서 발목을 잡은 손에다 내력을 좀 주입하는 결례를 범했네. 그 증상이 아마 두 시진 후면 나타날 걸세. 그럼 운공을 해서 억지로 풀려 하지 말고 진흙땅에 웅덩이를 파서 몸을 묻어야 하네. 얼굴만 밖으로 노출시켜 매일 네 시진 동안 호흡을 조절해 7일이 경과하면 아무 일 없을 걸세."

이서화는 소스라치게 놀랐다.

"그럼 제가 응혈신조凝血神抓를 당했다는 겁니까?"

진근남은 차분하게 말했다.

"너무 놀라지 말게. 내가 시키는 대로 하면 절대 뒤탈이 없을 걸세. 미안하네, 아무래도 내가 좀 성급했던 것 같네."

이서화는 놀란 표정을 곧 거두고 미소를 지었다.

"그건 소제의 자업자득이지요."

한숨을 내쉬더니 다시 말했다.

"오늘에야 '천외유천天外有天 인상유인人上有人'을 새삼 깨닫습니다."

하늘 밖에 또 하늘이 있고, 사람 위에 또 사람이 있기 마련이다. 이서화는 몸을 숙여 인사를 하고 표연히 떠나갔다.

진근남은 나직하게 말했지만 유대홍은 그의 말을 들은 모양이었다.

"진 총타주, 그의 몸에 응혈신조를 전개했습니까? 듣자니 그 신조에 당한 사람은 사흘 뒤에 온몸의 피가 응결돼 치료할 방법이 없다던데, 그게 사실입니까?"

진근남은 멋쩍게 웃었다.

"그 무공은 너무 음독陰毒해서 쉽게 전개하지 않는데, 그의 무공이 워낙 뛰어났고, 또한 우리의 대화를 엿들었기 때문에, 어떤 속셈을 갖고 있는지 몰라 부득이 그런 암수暗手를 쓴 겁니다. 어쨌든 결코 떳떳한 행위가 아니니 부끄럽게 생각합니다."

목검성이 나섰다.

"상대가 오랑캐의 앞잡이거나 오삼계의 부하일 수도 있었죠. 그 경우 진 총타주께서 만약 그를 제압하지 않고 기밀이 누설됐다면 엄청난 화를 초래했을 겁니다. 한데 상대도 모르게 일단 견제수를 펼쳤으니, 그 신공神功에 감탄할 따름입니다."

진근남이 백한송의 죽음에 대해 거듭 유감의 뜻을 표하자, 백한풍이 나섰다.

"진 총타주, 그 일은 다시 거론하지 말기로 합시다. 위 향주께서 오사숙 일행을 구해줬으니 그저 감사할 따름입니다."

목검성은 누이동생의 행방이 매우 염려됐으나 천지회의 군웅들이 거론하지 않자, 상대를 의심하는 것 같아서 대놓고 물을 수 없었다.

술이 다시 몇 순배 돌고 나서, 목검성 등은 일어나 작별을 고했다.

그러자 잠자코 있던 위소보가 입을 열었다.

"소공야, 가능한 한 빨리 거처를 옮기는 게 좋을 것 같습니다. 오랑캐가 조만간 군졸들을 풀어 귀찮게 굴 테니까요. 물론 겁낼 건 없겠지만 그들의 수가 워낙 많습니다. 한꺼번에 그들을 다 죽일 순 없어요."

유대홍이 껄껄 웃으며 말했다.

"소형제의 말이 맞아. 염려를 해줘서 고맙네. 바로 거처를 옮기도록 하지."

목검성이 포권의 예를 취했다.

"진 총타주, 위 향주, 그리고 여러 친구들! 청산青山이 변치 않고 녹수綠水가 흐르는 한, 다음을 기약합시다."

목왕부 사람들이 떠난 후에 진근남이 말했다.

"소보야, 날 따라와라. 그동안 무공이 어느 정도 늘었는지 한번 확인해봐야겠다."

위소보는 가슴이 두근두근 방망이질을 했다. 안색도 변했으나 따르지 않을 수 없었다.

"아, 네! 네…."

그는 사부를 따라 동편에 있는 별실로 들어갔다.

"사부님, 황상께서 저더러 자객의 행방을 알아보라고 해서 속히 궁으로 돌아가 보고해야 합니다."

진근남이 물었다.

"자객의 행방이라니?"

그는 어젯밤에 도착해 자객에 관한 일을 그냥 대충 전해들었을 뿐이었다. 위소보는 목왕부 사람들이 오삼계에게 누명을 씌우기 위해 황궁에 잠입한 일을 얘기해주었다. 진근남은 숨을 들이켰다.

"그런 일이 있었군."

그는 온갖 풍파를 다 겪었지만 이 일의 내막을 전해듣고는 놀라지 않을 수 없었다.

"목왕부 친구들이 대거 황궁에 잠입하다니, 물론 담대하지만 좀 경솔했던 것 같구나. 난 그저 몇몇이 황제를 노리고 저지른 일인 줄 알았는데, 오삼계를 함정에 빠뜨리기 위해서였군. 네가 오입신 등을 구해줬는데 다시 궁으로 돌아가면 위험하지 않을까?"

위소보는 궁으로 돌아가도 그 일로 인해 위험을 당하지는 않을 것이었다. 하지만 딴에 영웅임을 과시하기 위해 허풍을 떨었다.

“저는 이미 몇몇을 죽여 모든 책임을 그들에게 떠넘기도록 조치를 취해놨습니다. 궁으로 돌아가도 당분간은 저를 의심하지 않을 겁니다. 사부님은 저더러 궁에서 기밀을 염탐하라고 분부하셨는데, 목왕부 사람들을 구한 것 때문에 돌아가지 않으면 사부님의 대업을 그르치게 되지 않겠어요?”

진근남은 심히 기뻐했다.

“그래, 목왕부는 우리 천지회 세력에 비해 상대가 안 되지만 우린 이제 목왕부와 굳은 언약을 했다. 그런 맹약을 맺은 것은 당왕과 계왕의 정통성을 놓고 서로 논쟁을 벌이는 것을 피하자는 뜻이다. 오랑캐를 섬멸하기도 전에 한인 동도끼리 아옹다옹 싸운다면 어떻게 대업을 이룰 수 있겠느냐? 그리고 만약 우리 천지회가 목왕부를 흡수할 수 있다면 힘이 배가될 것이다. 그런데 그들이 궁에 잠입해 소란을 피운 것을 보면, 오삼계를 제거하기 위해 그 어떤 수단과 방법도 마다하지 않겠다는 뜻이구나. 우리도 총력을 다 경주해야지. 그렇지 않고 자칫 선수를 빼앗기게 되면, 천지회가 목왕부에 예속될 텐데, 그럼 내가 무슨 면목으로 형제들을 대하겠느냐?”

위소보가 맞장구를 쳤다.

“그래요. 목왕부의 소공야는 좋은 아버지한테서 태어났을 뿐, 별다른 실력이 없어요. 저도 만약 그의 어머니 배를 빌려 태어났다면 역시 소공야가 되었겠죠. 하지만 사부님은 달라요. 사부님 같은 대영웅, 대호걸이 그의 명령에 따르게 된다면… 저는 아마… 속이 터져 죽을 겁니다!”

진근남은 평생 살아오면서 많은 사람들로부터 칭송을 받고, 아부도

들어왔다. 그런데 열댓 살 먹은 아이로부터 이런 진심이 담긴 말을 듣자, 입가에 절로 미소가 피어올랐다.

그는 위소보가 얼마나 영악한지 모르고 있었다. 위소보는 기루와 황궁에서 주로 살아왔다. 그 두 곳은 세상에서 가장 거짓이 난무하고 추악한 장소다. 위소보는 그런 곳에서의 생활이 이미 몸에 배어 일반 사람들보다 훨씬 더 영악했다. 진근남이 천지회에서 일상적으로 상대하는 사람들은 모두 허심탄회한 영웅호걸들이다. 그로서는 일개 어린 것이 이렇듯 솔직하지 못하고, 열 마디 가운데 절반 이상이 거짓말일 거라고는 아예 상상도 못할 일이었다.

그는 위소보의 어깨를 토닥거리며 미소를 지었다.

"어린것이 뭘 안다고 그러느냐? 목왕부 소공야가 왜 실력이 없다는 것이냐?"

위소보가 대답했다.

"그들은 사람을 궁으로 보내 부질없이 많은 희생자를 만들었을 뿐, 오삼계한테 아무런 손상도 주지 못했어요. 그게 바로 실력이 없는 거고, 아주 미련한 것 아니겠어요?"

진근남이 물었다.

"오삼계가 전혀 손상을 입지 않은 것을 어떻게 알지?"

위소보가 대답했다.

"목왕부의 소공야가 쓴 계책은 아주 우둔해요. 그는 궁으로 잠입시킨 자객들에게 '평서왕부'라고 새겨진 내의를 입게 하고, 자객들이 사용한 병기에도 '평서왕부'와 '대명산해관 총병부'라는 표기를 해놨어요. 오랑캐는 바보가 아니니 그것에 속을 리가 없죠. 만약 정말 오삼계가 보낸 자객이라면 왜 그런 표식을 남겼겠어요?"

진근남은 고개를 끄덕였다.

"그건 일리가 있는 말이구나."

위소보는 우쭐대며 말을 이었다.

"그리고 오삼계의 아들 오응웅은 황제께 진상할 금은보화를 잔뜩 갖고 지금 북경에 와 있어요. 오삼계가 정말 황제를 죽이려 했다면 왜 하필 지금 그런 미련한 짓을 하겠어요? 그리고 그가 황제를 죽인다 해도 무슨 득이 있겠어요? 황제를 죽여 자기가 황제가 되겠다고요? 그럼 관병은 바로 그의 아들을 잡아 죽일 텐데, 왜 아들을 죽게 만들려고 북경으로 보냈겠어요?"

진근남은 다시 고개를 끄덕였다.

"그렇구나!"

위소보는 비록 영리하고 임기응변에 빠르지만 나라의 대사와 세상 물정에 대해서는 아는 게 국한돼 있었다. 방금 약간 두서없이 말을 했지만, 그런 논리정연하고 사리에 맞는 유추를 해낼 실력이 있을 리 만무했다. 당연히 그것은 강희로부터 들은 이야기였다. 사부님 앞에서 마치 자신의 생각인 양 늘어놨을 뿐이다.

진근남은 그의 말을 듣고 어린 제자가 참으로 사리에 밝다고 생각했다. 천지회에 무공이 뛰어난 사람은 많지만 명석한 두뇌를 가진 사람은 많지 않았다. 애당초 그는 천지회 청목당이 향주 자리를 놓고 논쟁을 벌이기에 무마하는 의미에서, 맹세를 지키라는 명분을 내세워 일단 위소보를 그 자리에 앉혔다. 나중에 현능한 인물이 나오면 언제든지 위소보를 향주 자리에서 물러나게 할 생각이었다. 위소보는 자신의 제자니까 얼마든지 가능한 일이었다. 그런데 지금 그의 말을 듣고 생각을 달리했다.

'이 어린것은 배짱도 있고 생각도 깊어서 지금도 향주의 역할을 제법 잘하고 있는 것 같아. 몇 년만 더 단련시키면 다른 아홉 명의 향주보다 더 뛰어날 수도 있겠는걸.'

그는 위소보에게 물었다.

"그럼 오랑캐도 그런 사실을 알고 있느냐?"

위소보가 대답했다.

"지금은 모르지만 황제는 뭔가 의심하고 있는 것 같아요. 오늘 아침 시위들을 불러 자객들이 썼던 무공을 한번 시연해보라고 했어요. 그중 한 시위가 몇 초식을 시연하자 의론이 분분했어요. 저도 옆에서 지켜봤기 때문에 조금은 기억하고 있어요."

이어 그 횡소천군과 고산유수의 초식을 펼쳐 보였다.

진근남은 한숨을 내쉬었다.

"목왕부는 정말 인재가 없군. 그건 틀림없는 목가권이야. 궁에는 고수들이 많을 텐데 그걸 못 알아볼 리가 없지."

위소보가 말했다.

"저는 풍제중 대형이 현정 도인과 시연하는 것을 봤어요. 오랑캐 시위들 중에서도 당연히 알아보는 사람이 있겠죠. 그래서 관병이 들이닥칠까 봐 아까 목왕부 소공야더러 빨리 거처를 옮기라고 한 거예요."

진근남은 고개를 끄덕였다.

"그래, 아주 잘했다. 일단 궁으로 돌아가 다시 잘 알아보도록 해라. 내일 다시 오면 무공을 전수해주마."

위소보는 사부님이 무공 시험을 하지 않겠다는 말에 뛸 듯이 좋아하며 얼른 인사를 하고 자리를 떴다. 그리고 나름대로 생각을 굴렸다.

'오늘 밤에 소군주한테 부탁해 사부님의 무공 비급을 좀 읽어달라고 해야겠군. 그래야 사부님이 물으면 조금이라도 흉내를 낼 수가 있지. 좀 서툴다고 하겠지만 전혀 연마를 안 했다고 나무라진 않을 거야. 직접 가르쳐주지 않았으니, 이건 날 나무랄 일이 아니고 사부님의 책임이지!'

위소보는 궁으로 돌아와 바로 상서방으로 달려갔다. 강희는 상소문을 검토하고 있다가 그를 보자 바로 붓을 내려놓고 물었다.

"뭘 좀 알아낸 게 있느냐?"

위소보가 대답했다.

"황상의 예측은 역시 정확했습니다. 모반의 주역은 바로 운남 목왕부였어요."

강희는 기뻐했다.

"그게 정말이냐? 잘됐다. 다륭은 아직도 내 말을 믿지 않는 모양인데, 어떻게 알아냈지?"

위소보가 말했다.

"그 세 명의 자객은 끝끝내 오삼계의 사주를 받은 거라고 우겼어요. 다륭 총관은 그들을 초죽음이 되도록 문초했지만 절대 말을 바꾸지 않았죠."

강희가 고개를 끄덕였다.

"그래, 다륭은 무공이 고강하지만 지모가 좀 부족해."

위소보가 다시 말했다.

"저는 황상이 시키는 대로 몽한약으로 당직 시위들이 정신을 잃도록 만들었는데, 그때 태후께서 보낸 내관 네 명이 나타났어요. 태후마마의 명이니 당장 자객들을 처형하겠다는 거였죠. 그래서 황상의 계책대로 자객들이 보는 앞에서 그 네 명의 내관을 죽이고, 자객들을 궁 밖으로 데리고 나갔어요. 자객들은 전혀 의심을 하지 않더군요."

강희는 미소를 지었다.

"그렇지 않아도 좀 전에 태후마마가 보낸 내관이 자객을 놓아줬다는 전갈을 받았다. 이상하다고 생각했는데, 바로 네가 한 짓이었구나."

위소보가 다급하게 말했다.

"절대 태후마마께 말씀하시면 안 돼요. 그럼 제 목숨이 바로 달아날 겁니다. 그렇지 않아도 태후마마께 호되게 야단맞았어요. 제가 황상한테만 충성하고 당신한테는 별로 충성을 하지 않는다고요. 솔직히 말해서 황상이나 태후마마가 무슨 구분이 있겠어요? 더군다나 하늘엔 해가 두 개 있을 수 없고, 백성들에겐 두 명의 군주가 있을 수 없잖아요? 오로지 황상의 성지를 따라야 하는 게 당연하죠. 태후마마께서 황상의 의견도 묻지 않고 사람을 시켜 자객을 죽이라고 시킨 건 도리에 맞지 않아요."

강희는 그의 이간질에 아랑곳하지 않고 말했다.

"태후께 아무 말도 하지 않으마. 그래, 그 세 명의 자객은 어찌 되었느냐?"

위소보가 대답했다.

"제가 그들을 데리고 궐 밖으로 나가자 세 사람은 스스로 이름을 밝혔어요. 한 사람은 '요두사자' 오입신이고, 나머지 두 사람은 오표와 유일주라고 하더군요. 그들은 저한테 감쪽같이 속아서는 천만번 감사 인사를 하더니, 자기네 주인에게 저를 안내해줬어요. 역시 황상께서 예측한 대로, 배후의 주모자는 젊은이인데 다들 그를 소공야라고 칭했어요. 진짜 이름은 목검성이고요. 바로 목천파의 아들이래요. 그의 부하 중에 무공이 아주 높은 영감이 있는데, 그 무슨 '철배창룡' 유대홍이라 하고, '성수거사' 소강과 백씨쌍목 중 둘째인 백한풍 등도 있었어요. 그들이 살고 있는 곳은 양류 골목과 남두아 골목, 두 군데예요."

강희가 물었다.

"그들을 다 만나봤다는 거냐?"

위소보가 다시 대답했다.

"네, 다 만나봤어요. 그들은 황상이 비록 나이는 어리지만 성명무비聖明無比하고 수천 년을 통틀어 찾아보기 드문 성군이라는 것을, 천하가 다 알고 있다고 말했어요. 자기네들은 아무리 무엄해도 감히 황상을 해칠 생각은 하지 못한대요. 단지 오삼계를 모함하기 위해 궁으로 가짜 자객들을 침투시킨 거라고, 오삼계가 목천파를 죽였기 때문에 복수하는 거라고 하더군요."

위소보의 아첨은 좀 지나친 면이 없지 않았다. 강희가 친정親政을 한 지 얼마 되지 않아 백성들로부터 그런 칭송을 받을 리가 없다. 그러나 사람은 누구나 아첨에 약하기 마련이다. 강희는 백성들이 자기를 수천 년을 통틀어 찾아보기 드문 성군으로 칭송한다는 말을 듣자, 기분이 매우 좋았다. 그는 웃으면서 말했다.

"내가 백성들에게 무슨 큰 혜택을 주는 선정善政을 베푼 일도 별로 없는데 '성명무비'라니, 네가 너무 과장해서 말하는 게 아니냐?"

위소보는 딱 잡아뗐다.

"아, 아녜요! 그들이 분명 그렇게 말했어요. 다들 오배 그 간신이 그동안 많은 횡포를 부려 백성들이 뼛속 깊이 미워했는데, 황상께서 그를 제거해 얼마나 속이 후련한지 모르겠대요. 그리고 다들 황상이 그 무슨 요술이니 어탕에 비견된다고 야단이에요. 저는 무슨 뜻인지 잘 모르지만 아무튼 좋은 말 같아서 기분이 좋았어요."

강희는 처음엔 멍해졌으나 곧 무슨 뜻인지 깨닫고 깔깔 웃었다.

"이제 보니 요순우탕堯舜禹湯이구먼! 무슨 '요술어탕'이라고?"

요순우탕은 선정을 베풀었던 요임금과 순임금, 우왕, 탕왕을 칭송하는 말이다. 강희는 그 칭송도 너무 과분하다고 느꼈지만, 위소보가 그런 말까지 꾸며내지는 못할 거라고 생각해 의심하지 않았다. 그런데 사실 위소보는 설화 선생으로부터 《영렬전》 고사를 들으며 신하들이 명 태조 주원장을 요순우탕이라고 칭송했다는 얘기를 숱하게 들어 잘 기억하고 있었다. 무슨 뜻인지 깊이는 알지 못했지만 아무튼 신하들이 '요술어탕'이라고 하면 명 태조는 늘 용안대소龍顏大笑했다고 했다. 그러니 그게 황제에게 아첨하는 말이라는 걸 미루어 짐작했다.

위소보가 지금 그 말을 소황제에게 쓰자 역시 용안대소하니, 알랑방귀가 정확히 들어맞았다는 것을 알아차렸다. 그래서 넌지시 물었다.

"황상, '요술어탕'이 무슨 뜻인가요? 무엇으로 만든 탕인데요?"

강희가 웃으며 말했다.

"아직도 그 무슨 '요술어탕'이냐? 정말 공부 좀 해야겠다. 요순우탕은 상고 때 네 명의 현군을 지칭하는 말이다. 영명하고 지혜로우며 인덕仁德으로 천하를 다스린 훌륭한 황제들이야."

위소보는 좋아했다.

"어쩐지, 어쩐지! 그 역도들이 사리를 전혀 모르는 건 아니군요!"

강희가 말했다.

"그래도 그들이 달아나게 내버려둘 순 없지. 어서 가서 다륭을 들라 해라!"

위소보는 대답을 하고 밖으로 나가 다륭을 상서방으로 불러들였다.

강희가 그에게 분부했다.

"역도들은 역시 운남 목왕부 일당이오. 시위들을 이끌고 가서 모조리 체포하시오. 소계자, 역도들 중에 어떤 사람이 있는지 다륭 총관에게 말해줘라."

위소보는 목검성, 유대홍 등의 이름을 가르쳐주었다.

다륭은 몹시 놀라는 눈치였다.

"이제 보니 '철배창룡'이 배후에서 사주했군요. 강호에 이름이 널리 알려진 놈입니다. 그 '요두사자' 오입신도 이름을 들어봤습니다. 궁에 며칠 잡아뒀는데도 그의 정체를 알아내지 못했네요. 소신이 좀 더 세심하게 살펴봤더라면 그가 계속 고개를 흔드는 것을 보고 알아차릴 수 있었을 텐데… 황상의 영명하신 판단이 아니었다면 저희 시위들은 모두 오삼계의 부하들이라고 생각했을 겁니다."

강희는 미소를 지으며 말했다.

"지금쯤은 아마 다들 도주했을 테니 체포하기가 쉽지 않겠죠."

약간 멈칫하더니 말을 이었다.

"주모자가 누군지 알아냈으니 차후에도 다시 잡을 수 있을 거요. 그들에게 속지 않고 진실을 밝혀냈다는 게 중요해요!"

다릉이 황급히 대답했다.

"네, 네! 소신이 어리석었습니다. 황상께서 영명하신 은덕입니다. 하마터면 큰일 날 뻔했습니다."

그러고는 큰절을 올리고 역도들을 잡으러 가기 위해 물러났다.

강희가 위소보에게 말했다.

"소계자, 자령궁에 문안을 가려 하니 너도 따라와라."

위소보는 거절할 수 없었다.

"네!"

태후를 생각하니 등에서 식은땀이 흘렀다.

강희가 물었다.

"왜 그리 울상이냐? 네 목을 보존하기 위해 태후마마께 데려가는 것이다."

위소보는 대답할밖에!

"아, 네! 네…."

자령궁에 도착해 강희는 문안을 올리고 자객의 정체를 알렸다. 그리고 진상을 밝혀내기 위해 자신이 일부러 소계자를 시켜 자객들을 놓아줬다고 말했다.

태후는 위소보를 바라보며 미소를 지었다.

"소계자, 아주 잘했다."

위소보는 무릎을 꿇고 다시 큰절을 올렸다.

"모든 게 황상의 영명하신 판단 덕분입니다. 소인은 그저 황상의 분부에 따라 일을 했을 뿐입니다. 소인이 하는 일은 처음부터 끝까지 다

황명에 따른 것이며, 저 자신의 생각은 전혀 없습니다."

태후는 코웃음을 날렸다.

"네가 천방지축으로 날뛰는 것은 황상이 분부한 게 아니겠지. 조그만 것이 노는 걸 좋아해 출궁해서 쏘다니며 천교에도 갔겠지? 빙당도 사먹었느냐?"

위소보는 관병들이 천교에서 빙당장수들을 잡아들이는 것을 보았다. 다 태후가 명령한 일이 분명했다. 빙당장수 중 누군가 서동과 연락을 취해 오대산에 소식을 전할까 봐 무조건 다 잡아들인 것이다. 틀림없이 무조건 다 죽여버렸을 것이었다. 태후의 악랄한 수법을 생각하니 등줄기가 오싹했다.

위소보는 무턱대고 고개를 끄덕였다.

"아, 네! 네…."

태후는 빙긋이 웃으며 다시 물었다.

"빙당을 사먹었는지 물었다."

위소보는 머리를 굴리며 대답했다.

"네, 태후마마께 아룁니다. 소인은 요즘 천교가 어수선하다고 들었습니다. 관아에서 빙당 파는 사람들을 모조리 다 잡아들였다고 하더군요. 그들 중에 역도들이 많다고 했어요. 그래서 빙당 팔던 사람들은 이젠 빙당 대신 다른 것을 팔기로 했답니다. 찰떡을 팔거나 땅콩을 팔고, 대추엿도 팔고, 호떡도 판대요. 그런 것 말고도 파는 게 많은가 봐요. 그 장사치들은 대부분 소인과 다 안면이 있어요. 다시는 빙당을 팔지 않겠다고 치를 떨더군요. 그리고 우습게도 한 사람은 요즘 천교에서 장사가 잘 안 된다면서 야채만두를 만들어 그 무슨 오대산인가 육

태산으로 가서 중들한테 팔아보겠다고 하더군요."

태후는 눈꼬리가 치켜올라가며 화난 표정이 역력했다. 위소보가 한 말은 속셈이 뻔했다. 자기와 연락을 주고받을 사람은 아직 안 붙잡혔고, 앞으로도 절대 잡히지 않을 거라는 암시였다.

태후는 애써 노여움을 감추고 가볍게 냉소를 날렸다.

"그래, 좋아! 넌 아주 똑똑하고 일도 잘하는 것 같구나. 황상, 저 아이를 내 곁에 두고 싶은데… 어떻게 생각해요?"

강희는 위소보를 많이 의지해왔다. 가장 믿을 만하고 일을 시키면 척척 잘해내니, 그야말로 수족처럼 부렸다. 이번에 자령궁에 데려온 것도 위소보를 위해서였다. 그가 내관 네 명을 죽인 것은 자기가 시킨 일이니 태후더러 위소보를 나무라지 말라고 청하려고 한 것이다. 그런데 난데없이 위소보를 곁에 두겠다고 하니 순간적으로 멍해졌다.

강희는 효심이 깊었다. 태후는 비록 친모가 아니지만, 어려서부터 그녀의 손에 자라왔기 때문에 생모나 다름이 없었다. 그런 태후의 부탁이니 감히 거역할 수가 없어, 미소를 지으며 위소보에게 말했다.

"소계자, 태후마마께서 널 아주 잘 보신 것 같다. 어서 성은에 감사를 드려야지."

위소보는 자신을 곁에 두겠다는 태후의 말에 너무 놀라 혼비백산했다. 그는 어찌할 바를 몰랐다. 냅다 도망쳐서 다신 궁으로 돌아오지 말아야겠다고 생각했지만, 지금은 그럴 수도 없는 상황이었다. 강희의 말을 듣고는 그저 대답할밖에!

"아, 네! 네…."

그러고는 연신 큰절을 올렸다.

"태후마마의 은전에 감사드립니다, 감사합니다."

그의 어정쩡한 태도를 보고 태후가 코웃음을 쳤다.

"왜 그러느냐? 넌 황상만 모시고 싶고, 날 모시기는 싫다는 거냐?"

위소보가 다급하게 대답했다.

"아닙니다. 황상을 모시는 것과 태후마마를 모시는 것은 다 똑같습니다. 분부에 따라 충성을 다할 겁니다."

태후는 고개를 끄덕였다.

"그래야지! 어선방의 일도 그만두고 앞으로는 자령궁에서 오직 내 시중만 들도록 해라."

위소보는 선택의 여지가 없었다.

"아, 네! 네… 은전에 감사드립니다."

강희는 태후가 위소보를 달라고 하자, 내색은 하지 않았지만 기분이 썩 좋지 않았다. 그래서 몇 마디 한담을 나누고는 바로 작별을 고했다. 위소보가 강희의 뒤를 따라가려 하자 태후가 소리쳤다.

"소계자, 넌 여기 남아라. 다른 내관이 황상을 모실 거야. 너에게 시킬 일이 있다."

위소보는 걸음을 멈췄다.

"네…."

그는 자령궁을 빠져나가는 강희의 뒷모습을 멍하니 바라보았다.

'황상이 이대로 떠나면 큰일인데! 어쩌면 앞으로 다신 황상을 보지 못할지도 몰라….'

소리 내어 엉엉 울고 싶었다.

태후는 천천히 차를 마시며 위소보의 아래위를 계속 훑어보았다. 위소보는 그녀의 눈길을 의식하며 등줄기가 오싹해졌다.

한참 후에야 태후가 입을 열어 물었다.

"그 오대산으로 야채만두를 팔러 갔다는 사람은 언제 북경으로 돌아오지?"

위소보가 대답했다.

"소인은 잘 몰라요."

태후가 다시 물었다.

"그럼 넌 언제 그를 만나기로 했느냐?"

위소보가 둘러댔다.

"소인은 그와 한 달 후에 만나기로 약속했습니다. 하지만 장소는 천교가 아니에요."

태후가 다시 눈꼬리를 치켜세웠다.

"그럼 어디지?"

위소보가 다시 대답했다.

"그건… 그쪽에서 때가 되면 연락 방법을 알려온다고 했습니다."

태후는 고개를 끄덕였다.

"그럼 그에게서 연락이 올 때까지 자령궁에서 기다려라."

그러면서 가볍게 손뼉을 치자 안쪽에서 궁녀 한 명이 걸어나왔다. 나이가 서른대여섯쯤 돼 보였다. 몸집이 아주 뚱뚱한 데 반해 걸음은 아주 사뿐사뿐했다. 보름달만 한 얼굴에 눈은 작고 입은 컸다. 그녀는 입을 샐쭉샐쭉, 생글생글 웃으며 태후한테 인사를 올렸다.

태후가 그녀에게 말했다.

"이 어린 내관은 소계자라고 하는데, 겁도 없고 짓궂은 짓을 잘한다. 그래도 난 얠 좋아해."

궁녀가 웃으며 말했다.

"네, 아주 똘망똘망하게 생겼네요. 소형제, 내 이름은 유연柳燕이라고 해. 그냥 누나라고 불러."

위소보는 속으로 욕을 했다.

'빌어먹을! 무슨 누나야, 꿀돼지지!'

겉으론 내색하지 않고 웃으며 말했다.

"네, 유연 누나. 이름이 참 예쁘네요. 아주 잘 지었어요. 유柳씨라서 그런지 허리가 버들가지처럼 하늘하늘하고, 이름이 연燕이니 제비처럼 귀여워요."

다른 궁녀나 내관이라면 태후 면전에서 감히 이런 경박한 말을 할 엄두도 내지 못한다. 그러나 위소보는 어차피 이판사판이었다. 경박한 말을 해도 그만, 안 해도 그만이니, 안 하면 괜히 손해라고 생각했다.

유연은 생긋이 웃었다.

"어이구, 어린것이 입은 아주 달콤하네."

태후가 그녀의 말을 받았다.

"입만 달콤한 게 아니라 다리도 아주 빠르단다. 유연아, 재가 궁에서 이리저리 들쑤시고 다니지 못하게 할, 무슨 좋은 방법이 없을까?"

유연이 대답했다.

"저한테 맡겨주시면 단속을 잘하겠습니다."

태후는 고개를 내둘렀다.

"저 생쥐 같은 녀석은 워낙 날쌔서 아무리 단속을 해도 소용없을 거야. 내가 서동을 보냈더니 감언이설로 겁을 줘서 쫓아버렸고, 내관 네 명을 보냈더니 시위들과 내통해 죽여버렸어. 그리고 다시 동금괴 등 심복 넷을 보냈는데, 또 해치고 말았지."

유연은 연신 쯧쯧 혀를 차며 빙긋이 웃었다.

"어이구… 소형제, 이제 보니 아주 장난꾸러기군. 태후마마, 그의 다리를 부러뜨려 누워 있게 만들면 얌전해지지 않을까요?"

태후는 한숨을 내쉬었다.

"그래, 그 수밖에 없을 것 같구나."

위소보는 몸을 일으켜 냅다 밖으로 도망쳤다. 하지만 그의 발이 문지방에 닿자마자 갑자기 두피가 따끔해졌다. 변발辮髮을 잡히고 만 것이다. 이어 머리가 뒤로 젖혀지며 그 자리에 자빠졌다. 그리고 다음 순간 가슴에 통증이 느껴졌다. 발 하나가 그의 가슴을 짓밟은 것이다. 그 발은 큼지막하고, 금색 꽃이 수놓인 빨간 신을 신고 있었다. 보나마나 유연의 발이었다.

위소보는 다급한 나머지 욕이 튀어나왔다.

"야, 이 썩을 년아! 냄새나는 발 치우지 못해?"

유연이 발에 힘을 약간 주자, 위소보는 가슴뼈가 으스러지는 것 같았다. 숨조차 제대로 쉴 수 없었다.

유연의 음성이 들려왔다.

"소형제, 네 발은 냄새가 나지 않고 향기로울 것 같은데, 잘라서 한번 맡아볼게."

위소보는 사태를 정확히 파악해야만 했다. 태후는 자기를 뼛속 깊이 미워하고 있어 다리를 자르는 것쯤은 아무것도 아니었다. 자기가 걷지 못해도 사람을 시켜 들고서, 그 서동과 연락을 취할 사람을 만나러 가도록 할 것이었다. 그리고 암암리에 심복을 시켜 그 사람을 미행해 오대산으로 가서 서동을 죽이려 하겠지. 하지만 이 세상에 서동이란 존재는 없으니, 결국 모든 거짓말이 탄로나고 말 터였다.

위소보는 지금 가장 중요한 일은 우선 다리를 보전하는 거라고 생각했다. 아무리 두려워해도 소용없다. 마지막 수를 시도하는 수밖에! 그는 냉랭하게 소리쳤다.

"태후마마, 내 다리를 잘라도 좋아요. 다리뿐만 아니라 머리를 자른다고 해봤자 몸길이가 조금 줄어들기밖에 더하겠어요? 하지만 아깝게도 그《사십이장경》은… 흐흐… 흐흐…."

태후는 '사십이장경'이란 말을 듣자 자리에서 벌떡 일어났다.

"방금 뭐라고 했느냐?"

위소보는 힘주어 말했다.

"그 몇 부의《사십이장경》이 너무 아깝다고요."

태후가 유연에게 분부했다.

"그를 놔줘라."

유연은 위소보의 가슴을 밟고 있던 발을 뗐다. 그러고는 등 뒤로 발을 집어넣어 살짝 걷어올리자, 위소보의 몸이 허공으로 붕 떠올랐다. 유연은 잽싸게 그의 뒷덜미를 낚아채 쿵 하고 바닥에 내려놓았다. 위소보는 전혀 반항할 힘이 없었다. '썩을 년'이란 욕이 입 밖으로 튀어나오려 했는데, 너무 놀라 다시 삼켜버렸다.

태후가 물었다.

"그 '사십이장경'이란 말을 누구한테 들은 것이냐?"

위소보가 대답했다.

"내 다리를 잘라버리겠다는데 왜 대답을 해야 하나요? 그냥 서로 퉁칩시다! 난 다리와 머리가 달아나고, 태후마마는《사십이장경》이 없어지면 서로 피장파장이죠!"

유연이 나섰다.

"태후마마께서 묻는 말에 순순히 대답하는 게 좋을 거야."

위소보는 고집을 부렸다.

"대답해도 죽고 안 해도 죽을 텐데, 너 같으면 대답을 하겠냐? 기껏 해야 고문을 더 하겠지! 난 겁나지 않아!"

유연은 그의 왼손을 잡고 웃으며 말했다.

"소형제, 손가락이 길고 제법 예쁘게 생겼네."

위소보는 그녀의 협박에 굴하지 않았다.

"그래, 기껏 해봤자 내 손가락을 부러뜨리겠지. 나도 다 알고 있어! 그게 뭐…?"

말을 채 맺기도 전에 손가락에 극심한 통증이 느껴졌다.

"으악!"

절로 비명이 나왔다. 유연이 그의 식지를 집은 두 손가락에 살짝 힘을 주자 손가락뼈가 으스러지는 것 같았다. 이 뚱뚱한 여자는 다정다감하게 웃으며 말하지만 악랄하기 짝이 없었다. 그리고 손가락 힘이 어찌나 센지 살짝만 힘을 가해도 마치 쇠집게로 꽉 집는 것 같았다.

위소보는 이번엔 고통이 너무 심해서 견딜 수 없었다. 그는 눈물을 흘리며 소리쳤다.

"태후마마, 어서 날 죽여줘요! 그럼《사십이장경》은 닭이 울어요!"

'닭이 운다'는 말은 '날 샜다'는 뜻이었다.

태후가 그를 회유했다.

"그 《사십이장경》에 관해 솔직히 다 털어놓으면 네 목숨만은 살려주마."

위소보는 막무가내였다.

"목숨을 살려주지 않아도 돼요. 《사십이장경》에 대해선 절대 말할 수 없어요!"

태후는 눈살을 찌푸렸다. 어린것이 계속 고집을 부리니 어쩔 도리가 없었다. 그녀는 잠시 숨을 돌리고 나서 느긋하게 말했다.

"유연아, 계속 말을 하지 않으면 눈알을 빼버려야겠구나."

유연은 웃었다.

"그게 좋겠네요. 우선 한쪽 눈부터 빼버리겠습니다. 소형제, 눈깔이 새까맣고 동글동글한 게 아주 예쁘게 생겼네. 후벼내서 손바닥에 놓으면 또르르 구를 것 같아. 하지만 눈알이 없으면 좀 보기가 흉하겠지."

그러면서 오른손 엄지로 그의 눈까풀을 누르며 살짝 힘을 주었다.

위소보는 극심한 아픔을 견딜 수 없어 소리를 지르고 말았다.

"항복! 항복! 말할 테니 눈알을 뽑지 마!"

유연은 그의 눈에서 손가락을 거두며 미소를 지었다.

"그래야 착한 아이지. 순순히 말하면 태후마마께서 귀여워해주실 거야."

위소보는 손등으로 아픈 눈을 비비더니 다른 한쪽 눈을 감고 고개를 갸웃거리며 유연을 잠시 쳐다보았다. 그러고는 고개를 절레절레 흔들며 말했다.

"아니야, 이상해…."

유연이 물었다.

"뭐가 이상하다는 거냐? 엉뚱한 수작 부릴 생각 말고 태후마마께서 묻는 말에나 솔직히 대답해라."

위소보가 말했다.

"내 눈이 눌리는 바람에 뭐가 잘못됐나 봐. 보이는 게 다 이상해. 누나의 몸은 그대론데, 모가지 위에 왜 돼지 대가리가 얹혀져 있지?"

유연은 화를 내지 않고 헤벌쭉 웃었다.

"그거 재미있네. 남은 한쪽 눈마저 꽉 눌러줄까?"

위소보는 깜짝 놀라 뒤로 한 걸음 물러났다.

"관둬! 성의는 고맙지만 사양하겠어!"

그는 왼쪽 눈을 감고 태후를 쳐다보면서 다시 고개를 절레절레 흔들었다. 그리고 아무 말도 하지 않았다.

태후는 그의 속셈을 알고 머리끝까지 화가 치밀었다.

'저 생쥐 같은 녀석은 한쪽 눈을 감고 유연을 쳐다보면서 목 위에 돼지 대가리가 얹혀져 있다고 하더니, 지금 똑같이 날 쳐다보네! 말은 하지 않지만 속으론 분명 욕을 하고 있을 거야. 내 목 위에도 짐승 대가리가 있다고….'

그녀는 냉랭하게 말했다.

"유연아, 눈알을 이리저리 굴리지 못하게 아예 다 파버려라!"

위소보가 얼른 말했다.

"눈이 없으면 어떻게《사십이장경》을 가지러 가죠?"

태후가 물었다.

"그럼《사십이장경》을 갖고 있다는 것이냐? 그게 어디서 났지?"

위소보가 대답했다.

"서동이 준 거예요. 나더러 아주 은밀한 곳에 숨겨 잘 간수하라더군요. 그리고 이렇게 말했어요. '소계자 형제, 황궁에는 널 해치려는 사람이 많아. 만약 나중에 누가 네 눈을 후벼파거나 다릴 부러뜨린다면, 이 경전도 영원히 빛을 보지 못하게 해. 그럼 너를 해친 사람은 설령 눈깔이 붙어 있다고 해도 역시 경전을 보지 못할 거야. 눈이 없는 사람과 무슨 차이가 있겠어? 그게 바로 자업자득이라는 거야!' 아, 글쎄 그러지 뭐예요! 태후마마, 그 경전의 겉장은 붉은 비단 바탕에 흰 테두리가 둘러져 있던데, 맞나요?"

태후는 서동이 위소보에게 그런 말을 했다고는 믿어지지 않았다. 그러나 서동을 시켜 종인부의 양홍기 기주인 화찰박을 죽이고, 그가 집에 숨겨놓은《사십이장경》을 겨져오라고 한 것은 사실이었다. 그날 서동이 돌아왔으나, 위소보를 죽여 입을 봉하는 일이 시급해 미처 보고를 받을 겨를이 없었다. 지금 위소보의 말을 듣자 화가 치밀면서도 한편으로는 내심 기뻤다. 서동이 경전을 이 녀석에게 내줬다는 것이 화가 났지만, 잃었던 경전을 다시 찾을 수 있다는 희망에 기뻐하며 그녀가 말했다.

"그렇다면 유연아, 네가 이 생쥐 같은 녀석을 따라가서 경전을 찾아오도록 해라. 만약 경전이 진짜라면 녀석의 목숨을 살려서 황상께 보내자. 녀석을 보기만 해도 울화가 치미니 다시는 자령궁에 얼씬도 못하게 할 거야."

유연이 위소보의 손을 잡고 웃으며 말했다.

"소형제, 어서 가자고!"

위소보는 그녀의 손을 뿌리치며 퉁명스럽게 말했다.

"난 남자고 넌 여잔데, 남사스럽게 손을 잡고 뭐 하는 짓거리야?"

유연은 그의 손을 살짝 잡았을 뿐인데 마치 아교가 묻은 듯 점성이 강해 뿌리쳐도 떨어지지 않았다. 유연이 여전히 웃으며 말했다.

"넌 내시인데 남자랄 수 있겠니? 설령 진정한 사내라고 해도 너같이 쪼끄만 녀석은 내 아들 또래밖에 안 돼!"

위소보가 말했다.

"그래? 내 엄마가 되고 싶다는 거야? 맞아! 아무리 봐도 내 엄마랑 똑같아!"

유연은 그가 자기를 창녀라고 에둘러 욕하는 줄은 꿈에도 생각지 못했다. 그녀는 코웃음을 치며 말했다.

"난 어엿한 규방의 규수야. 허튼소리 하지 마!"

그러면서 위소보의 손을 잡아끌고 밖으로 나갔다.

회랑에 이르자 위소보는 마음이 어지러웠다. 무슨 묘책을 써서라도 유연의 손아귀에서 벗어나야 한다. 그 비수가 아무리 예리해도 신발 속에 있으니 뽑으려고 하면 바로 발각될 것이었다. 이 여인의 무공은 엄청 고강해 설령 자기 양손에 비수가 있다고 해도 결코 몇 수를 겨루지 못하고 바로 제압당할 게 뻔했다. 속으로 시부렁댈밖에.

'제기랄, 어디서 이런 똥돼지가 기어나왔지? 전노본은 뭐 보낼 게 없어서 하필이면 살이 뛰룩뛰룩 찐 돼지를 보내준 거야? 그 바람에 재수 옴 붙은 거야! 늙은 화냥년과 개뼈다귀가 싸울 때 이 암퇘지는 자령궁에 없었을 거야. 있었다면 바로 나타나서 화냥년을 도와 개뼈다귀를 죽였겠지. 이 암퇘지는 최근에 궁에 들어온 게 분명해. 아니면 화냥년이 직접 나설 필요 없이 이 암퇘지를 시켜 날 죽이려 했겠지!'

생각이 여기에 미치자 한 가지 꼼수가 떠올랐다. 그는 동쪽으로 방향을 꺾어 건청궁 옆 상서방으로 걸어갔다. 현재로선 강희가 나서야만 목숨을 부지할 수 있을 것이었다. 이 암퇘지는 입궐한 지 얼마 되지 않아 길을 잘 모를 거라고 생각했다.

그런데 동쪽으로 걸음을 내딛자 바로 뒷덜미가 조여왔다. 유연한테 붙잡힌 것이다. 그녀는 히죽 웃으며 말했다.

"소형제, 어딜 가는 거야?"

위소보는 시치미를 뗐다.

"경전을 가지러 내 거처로 가잖아!"

유연이 말했다.

"한데 왜 상서방으로 가지? 황상이 널 구해주길 바라는 거냐?"

위소보는 절로 욕이 터져나왔다.

"이 더러운 꿀돼지야, 궁의 지리를 제법 잘 알고 있구나!"

유연은 능청스럽게 말했다.

"다른 길은 잘 몰라도 건청궁, 자령궁, 그리고 네가 사는 거처는 분명하게 알고 있어."

그녀는 손에 힘을 주어 위소보의 몸을 서쪽으로 비틀었다.

"까불지 말고 어서 제대로 가!"

말투는 부드러웠지만 몸을 비트는 힘은 엄청났다.

"으악!"

위소보는 목이 부러지는 줄 알고 비명을 질렀다.

앞쪽 저 멀리 있던 내관 두 명이 비명 소리를 듣고 고개를 돌렸다. 그러자 유연이 나직이 말했다.

"조용히 해. 달아나거나 소릴 지르면 바로 죽여버리라는 태후마마의 분부가 있었어."

위소보는 어쩔 재간이 없었다. 설령 소리를 질러 황제한테 도움을 청한다고 해도 소용이 없을 것 같았다. 황제는 모후의 명을 거역할 리가 없다. 물론 자기한테 잘해주지만, 일개 어린 내시 때문에 어머니의 노여움을 살 일은 하지 않을 것이다. 가장 좋기로는 시위들을 만나는 것이었다. 어떻게 해서든지 그들을 꼬드겨서 유연을 죽이도록 만들어야 한다. 그때 옆구리가 따끔했다. 유연이 확 찌른 것이다. 그녀의 음성이 들려왔다.

"또 무슨 허튼수작을 부리려는 거냐?"

위소보는 어쩔 수 없이 자신의 거처로 걸음을 옮기면서 속으로 궁리를 했다.

'방으로 들어가면 도와줄 사람이 둘 있긴 한데, 다들 부상을 입었어. 셋이 합세해도 아마 이 암퇘지를 당해내지 못할 거야. 두 사람까지 발각돼 괜히 목숨만 잃게 되겠지.'

문밖에 이르러 그는 자물쇠를 열면서 일부러 열쇠와 자물쇠를 세게 부딪쳐 소리를 요란하게 냈다. 그리고 음성을 높였다.

"이 썩은 냄새 나는 암퇘지야! 이런 식으로 날 괴롭히면 언젠가는 피똥을 싸며 죽게 될 거야!"

유연은 웃었다.

"글쎄, 남이야 어떻게 죽든 신경 쓰지 말고, 네 목숨을 어떻게 부지할 건지나 걱정해."

위소보는 문을 발로 '쾅!' 걷어차면서 말했다.

"그 경전을 태후한테 내주든 내주지 않든 넌 나를 죽일 거야! 목숨을 부지할 생각을 하라고? 내가 바본 줄 아냐?"

유연이 말했다.

"태후는 널 살려준다고 했어. 기껏해야 눈알을 빼버리거나 다리를 부러뜨리겠지!"

위소보는 악을 썼다.

"그럼 태후가 널 가만 놔둘 것 같냐? 날 죽이고 나면 입을 봉하기 위해 당연히 너도 죽일 거야!"

이 말이 미련한 유연의 정곡을 확 찔렀다. 그녀는 순간 흠칫하더니 위소보의 등을 팍 떠밀었다. 그 바람에 위소보는 안으로 처박히듯 밀려들어갔다. 그는 자기가 밖에서 한 말을 소군주랑 방이가 들었을 거라고 믿었다. 흉악한 적이 나타났으니 분명 이불 속에 숨어서 숨도 제대로 내쉬지 못할 것이었다.

유연이 애써 웃으면서 말했다.

"시간을 더 이상 지체할 수 없어. 어서 경전을 내놔라!"

다시 그의 등을 힘껏 떠밀었다. 위소보는 비칠거리면서 방 안으로 밀려들어갔다. 유연이 바로 뒤따라 들어왔다.

위소보가 힐끗 살펴보니, 침상 앞에 여자 신발 두 쌍이 놓여 있었다. 지금은 날이 어두웠고 방에 불을 밝히지 않아 유연은 그것을 발견하지 못했다.

위소보는 내심 당황했다.

'아뿔싸!'

그는 앞으로 밀려나가면서 신발을 침상 밑으로 밀어넣고 자신도 침상 밑으로 쏙 파고들었다. 머릿속으로는 잽싸게 생각을 굴렸다. 지난번 서동을 죽일 때처럼 이 암퇘지를 처치하겠다고 마음먹었다. 그래서 침상 밑으로 기어들어가자마자 몸을 돌려 오른손으로 비수를 뽑으려는데… 웬걸! 오른쪽 발목이 조여왔다. 유연에게 발목을 잡힌 것이다. 그녀의 호통 소리가 들려왔다.

"뭐 하는 짓이냐?"

위소보가 대꾸했다.

"경전이 침상 밑에 있어!"

유연은 그의 말을 믿었다.

"좋아!"

그녀는 위소보가 절대 달아나지 못할 거라고 생각해 발목을 놓아주었다. 위소보는 몸을 웅크리면서 비수를 뽑아쥐었다. 순간 유연의 호통이 터졌다.

"빨리 내놔!"

위소보가 소리쳤다.

"아! 쥐가 있나 봐! 어이구… 큰일 났어! 쥐가 책을 다 갉아먹었어!"

유연이 다그쳤다.

"수작을 부려봤자 소용없어! 어서 이리 내놔!"

그녀는 침상 밑으로 손을 집어넣어 위소보를 잡으려 했지만 허탕이었다. 위소보가 침상 구석 쪽으로 몸을 옮겼기 때문이다. 유연은 열이 받쳐 상반신을 숙여 침상 밑으로 기어들어가면서 다시 손을 막 휘저었다. 위소보는 비수를 꼿꼿이 세워 뻗어냈다. 그 칼날이 유연의 손등에 닿는 순간, 유연의 반응은 신속하기 짝이 없었다. 바로 손을 뒤집어 위소보의 손목을 낚아잡았다. 위소보는 전혀 힘을 쓸 수 없어 비수를 놓치고 말았다.

유연이 웃으며 말했다.

"날 죽이려고? 우선 네 눈을 후벼파버리겠다!"

그녀는 오른손으로 위소보의 목을 조이며 왼손으로는 정말 눈을 후벼파려 했다.

위소보는 소리를 질렀다.

"뱀이다!"

유연은 놀라 소리쳤다.

"뭐라고?"

그러더니 갑자기 비명을 내질렀다.

"으악!"

위소보의 목을 조이던 손이 풀렸다. 그리고 몸을 꿈틀거리더니 축 늘어졌다. 위소보는 깜짝 놀라 침상 밑에서 기어나왔다.

목검병의 음성이 들렸다.

"저… 다치지 않았어?"

위소보가 휘장을 젖혀보니, 방이가 침상에 앉아 두 손으로 검자루를 움켜쥔 채 숨을 몰아쉬고 있었다. 그녀가 쥐고 있는 검이 침상에 깔려 있는 이불을 꿰뚫고 아래로 관통해, 이불 위로는 자루만 보였다. 위기일발의 순간, 검을 들어 정확히 유연의 등을 찌른 것이다.

위소보가 유연의 엉덩이를 걷어찼지만, 그녀는 꼼짝도 하지 않았다.

죽은 게 분명했다. 위소보는 뛸 듯이 기뻐하며 말했다.

"예… 예쁜 누님이 날 살려줬군!"

유연의 무공 정도면 방이가 설령 어둠 속에서 기습을 했다고 해도 뜻을 이루지 못했을 것이다. 그러나 유연은 방 안에 다른 사람이 숨어 있을 줄은 전혀 생각지 못했다. 게다가 방이의 검은 침상에 깔려 있는 이불을 뚫고 찔러왔기 때문에 사전에 그 어떤 낌새도 알아챌 수 없었다. 유연이 깨달았을 때는 이미 늦어 검이 등을 파고든 후였다. 그녀의 무공이 지금보다 열 배 더 강했다 해도, 결코 피하지 못했을 것이다. 그래도 경험이 많은 진정한 고수라면, 자신의 신분을 고려해서라도, 그녀처럼 아무 경계도 없이 침상 밑으로 기어들어가 사람을 잡으려 하지는 않았을 것이다.

위소보는 행여 그녀가 죽지 않았을까 봐 지레 겁을 먹고, 검을 뽑아 방이가 했던 것처럼 다시 두 번을 찔렀다.

목검병이 물었다.

"이 무서운 여자는 누구야? 눈알을 후벼파버린다고 말하는 걸 보니, 아주 악랄한가 봐."

위소보가 말했다.

"화냥년 태후의 부하야."

이어 방이에게 물었다.

"상처가 아팠지?"

방이는 살짝 눈살을 찌푸렸다.

"견딜 만해."

사실 아까 유연에게 검을 찌르면서 힘을 너무 주었기 때문에, 상처를 건드렸는지 아파서 까무러칠 지경이었다. 아직도 이마에 땀방울이 송골송골 맺혀 있었다.

위소보는 더 이상 궁에 남아 있을 수 없었다. 보이지 않는 손이 숨통을 조여왔다. 그는 두 여자에게 말했다.

"좀 있으면 그 늙은 화냥년이 다시 사람을 시켜 날 잡으러 올 거야. 우린 빨리 달아나야 해. 음… 너희는 남자 차림으로 갈아입고, 내관으로 위장해서 궁을 빠져나가자. 예쁜 누나, 걸을 수 있겠어?"

방이가 대답했다.

"그런대로 걸을 만해."

위소보가 남자 옷을 두 벌 가져왔다.

"어서 갈아입어."

그는 유연의 시신을 침상 밑에서 끄집어내고 비수를 잘 갈무리했다. 그리고 시신에다 화시분을 좀 뿌리고, 서둘러 은표와 두 부의 《사십이장경》, 무공 비급을 챙겨 보자기에 쌌다. 남은 화시분과 몽한약을 챙기는 것도 물론 잊지 않았다.

목검병은 옷을 갈아입고 먼저 침상에서 내려왔다.

위소보가 찬사를 보냈다.

"우아! 아주 멋진 내관인데. 내가 변발을 땋아줄게."

좀 이따 방이도 침상에서 내려왔다. 그녀는 위소보보다 키가 좀 컸다. 그러니 옷이 몸에 꽉 끼고 부자연스러웠다. 거울에 비춰보니 절로 웃음이 나왔다. 목검병도 덩달아 웃었다.

"사저의 머리는 내가 땋아줄게."

그녀는 방이의 머리를 땋아주고, 위소보는 목검병의 긴 머리를 아무렇게나 땋아주었다. 당연히 모양새가 엉성할 수밖에.

목검병은 거울을 비춰보더니 눈을 흘겼다.

"어머, 너무 엉성해! 내가 다시 땋아야겠어."

위소보가 말했다.

"머리를 따는 건 급하지 않아. 지금은 날이 어두워져 궁을 나갈 수 없어. 늙은 화냥년은 저 꿀돼지가 돌아오지 않으면 다른 사람을 또 보낼 거야. 우린 일단 장소를 옮겨 숨어 있다가 내일 날이 밝는 대로 궁에서 도망쳐야 해."

방이가 물었다.

"그 늙은… 태후가 사람을 시켜 궁 안을 샅샅이 뒤지지 않을까?"

위소보가 말했다.

"일단 가는 데까지 가보는 수밖에 없어."

그때 전에 강희와 씨름을 하던 장소가 떠올랐다. 그곳은 외지고 아주 조용해서, 제삼자가 온 적이 없었다. 그는 곧 두 사람을 부축해 집을 나섰다.

다리가 부러져 제대로 걷지 못하는 목검병은 문빗장을 지팡이로 삼았다. 방이는 한 걸음을 뗄 때마다 상처 난 가슴 부위에 통증을 느꼈다. 위소보는 오른손으로 그녀의 허리께를 감고, 부축하듯 껴안듯 앞으로 걸어나갔다. 그나마 주위가 어두워서 다행이었다. 게다가 지리를 잘 알아 일부러 한적한 길을 택했기 때문에, 몇몇 상관없는 내관과 스치기도 했지만 별 문제는 없었다.

그 집에 다다르자 세 사람은 안도의 숨을 내쉴 수 있었다. 위소보는 방문을 걸고 방이를 부축해 의자에 앉혔다. 그리고 나직이 당부했다.

"이 집 밖에는 바로 회랑이 이어져 있어. 내 거처처럼 외떨어져 있지 않아. 그러니 말소리를 크게 내면 안 돼."

밤은 새벽을 품에 안고 깊어만 갔다. 방 안이 어두워 세 사람은 처음엔 서로의 오관도 분간할 수 없었지만, 어둠에 익숙해지자 모습을 어렴풋이나마 알아볼 수 있었다. 목검병은 위소보가 땋아준 머리가 맘에 들지 않는다며 풀어서 자기가 다시 땋았다. 그리고 방이는 자기의 땋은 머리를 만지작거리다가 갑자기 나직이 소리를 질렀다.

"아!"

위소보가 역시 나직이 물었다.

"왜 그래?"

방이가 대답했다.

"별것 아니야. 은비녀를 빠뜨린 것 같아."

목검병이 그녀의 말을 받았다.

"맞아. 내가 머리를 풀면서 비녀를 탁자 위에 놔뒀는데, 머릴 땋아주고 나서 깜박하고 그냥 놔두고 온 것 같아. 어떡하지? 그거 유 사형이 선물한 거 맞지?"

방이가 말했다.

"그까짓 비녀 하나, 상관없어."

위소보는 그녀가 상관없다고 말하면서도 아까워하는 것 같아서 내심 생각했다.

'이왕 도와줄 거 끝까지 도와줘야지. 내가 몰래 가서 가져와야겠군.'

그는 아무 말 없이 잠시 가만히 있다가 입을 열었다.

"배가 고픈데… 내일까지 그냥 버티면 아마 걸을 힘도 없을 거야. 내가 가서 먹을 것을 좀 구해올게."

목검병이 말했다.

"빨리 갔다와야 해."

위소보가 말했다.

"네, 알았어요."

그러고는 문 쪽으로 가서 귀를 기울여, 밖에 아무도 없다는 걸 확인하고 나서야 문을 열고 나왔다.

자기 거처로 되돌아온 위소보는 행여 태후가 사람을 보내지 않았는지, 신중을 기하기 위해 주위에서 잠시 기다리며 동정을 살폈다. 그렇게 집 안팎에 아무도 없는 것을 확인하고 창문을 통해 안으로 기어들어갔다. 창문으로 들어온 어슴푸레한 달빛을 빌려, 탁자 위에 은비녀가 놓여 있는 걸 볼 수 있었다. 수공이 조잡한 게 값으로 따지면 기껏해야 은자 한두 푼밖에 안 될 것 같았다.

위소보는 속으로 투덜거렸다.

'그 가난뱅이 유일주 녀석이 방이 낭자한테 이런 시시한 선물을 해주다니!'

그는 퉤하고 비녀에 침을 뱉고는 다시 신발 밑창에다 긁어 흙을 묻힌 후에야 주머니에 집어넣었다. 그리고 대바구니와 서랍, 침상 맡 선반에 놔뒀던 떡이랑 다과 따위를 챙겨 종이봉지에 넣고 품속에 갈무리했다.

다시 창문을 통해 막 밖으로 나가려는데, 불현듯 침상 아래 놓여 있는 빨간 비단신발 한 켤레가 시야에 들어왔다. 위소보는 소스라치게 놀랐다. 신발 속에 잘린 발이 신겨져 있는 게 아닌가. 너무나 공포스러웠다. 하지만 위소보는 곧 그 이유를 알아챘다. 유연의 시신이 누런 물로 변하면서 침상 아래 바닥이 고르지 못해 그 물이 미처 발 부분까지 미치지 않아서 신발을 신은 발만 덩그러니 남게 된 것이었다.

위소보는 떠나려다 말고 다시 몸을 돌렸다. 덩그러니 남은 두 발을 누런 물에다 던져넣으려고 했으나, 물은 이미 말라버렸다. 화시분은 보따리에 싸서 방이와 목검병이 있는 곳에 놔두고 왔다. 어떡할까, 머리를 굴리다가 짓궂은 생각이 떠올랐다.

'제기랄! 이번에 궁에서 나가면 다신 안 돌아올 거니까, 그 늙은 화냥년을 또 볼 일도 없어. 잘린 발 두 개를 집 안에다 던져넣어 기절초풍을 하게 만들어야지!'

그는 장포 하나를 가져와 신발을 신고 있는 두 발을 단단히 싸가지고 창문을 통해 기어나와 곧장 자령궁으로 향했다.

자령궁에 가까워지자 위소보는 바른길로 가지 않고, 꽃밭 화초 사이로 뚫고 들어갔다. 그리고 살금살금 한 걸음씩 뗄 때마다 귀를 기울였다.

'만약 태후한테 들키는 날이면 그야말로 자승자박, 스스로 무덤을 파는 꼴이 되겠지!'

그는 장난꾸러기 동심으로 돌아가 재미있어하면서도, 한편으로는 무서웠다. 한 걸음, 한 걸음 태후의 침궁으로 다가가면서, 갈수록 손에 식은땀이 배었다. 그러면서도 궁리를 했다.

'이 돼지족발 한 쌍을 입구 쪽 돌계단 위에 놔둬야지. 그럼 내일 아

침에 틀림없이 보게 될 거야. 마당에다 던져넣는 건 아무래도 위험할 것 같아.'

다시 살금살금 두 걸음을 내디뎠는데, 갑자기 낯선 남자의 음성이 들려왔다.

"유연이 어떻게 된 거지? 왜 아직도 돌아오지 않는 거야?"

위소보는 자신의 귀를 의심했다. 너무 해괴한 일이었다.

'태후의 방 안에 어떻게 남자가 있지? 목소리를 들어보니 내관은 아닌데… 그렇다면 늙은 화냥년의 기둥서방이 아닐까? 하하… 이 어르신이 간통 현장을 잡아야겠군!'

속으로는 '간통 현장'을 잡겠다고 호언했지만, 간담이 열 배 더 커진다고 해도 감히 엄두를 낼 수 없는 일이었다. 그러나 주체하기 어려운 호기심 때문에, 이대로 '돼지족발'만 놔두고 그냥 떠난다는 건 절대 있을 수 없는 일이었다.

다시 슬금슬금 앞으로 두 걸음을 더 나갔다. 한 걸음 내디딜 때마다 혹여 마른 나뭇가지나 낙엽을 밟아 소리가 나지 않을까, 조심하고 또 조심하며 주의를 기울였다.

남자는 콧방귀까지 날리면서 굵직한 음성으로 다시 말했다.

"아무래도 무슨 변고가 생긴 것 같아. 그 생쥐 녀석이 교활하다는 걸 잘 알면서 왜 유연 한 사람만 보냈어?"

위소보는 속으로 생각했다.

'지금 내 얘길 하고 있군.'

이번엔 태후의 음성이 들려왔다.

"유연은 무공으로 따져도 녀석보다 열 배는 더 고강하고 영리해요.

게다가 신중을 기할 텐데 무슨 착오가 있겠어요? 보나마나 녀석이 그 경전을 먼 곳에 숨겨놨기 때문에 시간이 좀 걸리는 걸 거예요."

남자가 그녀의 말을 받았다.

"경전을 손에 넣는다면 물론 더 바랄 나위가 없겠지만, 그러지 못한다면… 흥!"

그의 말투는 매우 준엄했다. 태후한테 그렇게 말한다는 것은 실로 무례하기 짝이 없는 일이었다.

위소보는 더욱더 이상한 생각이 들었다.

'세상에서 누가 감히 태후한테 저런 식으로 말을 하지? 설마 오대산에서 노황제가 돌아온 게 아닐까?'

순치 황제가 돌아왔다고 생각하니 괜히 흥분이 됐다. 모르긴 해도 제법 볼 만한 일이 벌어질 게 분명했다. 그런데 이상한 것은 주위에 내관이고 궁녀고 한 명도 보이지 않는다는 사실이었다. 아마 태후가 다 물리친 것 같았다.

태후의 음성이 다시 들려왔다.

"내가 최선을 다했다는 걸 잘 알잖아요. 알다시피 내 신분으로 직접 어린 내관을 끌고서 궁 안 이곳저곳을 돌아다닐 수는 없어요. 자령궁에서 한 걸음만 나서도 내관과 궁녀들이 우르르 따라붙을 텐데, 무슨 일을 제대로 할 수 있겠어요?"

남자는 여전히 못마땅한 말투였다.

"그럼 어두워질 때까지 기다렸다가 끌고 갔어야지. 아니면 내가 직접 녀석을 끌고 가서 경전을 가져오도록 알려주든가…."

태후가 말했다.

"내가 어떻게 그런 수고를 끼칠 수 있겠어요? 궁에서 절대 정체를 드러내면 안 돼요."

남자는 냉소를 날렸다.

"이런 큰일 앞에서 이것저것 따질 게 뭐 있어? 그래, 나도 알아! 행여 내가 결실을 다 가로챌까 봐 경계하는 거겠지!"

태후는 힘없이 말했다.

"가로채고 말고… 그게 무슨 의미가 있겠어요? 결실이 있어도 그뿐, 없어도 그뿐이죠. 그저 한 해 한 해 무탈하게 넘기길 바랄 뿐이에요."

그녀의 말투에는 허망함이 가득 배어 있었다.

위소보는 다시 자신의 귀를 의심했다. 모르는 사람이 들었다면 늙은 궁녀의 신세한탄으로 여겼을 것이다. 그런데 분명히 태후의 음성이었다. 두 사람은 모두 음성을 낮춰 이야기를 나누고 있었다. 그러나 위소보와의 거리는 아주 가깝고, 조용한 한밤중이라 절대 잘못 들었을 리 만무했다. 두 사람은 무슨 '결실'을 놓고 다투는 것 같은데, 그럼 남자는 순치 황제가 아닐 것이었다.

위소보는 더 이상 호기심을 주체할 수 없었다. 천천히 창가로 기어가 창문에서 작은 구멍을 찾아내 안을 들여다보았다. 창구멍으로 엿보는 것은 이미 여춘원에서 몸에 익힌 기술이었다. 그는 속으로 시부렁거렸다.

'전에는 난봉꾼과 창기가 놀아나는 걸 엿봤는데, 오늘은 늙은 화냥년이 손님을 접대하는 걸 엿보게 됐군.'

창구멍으로 들여다보이는 태후는 의자에 몸을 비스듬히 기울인 채 앉아 있었다. 그리고 한 궁녀가 뒷짐을 진 채 이리저리 방 안을 서성이고 있었다. 놀랍게도 그 외에 다른 사람은 보이지 않았다.

위소보는 궁금했다.

'아니, 그 남자는 어디로 갔지?'

그때, 궁녀가 몸을 돌리며 입을 열었다.

"더 이상 기다릴 수 없어. 내가 직접 가볼게."

위소보는 자지러지게 놀랐다. 그 궁녀의 음성은 틀림없는 남자였다. 그러니까 여태껏 들은 남자 음성의 주인은 바로 궁녀였다. 위소보는 창구멍을 통해 그의 가슴까지만 볼 수 있을 뿐, 얼굴은 보이지 않았다.

태후가 말했다.

"그럼 나도 함께 가요."

그 궁녀는 냉소를 날렸다.

"역시 마음이 안 놓이는 모양이지?"

태후가 다시 말했다.

"맘이 안 놓이다니, 무슨 말이에요? 난 유연이 혹시 뭔가 수작을 부릴까 봐 그러죠. 함께 가면 제압하기가 쉽잖아요."

궁녀가 수긍했다.

"음… 그것도 경계를 안 할 수는 없지. 죽을 쒀서 개를 줄 수는 없으니까. 자, 가자고!"

태후는 고개를 끄덕이고 나서 침상으로 가더니 이불을 들추고 그 밑에 깔려 있는 목판을 젖혔다. 이어 시퍼런 광채가 번뜩이는가 싶더니 그녀의 손에 단검 한 자루가 쥐어졌다. 그녀는 그 단검을 검집에 넣고는 품속에 갈무리했다.

위소보는 그것을 보고 생각했다.

'이제 보니 화냥년 침상에 비밀 기관이 설치돼 있었군. 단검을 검집에 넣지 않고 놔둔 것은, 만약의 경우 혹시 자객이라도 나타난다면 바로 검을 꺼내서 상대를 죽일 수 있도록 하기 위해서겠지. 위기일발의 순간에는 그 간발의 차이가 생사를 결정할 수도 있으니까.'

태후는 그 궁녀와 함께 침실을 나서 문을 살짝 닫고는 자령궁을 빠져나갔다. 방 안에 촛불도 그대로 켜놓은 상태였다.

위소보는 속으로 궁리를 했다.

'그래, 돼지족발을 침상 아래 있는 그 비밀 장소에 놓아둬야지. 나중에 단검을 다시 집어넣으려다가 갑자기 잘린 발을 발견하면 아마 놀라서 자빠지고 말 거야.'

생각할수록 자신의 묘안이 너무 재밌었다. 그는 곧 잽싸게 침실 안으로 들어가 이불을 들춰보니, 과연 구리로 만든 작은 고리가 있었다. 고리에 손가락을 넣어 끌어당기니 너비 한 자, 길이 두 자가량의 목판이 젖혀졌다. 그곳에 장방형의 공간이 드러났다. 순간, 위소보는 눈이 휘둥그레졌다. 놀랍게도 그곳에 경전이 세 권 있는데, 바로 전에 본 그 《사십이장경》이었다. 두 부는 그가 오배의 집에서 몰수한 것인데, 경전을 담아두었던 옥합은 보이지 않았다. 그리고 또 한 부의 겉장은 흰색 비단에 붉은 테두리가 쳐져 있었다. 그날 밤 해 노공과 태후의 대화를 통해, 순치 황제가 동악비에게 경전 한 부를 줬다고 분명히 들었다. 태후가 동악비를 죽이고 차지한 경전이 바로 이것일 터였다.

위소보는 크게 기뻐했다.

'이 개뿔 같은 경전이 무슨 쓸모가 있는지 모르겠지만, 다들 탐내고 있어. 내가 슬쩍해가야지! 화냥년이 돌아와서 경전이 없어진 것을 알

면, 울화통이 터져 방방 뛰겠지!'

바로 경전 세 부를 꺼내 품속에 숨겼다. 그리고 장포에 싸온 유연의 잘린 발을 그 공간에 넣고 목판을 덮었다. 이어 이불을 다시 깔아놓고, 발로 장포를 침상 밑으로 밀어넣은 다음 막 나가려는데, 바깥문이 열리는 소리가 들리는가 싶더니 한 사람이 문을 밀고 들어섰다.

위소보는 혼비백산했다. 태후와 그 궁녀가 이렇게 빨리 돌아오리라곤 생각지 못했다. 그는 다짜고짜 고개를 숙이며 침상 밑으로 기어들어갔다. 이젠 죽었다 싶었다. 태후가 잊고 간 것이 있어 찾으러 온 것이길 바랐다. 그 잊고 간 물건이 침상 아래 공간에 있는 게 아니길, 얼른 찾아서 다시 나가기만을 빌었다.

가벼운 걸음 소리가 들리더니 한 사람이 침실까지 들어왔다. 위소보가 침상 밑에서 살펴보니, 역시 여자였다. 녹색 신을 신고 바지도 담녹색이었다. 입고 있는 바지로 미루어 궁녀인 것 같았다.

'태후를 모시는 궁녀군. 발걸음이 가벼운 것으로 봐선 무공을 지니고 있으니 그 예초는 아니야. 빨리 나가지 않으면 죽여버려야 하는데… 침상 가까이 왔으면 좋겠다.'

위소보는 생각을 굴리며 비수를 뽑아쥐었다. 궁녀가 침상 가까이 오기만 하면 밑에서부터 위로 냅다 아랫배를 찌르면, 영문도 모른 채 비명횡사할 것이었다. 그런데 궁녀는 가까이 오지 않고 장롱 문을 열고 서랍을 마구 뒤지며 뭔가를 찾고 있는 것 같았다. 이어 '찌지직' 하는 소리가 들렸다. 무슨 도검 같은 예리한 물체로 상자를 찢는 모양이었다.

위소보는 다시 놀랐다.

'이 궁녀는 보통 궁녀가 아니야. 태후 방에 뭘 훔치러 온 모양인데, 혹시 그《사십이장경》을 노리는 게 아닐까? 손에 예리한 도검이 있는 것으로 미루어 무공이 나보다는 나을 것 같아. 내가 지금 나가면 상대를 죽이기 전에 먼저 골로 갈 수도 있어.'

그 궁녀는 상자를 마구 뒤지더니 다시 구석에 있는 상자 세 개를 찾아냈다. 위소보는 속으로 욕을 해붙였다.

'빨리 꺼지지 않고 계속 꾸물대다가는 늙은 화냥년이 돌아올 거야. 네가 죽는 건 상관없지만 이 위소보까지 따라서 황천행을 하게 된다고! 네까짓 게 뭔데 날 끌고 귀천하려는 거지?'

궁녀는 찾고자 하는 물건을 발견하지 못하자 다급해졌는지, 상자를 뒤지는 속도가 빨라졌다. 위소보는 정말 항복을 선언하고 싶었다.

'빨리 여기서 꺼져버리라고! 차라리 경전을 던져줄까?'

바로 그때, 문밖에서 걸음 소리에 이어 태후의 나직한 음성이 들려왔다.

"유연 그 계집이 경전을 챙겨서 달아난 게 분명해."

궁녀는 사람 소리를 듣자 달아나기에는 이미 틀렸다고 생각했는지, 잽싸게 장롱 안으로 들어가 문을 닫았다.

그 남자 음성의 궁녀가 태후의 말을 받았다.

"유연더러 경전을 가져오라고 시킨 게 사실이야? 혹시 날 속이는 건 아니겠지?"

태후의 음성엔 분노가 섞여 있었다.

"무슨 말을 하는 거예요? 경전을 가져오라고 시키지 않았다면 걜 왜 보냈겠어요?"

그 궁녀의 말투는 냉랭했다.

"무슨 수작을 부리고 있는지 내가 어떻게 알아? 어쩌면 눈엣가시로 여겨오던 유연을 이참에 죽였을지도 모르지!"

태후는 코웃음을 날렸다.

"사형이랍시고 어떻게 그런 터무니없는 말을 할 수가 있지? 유연은 내 사매예요. 내가 걔를 왜 죽이겠어요?"

그 궁녀의 음성은 차갑기만 했다.

"워낙 겁도 없는 데다가 수법이 악랄하니, 무슨 짓인들 못하겠어?"

두 사람은 목소리를 죽여 다투고 있지만 조용한 야밤이라 아주 또렷하게 들렸다. 위소보는 태후가 그 궁녀를 '사형'이라 부르고, 유연을 '사매'라고 하자 갈수록 더 어리둥절해졌다.

두 사람은 말을 주고받으면서 침실 안으로 들어왔는데, 촛불에 비친 방 안 풍경은 그야말로 가관이었다.

"아!"

아수라장으로 변한 방 안을 보고 두 사람은 일제히 놀란 외침을 토했다. 태후가 소리쳤다.

"누가 경전을 훔치러 왔어!"

그녀는 일단 침상으로 달려가 이불을 들추고 목판을 젖혔다. 경전이 있을 리 만무했다.

"이럴 수가…!"

이어 잘린 발을 보고는 깜짝 놀랐다.

"이게 뭐지?"

그 궁녀가 다가와 발을 집어들었다.

"여인의 발이군."

태후는 더욱 놀랐다.

"이건… 이건 유연이야! 누가… 걜 죽였어!"

그 궁녀가 냉소를 날렸다.

"내 말이 맞지?"

태후는 놀라고도 화가 난 모양이었다.

"뭐가 맞다는 거죠?"

궁녀가 말했다.

"경전을 숨겨놓은 곳은 본인 한 사람만 알고 있을 텐데, 본인이 유사매를 죽이지 않았으면 잘린 발이 왜 그 속에 있지?"

태후는 핏대를 올렸다.

"지금 그런 쓸데없는 말을 할 때냐고? 경전을 훔친 자가 멀리 가지 못했을 테니, 빨리 뒤쫓아야지!"

궁녀가 다시 말했다.

"그래, 어쩌면 아직 자령궁 안에 있을지도 몰라. 설마… 직접 꾸민 일은 아니겠지?"

태후는 대꾸하지 않고 몸을 돌려 장롱을 유심히 살폈다. 그리고 뭔가 의심이 가는지 천천히 장롱으로 다가갔다.

위소보는 심장이 멎는 것 같았다. 흔들리는 촛불에 검광이 반사되어 바닥에 어른어른 스쳤다. 그는 눈으로 볼 수 없었지만, 다음 장면을 충분히 상상할 수 있었다. 태후는 왼손으로 장롱 문을 열며, 오른손에 쥐고 있는 검을 바로 안으로 찔러넣을 것이다. 그럼 그 궁녀는 피할 재간 없이 곧 죽을 게 뻔했다.

태후는 다시 앞으로 한 걸음을 내디뎠다. 장롱과의 거리는 불과 두 자! 위소보가 생각했던 장면이 바로 연출되려는 순간, 갑자기 '우지직' 소리가 들리더니 장롱이 넘어지면서 태후를 덮쳤다. 태후는 이 느닷없는 상황에 놀라 반사적으로 뒤로 물러났는데, 장롱 안에서 울긋불긋한 옷가지가 쏟아져나와 그녀의 머리를 휘감았다. 태후는 얼굴을 가린 옷가지들을 치우려고 손을 버둥대는데, 이번엔 또 한 무더기의 옷가지가 그녀에게 던져졌다.

"으악!"

비명이 들리며 옷가지 속에서 선혈이 낭자한 단도 한 자루가 드러났다. 옷들 속에 한 사람이 말려 있었던 것이다. 장롱이 넘어지고 옷가지들이 던져진 것은 한순간에 일어난 일이었다. 태후는 그 날벼락 통에 속수무책으로 일격을 당한 것이다.

한쪽에 있던 그 남자 목소리의 궁녀도 난데없이 일어난 일에 처음엔 넋을 잃었으나, 태후가 비명을 지르자 냅다 그 옷가지 더미를 향해 장풍을 날렸다. 그 옷가지 더미는 신속하게 뒤로 물러났고, 그 속에서 녹의綠衣를 입은 궁녀가 뛰쳐나왔다. 그녀의 손에는 피 묻은 단도가 쥐여져 있었는데, 그대로 남자 목소리 궁녀를 향해 덮쳐갔다.

남자 목소리 궁녀는 다시 장풍을 뻗어냈고, 녹의 궁녀는 잽싸게 옆으로 피하면서 다시 적을 향해 덮쳐갔다.

위소보는 침상 밑에서 두 사람의 발만 볼 수 있었다. 남자 목소리 궁녀는 회색 바지에 검정색 신을 신고 있었다. 녹색 신발을 신은 발은 아주 빠른 속도로 전진과 후퇴를 반복하는 데 비해, 검정색 신발의 두 발은 느릿하게 뒤로 한 걸음 물러났다가 앞으로 한 걸음 내딛곤 했다.

두 사람의 싸움은 아주 치열했다. 그러나 병기가 부딪치는 소리는 들리지 않았다. 그 남자 목소리 궁녀는 손에 무기가 없는 모양이었다.

위소보는 한쪽에 쓰러져 있는 태후를 힐끗 쳐다보았다. 꼼짝도 않는 것이, 아마 죽은 것 같았다.

휘익… 휙! 휙! 장풍을 발출하는 소리가 요란하게 들렸다. 그러다가 갑자기 눈앞이 약간 어두워졌다. 밝혀져 있던 촛불 세 개 중 하나가 장풍 때문에 꺼져버린 것이다. 위소보는 속으로 외쳤다.

'나머지 촛불도 빨리 다 꺼져라! 그럼 어둠을 틈타 달아날 수 있을 거야.'

휘익! 거센 장풍이 스치는 듯하더니 촛불 하나가 또 꺼졌다. 두 궁녀는 그저 악전고투를 이어가면서 한 마디도 하지 않았다. 다른 사람들을 놀라게 하지 않기 위해 신중을 기하는 것 같았다. 자령궁에는 원래 내관과 궁녀가 많았다. 이렇듯 한참 소란이 벌어지고 있으니, 누군가가 달려왔어야 마땅하다. 그런데 아무도 나타나지 않는 것으로 미루어, 태후가 부르기 전엔 절대 자령궁에 접근하지 말라는 엄명을 내린 게 분명했다.

우지끈하는 소리가 들리며 탁자가 박살나 파편이 사방으로 흩날렸다. 위소보는 놀란 가슴을 쓸어내렸다.

'남자 목소리 궁녀는 무공이 대단한 것 같아. 장풍을 전개하니까 탁자가 박살나버리잖아….'

"아!"

놀란 외침이 나직이 들리며 흰 광채가 번쩍였다. 바로 이어서 '탁!' 소리가 뒤따랐다. 녹의 궁녀의 병기가 손에서 벗어나 천장에 꽂힌 것 같았다. 이제 두 사람은 바닥에 쓰러져 서로 뒤엉켰다.

위소보는 침상 밑에 숨어 그들이 싸우는 모습을 자세히 볼 수 있었다. 두 사람은 모두 금나수법을 전개했다. 근거리에서 서로 뒤엉켜 공방을 하려면 금나수법을 펼칠 수밖에 없다. 한 초식, 한 초식이 생사를 결정지을 수 있는 살초殺招였다.

위소보는 다른 무공은 형편없어도 금나수법만은 제법 연마했다. 그리고 강희와 매일 공방을 거듭하며 실전을 쌓은 경험도 있었다. 지금 두 궁녀의 출수는 엄청 빠르고 악랄했다. 눈을 찌르고 목을 조이며, 혈도를 찍고 맥을 자르며, 손목을 비틀고 팔꿈치로 공격하며… 모든 공격 초식이 상대의 목숨을 노린 것이었다.

위소보는 그저 몰래 혀를 찰 뿐이었다.

'나 같으면 아마 벌써 뒈졌거나 항복을 외쳤을 거야.'

위소보는 두 사람의 손놀림에 따라서 가슴이 방망이질을 했다.

'하나 남은 촛불이 왜 안 꺼지지?'

위소보가 지금 침상 밑에서 나가 당당히 밖으로 걸어나간다고 해도, 두 궁녀는 서로 엉켜 사투를 벌이고 있는 판국이라, 아마 놀라기는 해도 그를 막지는 못할 것이었다. 막을 겨를이 없을 터였다. 위소보도 그런 사실을 알고 있지만, 감히 시도할 엄두가 나지 않았다.

갑자기 촛불이 무엇엔가 가려져 어두워지는가 싶더니, 여인의 짧은 신음이 들리고, 불빛이 다시 밝아졌다. 회의灰衣 궁녀가 녹의 궁녀를 깔고 앉아 오른쪽 팔꿈치로 목을 누르고 있었다.

녹의 궁녀의 왼손은 뒤로 꺾여 쓸 수가 없었다. 그녀는 오른손으로 연거푸 몇 초식을 공격했지만 상대방에게 다 막혀버렸다. 목이 조여와 호흡이 곤란해지고 오른손의 공격 속도도 차츰 느려졌다. 두 다리를 마구 버둥거렸다. 곧 적에 의해 숨통이 막혀 죽을 것 같았다.

위소보는 당황하며 내심 생각했다.

'저 회의 궁녀가 상대를 목 졸라 죽이고 나면 틀림없이 경전을 찾기 위해 침상 밑을 뒤질 거야. 그럼 이 위소小보는 위사死보로 변하겠군!'

더 이상 자세히 생각할 겨를이 없었다. 그는 망설임 없이 바로 침상 밑에서 기어나와 냅다 비수를 찔러갔다. 그 비수는 회의 궁녀의 등을 찌르고 아래로 쭉 그어내려져 길고 깊은 상처를 냈다.

"으악!"

비명이 들리는 가운데 위소보는 얼른 뒤로 물러났다.

회의 궁녀는 비명과 함께 몸을 돌려 위소보에게 덮쳐왔다. 그리고 위소보의 목을 움켜쥐고 힘껏 조였다. 그 바람에 위소보는 혀가 쑥 튀어나오고 눈앞이 캄캄해졌다.

그 위기의 순간, 녹의 궁녀가 벌떡 몸을 일으켜, 다짜고짜 회의 궁녀의 왼쪽 목을 손으로 후려쳤다. 이어 그의 머리끄덩이를 낚아채 힘껏 끌어당겼다. 위소보한테서 회의 궁녀를 떼어낼 심산이었는데, 그의 손에 잡힌 것은 그냥 머리카락뿐이었다. 회의 궁녀의 머리카락이 통째로 떨어져나가면서 민숭민숭한 대머리가 드러났다. 가발을 쓰고 있었던 것이다.

그때 위소보의 목을 조이던 회의 궁녀의 손이 스르르 풀어졌다. 그러고는 목을 몇 번 뒤틀더니 바닥에 고꾸라졌다. 그의 등에서 피가 쏟아져나왔다. 살기는 글러 보였다.

녹의 궁녀가 숨을 몰아쉬며 말했다.

"공공, 목숨을 구해줘서 고마워요."

위소보는 너무 놀라 혼이 달아난 듯, 그저 고개만 끄덕이며 자신의 목을 주물렀다. 한숨을 돌리더니 손으로 그 회의 궁녀를 가리키며 떠듬거렸다.

"저… 저…."

녹의 궁녀가 말했다.

"여자로 변장한 남자예요."

이때 밖에서 갑자기 외침 소리가 들려왔다.

"자객이다! 자객 잡아라!"

가느다란 목소리로 미루어 내관임에 분명했다.

녹의 궁녀는 오른손으로 위소보를 끌어안고 창문을 부수며 밖으로 뛰쳐나갔다. 이어 왼손을 떨쳤다.

"으윽!"

밖에 있던 내관은 그녀가 전개한 암기를 맞고 쿵, 땅에 쓰러졌다.

녹의 궁녀는 왼손으로 위소보의 허리를 끌어안아 번쩍 들어올리더니 북쪽으로 질주했다. 그렇게 서삼소를 지나 양화문에 다다랐다.

위소보는 처음 입궐했을 때에 비해 키도 많이 컸고 몸무게도 늘었다. 녹의 궁녀는 키가 위소보와 비슷하고 몸매가 하늘하늘 가냘픈데도 마치 어린아이를 안고 뛰듯, 위소보를 옆구리에 끼고도 잘 달렸다.

위소보는 절로 찬사를 보냈다.

"정말 대단하네요."

녹의 궁녀는 위소보를 옆구리에 낀 채 작은 샛길을 이용해 우화각雨花閣과 보화전保華殿을 거쳐 복건궁福建宮 가까이에 위치한 소각장 옆에 다다라서야 그를 내려놓았다. 이 소각장은 서철문에 가깝고 낮에 궁의 쓰레기 따위를 소각하는 장소라, 밤에는 아주 조용하고 적막했다.

녹의 궁녀가 물었다.

"공공의 이름은 뭐예요?"

위소보가 대답했다.

"소계자인데요."

"아!"

궁녀는 다소 놀란 것 같았다.

"이제 보니 오배를 제압하고 황상의 총애를 가장 많이 받고 있는, 그 계 공공이군요."

위소보는 멋쩍게 웃었다.

"별말씀을…."

그는 태후의 침실에서 이 궁녀를 보았지만 정신이 없어 자세히 살피지는 못했다. 지금 보니 나이가 마흔 줄로 짐작됐다.

"누나는 어떻게 불러야 하죠?"

그 궁녀는 약간 머뭇거리더니 말했다.

"우린 생사를 함께했으니 솔직히 말할게요. 내 성은 도陶고, 궁에서는 다들 날 도궁아陶宮娥라고 불러요. 한데 공공은 왜 태후의 침상 밑에 숨어 있었죠?"

위소보는 둘러댔다.

"황상의 명을 받고 태후의 간통 현장을 잡으러 갔던 거예요."

도궁아는 놀란 눈치였다.

"그럼 황상도 그 궁녀가 남자라는 걸 알았단 말예요?"

위소보는 계속 둘러댈 수밖에 없었다.

"눈치는 챘지만 확실히는 몰라요."

도궁아가 말했다.

"난… 태후를 죽였으니 궁 안이 곧 발칵 뒤집어질 거예요. 빨리 궁에서 빠져나가야 해요. 계 공공, 기회가 있으면 또 만나요."

위소보는 내심 생각을 굴렸다.

'태후가 저승에 가서 화냥질을 하든 말든 나하고는 상관이 없지. 난 오히려 더 편해질 테니까. 그런데 궁을 폐쇄하고 범인을 잡기 위해 대대적으로 수색을 벌이면, 두 여자가 걸려들 텐데… 어쩌면 좋지?'

바로 한 가지 꼼수가 떠올랐다.

"도 누나, 한 가지 좋은 수가 있어요. 즉시 가서 황상한테 그 가짜 궁녀가 태후를 죽이는 것을 직접 봤다고 말할게요. 그리고 태후가 죽어가면서 그 가짜 궁녀를 죽여, 동귀어진同歸於盡한 거라고 말하면 돼요. 태후가 죽었으니 확인할 길도 없잖아요. 그러니 굳이 궁에서 달아날 필요 없어요."

도궁아는 잠시 생각에 잠긴 듯하더니 말했다.

"그거 좋은 생각이네요. 그럼 내가 죽인 그 내관은 어떡하죠?"

위소보가 말했다.

"그 가짜 궁녀가 죽였다고 할게요."

도궁아는 썩 내키지 않는 눈치였다.

"계 공공, 이번 일은 아주 위험해요. 황상은 비록 공공을 총애하지만, 입을 봉하기 위해 공공을 죽일지도 몰라요."

위소보는 움찔했다.

"황상이 날 죽일 거라고요? 아니, 왜요?"

도궁아가 설명했다.

"자신의 어머니가 그런 짓을 한 게 조금이라도 누설된다면 어떻게 처신하겠어요? 설령 공공이 입을 굳게 다문다 해도, 황상은 공공을 볼 때마다 마음이 꺼림칙해서 언젠가는 죽일 수밖에 없을 거예요."

위소보는 놀라지 않을 수 없었다.

"그… 황상이 그렇게 악랄하단 말예요?"

그러면서도 그는 도궁아의 말이 옳다고 생각했다. 이 일을 절대 황상한테 이야기해선 안 될 것 같았다.

그때, 남쪽에서 징소리가 들리는가 싶더니 잇따라 사면팔방에서 징소리가 요란하게 울려왔다. 궁에서 불이 나거나 긴급한 상황이 발생할 때 치는 징소리였다. 그 소리가 들리면 모든 시위와 내관들이 총출동한다. 도궁아가 다급하게 말했다.

"이젠 달아나긴 글렀어요. 공공은 가서 자객을 잡는 척하고, 난 일단 돌아가서 자는 척해야겠어요."

그녀는 위소보를 옆구리에 끼고 다시 서남쪽으로 달려 영화전에 다다라서야 내려놓았다. 그리고 나직이 말했다.

"조심하세요."

이어 몸을 돌리더니 담 구석 뒤로 숨었다.

위소보는 방이와 목검병이 걱정돼 서둘러 그녀들이 숨어 있는 곳으로 달려갔다. 징소리는 갈수록 더 요란하게 들려왔다. 왁자지껄한 소리도 섞여 있었다.

위소보는 냉큼 방 안으로 뛰어들어가 소리쳤다.

"나야!"

방이와 목검병은 너무 놀란 탓인지 안색이 창백했다. 목검병이 놀란 목소리로 물었다.

"왜 징을 치고 난리지? 우릴 잡으러 오나?"

위소보가 말했다.

"아니야, 태후가 죽었어! 지금 다들 정신없이 길길이 방방 날뛰고 있으니, 내 거처로 다시 돌아가는 게 더 안전할 것 같아."

목검병은 겁을 먹고 있었다.

"다시 돌아가자고? 우린… 우린 무사할까?"

위소보가 안심을 시켰다.

"걱정 마, 내가 다 알아서 할 테니까. 빨리 가자!"

그는 방이를 부축하고 보따리를 든 채 밖으로 뛰쳐나갔다.

셋이서 비칠비칠, 헐레벌떡 어느 정도 달려갔을 때, 대각선 쪽에서 몇몇 시위가 달려왔다. 앞장선 자는 횃불을 들고 있는데 대뜸 호통을 쳤다.

"누구냐?"

위소보가 소리쳤다.

"나예요! 어서 가서 황상을 보호하세요! 무슨 일이 일어났나요?"

그 시위는 위소보를 알아보고 횃불을 다른 사람에게 넘기고는 두 손을 쭉 아래로 내려 공손하게 말했다.

"계 공공, 자령궁에 일이 생긴 모양입니다."

위소보는 시치미를 뗐다.

"그럼 빨리 가봐요. 나도 곧 뒤따라갈게요."

시위가 몸을 숙이며 대답하고는 일행을 이끌고 바로 떠났다.

목검병이 말했다.

"다들 계 대형을 두려워하는 것 같아. 난 죽는 줄 알았어."

그러면서 가슴을 쓸어내렸다.

위소보는 농을 하거나 뻥을 치고 싶었으나 상황이 심각한지라 아무 말도 하지 않았다. 도중에 시위들과 몇 번 더 마주쳤으나 아무 탈 없이 거처로 돌아왔다. 방이와 목검병은 내관 복장이었고, 시위들은 정신없이 허둥대는 바람에 아무도 그녀들을 눈여겨보지 않았다.

위소보가 말했다.

"절대 옷을 갈아입지 말고 조용히 여기 있어."

그는 보따리를 옷상자 속에 잘 갈무리했다. 그리고 집 밖으로 나가 문을 밖에서 잠그고는 성큼성큼 빠른 걸음으로 건청궁 강희의 침전으로 향했다.

15
경전에 숨겨진 비밀

위소보는 빙긋이 웃었다.

“난 내시가 아니라고 말해줘야 하나?”

이때 난데없이 서천천의 호통 소리가 들려왔다.

“친구! 이젠 정체를 드러내시지!”

어느새 들어온 서천천이 옆 탁자에 앉아 있는 마부 한 명의 어깨를 후려쳐갔다.

강희는 징소리에 잠에서 깨 일어나 옷을 입었다. 시위 한 명이 들어와 자령궁에 일이 생겼다고 아뢰었다. 그러나 무슨 일인지는 확실히 모른다고 했다. 강희는 다급해졌다. 그때 마침 위소보가 들어오자 서둘러 물었다.

"태후께선 강녕하시냐? 무슨 일이 벌어진 거지?"

위소보가 대답했다.

"태후마마께선 간밤에 소인더러 거처로 돌아가서 자고 아침에 자령궁으로 옮겨오라고 하셨습니다. 한데… 이 밤중에 일이 일어날 줄은… 제가 바로 가서 확인해보겠습니다."

강희가 말했다.

"나도 가서 문안을 여쭤야겠다. 날 따라와라."

위소보가 짧게 대답했다.

"네!"

강희는 모후에 대한 효심이 지극해, 복식도 제대로 갖추지 않고 그냥 장포를 걸친 채 밖으로 나가 성큼성큼 걸으며 물었다.

"태후께선 너더러 당신 곁에서 모시라고 했는데 왜 다시 나한테 돌아왔지?"

위소보는 둘러댔다.

"소인은 징소리를 듣고 자객들이 다시 나타난 것 같아, 황상의 안위가 걱정돼서 우선 달려왔습니다. 저… 죽을죄를 지었습니다."

강희가 침전을 나서자 내관과 시위들이 우르르 달려와 좌우를 호위하며 10여 개의 등을 환하게 밝혔다. 강희는 위소보의 옷매무새가 헝클어져 있는 것을 보았다. 그러나 태후의 침상 밑으로 기어들어갔다 나왔기 때문이라고는 꿈에도 생각지 못했다. 그저 자신에 대한 충성심 때문에, 태후의 자령궁으로 가기 앞서 허겁지겁 달려오느라 옷도 제대로 입지 못한 거라고 생각했다. 내심 위소보가 기특하고, 그의 충심이 흐뭇했다.

얼마쯤 가자 시위 두 명이 급히 달려왔다.

"아뢰옵니다. 자객이 자령궁에 잠입해 내관 한 명과 궁녀 한 명을 살해했습니다."

강희가 급히 물었다.

"태후마마께서 놀라지 않으셨느냐?"

시위가 대답했다.

"다 총관께서 시위들을 이끌고 자령궁을 겹겹이 포위해 태후마마를 보호하고 있습니다."

강희는 다소 마음이 놓이는 표정이었다.

위소보는 속으로 구시렁거렸다.

'10만 대군을 이끌고 와서 자령궁을 호위해도 이미 늦었어.'

건청궁에서 자령궁까지는 그리 멀지 않다. 양심전과 태극전을 끼고 돌면 바로 도착한다. 등롱과 횃불이 대낮처럼 밝혀져 있는 가운데 수백 명의 시위들이 겹겹이 주위를 에워싸고 있었다. 자객은 고사하고 쥐새끼 한 마리도 들어갈 수 없었다.

시위들은 황제를 보자 일제히 무릎을 꿇었다. 강희는 그저 손만 흔들어 보이고는 바로 안으로 걸음을 옮겼다. 위소보가 문발을 젖혀주자 강희는 안으로 들어갔다. 침궁 안에는 상자와 잡동사니들이 어지럽게 널브러져 있고, 선혈이 낭자했다. 그리고 시신 두 구가 쓰러져 있었다.

강희는 놀라 소리쳤다.

"마마! 마마!"

그러자 침상에서 힘없는 음성이 들려왔다.

"황상인가요? 난 아무 일 없으니 걱정 말아요."

바로 태후의 음성이었다.

위소보는 기절초풍했다.

'아니, 늙은 화냥년이 죽지 않았잖아! 내가 왜 이렇게 어리석고 경솔했지? 아까 몸에다 비수를 한 번 더 찔렀어야 하는데… 저년이 죽지 않았으니 이젠 내가 죽을 판이군!'

그는 몸을 돌려 냅다 도망치고 싶었으나 밖에 시위들이 빽빽하게 도열해 있으니 몇 걸음 못 가 바로 붙잡힐 게 뻔했다. 그저 놀라서 다리가 후들후들 떨리고 머리가 어찔어찔해 그 자리에 쓰러질 것만 같았다.

강희가 침상 가까이 다가갔다.

"마마, 많이 놀라셨겠네요. 소자가 편히 지켜드리지 못한 죄가 큽니다. 멍청한 시위들을 엄히 벌하겠습니다."

태후는 숨을 몰아쉬며 말했다.

"아… 아네요. 내관 하나와 궁녀가 싸우는 통에… 서로 죽이고 죽은 모양이에요. 시위들과는 상관없는 일이에요."

강희가 말했다.

"마마께옵선 성체 강녕하신지요? 크게 놀라시진 않았는지요?"

태후가 대답했다.

"괜찮아요. 내관이니 시위니 보기만 해도 화가 치밀어요. 다들 물러가라고 하세요. 그리고 황상도 그만 가세요."

강희가 분부했다.

"어서 어의를 불러 진맥을 하도록 해라!"

위소보는 강희 뒤에 몸을 숨긴 채 행여나 태후가 알아볼까 봐 아무 말도 하지 못했다.

태후가 말렸다.

"아녜요, 어의를 부르지 마세요. 그냥 한숨 자고 일어나면 나아질 거예요. 그리고 저… 두 시신은 치우지 말고 그냥 놔두세요. 지금 마음이 착잡하니 조용히 있고 싶어요. 황상, 어서… 다들 가라고 하세요."

음성이 갈수록 미약해지며 숨을 제대로 잇지 못했다. 상처가 심한 게 분명했다.

강희는 심히 걱정이 됐지만 태후의 명을 거역할 수는 없었다. 원래는 이 내관과 궁녀가 왜 다퉜는지 확인하고 싶었다. 두 사람은 비록 죽었지만 엄청난 죄를 범했으니 그들의 가족들까지도 잡아와 문책을 해야 했다. 그런데 태후의 말투로 보아, 이번 일이 외부에 알려지는 것을 꺼리는 것 같았다. 심지어 시신도 치우지 말라고 하지 않는가! 더 이상 머물 수가 없어 태후한테 인사를 올리고 자령궁에서 물러났다.

위소보는 벼랑 끝에서 간신히 목숨을 건졌으니, 다리가 떨려서 손으로 담벼락을 짚으며 간신히 걸었다.

강희는 건청궁으로 걸음을 옮기면서 깊은 생각에 잠겼다. 오늘 밤 자령궁에서 발생한 일은 아무리 생각해도 너무 황당하고 어처구니가 없었다. 무슨 말 못할 사연이 있는 게 분명한데, 태후의 태도로 봐서는 다른 사람이 간여하는 걸 원치 않는 듯했다. 그는 고개를 숙인 채 생각을 하면서 한참 걷다가 비로소 고개를 들었다. 그리고 위소보가 뒤에 있는 것을 발견하고 물었다.

"태후마마가 곁에서 모시라고 했는데 왜 따라왔지?"

위소보는 내일 날이 밝는 대로 궁에서 도망치기로 이미 작심했다. 그러니 뭐라고 거짓말을 해도 상관없었다.

"앞서 태후마마께옵서 마음이 착잡하니 내관과 시위들을 보기만 해도 화가 난다고 하셨잖아요. 소인은 태후마마의 안정을 위해 곁에서 얼쩡거리지 말아야겠다고 생각했습니다."

강희는 고개를 끄덕이고는 건청궁 침전으로 돌아왔다. 그리고 곁에서 모시던 내관들이 물러가자 위소보에게 말했다.

"소계자, 넌 남아 있어라."

위소보가 대답했다.

"네!"

강희는 방 안 이쪽에서 저쪽으로, 다시 저쪽에서 이쪽으로 왔다 갔다 하며 서성이더니 위소보에게 물었다.

"네가 보기에 그 내관과 궁녀가 왜 다투다가 서로 죽인 것 같으냐?"

위소보는 잡아뗐다.

"도저히 모르겠어요. 궁에 있는 궁녀들과 내관들은 성질이 아주 나

빠요. 걸핏하면 입씨름을 하고, 몰래 싸우는 경우도 많지요. 태후마마랑 황상이 그걸 모르고 있을 뿐이에요."

강희는 고개를 끄덕였다.

"모후께서 또 역정을 내실지 모르니, 가서 이번 일에 대해선 반드시 함구하도록 모두에게 전해라."

위소보가 다시 대답했다.

"네!"

강희가 말했다.

"가봐라."

위소보는 인사를 올리고 몸을 돌려 나오면서 생각했다.

'지금 떠나면 다신 널 보지 못할 거야.'

그는 고개를 돌려 강희를 쳐다보았다. 이대로 헤어지기가 너무나 아쉬웠다. 강희도 위소보를 쳐다보며 미소를 지었다. 그도 못내 아쉬워하는 것 같았다.

"이리 와봐라."

위소보는 그에게 다가갔다. 강희는 침상 맡에 있는 금합을 열어 다과 몇 가지를 집었다.

"반나절 동안 뛰어다니느라 수고했으니 배가 고플 것이다."

위소보는 두 손으로 받았다. 아무리 생각해도 태후는 사람됨이 너무 악랄하다. 궁에다 남자까지 숨겨놓고 무슨 짓을 했는지 알 수가 없다. 어쩌면 언젠가는 황제까지 해칠지도 모른다. 그런데 안타깝게도 황제는 아무것도 모르고 있다. 황제는 여태껏 자기를 친구나 형제처럼 대해주었다. 만약 모든 사실을 털어놓지 않고 황제가 태후에게 죽음을 당하게 놔둔다면 그건 정말 의리가 없는 일일 것이었다.

생각이 여기에 미치자, 강희가 태후한테 당해 온몸의 뼈마디가 부러진 채 처참하게 죽어 있는 광경이 눈앞에 펼쳐지는 것 같아, 콧등이 시큰해지며 자신도 모르게 왈칵 눈물이 쏟아졌다.

영문을 모르는 강희는 미소를 지었다.

"왜 그래?"

그는 위소보의 어깨를 토닥이며 다시 물었다.

"내 곁에 있고 싶어서 그러니? 그건 어려울 게 없어. 며칠 있다가 모후의 환후가 나아지면 내가 말씀드릴게. 솔직히 말해서 나도 널 보내기가 싫어."

위소보는 감정이 북받쳐올랐다.

'도궁아는 내가 모든 사실을 털어놓으면 황제가 입을 봉하기 위해 날 죽일지도 모른다고 했어. 하지만… 영웅호한은 뭐든지 다 할 수 있어! 대신 의리를 저버리는 일만은 절대 해서는 안 돼! 좋아! 대장부가 한 번 죽지, 두 번 죽겠나?'

그는 다과를 탁자에 내려놓고 강희의 손을 꼭 잡았다. 그리고 떨리는 목소리로 말했다.

"소현자! 한 번만 더 소현자라고 불러봐도 되겠어요?"

강희는 빙긋이 웃었다.

"그럼, 되고말고. 내가 말했잖아, 다른 사람들이 없을 때는 예전처럼 편하게 지내자고. 나랑 또 한판 붙어보고 싶은 거야? 좋아! 자, 자… 어서 덤벼봐."

그러면서 손목을 꺾어 위소보의 손을 꽉 쥐었다.

위소보는 마음을 굳혔다.

"겨루는 건 급하지 않고… 한 가지 중대한 기밀이 있어요. 이건 분명히 내 친구 소현자한테 털어놓는 거지, 절대 황제에게 말하는 게 아녜요. 황제가 들으면 분명 내 목을 칠 거예요. 하지만 소현자는 날 친구로 생각하기 때문에 어쩌면 괜찮을지도 몰라요."

강희는 무슨 중대한 기밀인지 알 턱이 없지만 어린 마음에 아주 재미있을 거라고 생각했다. 그래서 얼른 위소보의 손을 잡고 어깨를 나란히 한 채 침상 맡에 앉았다.

"뭔데? 빨리 말해봐, 어서!"

위소보가 다짐을 받았다.

"지금은 황제가 아니라 내 친구 소현자죠?"

강희는 웃었다.

"그래, 지금 난 너의 친한 친구 소현자야. 황제가 아니라고! 맨날 황제 노릇만 하고 맘을 터놓을 친구가 없으니 살맛이 안 나."

위소보는 진지하게 말했다.

"좋아요, 다 말해줄게요. 설령 진짜 내 목을 자른다 해도 어쩔 수 없어요!"

강희는 여전히 웃었다.

"내가 왜 너를 죽여? 친구가 어떻게 친한 친구를 죽일 수 있겠어?"

위소보는 길게 숨을 들이켰다.

"난 진짜 소계자가 아니에요. 그리고 내관도 아니에요. 진짜 소계자는 내가 죽였어요!"

강희는 깜짝 놀랐다.

"뭐라고?"

위소보는 자신의 출신 내력을 간단하게 털어놓았다. 그리고 어떻게 궁에 붙잡혀왔으며, 어떻게 해서 해대부의 두 눈을 멀게 만들고, 소계자 행세를 하며 해대부에게 무공을 배우게 되었는지, 그 경위를 이야기해주었다.

여기까지 들은 강희는 웃으며 말했다.

"빌어먹을! 그럼 우선 바지를 벗어봐."

위소보는 황제가 영명하다는 것을 잘 알고 있었다. 이런 예사롭지 않은 일을 직접 확인하지 않을 리가 없었다. 그래서 바로 바지를 벗어 보여주었다.

강희는 그가 거세를 하지 않은 것을 확인하고는 깔깔 웃었다.

"제기랄, 정말 내시가 아니군. 사실 소계자를 죽인 건 아무것도 아니야. 이젠 내관 노릇을 할 수 없을 테니, 내가 어전 시위총관을 시켜줄게. 다릉은 비록 무공이 뛰어나지만 일 처리는 깔끔하지 못해."

위소보는 바지를 도로 입었다.

"그거야 너무 황송하고 고마운 일이지만, 안 될 것 같아요. 태후마마와 관련 있는 아주 엄청난 기밀을 들었어요."

강희의 안색이 약간 변했다.

"모후와 연관이 있다고? 무슨 일인데?"

그렇게 물으며 내심 뭔가 심상치 않음을 직감했다.

위소보는 이를 한번 악물고 나서 그날 밤 자령궁에서 들은 해대부와 태후의 대화 내용을 일일이 다 털어놓았다.

강희는 부황인 순치 황제가 별세하지 않고 출가해서 지금 오대산

청량사에 있다는 말을 듣자, 그 놀라움은 이루 형용할 수 없었다. 그리고 특히 그 기쁨에 미쳐버릴 것만 같았다. 그는 온몸을 부들부들 떨며 위소보의 두 손을 꽉 쥐었다.

"그게… 그게 정말 사실이란 말이냐? 부황께서… 아직 생존해 계신단 말이야?"

위소보는 단호하게 말했다.

"태후와 해대부가 분명 그렇게 말했어요."

강희는 자리에서 벌떡 일어나 큰 소리로 외쳤다.

"그거… 정말 잘됐다, 잘됐어! 소계자, 날이 밝는 대로 우리 함께 오대산으로 가서 부황을 알현하자! 그리고 궁으로 모셔오자."

강희는 어린 나이에 등극해 천하를 호령하며 마음만 먹으면 뭐든지 다 할 수 있었다. 유일하게 유감스러운 것이 있다면, 그건 바로 부모님을 일찍 여윈 일이었다. 어떨 때는 꿈속에서 부모님을 생각하며 혼자 눈물을 흘리곤 했다. 지금 위소보의 말을 듣자, 비록 아직은 긴가민가하지만 그 기쁨은 하늘을 날 것만 같았다.

위소보가 다시 심각하게 말했다.

"태후께서 원치 않으실 겁니다. 그럴 만한… 아주 중대한 사연이 있어요."

강희가 말했다.

"그래, 그렇겠지! 한데 무슨 사연이지?"

그는 부황이 생존해 있다는 말을 듣고 기쁨이 넘쳤지만, 마음을 진정시키고 가만히 생각하니 무수한 의문이 떠올랐다.

위소보가 말했다.

"저는 궁중 대사에 대해 아무것도 아는 게 없어요. 그저 태후와 해대부가 주고받은 말을 그대로 전해드릴게요."

강희가 재촉했다.

"그래, 그래! 빨리 말해봐, 어서!"

위소보는 들은 대로 말을 이어갔다. 단경 황후와 효강 황후가 다른 사람에 의해 피살됐다는 말을 전하자, 강희는 펄쩍 뛰며 소리쳤다.

"아니… 효강 황후가… 피살됐다고?"

위소보는 덜컥 겁이 났다. 강희는 안색이 크게 변해 눈이 휘둥그레지고, 얼굴 근육이 실룩거렸다.

위소보는 떨리는 목소리로 말했다.

"저는… 저는 잘 몰라요. 그저 해대부와 태후가 그렇게 말하는 걸 들었을 뿐이에요."

강희가 말했다.

"좋아, 그들이 뭐라고 말했지? 자… 다시 자세히 말해봐."

위소보는 원래 기억력이 좋았다. 그는 그날 밤 태후와 해대부가 나눈 말을 그대로 전해주었다. 심지어 말투도 비슷하게 흉내 냈다.

강희는 잠시 넋 빠진 사람처럼 멍하니 있었다.

"나의 친모가… 다른 사람에게 피살되었다고?"

위소보가 놀라 물었다.

"그럼 효강 황후가 바로… 생모라고요?"

강희는 고개를 끄덕였다.

"그래, 한 마디도 빠뜨리지 말고 계속 말해봐."

감정이 북받치는지 양 볼을 타고 눈물이 주르르 흘러내렸다.

위소보의 말이 이어졌다. 흉수가 화골면장으로 우선 단경 황후의 아들 영친왕을 죽이고 나서 다시 단경 황후를 죽였고, 순치 황제가 출가하자 또 정비와 효강 황후를 죽였다. 그들의 시신을 염한 오작件作이 해대부의 명을 받고 오대산으로 달려가 모든 사실을 순치 황제에게 알렸고, 순치 황제는 해대부를 궁으로 보내 진상을 확인하도록 명했다. 위소보는 태후와 해대부가 서로 장풍 대결을 하게 된 데까지 말했다. 해대부는 눈이 멀었기 때문에 태후를 당해내지 못하고 결국 죽었다고 했다.

강희는 정신을 가다듬고 그날 밤에 벌어진 상황을 다시 자세하게 물었다. 그리고 위소보의 일관된 말을 듣고 꼼꼼히 생각을 거듭했다. 이건 절대로 위소보가 날조할 수 있는 일이 아니었다. 강희는 생각을 접고 위소보를 똑바로 쳐다보며 물었다.

"한데 왜 이제야 나한테 그런 사실을 털어놨지?"

위소보가 반문했다.

"그런 엄청난 일을 어떻게 함부로 말할 수 있겠어요? 난 내일 궁에서 달아나 다신 돌아오지 않을 생각이에요. 한데 홀로 남게 될 소현자를 생각하니 너무 위험할 것 같아, 더 이상 숨길 수가 없었어요."

강희가 다시 물었다.

"왜 궁에서 나가려고 하지? 태후가 널 해칠까 봐 겁나서?"

위소보가 대답했다.

"다 말할게요. 오늘 밤 자령궁에서 죽은 그 궁녀는 남자예요. 바로 태후의 사형이었어요."

태후가 머무는 자령궁의 궁녀가 남자라니, 이는 정말 불가사의한 일이었다. 그러나 강희는 죽은 줄로만 알았던 부황이 살아 있고, 그동안 현숙하고 자애롭게만 생각했던 태후가 자신의 생모를 살해한 원흉이라는 사실을 알게 됐으니, 궁녀가 남자라는 말에도 그다지 크게 놀라지 않았다. 더구나 줄곧 내시로 알고 있던 소계자마저 가짜고 진정한 사나이라니, 그보다 더 놀랄 일은 없었다.

강희가 담담하게 물었다.

"그건 또 어떻게 알았지?"

위소보가 다시 대답했다.

"그날 내가 우연히 태후와 해대부의 대화를 엿들은 후로 태후는 계속 나를 죽이려 했어요."

이어 태후가 어떻게 서동과 유연, 그리고 내관들을 시켜 자기를 죽이려 했는지 일일이 다 말해주었다. 오늘 자령궁에 가서 한 남자와 태후의 대화를 엿듣게 되었는데, 두 사람은 어떤 논쟁을 벌였으며, 태후가 어떻게 그 가짜 궁녀를 죽이고 자신도 부상을 입었는지까지 다 들려주었다. 나중에 한 말은 물론 전부 다 사실은 아니었다. 도궁아에 관한 것과 자기가 서동과 유연을 죽이고 《사십이장경》을 훔친 일은 입 밖에 내지 않았다.

강희는 생각을 굴리며 말했다.

"그자가 태후의 사형이라고? 그의 말투로 미루어 태후는 또 다른 누군가에게 협박을 당하고 있는 것 같은데, 그자가 누굴까? 혹시… 그자는 태후의 침전에 가짜 궁녀가 있다는 사실을 알고 있기 때문에… 그래서…?"

강희가 한 말 속에는 태후의 '간통'이 연루돼 있기 때문에, 위소보는 감히 뭐라고 말할 수 없어 그저 고개만 내둘렀다.

"저도 누군지 잘 모르겠어요."

강희가 말했다.

"가서 다륭을 불러오너라."

위소보는 대답을 하고 내심 생각을 굴렸다.

'황상은 태후와 완전히 등을 돌리고, 다륭을 시켜 그 늙은 화냥년을 죽이려는 게 아닐까? 난 빨리 달아나야 하나, 아니면 남아서 황상을 도와야 하나?'

다륭은 걱정이 태산 같아 속이 타들어갔다. 궁에서 잇따라 일이 터지니 설령 자신의 목이 달아나지 않는다 해도, 그 모가지 위에 쓰고 있는 모자, 그리고 그 모자 위에 달려 있는 벼슬의 상징인 정자頂子는 아무래도 온전히 보존하기가 어려울 것 같았다. 그는 황제의 부름을 받자 허겁지겁 건청궁으로 달려왔다.

강희가 분부했다.

"자령궁에는 별일이 없는 것 같소. 태후께서는 밖에 시위들이 있으면 마음이 소란스럽다고 하시니, 속히 시위들을 자령궁에서 철수시키시오."

다륭은 황상의 안색이 심상치 않아 보이나 문책과 관련해서는 전혀 언급이 없자 내심 좋아하며 얼른 큰절을 올리고 물러났다.

강희는 심중의 여러 가지 의문에 대해, 위소보에게 세세히 묻고 다시 확인했다. 시간이 꽤 흐른 후, 시위들이 자령궁에서 다 철수했을 거라 생각하고 위소보에게 말했다.

"소계자, 오늘 밤 나와 함께 자령궁을 염탐하러 가자."

위소보가 되물었다.

"직접 염탐하러 가신다고요?"

강희는 단호했다.

"그래!"

이건 천지가 개벽할 만큼 엄청난 사안이었다. 단순히 일개 가짜 내관의 말만 듣고, 그동안 자신을 키워준 태후를 의심할 순 없다. 그리고 '위험을 무릅쓴 야밤의 염탐'은 무예를 익힌 무인으로서 꼭 해야 될 일 중 하나다. 모처럼 기회가 생겼는데 어찌 쉬이 놓칠쏘냐! 자신은 황제의 몸이라 궁 밖으로 나가 직접 솜씨를 펼칠 순 없으니, 궁 안에서 '야행인夜行人'을 한번 해보는 것도 좋은 경험이라고 생각했다. 단지 미리 명을 내려 자령궁 주위의 시위들을 다 철수시켰다는 것이 좀 마음에 걸렸다. 그건 진정한 무림 고수의 자세가 아니기 때문이었다.

위소보가 말했다.

"태후는 사형을 죽이고 부상을 입은 채 요양 중이라 깊이 잠들었을 테니, 별다른 것을 염탐해내지는 못할 텐데요."

강희가 말했다.

"염탐해보지도 않고 그걸 어떻게 알 수 있겠어?"

그는 곧 간편한 옷으로 갈아입고, 가벼운 신발로 바꿔신었다. 바로 지난날 위소보와 무공을 겨뤘을 때의 차림이었다. 침상 말에서 칼 한 자루를 꺼내 허리에 차는 것도 잊지 않았다. 두 사람은 곧 건청궁 옆문으로 나갔다.

시위들과 내관들이 건청궁 밖에서 겹겹이 경계를 서고 있다가 황제를 보자 황급히 무릎을 꿇고 절을 올렸다. 그러자 강희가 엄히 명했다.

"모두 거기 서서 꼼짝도 하지 마라!"

황제의 명이다. 누가 감히 거역하겠는가? 200여 명의 시위와 내관들은 그 자리에 못 박힌 듯 서서 꼼짝도 하지 않았다.

강희는 위소보를 데리고 자령궁 화원으로 왔다. 주위를 살펴 아무도 없다는 것도 확인했다. 살그머니 태후의 침전 창문 아래까지 접근해갔다. 귀를 기울여보니 태후의 기침 소리가 계속 들려왔다.

순간 온갖 상념이 물밀 듯이 밀려왔다. 비통하기도 하고 짜증스럽기도 했다. 태후의 기침 소리를 들으면서 당장 뛰어들어가 끌어안고 통곡을 하고 싶었다. 또한 목을 조이며 신랄하게 따져보고도 싶었다. 부황과 생모를 어떻게 했느냐고, 한번 캐묻고 싶었다. 그리고 한편으로는 위소보의 말이 전부 다 꾸며낸 거짓말이기를 바라기도 하고, 또 다른 한편으로는 그의 말이 전부 사실이기를 갈망하기도 했다. 강희는 모순된 감정에 휩싸이며 몸을 부들부들 떨었다. 솜털이 곤두서고, 등골이 오싹해지는 한기를 느꼈다.

태후의 침전 안에 촛불이 밝혀져 있었다. 그 빛이 밝아졌다가 어두워졌다가 하면서 창호지에 어른거렸다.

잠시 후, 한 궁녀의 음성이 들려왔다.

"마마, 다 꿰맸습니다."

이어 태후의 떠듬거리는 말소리가 이어졌다.

"음··· 그래, 그 궁녀··· 궁녀의 시신을··· 포대에··· 담아라."

궁녀가 대답했다.

"네, 그럼 내관의 시신은 어떡하죠?"

태후의 음성엔 분노가 섞여 있었다.

"그냥 궁녀의 시신만… 담으라고 했잖아! 왜… 쓸데없이 내관에 대해 묻느냐?"

궁녀는 얼른 대답했다.

"네!"

이어 무엇인가 육중한 물체를 질질 끄는 소리가 들렸다.

강희는 창문 틈으로 안을 들여다보고 싶은 생각이 굴뚝같았다. 그러나 태후가 사는 침전의 창문은 밀랍으로 틈새를 밀봉했다. 전혀 틈새가 없었다. 그는 지난날 위소보로부터 강호 야행인들에 관한 이야기를 전해들은 바 있었다. 물론 그런 이야기들은 위소보가 모십팔에게 들은 것을 다시 들려준 것이었다. 지금 창문에 틈새가 없으니, 들었던 이야기를 한번 써먹고 싶었다. 그래서 손가락에 침을 묻혀 창호지를 적신 다음 살짝 힘을 주었다. 그 즉시 아무 소리도 나지 않고 창호지에 작은 구멍이 뚫렸다.

그 구멍을 통해 보니, 태후의 침상에는 휘장이 드리워져 있고, 젊은 궁녀 하나가 시신 한 구를 커다란 포대에 쑤셔넣고 있었다. 시신은 궁녀의 복장을 하고 있었는데, 머리카락이 하나도 없는 대머리였다.

젊은 궁녀는 시신을 다 담고 나서 가발을 집어 잠시 머뭇거리더니 역시 포대 속에다 집어넣었다. 그리고 나직이 말했다.

"마마, 다… 담았습니다."

태후가 말했다.

"밖에 시위들은 다 철수했느냐? 무슨 소리가 들리는 것 같은데…."

궁녀는 문을 열고 밖을 한번 둘러보고 나서 말했다.

"아무도 없는데요."

태후가 분부했다.

"그럼 그 포대를 연꽃연못으로 끌고 가서… 큰 돌을 몇 개 집어넣어 줄로… 단단히 묶은 다음… 콜록콜록… 연못 속에다 던져버려라."

궁녀가 대답했다.

"네!"

그녀의 음성이 다소 떨리는 것으로 미루어, 두려워하고 있는 게 분명했다. 태후가 다시 말했다.

"포대를 던져넣고 다시… 흙을 많이 떠다가… 다른 사람이 볼 수 없게… 위에다 뿌려라."

궁녀가 다시 대답했다.

"네!"

그녀는 끙끙대면서 커다란 포대를 질질 끌고 화원으로 향했다.

강희는 어둠 속에서 그 모습을 지켜보며 내심 생각했다.

'태후가 흔적을 없애려고 시신을 연못 속에 던지라고 하는군. 소계자가 그 궁녀는 남자라고 하더니, 거짓이 아니었구나. 틀림없이 뭔가 말 못할 사연이 있는 거야.'

위소보가 옆에 있어서, 자신도 모르게 자꾸 그의 손을 꼭 잡았다. 두 사람 다 상대의 손에 식은땀이 배어 있는 걸 느낄 수 있었다.

잠시 후에 '풍덩!' 하는 소리가 들렸다. 시신을 연못 속에 던진 모양이었다. 이어서 연못에 흙을 던지는 소리도 들려왔다.

위소보와 강희가 숨을 죽이고 있는 사이에 그 궁녀가 다시 침전으로 돌아왔다. 위소보는 그녀의 목소리를 듣고 이미 누군지 알고 있었다. 바로 전에 만났던 자기 또래의 예초였다.

태후가 물었다.

"잘 처리했느냐?"

예초가 대답했다.

"네, 다 처리했어요."

태후가 다시 물었다.

"여기 원래 두 구의 시신이 있었는데 왜 한 구가 없어졌지? 내일 누가 물으면 어떻게 대답할 것이냐?"

예초가 떠듬거렸다.

"저… 저는… 아무것도 몰라요."

태후가 나무랐다.

"너는 여기서 줄곧 내 시중을 들었는데, 어찌 아무것도 모를 수 있단 말이냐?"

예초는 당황했다.

"아, 네! 네…."

태후가 호통을 쳤다.

"뭐가 네, 네냐?"

예초가 떨리는 음성으로 말했다.

"그… 죽은 줄로만 알았던 궁녀가 힘겹게 일어나는 걸 봤어요. 알고 보니 중상을 입었을 뿐 죽지 않았더라고요. 그는 아주 천천히… 천천히 밖으로 나갔어요. 그때 태후마마께서는 깊이 잠들어 계셔서 감히 깨우지 못했어요. 그 궁녀는 자령궁을 빠져나가더니… 어디론가 사라져버렸어요."

태후는 한숨을 내쉬며 말했다.

"아, 그랬구나. 나무관세음보살… 죽지 않고 스스로 떠났다니… 그거 잘됐구나."

강희와 위소보는 다시 얼마 동안 기다렸지만 더는 태후의 소리가 들리지 않았다. 잠이 든 모양이었다. 그래서 살그머니 현장을 떠나 건청궁으로 돌아왔다. 시위들과 내관들은 여전히 움직이지 않고 제자리에 꼿꼿이 서 있었다. 강희가 웃으며 말했다.

"자, 이젠 몸을 풀고 각자 할 일을 해라."

그는 비록 웃으면서 말했지만, 웃음소리와 목소리가 왠지 모르게 좀 까칠했다.

침궁으로 돌아오자 강희는 위소보를 물끄러미 쳐다볼 뿐, 한동안 아무 말이 없었다. 그러다 갑자기 주르르 눈물을 흘렸다. 목도 메었다.

"이제 보니 태후가… 태후가…."

말을 제대로 잇지 못했다. 위소보도 무슨 말을 해야 좋을지 몰랐다.

강희는 잠시 생각에 잠겨 있더니, 손뼉을 쳐서 시위 두 명을 문 앞으로 불렀다. 그러고는 나직이 분부했다.

"한 가지 극비리에 진행할 일이 있다. 절대 외부에 누설되면 안 된다. 자령궁 연못 속에 커다란 포대가 잠겨 있을 것이다. 가서 그것을 건져 들고 와라. 태후께서 취침 중이니 만약 소리를 내서 태후마마를 놀라시게 하면 목이 달아날 줄 알아라."

시위 두 명은 대답을 하고 황급히 떠났다. 강희는 침상 맡에 앉아 아무 말 없이 깊은 생각에 잠겼다.

한참 후에 시위들이 물에 축축하게 젖은 큰 포대를 들고 와서 침궁 문밖에 내려놓았다.

강희가 물었다.

"태후마마를 놀라시게 한 일은 없었겠지?"

두 시위가 대답했다.

"네, 분부대로 했습니다."

강희는 고개를 끄덕이더니 말했다.

"그걸 들고 들어와라."

시위들이 대답과 함께 젖은 포대를 들고 들어왔다.

강희가 말했다.

"이젠 나가봐라."

위소보는 밀다시피 시위들을 밖으로 내보내고 문을 안에서 잠갔다. 그러고는 포대를 묶었던 밧줄을 풀고 시신을 끄집어냈다. 시신은 수염을 말끔히 깎았지만 모근이 그대로 드러나 보였고, 목젖도 뚜렷했다. 그리고 가슴이 밋밋한 게 남자임에 분명했다. 몸은 근육으로 뭉쳐졌고, 손가락 마디에 굳은살이 박인 게 오랫동안 무공을 연마해왔다는 것을 금방 알 수 있었다.

이자가 궁녀로 위장해 궁에 잠복한 지는 오래지 않은 것 같았다. 그의 생긴 꼬락서니를 보면, 남자로서도 아주 못생긴 얼굴인데 오랫동안 여자로 위장한 게 탄로나지 않았을 리 없다.

강희는 칼을 뽑아 그의 바지를 찢어 확인하더니 분노가 극에 달했다. 칼을 마구 휘둘러 그 부위를 난도질했다.

위소보가 입을 열었다.

"태후는…?"

강희가 버럭 화를 냈다.

"태후는 무슨 태후냐? 그 요망한 것이 부황을 몰아내고, 생모를 살해했어! 궁중 법도를 어지럽히고 문란한 일을 일삼아왔으니, 내… 내 그 더러운 것을 갈기갈기 찢어죽여도 시원치 않아! 멸족을 시켜버리고 말 거야!"

위소보는 안도의 숨을 길게 내쉬었다.

"황상께서 그를 태후로 생각하지 않는다면, 그가 저지른 나쁜 짓을 많이 알고 있는 저를 죽여서 입을 봉하시지는 않겠군요."

강희는 시신에 칼질을 몇 번 더 하고도 분을 삭이지 못해, 바로 시위를 불러 태후를 잡아들이려 했다. 그러나 이내 생각을 바꿨다.

'부황은 죽지 않고 출가해 오대산에 있다. 이건 엄청나게 충격적인 사건이야. 만약 세상에 알려지면 조정의 기강이 무너지고 민심이 크게 동요될 거야. 절대 경솔하게 행동해선 안 돼.'

그러고는 위소보에게 말했다.

"소계자, 내일 일찍 나와 함께 오대산에 가서 진상을 밝히자."

위소보가 대답했다.

"네!"

그는 뛸 듯이 기뻤다. 강희와 함께 오대산으로 가다니, 이 얼마나 신나는 일인가! 경성에서 빈둥대는 것보다 훨씬 재미있을 것 같았다.

그러나 강희는 위소보보다 훨씬 생각이 깊고 매사에 주도면밀했다. 황제의 순행巡行이 그리 간단하지 않다는 사실을 이내 간파했다. 최소한 몇 달 동안 준비를 해야만 가능한 일이었다. 연도에 문무백관이 수행을 해야 하는데, 그 절차가 만만치 않았다. 순행을 하고 싶다고 해서 바로 실행에 옮길 수 있는 일이 아니었다.

그리고 자신은 어린 나이에 등극한 지 오래되지 않아, 조정의 왕공대신들을 순복시켰다고 장담할 수 없었다. 만약 자기가 없는 틈을 타서, 태후가 정권을 찬탈할 양으로 자신을 폐위시키고 다른 사람을 옹립할 가능성도 없지 않았다.

더구나 지금까지 위소보의 말만 들었지 부황이 정말 살아 있는지 죽었는지, 직접 확인하지 못했다. 어쩌면 지금은 오대산에 없을지도 모르는 일이었다. 자기가 대대적으로 군신들을 이끌고 갔다가 만나지 못한다면, 천하의 웃음거리가 될 것이고 후세에도 어리석은 군주로 남게 될 것이었다.

그는 곰곰이 생각을 하고 나서 고개를 흔들었다.

"안 되겠다. 난 함부로 궁을 벗어날 수 없어. 소계자, 네가 날 대신해서 다녀와라."

위소보는 매우 실망했다.

"저 혼자서 다녀오라고요?"

강희가 말했다.

"그래, 너 혼자 가서 부황이 정말 오대산에 계신지 확실하게 알아봐라. 난 궁에서 그 요망한 것을 처단할 방법을 철저히 구상해보겠다. 만전을 기하고 나서, 그때 다시 함께 오대산으로 가자꾸나."

위소보는 황제가 궁에 남아 태후를 처단할 방법을 강구하겠다는 말에, 기꺼이 혼자 오대산으로 가기로 마음먹었다.

"네, 좋아요! 제가 오대산에 다녀오겠습니다."

강희가 다시 말했다.

"대청 율법에 따르면, 내관은 경성을 떠날 수 없다. 황제를 수행한다면 모르지만… 다행히 넌 내관이 아니다. 소계자, 앞으로 내관을 하지 말고 시위가 되는 게 좋겠다. 하지만 궁중 사람들이 거의 다 널 잘 알고 있는데, 갑자기 내관을 그만두고 시위로 변신하면 다들 이상하게 생각할 거야."

강희는 생각을 하면서 말을 이어갔다.

"음… 이렇게 하자. 내가 정식으로 선포하겠다. 오배를 제압하기 위해 넌 내 명에 따라 가짜 내관 노릇을 해왔다고 말이야. 이제 원흉을 제거했으니, 당연히 가짜 내관 노릇을 계속할 필요가 없지. 소계자, 앞으로 글공부를 좀 해라. 내가 큰 벼슬을 내려줄 테니까."

위소보가 대답했다.

"좋아요! 하지만 저는 책만 보면 지근지근 골치가 아파요. 공부를 조금만 할 테니까 벼슬도 그냥 조금 작은 걸로 주세요."

강희는 책상 앞에 앉아 부황께 전할 서신을 썼다. 자신이 불효하여 이제야 부황이 생존해 있는 걸 알았고, 이 기쁨은 이루 말로 형용할 수 없으며, 머지않아 직접 오대산으로 가서 모셔와 만민과 더불어 경축하리라…. 그렇게 몇 줄을 써내려가다가 갑자기 붓을 멈췄다.

'이 편지가 만약 다른 사람 손에 들어가면 사태가 심각해지겠지. 소계자가 잡히거나 피살되면 몸을 뒤져 서찰을 찾아낼 거야.'

그는 반쯤 쓴 편지를 촛불에 태워버리고 다시 쓰기 시작했다.

칙령. 어전 시위 부총관 위소보에게 황마괘黃馬褂(황금색 장삼, 최고의 무공

훈장과 같다)를 하사하여 공무차 오대산 일대로 보내니, 각지의 문무관원은 그의 명령과 지휘에 따르라.

다 쓰고 나서 옥새를 찍어 위소보에게 내주었다. 그러고는 웃으며 말했다.

"너에게 벼슬을 내렸는데, 무슨 벼슬인지 아느냐?"

위소보는 눈을 크게 떴다. 그가 아는 글자라곤 자신의 이름과 오대산의 오五, 일대의 일一, 그리고 문무관원의 문文, 고작 여섯 자뿐이었다. 게다가 위소보, 이름 석 자도 위韋 자와 보寶 자, 그 중간에 소小 자가 있어서 위아래를 조합해 겨우 알아본 것이었다. 만약 이름 석 자가 따로따로 떨어져 있었다면 자기 이름 글자도 못 알아볼 뻔했다.

위소보는 고개를 절레절레 흔들었다.

"무슨 벼슬인지 모르겠어요. 하지만 황상이 내린 것이니 어쨌든 작은 벼슬은 아니겠죠?"

강희는 웃으며 칙령을 한 번 읽어주었다.

위소보는 듣고 나서 혀를 길게 내밀었다.

"어전 시위 부총관이군요. 우아! 끗발이 엄청 세네요. 게다가 황마괘까지 하사하신다고요?"

강희는 미소를 지었다.

"다륭은 비록 총관이지만 아직 황마괘를 받지 못했다. 네가 이번 일만 잘 처리하고 돌아오면 더 높은 벼슬을 내려주마. 하지만 넌 아직 나이가 어린데 벼슬이 너무 높으면 좀 이상하니, 천천히 생각해보자."

위소보가 말했다.

"벼슬이 크든 작든 저는 상관없어요. 매일 황상을 뵐 수만 있다면 그걸로 만족해요."

강희는 기뻐하면서도 한편으론 걱정이 되었다.

"이번 일은 절대 기밀이 누설되면 안 된다. 그리고 항상 몸조심해야 한다. 만부득이한 경우가 아니면 칙령을 함부로 제시하지 마라. 자, 그럼 이젠 가보거라."

강희는 위소보를 보낸 후 다륭을 불러 위소보를 부총관에 임명한 것을 알려주었다. 다륭은 내심 이상하게 생각했으나 겉으로는 위소보가 똑똑하고 능력이 출중하다고 칭찬을 아끼지 않았다. 그리고 '황상께서 영명하신 인재 등용을 했다'는 칭송도 잊지 않았다.

거처로 돌아온 위소보는 문을 살짝 열고 안으로 들어갔다.

방이가 자지 않고 있다가 그를 반겼다.

"돌아왔군."

위소보가 말했다.

"만사형통이야. 지금 바로 궁에서 나가자!"

목검병도 비몽사몽 중에 깨어났다.

"무슨 일을 당했을까 봐 사저가 걱정 많이 했어."

위소보가 물었다.

"그럼 넌?"

목검병이 말했다.

"나도 당연히 걱정했지. 별일 없는 거지?"

위소보가 다시 말했다.

"그래, 아무 일 없었어!"

동녘 하늘이 밝아오기 시작했다. 새날을 알리는 종소리가 들리면서 궁문이 열렸다. 좀 있으면 문무관원이 잇따라 입궐을 할 것이었다.

위소보는 촛불을 밝혀 두 사람의 차림새를 다시 점검했다. 그러고는 웃으며 말했다.

"두 사람은 너무 예쁘게 생겨서 얼굴에 흙먼지를 좀 묻혀야 될 것 같아."

목검병은 내키지 않는 눈치였으나 방이가 바닥의 흙을 손으로 문질러 얼굴에 바르자 마지못해 따라 했다.

위소보는 태후의 침상에서 가져온 세 권의 경전도 보따리에 쌌다. 그리고 그 은비녀를 꺼내 방이에게 건네주었다.

"이 은비녀가 맞지?"

방이는 얼굴을 붉히면서 천천히 손을 내밀어 받았다.

"위험을 무릅쓰고 나가더니, 이… 이 비녀를 찾아오려고 했군."

그녀는 콧등이 시큰해지며 눈시울이 붉어졌다. 행여 눈물을 보일까 봐 얼른 몸을 돌렸다.

위소보가 웃으며 말했다.

"위험한 일은 별로 없었어."

그러고는 속으로 생각했다.

'좋은 일을 하면 좋은 결과를 얻기 마련이야. 그 비녀를 가지러 가지 않았다면 황마괘를 얻지 못했겠지!'

그는 두 사람을 데리고 신무문을 통해 궁을 빠져나왔다. 아직 날이 훤하게 밝지 않았다. 문을 지키고 있던 시위들은 계 공공이 두 내관을 데리고 출궁하는 것을 보자, 그냥 아첨을 떠는 데 여념이 없을 뿐, 아무도 꼬치꼬치 캐묻지 않았다.

방이는 궁에서 벗어나 어느 정도 걷자, 고개를 돌려 궁문을 바라보았다. 만감이 교차했다. 정말 격세지감이 느껴졌다.

위소보는 큰길로 나오자 가마 세 대를 불러 장안가로 가자고 했다. 그곳에서 다시 가마를 바꿔타고 천지회 형제들의 거처인 은행 골목으로 갔다. 가마에서 내리자 두 여인에게 점잖게 말했다.

"목왕부 사람들은 어제 다 성을 빠져나갔어. 친구들하고 상의해보겠지만… 두 사람은 어디로 갈 작정이지?"

그는 황마괘를 하사받은 어전 시위 부총관이 됐기 때문에 스스로도 많이 성숙해져야 한다고 느꼈다. 게다가 황명을 받고 중대한 일을 처리해야 할 몸이라 장난기를 싹 거뒀다. 하물며 멀지 않은 곳에 사부님이 계시니 몸가짐을 더욱 조심해야 했다.

방이가 물었다.

"그럼… 넌 이제 어디로 갈 건데?"

위소보가 말했다.

"나도 더 이상 북경성에 머물 수 없을 것 같아. 멀리 벗어날수록 좋겠지. 나중에 태후가 죽으면 다시 돌아올지도 몰라."

방이가 말했다.

"우리는 친한 친구가 하북河北 석가장石家莊에 살고 있는데, 만약… 괜찮다면 함께 가서… 잠시 피신하는 게 어때?"

목검병이 바로 그녀의 말을 받았다.

"좋아! 우리의 목숨을 살려준 은인이니 한 식구나 다름없어. 셋이서 함께 길을 가면 재미있을 거야."

두 사람은 위소보를 응시했다. 모두 함께 가길 바라는 눈치였다. 목검병은 천진무구한 표정이고, 방이는 다소 수줍은 표정이었다. 위소보도 두 미인과 긴 여정을 함께하며 즐거운 시간을 보내고 싶었다. 그러나 중요한 임무를 부여받은 몸이라 사양하지 않을 수 없었다.

"난 친구한테 약속한 게 있어서 아주 중요한 일을 처리하러 가야 해. 석가장에는 함께 갈 수 없을 것 같아. 둘 다 부상을 입었으니 먼 길을 가려면 아무래도 불편한 점이 많을 거야. 내가 믿을 만한 친구를 시켜서 호위해줄게. 우선 배불리 먹고 좀 쉬면서 천천히 상의하자."

그는 곧 천지회 거처로 향했다. 골목을 지키던 형제들이 그를 보고는 얼른 안으로 안내했다.

고언초가 마중 나왔다. 그는 위소보가 내관 두 명을 데려온 것을 보고 매우 의아해했다. 위소보가 그의 귀에 대고 나직이 말했다.

"목왕부 소공야의 누이동생이랑 그녀의 사저예요. 내가 궁에서 구해냈어요."

고언초는 두 여인을 대청으로 안내해 차를 대접하고, 위소보를 한쪽으로 데려갔다.

"총타주께서는 어젯밤에 북경을 떠나셨어요."

위소보는 내심 좋아했다. 무공 진척에 대해 물으면 난처했을 텐데, 그것을 피할 수 있어서 좋고, 또한 강희의 칙령을 알려야 할지 말아야 할지, 일단 고민을 덜 수 있었다. 속으로는 무거운 짐을 내려놓은 것 같아 홀가분했지만 겉으로는 몹시 실망하는 표정을 지었다.

"아니… 아니… 사부님이 왜 그렇게 빨리 떠나셨죠?"

고언초가 말했다.

"총타주께서 위 향주한테 전하라고 했습니다. 별안간 대만에서 급보가 와 달려가서 처리해야 한다고요. 그리고 위 향주더러 매사에 현명하게 대처하고 신중을 기하라고 했어요. 만약 궁으로 돌아갈 수 없으면 당분간 북경을 벗어나 피신하라고 하셨습니다. 무공 연마를 게을리 하지 말라는 당부도 있었어요. 몸에 상독傷毒은 다 제거됐는지 모르겠다고, 만약 이상이 있으면 반드시 총타주께 알리라고 했습니다."

위소보가 대꾸했다.

"잘 알았어요. 사부님은 늘 내 상세傷勢와 무공 진척을 걱정해주시니 얼마나 고마운지 몰라요."

이 말만은 거짓이 아니었다. 사부님이 서둘러 떠나면서도 자기를 그렇게 걱정해주었다니, 정말 고마웠다. 그가 물었다.

"대만에 무슨 일이 생긴 거죠?"

고언초가 대답했다.

"듣자니 정鄭씨 모자간에 불화가 생겨 대신을 죽이고 변란이 일어난 것 같아요. 총타주는 위망威望이 높아서 직접 나서면 웬만한 변란은 수습할 수 있을 거예요. 너무 걱정하지 마세요. 이 대형, 관부자, 번 대형, 풍 대형, 현정 도장 등도 총타주를 따라갔습니다. 서 삼형하고 나만 경성에 남아 위 향주의 지휘에 따르라고 했어요."

위소보는 고개를 끄덕였다.

"가서 서 삼형을 좀 불러오세요."

그는 속으로 생각해놓은 게 있었다. '팔비원후' 서천천은 무공이 고강하고 임기응변에 능했다. 게다가 나이가 많아 남의 이목이 잘 쏠리지 않으므로, 두 여인을 호송하기에 적격이었다.

잠시 생각이 다른 데로 흘러갔다.

'대만에서도 모자간 불화 때문에 사달이 벌어졌군. 북경의 태후, 황상과 별반 다를 게 없잖아.'

대청으로 돌아온 위소보는 방이, 목검병과 함께 국수를 먹었다. 목검병은 조금밖에 먹지 않고 물었다.

"정말 우리랑 함께 석가장으로 갈 수 없는 거야?"

위소보는 방이를 쳐다보았다. 그녀도 젓가락을 내려놓고 자기를 응시했다. 눈에는 간절함이 어려 있었다. 위소보는 가슴이 뭉클해졌다. 정말이지 두 여인을 길벗 삼아 오대산으로 가고 싶은 마음이 굴뚝같았다. 그러나 이내 생각을 달리했다.

'난 지금 엄청난 임무를 부여받았는데, 부상당한 두 여자와 먼 길을 동행하면 아무래도 좀 거추장스러울 거야. 남의 이목도 끌게 될 테고… 절대 안 돼!'

그는 한숨을 내쉬었다.

"내가 일을 마치면 석가장으로 찾아갈게. 그 친구는 어디 살고, 이름이 뭐지?"

방이는 천천히 고개를 숙여 국수를 한 가락 집더니 입에 넣지 않고 나직이 말했다.

"그 친구는 석가장 서쪽 저잣거리에다 노새나 말을 대여해주는 가게를 하고 있어. '쾌마快馬' 송삼宋三이라고 해."

위소보가 말했다.

"알았어, '쾌마' 송삼. 나중에 꼭 찾아갈게."

자제했던 장난기가 다시 발동해 짓궂은 표정으로 말했다.

"내가 어떻게 안 갈 수가 있겠어? 수화폐월의 큰마누라, 작은마누라를 나 몰라라 할 순 없지!"

목검병이 까르르 웃었다.

"왜 잠잠한가 했더니 또 시작이군."

방이는 정색을 했다.

"정말 우리를 친구로 생각한다면 우린… 찾아오길 간절히 바라겠지만, 만약 경박한 마음을 품고 우릴 조롱한다면 다신… 안 봐도 좋아!"

위소보는 무안을 당하자 머쓱해졌다.

"알았어! 농담을 좋아하지 않으면 안 하면 되잖아!"

방이는 약간 미안한 생각이 들었는지 부드럽게 말했다.

"농담을 해도 때와 장소를 가려서 해야지. 저… 정말 화난 거야?"

위소보는 다시 기분이 좋아졌다.

"아니야, 아냐! 우리 방 낭자께서만 화를 내지 않으면 돼."

방이는 생긋이 웃었다. 얼굴에 묻힌 흙먼지를 지우지 않았지만 타고난 수려함은 감출 수 없었다. 위소보는 자신도 모르게 온몸에 퍼지는 온기를 느꼈다. 뭐라고 말해야 좋을지 몰라 국물만 한 모금씩 떠먹었다.

이때, 마당 쪽에서 걸음 소리가 들리는가 싶더니 곧 노인이 들어왔다. 바로 서천천이었다. 그는 위소보에게 가까이 다가가 몸을 숙여 인사를 하고 아주 공손하게 말했다.

"안녕하세요."

그는 워낙 신중했기 때문에 모르는 사람 앞에선 '위 향주'라고 부르지 않았다. 위소보가 포권을 해 답례하고 웃으며 말했다.

"서 삼형, 제가 두 친구를 소개할게요. 이들은 '철배창룡' 유 어른의 제자입니다. 한 사람은 방 낭자고, 또 한 사람 목 낭자는 바로 목왕부의 소군주예요."

이어 방이와 목검병에게 말했다.

"이분은 서 삼형인데, 유 어른과 소공야와도 아는 사이야."

그러고는 행여 방이와 목검병이 원한을 품고 있을까 봐 한마디 덧붙였다.

"전에 목왕부와 작은 불상사가 있었는데 지금은 다 해결됐어."

세 사람이 서로 인사를 하고 나서 다시 말했다.

"서 삼형, 한 가지 부탁드릴 게 있어요."

서천천은 남장을 한 두 사람이 목왕부 사람이라는 이야기를 듣고는 경계심을 풀었다. 목왕부의 소공야 목검성 등은 이미 위소보의 신분을 알고 있으니 이 두 낭자도 알려니 했다.

"위 향주께서 무슨 분부를 내리시든 최선을 다해 완수하겠습니다."

사실 방이와 목검병은 아직 위소보의 신분을 제대로 모르고 있었다. 그런데 서천천이 그를 '위 향주'라 칭하자 모두 의아해했다.

위소보가 미소를 지으며 말했다.

"이 두 낭자는 오입신 어른, 유일주 등과 마찬가지로 궁에 잡혀 있다가 좀 전에 나왔어요. 참, 목왕부의 소공야와 유일주 일행은 이미 경성을 떠났겠죠?"

서천천이 대답했다.

"목왕부의 영웅들은 어제 경성을 떠났습니다. 그렇지 않아도 소공야가 소군주를 찾아달라고 부탁을 하더군요. 그래서 반드시 찾아 보내 드릴 테니 염려 말라고 했습니다."

그러면서 미소를 지었다. 목검병이 바로 물었다.

"유 사형이 저의 오빠랑 함께 있어요?"

방이를 대신해 물은 것이다. 서천천이 대답했다.

"내가 직접 그들을 분산시켜 성 밖까지 전송해드렸습니다. 그 유 사형은 유대홍 어른 등과 함께 남쪽으로 갔습니다."

방이는 얼굴이 빨개지며 고개를 숙였다.

위소보는 그 모습을 보고 속으로 생각했다.

'사랑하는 사람이 무사히 떠났다는 말에 기분이 째지는 모양이군.'

그러나 이번엔 그의 추측이 빗나갔다. 방이는 다른 생각을 하고 있었다.

'그가 유 사형의 목숨을 구해주면 아내가 되겠다고 약속을 했어. 하지만 그는 내시인데 어떻게 시집을 가지? 비록 나이는 어리지만 별의별 재주를 다 부리는 것 같아. 이번엔 또 웬 위 향주라는 거지?'

위소보가 말했다.

"이 두 낭자는 청궁 시위들과 싸우다가 부상을 입었어요. 지금 친구를 찾아 석가장으로 가려고 하는데, 수고스럽지만 서 삼형이 호위를 좀 해줬으면 해요."

서천천은 매우 좋아했다.

"위 향주께서 이런 좋은 심부름을 시켜주시니 당연히 최선을 다하겠습니다. 속하는 목왕부 친구들에게 진 빚이 있는데 오히려 소공야의 도움을 받아 죽을 고비를 넘겼으니 송구한 마음을 금할 수 없었습니다. 두 분 낭자를 무사히 목적지까지 호위해서 조금이나마 보답을 하고 싶습니다."

목검병은 서천천을 힐끗 쳐다보았다. 깡마르고 왜소한 몸집에 허리까지 구부정한 것이, 바람만 세게 불어도 곧 쓰러질 것 같은 보잘것없는 늙은이였다. 자기와 사저를 호위하기는커녕 오히려 자기네가 그를 보살펴줘야 할 것 같았다. 더구나 위소보가 동행하지 않겠다고 해 마음이 상했던 차라, 실망한 표정이 드러나며 내키지 않는 눈치였다.

방이가 말했다.

"우리가 어떻게 서 어른께 수고를 끼칠 수 있겠어요? 그냥 마차만 구해주시면 우리끼리 길을 떠날게요. 상처는 그리 심하지 않으니 폐를 끼치고 싶지 않아요."

서천천은 담담하게 웃었다.

"방 낭자는 너무 겸손하군요. 이건 위 향주의 분부라 무슨 일이 있어도 제가 끝까지 모셔야 합니다. 두 분 낭자는 무예가 고강해 이 늙은이가 거추장스러울 수도 있겠죠. 더군다나 이 늙은이의 주제로는 '호위'란 말이 당치 않습니다. 대신 잔심부름은 잘합니다. 객잔이나 식당을 정하고 마차를 빌리는 일, 물건 따위를 구매하는 것은 자신이 있습니다. 길을 가는 도중에 두 분은 번거롭게 마부들이나 점원, 잡상인들을 일일이 상대하지 않아도 제가 다 알아서 처리할 겁니다."

방이는 더 이상 사양할 수가 없었다.

"서 어른의 성의를 어떻게 보답해야 좋을지 모르겠네요."

서천천은 껄껄 웃었다.

"보답이라뇨? 솔직히 말해서 저는 우리 위 향주님을 진심으로 존경합니다. 정말 대단하십니다. 나이는 비록 젊지만 못하는 게 없을 정도로 신통광대神通廣大합니다. 저의 목숨을 구해줬을 뿐 아니라 어제는 이 늙은이의 가슴속에 쌓인 분통을 확 날려줬어요. 그래서 어떻게 보답해야 하나 심사숙고를 거듭했는데, 하늘이 도왔는지 오늘 바로 저에게 이런 임무를 맡긴 겁니다. 그럴 리 없지만 설령 두 분 낭자가 원하지 않는다고 해도 저는 염치 불고하고 끝까지 따라가며 길잡이 역할을 할 겁니다. 산이 나오면 길을 트고, 물을 만나면 다리를 놓을 각오로 두 분을 무사히 석가장까지 모시겠습니다. 북경에서 며칠 거리에 있는 석가장이 아니라, 위 향주께서 두 분을 운남까지 모시라고 해도 절대 마다하지 않을 겁니다."

목검병은 그의 모습이 좀 꾀죄죄해 보이지만 말을 재미있게 하는 것을 보고 물었다.

"어제 그가 무슨 일을 했기에 가슴속에 쌓인 분통을 다 날려줬다는 거죠? 어제 그는… 궁에 있지 않았나요?"

서천천은 웃으며 말했다.

"매국노 오삼계 휘하에 노일봉이란 개떡 같은 관리가 있는데, 이 늙은이를 잡아가서 모진 고문을 하고 먹지도 말하지도 못하게끔 입에다 고약까지 붙였습니다. 다행히 소공야가 구해주셨죠. 그리고 위 향주는 그 노일봉이란 놈의 다리몽둥이를 부러뜨려주겠다고 저한테 약속했습니다. 알다시피 이번에 오삼계의 아들이 경성에 오면서 고수들을 많이 대동했습니다. 노일봉은 혼자 행동할 리가 없어 그를 잡아 복수하기란 결코 쉬운 일이 아니라고 생각했죠. 그런데 어제 서문 일대 약방에 친구를 만나러 갔더니, 평서왕 소굴의 잡것들이 한 놈을 들것에 신고 부러진 다리를 치료받으러 약방을 헤매고 다녔답니다. 약방을 열댓 군데 다녔는데도 치료를 해주는 의원이 없었다고 하더군요. 얘길 들어보니, 그 다리 부러진 놈이 바로 노일봉이라지 뭡니까. 평서왕의 아들 오응웅이 직접 몽둥이를 들고 그놈의 다리를 부러뜨렸다는 겁니다. 7일 밤낮을 그대로 방치하면서 아무도 치료를 해주지 말라고 엄명까지 내렸대요."

방이와 목검병은 자세한 영문을 몰라 어리둥절해했다.

방이가 물었다.

"어떻게 된 일이지?"

위소보가 말했다.

"그놈이 서 삼형을 욕보였으니 당연히 그 대가를 치러야지."

이번엔 목검병이 물었다.

"평서왕의 부하들이 왜 그를 들것에 들고 나와 많은 사람들의 구경거리가 되게 한 거야?"

위소보가 다시 말했다.

"보나마나 오응웅이 내가 시킨 대로 그놈의 다리를 부러뜨렸으니까 내 귀에 들어가라고 놈을 내보낸 거겠지."

목검병은 더욱 이해가 가지 않았다.

"그가 왜 시키는 대로 해?"

위소보는 빙긋이 웃으며 얼버무렸다.

"내가 그냥 엉터리로 거짓말을 지어내 그를 속였더니, 내 말을 곧이 믿었나 봐."

서천천이 다시 입을 열었다.

“난 원래 그놈을 쫓아가서 단칼에 죽여버리려고 했는데, 다리가 부러져 치료도 받지 못하고 고통스러운지 계속 비명을 지르더라고요. 바지를 걷어놔서 밖에 드러난 다리가 시커멓게 멍이 들고 팅팅 부었더군요. 그냥 놔둬도 십중팔구 얼마 못 살 게 뻔해요. 분통이 다 날아가고 얼마나 후련한지 모르겠어요.”

이때 고언초가 마차 세 대를 빌려 문밖에 대기해놓았다. 그도 역시 천지회에서 중책을 맡고 있는 인물이지만 위소보는 그를 방이와 목검병에게 소개하지 않았다. 그것은 엄격한 천지회의 규칙 때문이었다. 천지회는 주로 참수형에 해당되는 일을 하고 있었다. 그래서 꼭 필요하지 않으면 가급적 신분을 노출시키지 않는 게 원칙이었다.

위소보는 떠나기에 앞서 한 가지 마음에 걸리는 일이 있었다.

‘내 봇짐 속에는《사십이장경》이 다섯 부나 들어 있어. 그 경전이 어디 쓰이는지는 알 수 없지만 많은 사람들이 목숨을 걸다시피 그걸 수중에 넣으려고 하는 걸 보면 필경 그럴 만한 중대한 이유가 있을 거야. 절대 분실해서는 안 돼.’

곰곰이 생각을 하다가 한 가지 수가 떠올라 고언초에게 말했다.

“고 대형, 궁에 있던 절친한 친구 하나가 오랑캐 시위한테 맞아죽었어요. 그의 유골을 갖고 나왔는데 안장해주고 싶어요. 그러니 사람을 시켜 관을 하나 구해줬으면 해요.”

고언초는 대답을 하고, 내심 위 향주의 절친한 친구고 오랑캐에게 맞아죽었다면 반청복명의 협사임에 분명하다고 생각해, 직접 가서 유주목柳州木으로 만든 최상의 관을 구해왔다. 그 외에도 수의, 유골단지, 석회가루, 솜, 종이, 기름보, 영패, 영번靈幡, 지전 등 장례 용품을 전부 구매해왔다. 물론 다 최상품이었다.

그리고 방이와 목검병이 남자로 변장하기 위해 갈아입을 옷과 신발, 모자를 비롯해서 석가장까지 가는 도중에 먹을 마른양식, 다과 등도 함께 사왔다. 장례 절차를 맡아줄 오작과 칠장漆匠까지 불러왔다. 그 모든 준비를 하는 동안 위소보와 두 여자는 두 시진 정도 깊이 잠을 청할 수 있었다.

위소보가 먼저 내관 복장을 벗고 일반인의 옷으로 갈아입었다. 그는 속으로 생각했다.

'황명을 받고 오대산으로 가면서 어떤 일이 벌어질지 모르는데, 무공을 연마할 겨를이 있겠어? 사부님이 주신 무공 비급을 잃어버릴 수도 있으니 잘 두고 가야지.'

그는 곧 경전 다섯 부와 사부님의 무공 비급을 기름보에 겹겹이 싸서 밀봉했다. 그리고 아궁이에서 타고 남은 재를 유골단지 속에 잔뜩 집어넣었다. 물론 경전과 비급도 함께 넣었다.

'관 속에 진짜 시신을 넣어야, 만에 하나 누가 관을 뜯어도 의심하지 않을 텐데… 지금은 당장 죽일 만한 나쁜 놈을 찾을 수 없으니 별수 없지 뭐.'

그는 물을 눈에 묻혀 눈물을 흘린 것처럼 꾸미고, 뒤쪽 대청으로 들어가 유골단지를 관 속에 넣고 무릎을 꿇은 채 방성통곡을 했다.

서천천과 고언초, 방이, 목검병은 벌써 대청에서 기다리고 있었다. 그들은 위소보가 방성통곡을 하자, 친한 친구의 죽음을 슬퍼하는가 보다 생각하며, 아무도 의심을 하지 않았다. 그리고 덩달아 무릎을 꿇고 절을 올렸다.

위소보는 상주가 문상객들에게 하는 예절을 보아왔기 때문에 관 옆으로 가서 무릎을 꿇고 네 사람에게 큰절로 답례했다. 오작이 솜과 종이, 석회가루를 관 속에 넣고 뚜껑을 닫은 후 못질을 했다. 그러고 나자 칠장이 기름을 발랐다. 위소보는 울면서 곁눈질로 이런 과정을 다 지켜보았다.

고언초가 물었다.

"이분의 성함은 어떻게 되죠? 관에다 이름을 적어야 하는데요."

위소보는 금방 대답을 할 수 없었다.

"그는… 그는…."

연신 흐느껴 목이 메는 척하면서 속으로 생각을 굴렸다.

"그는 사계동史桂棟이라고 해요."

처음에 죽인 사송, 그리고 소계자와 서동의 이름에서 한 자씩 따온 이름이었다.

'난 너희들을 죽였지만 지금 무릎을 꿇고 큰절을 올렸고, 저승에서 넉넉하게 쓸 수 있을 만큼 지전도 많이 태워줬어. 그러니 귀신이 돼서 날 찾아오진 않겠지?'

목검병은 그가 너무 슬피 울자 위로를 해주었다.

"오랑캐가 우리 친구를 죽였으니 언젠가는 그들을 모조리 없애 친구의 복수를 해줘야 해."

위소보는 울면서 말했다.

"오랑캐는 죽여도 좋지만 이 친구를 위한 복수는 안 해도 돼…."

목검병은 이해가 가지 않아 눈이 휘둥그레져서 위소보를 멍하니 쳐다보며 속으로 생각했다.

'왜 복수를 안 해도 된다는 거지?'

하지만 위소보가 계속 울어대니 자세히 물어볼 수가 없었다.

네 사람은 잠시 쉬었다가 고언초와 작별하고 길을 나섰다.

위소보가 말했다.

"잠깐 동행을 하다가 헤어지도록 하지."

방이와 목검병은 반색을 했다. 두 여자는 마차 하나에 함께 타고, 위소보와 서천천은 마차를 따로 탔다. 마차 세 대는 동문을 빠져나가 동쪽으로 몇 리 정도 달리다가 남쪽으로 방향을 꺾었다. 그리고 다시 10리쯤 가서 어느 고을에 다다랐다.

서천천이 마부에게 마차를 멈추라고 일렀다. 그리고 위소보에게 말했다.

"어차피 갈 길이 다르고, 날이 곧 저물 것 같으니 여기서 차를 한잔 나누고 헤어지도록 하죠."

그들은 길가에 자리한 찻집으로 들어갔다. 점원이 곧 차를 올렸고, 마부 세 사람은 다른 탁자에 둘러앉았다.

서천천은 위 향주가 분명 두 여자에게 할 말이 있을 거라고 생각해, 바깥바람을 쐰다는 핑계를 대고 자리를 비켜주었다.

목검병이 바로 물었다.

"계… 계 대형, 진짜 성이 위韋씨지, 그렇지? 한데 왜 또 향주라고 하는 거야?"

위소보는 솔직히 대답했다.

"더 이상 숨길 수 없으니 솔직히 말해줄게. 난 성이 위가고, 이름은

소보야. 그리고 천지회 청목당의 향주야."

목검병은 한숨을 내쉬었다.

"휴…!"

위소보가 물었다.

"왜 한숨을 쉬는 거야?"

목검병이 대답했다.

"천지회 청목당의 향주라면 왜… 왜 궁에 들어가서 내시가 됐지? 그건 너무… 너무…."

방이는 그녀가 무슨 말을 하려는 건지 잘 알고 있었다. '너무 아깝잖아'라고 말하려던 게 분명했다. 내시는 거세를 해야 하니, 그 말을 대놓고 하기가 민망했던 것이다. 그 말은 또한 위소보의 자존심을 자극할 수도 있었다. 그래서 얼른 끼어들었다.

"영웅호걸은 국가 대사를 위해선 자아 희생도 불사한다더니… 정말 너무 존경스러워."

그녀는 위소보가 천지회의 명을 받고 첩자 노릇을 하기 위해서, 스스로 거세해 궁으로 들어간 거라고 생각했다. 그래서 진지하게 경의를 표한 것이다.

위소보는 빙긋이 웃었다.

"난 내시가 아니라고 말해줘야 하나?"

이때 난데없이 서천천의 호통 소리가 들려왔다.

"친구! 이젠 정체를 드러내시지!"

어느새 들어온 서천천이 옆 탁자에 앉아 있는 마부 한 명의 어깨를 후려쳐갔다. 그의 오른손이 마부의 어깨에 닿는 순간, 마부는 옆으로 살짝 피했다. 서천천은 공격이 빗나가자 바로 왼손 주먹으로 마부의 옆구리를 노렸다. 마부는 잽싸게 손목을 젖혀 그의 주먹을 틀었다. 서천천은 이번엔 오른쪽 팔꿈치로 마부의 뒷덜미를 강타해갔다. 그러자 마부는 서천천의 얼굴을 향해 반격을 전개했다. 만약 서천천의 팔꿈치가 상대의 뒷덜미에 닿는다면 그 전에 얼굴이 가격당할 상황이라, 두 발에 힘을 주어 황급히 뒤로 물러났다.

서천천은 연거푸 세 초식을 전개했다. 손으로 후려치고, 주먹으로 공격하고, 팔꿈치로 내리찍었다. 모두 상대에게 치명상을 입힐 수 있는 무서운 공격이었다. 그런데 마부는 아주 가볍게 다 피하고 방어해냈다.

서천천은 놀라면서도 화가 치밀었다. 상대는 분명 위소보 등을 잡기 위해 궁에서 나온 고수라고 생각했다. 서천천은 다시 왼손으로 공격을 전개하며 오른손으로 위소보 등 세 사람에게 어서 피하라는 손짓을 보냈다. 그러나 세 사람이 어찌 그냥 떠날 수 있겠는가. 방이는 부상을 입어 어쩔 수 없지만 위소보와 목검병은 일제히 무기를 뽑아 쥐고 협공할 태세를 취했다.

그러자 마부가 몸을 돌리며 웃었다.

"팔비원후의 눈은 못 속이겠군요!"

목소리가 아주 가늘었다. 네 사람은 공격할 생각을 못하고 그를 유심히 쳐다보았다. 안색이 누리끼리하고 남루한 차림에 보잘것없게 생겼는데, 나이는 종잡을 수 없었다.

서천천은 상대가 자신의 별호를 대자 내심 더욱 놀라며, 형식적으로나마 포권의 예를 취했다.

"댁은 누구요? 왜 마부로 위장해서 날 희롱하는 거지?"

마부가 웃으며 말했다.

"희롱이라뇨? 당치 않아요. 난 위 향주의 친구입니다. 그가 경성을 떠난다기에 전송하러 왔어요."

위소보는 머리를 긁적거렸다.

"난… 당신을 잘 모르겠는데…?"

마부는 여전히 웃으며 말했다.

"우린 간밤에 힘을 합쳐 강적을 상대했잖아요. 벌써 날 잊었나요?"

위소보는 비로소 알아차렸다.

"아! 그럼 저… 도… 도…?"

그는 비수를 신발 속에 갈무리하고 달려가 상대의 손을 잡았다. 마부로 위장한 사람은 다름 아닌 도궁아였다.

도궁아는 얼굴에 쇠기름을 섞은 가루분을 잔뜩 칠해 희로喜怒의 표정을 잘 알 수 없었지만 눈에는 기뻐하는 기색이 역력했다.

"난 혹여 오랑캐가 쫓아올까 봐 변장을 하고 어느 정도 뒤따르면서 호위할 생각이었는데, 서 대형의 눈이 워낙 예리해 결국 들키고 말았네요."

서천천은 위소보의 언동으로 봐서 상대가 적이 아닌 친구라는 것을 알고, 기쁘면서도 한편으로는 창피한 생각이 들었다. 그는 다시 공수의 예를 취했다.

"무공이 정말 고강하군요. 대단해요, 탄복했습니다. 위 향주는 도처에 아는 고수들이 있으니 놀랍습니다."

도궁아가 그의 말을 받았다.

"별말씀을요. 한데 서 대형은 제가 변장한 것을 어떻게 알아챘죠? 허점이 있었나요?"

서천천이 말했다.

"변장에 허점은 없었습니다. 다만 여기까지 오는 도중 마차를 모는 채찍질이 다른 마부들과는 좀 다르게 느껴졌습니다. 손목을 움직이지 않고도 채찍을 똑바로 뻗어내고, 팔꿈치를 구부리지 않았는데도 채찍이 다시 거둬지더군요. 북경성에서 그런 비범한 솜씨를 가진 마부는 별로 없을 겁니다."

다섯 사람은 모두 깔깔 웃었다.

서천천이 다시 말했다.

"내가 자신의 주제를 안다면 그런 솜씨를 보고 감히 무례한 행동을 하지 말았어야 하는데, 워낙 분수를 잘 모르니 어떡합니까? 결례를 범할 수밖에요."

도궁아가 말했다.

"서 대형의 눈을 속이려 한 제가 더 분수를 몰랐던 거죠. 과히 나무라지 마십시오."

서천천이 다시 포권의 예를 취했다.

"별말씀을… 존성대명을 물어도 될까요?"

도궁아가 대답하기 전에 위소보가 나섰다.

"이 친구의 성은 도씨예요. 나하고는 저… 생사지교生死之交죠."

그 말에 도궁아는 정색을 하고 고개를 끄덕이며 말했다.

"맞아요, 생사지교입니다. 위 향주가 제 목숨을 구해줬으니까요."

위소보가 얼른 그녀의 말을 받았다.

"그건 당치 않은 말이에요. 우리 둘이 힘을 합쳐 나쁜 놈을 처단했을 뿐이죠."

도궁아는 미소를 지었다.

"위 형제, 서 대형, 두 분 낭자! 더 이상은 위험한 일이 없을 것 같으니, 난 이만 작별을 고할까 합니다."

그러고는 공수의 예를 취하고 나가서 마차 마부석에 앉았다.

위소보가 물었다.

"도… 도 대형, 어디로 갈 거죠?"

도궁아가 대답했다.

"왔던 곳으로 다시 돌아가야죠."

위소보는 고개를 끄덕였다.

"좋아요, 다음을 기약합시다."

그는 그녀가 마차를 몰고 멀어지는 모습을 지켜보았다.

목검병이 물었다.

"서 어른, 저 사람의 무공이 정말 그렇게 고강한가요?"

서천천이 대답했다.

"아주 대단하죠. 더구나 여자이기에 더욱 탄복한 겁니다."

목검병은 고개를 갸웃거렸다.

"여자라고요?"

서천천이 말했다.

"좀 전에 마차에 오르면서 허리를 움직여 멋진 자세를 취했지만 왠지 흔들리는 게 여자임에 분명해요."

목검병이 그 말을 받았다.

"목소리도 가느다란 게 남자 같지 않았어요. 위 대형, 그는… 그녀는 얼굴이 잘생겼어?"

위소보가 대답했다.

"40년 전이었다면 아주 예뻤을 수도 있겠지. 소군주는 앞으로 40년이 지나도 그보다 훨씬 더 예쁠 거야."

목검병은 웃으며 말했다.

"왜 나랑 비교하는 거야? 이제 보니 노파군."

위소보는 그녀들과 헤어질 생각을 하니 절로 침울해졌다. 그리고 앞으로 혼자서 먼 길을 갈 생각에 두려움도 없지 않았다. 양주에서 북경까지 올 때는 강호의 경험이 많은 모십팔과 함께였다. 그리고 궁에 있을 때는 비록 위험한 고비를 많이 겪었으나, 아는 사람도 많고 지리도 빠삭하게 알고 있어, 매번 자신의 순간적인 지혜와 요령으로 다 넘길 수 있었다.

이번에 오대산으로 가는 일은 전혀 달랐다. 생전 가보지도 못한 길이고, 아는 사람이라곤 아무도 없다. 혼자서 이렇게 먼 길을 떠나본 적이 없고, 어쨌든 아직은 어린 나이라 두려움이 앞서는 건 당연지사였다. 다시 북경으로 돌아가 고언초를 불러 오대산까지 동행할까, 순간적으로 생각해보기도 했지만, 이내 마음을 고쳐먹었다. 이번 일은 소현자의 출신 내력에 관련돼 있다. 만약 다른 사람에게 기밀을 다 알린다면, 그건 좋은 친구에 대한 도리가 아니었다.

서천천은 그가 다시 북경으로 돌아가는 줄로만 알고 있었다.

"위 향주, 날이 곧 저물 테니 어서 돌아가십시오. 더 늦으면 궁문이 닫힐 겁니다."

위소보가 대답했다.

"네."

방이와 목검병도 아쉬워했다.

"일을 마친 뒤에 꼭 석가장으로 와야 돼. 우린 기다리고 있을게."

위소보는 고개를 끄덕였다. 내심 달콤하면서도 시큰했다. 달리 더 할 말이 없었다.

서천천은 두 여자를 마차에 태우고, 자신은 마부 옆에 앉았다. 마차는 곧 남쪽을 향해 달렸다. 위소보는 두 여자가 차창 밖으로 고개를 내밀어 손을 흔드는 것을 그냥 지켜만 봐야 했다. 마차는 어느 정도 달려나가 길모퉁이를 돌자 즐비한 버드나무에 가려 보이지 않았다. 위소보는 마음이 텅 빈 것 같았다. 찬바람이 일었다.

위소보는 남은 한 대의 마차에 몸을 실었다. 그리고 북경으로 돌아가지 않고 서쪽으로 향하자고 말했다. 마부가 의아해하자 은자 열 냥을 건네주었다.

"마차를 사흘만 더 빌립시다. 열 냥이면 되겠죠?"

마부는 뛸 듯이 좋아했다.

"은자 열 냥이면 한 달도 충분합니다. 서라면 서고, 가라면 가고… 정성껏 잘 모시겠습니다."

이날 밤에는 북경에서 서남쪽으로 약 20리가량 떨어진 작은 마을에 도착해 허름한 객잔을 찾아들어갔다. 위소보는 씻고 나서 저녁을 먹기도 전에 잠자리에 들어 곤히 깊은 잠에 빠졌다.

다음 날 새벽에 잠에서 깨어났는데 머리가 빠개지는 것같이 아프고 눈이 천근만근이라 제대로 뜰 수가 없었다. 사지가 솜처럼 풀려 움직이기조차 어려웠다. 마치 악몽에 시달리고 있는 것 같았다. 소리를 지르고 싶었으나 목소리가 나오지 않았다. 간신히 한쪽 눈을 떠보니 바닥에 세 사람이 쓰러져 있었다. 위소보는 소스라치게 놀랐다. 다시 정신을 가다듬고 나서도 한참 후에야 천천히 몸을 일으킬 수 있었다.

"앗!"

위소보는 다시 한번 놀라 소리를 질렀다. 한 사람이 침상 맡에 앉아 빙긋이 웃으며 자기를 쳐다보고 있는 게 아닌가!

그가 웃으며 말했다.

"이제야 깨어났어?"

다름 아닌 도궁아였다. 위소보는 그제야 마음을 안정시키고 말했다.

"도 누나, 도 고모… 이게 어떻게 된 일이죠?"

도궁아는 미소를 지으며 말했다.

"바닥에 쓰러져 있는 세 사람이 누군지 봐봐."

위소보는 침상에서 기다시피 내려왔는데, 다리가 풀렸는지 바로 무릎이 꺾이더니 엉덩방아를 찧었다. 다시 손으로 바닥을 짚고 간신히 일어났다. 바닥에 쓰러진 세 사람은 이미 숨이 끊어져 있었다. 그런데 누군지 알 수가 없었다.

"도 고모가 날 구해줬나요?"

도궁아가 다시 웃으며 말했다.

"내가 누나야, 고모야? 말을 분명하게 해야지."

위소보도 웃으며 말했다.

"고모예요, 고모!"

도궁아가 미소를 띤 채, 그러나 진지한 목소리로 말했다.

"혼자 길을 갈 땐 음식을 조심해야 해. 만약 그 '팔비원후', 팔이 여덟 개 달린 원숭이가 곁에 있었다면 절대 안 당했겠지."

위소보가 물었다.

"어제 내가 몽한약에 당했나요?"

도궁아가 대답했다.

"비슷하지."

위소보가 생각을 더듬으며 말했다.

"마신 차가 좀 이상하긴 했어요. 시큼하면서도 달짝지근했는데…."

속으로는 시부렁댔다.

'빌어먹을, 몽한약을 잔뜩 갖고 다니면서 남의 몽한약을 먹다니! 그래, 몽한약을 먹어봐야 그 맛을 알 수 있지!'

그가 다시 물었다.

"이 객잔은 흑점黑店(손님을 노리는 도둑소굴)인가요?"

도궁아가 다시 대답했다.

"원래는 멀쩡한 객잔이었는데 네가 들어온 후로 시꺼멓게 변했어."

위소보는 여전히 머리가 빠개지는 것같이 아파서 이마를 만지며 말했다.

"무슨 뜻인지 잘 모르겠는데요."

도궁아가 설명했다.

"네가 들어온 지 얼마 되지 않아 몇 사람이 나타나서 객잔주인 내외랑 점원을 결박하고 흑점으로 만들어버렸어. 한 놈이 점원 옷으로 갈아입고 다호 속에다 가루약을 타서 너한테 갖다준 거야. 난 네가 옷을 벗고 있기에 좀 이따 알려주려고 했는데, 바로 씻더라고. 그래서 나중에 와보니 이미 차를 마신 후였어. 독약이 아니고 몽한약이라 그나마 다행이야."

위소보는 이내 얼굴이 빨개졌다. 어젯밤 몸을 씻으면서 방이를 생각했다. 그녀가 자기 마누라가 되면 끌어안고 입맞춤을 하면서 짜릿한 시간을 보낼 텐데… 그 상황을 그리며 자신만의 행복을 만끽했다. 도궁아는 비록 나이는 들었지만 여자임에 분명했다. 그런데 창 너머로 자신의 그런 추태를 다 봤을 거라고 생각하니 얼굴이 화끈거렸다.

도궁아는 말을 돌렸다.

"어제 너랑 헤어진 후 궁으로 돌아가보니, 아무 이상도 없고 태후를 위한 발상發喪도 없어서 이상하다고 생각했어. 그래서 옷을 갈아입고 자령궁으로 가서 살펴봤더니 태후가 죽지 않았더라고. 일이 이상하게 꼬인 거야. 태후가 죽었다면 우린 시치미를 떼고 계속 궁에 남아 있을 수 있겠지만, 간밤에 그녀를 찔러죽이지 못했으니 바로 궁에서 빠져나올 수밖에 없었어. 그리고 너한테도 그 사실을 알려야만 했지. 절대 궁으로 돌아가지 말라고! 돌아가면 죽을 테니까."

위소보는 일부러 놀라는 척했다.

"아! 그 화냥년이 죽지 않았다고요? 큰일이네요!"

속으론 좀 미안했다.

'어제 서둘러 떠나는 바람에 말해주는 걸 깜박했어. 막연히 그녀도 이미 알고 있을 거라고 생각했는데….'

도궁아가 말을 이었다.

"난 몸을 돌리자마자 시위 세 사람이 자령궁에서 나오는 것을 봤어. 행동이 심상치 않은 게, 태후의 명을 받고 날 잡으러 가는 줄 알았어.

한데 내 거처로 가지 않더라고. 그래서 다른 생각할 겨를도 없이 거처로 가서 짐을 대충 챙기고 어선방 옆문으로 궁을 빠져나왔어."

위소보가 웃으며 말했다.

"어선방의 소랍으로 변장했군요."

어선방의 소랍은 잡일을 맡아서 하는 사람들이다. 장작을 패고, 연탄을 나르며, 생선과 닭을 잡고, 야채를 씻고, 설거지를 하는 등 잡다한 일이 다 그들의 몫이었다. 누구도 그들에게 신경을 쓰지 않았으므로 그들의 차림새로 변장을 하면 남의 이목을 끌지 않을 수 있었다.

도궁아가 말했다.

"궁을 나서자마다 그 세 명의 시위를 발견했어. 이미 변복을 하고 봇짐을 짊어진 채 말을 끌고 가는 게 원행을 가는 것 같아 보였어."

"앗!"

위소보는 깜짝 놀라며 시체 한 구를 발로 툭 걷어찼다.

"그럼 이 세 사람이 바로 궁중 시위란 말예요?"

도궁아가 웃으며 말했다.

"어쨌든 이들 덕분에 너를 만나게 된 거야. 그들이 아니었으면 내가 무슨 수로 널 만날 수 있었겠어? 네가 서쪽으로 가리라곤 생각도 못했으니까. 저들은 성문을 빠져나오자 서쪽으로 향하며 곳곳에서 열서너 살 먹은 남자아이가 혼자 가는 걸 못 봤냐고 행인들에게 묻더라고. 그래서 태후의 명을 받고 널 찾고 있다고 생각했지. 저녁 무렵에 그들은 널 이곳까지 따라붙었고, 나도 그 뒤를 따라온 거야."

위소보는 내심 감격했다.

"고모가 아니었더라면 난 지금쯤 염라대왕한테 가 있을 거예요. 그리고 묻는 말에도 제대로 대답을 못했겠죠. '위소보, 너 왜 죽은 거야?' 하고 물으면 난 그저 '염라대왕님, 잘 모르겠어요. 그냥 흐리멍덩하게 죽었나 봐요'라고 대답할 수밖에요."

도궁아는 수십 년 동안 궁에 살면서 평상시 누구와 대화를 나누는 경우가 별로 없었다. 지금 위소보가 말을 재미있게 하자 덩달아 웃으며 말했다.

"그럼 염라대왕께서 '끌고 가서 볼기짝을 쳐라!' 하고 말하겠지!"

위소보는 신이 났다.

"당연하지 않겠어요? 염라대왕은 수염을 쓰윽 쓸어올리며 호통을 치겠죠. '살아생전 흐리멍덩, 흐지부지 살았으면 그만이지, 왜 마지막까지 흐리멍덩하게 죽었지? 여긴 다 흐리멍덩한 귀신들만 있는 것이냐? 그럼 난 흐리멍덩한 염라대왕이 되겠네!"

두 사람 다 깔깔대고 웃었다. 위소보가 물었다.

"그래서 이후에 어떻게 된 거죠?"

도궁아가 대답했다.

"그들이 아궁이 아래서 나직이 상의하는 소리를 엿들었어. 한 녀석이 말하더군. '태후의 명대로 그놈을 사로잡으면 더할 나위가 없지만 안 되면 죽이라고 했어. 대신 몸에 갖고 있는 것을 하나도 빠짐없이 다 회수해오라고 했잖아.' 그러자 또 한 녀석이 말했지. '녀석은 겁도 없이 태후의 경전을 훔쳐가다니, 죽고 싶어 환장을 한 거지. 태후가 노발대발할밖에. 가장 중요한 건 그 경전을 회수해오라는 거였어.' 소형제, 정말 태후의 경전을 갖고 있니? 너희 총타주께서 가져오라고 시킨 거지, 그렇지?"

위소보에게 물으면서 눈을 똑바로 뜨고 응시했다.

위소보는 이제야 비로소 깨달았다.

'맞아! 그녀가 태후의 침전에서 찾고 있었던 것이 바로 그 《사십이장경》이었어.'

겉으로는 어리둥절한 표정을 지었다.

"무슨 불경인데요? 총타주는 불경을 읽는 걸 못 봤는데요. 불공도 드리지 않아요."

도궁아는 비록 무공이 높지만 어려서부터 궁에서 살아 세상물정에 대해서는 아는 게 별로 없었다. 같은 궁궐 안에 있었어도 위소보는 매일 황제와 태후, 왕공대신, 시위와 내관들을 만나면서 그야말로 시시각각 음모와 간계 속에서 굴러먹어 아주 영악하고 임기응변에 능했다. 반면 도궁아는 온종일 두 늙은 궁녀와 함께 생활하며 1년 내내 허심탄회하게 대화를 나누는 일이 별로 없고, 다른 사람들을 만날 기회도 없었다. 두 사람의 영악함과 간교함을 놓고 보면, 각자의 무공만큼이나 차이가 났다.

도궁아는 천진무구한 표정의 위소보를 보며 속으로 생각했다.

'내가 목숨을 구해줘서 이처럼 감격해하는데, 어린것이 거짓말을 할 리가 없지. 그리고 난 이미 그의 봇짐을 다 훑어봤잖아.'

그녀는 고개를 끄덕이며 말했다.

"그들이 네 봇짐을 뒤지는 것을 봤어. 금은보화랑 수십만 냥이나 되는 은표를 발견하자 눈이 빨개지며 서로 나눠가질 궁리를 하더라고. 그래서 화가 나서 들어와 그들을 다 죽여버린 거야."

위소보가 욕을 했다.

"빌어먹을! 태후 그 화냥년은 내가 돈이 많다는 것을 알고 시위들을 시켜 빼앗아오라고 했군. 몽한약에다 흑점까지, 그 늙은 화냥년이 온갖 더러운 짓거리를 다 하네!"

도궁아가 말했다.

"그게 아니야. 태후가 노린 건 금은보화가 아니라 경전이지. 그건 아주 중요한 경전이니까. 그래서 난 혹시 네가 서천천과 그 두 낭자에게 경전을 맡겨 석가장에다 숨겨놓으라고 하지 않았나, 생각했어. 널 노렸던 시위들은 이미 처치했고, 넌 어차피 금방 깨어나지 못할 거라 바로 말을 타고 남쪽으로 쫓아갔어. 어느 객잔 밖에 그들의 마차가 있기에 원래는 지붕 위로 올라가서 몰래 확인해보려고 했는데, 그 '팔비원후'가 워낙 경계심이 강하고 눈치가 빨라서 들키고 말았지. 그래서 부득이 또 싸우게 됐고, 결국 그의 혈도를 찍어 움직이지 못하게 만들었어."

위소보는 눈을 크게 떴다.

"서 대형도 고모의 적수가 못 되나요?"

도궁아는 즉답을 피했다.

"난 원래 천지회와 맞서고 싶지 않았는데 어쩔 수 없었어. 그를 쓰러뜨린 후에 부득이한 사정이 있으니 화내지 말라고 여러 번 사과를 했어. 소형제, 나중에 그를 만나면 다시 미안하다는 말을 전해줘. 어쨌든 난 그들 세 사람의 짐을 샅샅이 다 뒤졌어. 그 마차까지 뜯어서 다 확인해봤지만 별다른 수확이 없었어. 결국 그들의 혈도를 풀어주고 다시 말을 몰아 이곳으로 달려온 거야."

위소보가 말했다.

"내가 흐리멍덩, 알쏭달쏭, 비몽사몽하고 있을 때 그렇게 많은 일을 했군요. 도 고모, 내가 천지회 일원이라는 걸 어떻게 알았죠?"

도궁아는 미소를 지었다.

"내가 반나절이나 마차를 몰아줬는데, 나누는 대화를 못 들었을 리가 있겠어? 넌 어린 나이에 천지회 청목당의 향주라더군. 그건 천지회에서 제법 높은 지위 같은데, 그렇지?"

위소보는 우쭐대며 웃었다.

"낮은 지위라고는 할 수 없죠."

도궁아는 잠시 생각을 굴리는 듯하더니 물었다.

"넌 황상을 오래 모셨는데, 혹시 경전에 관해 들은 얘기가 없니?"

위소보가 퉁명스레 말했다.

"들어봤어요. 태후와 황상은 그 무슨 빌어먹을 경전을 중요하게 생각하는 모양이더라고요. 하지만 제기랄, 그게 무슨 소용이 있어요? 태후처럼 나쁜 사람이 설령 하루에 불경을 만 번 읽는다고 해도 부처님이 과연 굽어살펴…."

그의 입방아가 끝나기도 전에 도궁아가 얼른 물었다.

"그들이 경전에 대해 뭐라고 말했는데?"

위소보가 대답했다.

"황상께서 나더러 오배의 집에 가서 재산을 몰수할 때 경전 두 부를 반드시 찾아내서 가져오라고 했어요. 그 경전은 무슨 '이二' 자가 있고, 또 무슨 '십十' 자가 있는 것 같았어요."

그의 말에 도궁아는 흥분을 감추지 못했다.

"맞아, 맞아! 바로 《사십이장경》이야! 그걸 찾아냈어?"

위소보가 둘러댔다.

"난 글이라곤 쥐뿔도 모르는데 그 무슨 '사십이장경'이고 '오십삼장경'이고 어떻게 알겠어요? 나중에 색액도 대인이 찾아내서 내가 태후한테 전해줬어요. 그랬더니 사탕이랑 과자 부스러기를 주더라고요. 빌어먹을, 그년은 정말 쩨쩨해요. 줄려면 금이나 은을 줄 것이지, 날 그냥 어린애 취급하면서 사탕을 줬어요. 진작 그럴 줄 알았다면 그 두 부의 경전을 어선방으로 가져가 불쏘시개로나 쓸 걸 그랬어요."

도궁아가 얼른 말했다.

"안 돼! 불쏘시개로 쓰면 안 돼!"

위소보가 빙그레 웃었다.

"나도 말만 그렇지, 태울 순 없죠. 나중에 황상이 색 대인에게 물으면 바로 뽀록날 테니까요!"

도궁아가 혼잣말처럼 중얼거렸다.

"그렇다면 태후가 최소한 두 부의《사십이장경》을 갖고 있겠군?"

위소보가 말했다.

"아마 네 부는 있을 거예요."

도궁아는 깜짝 놀랐다.

"네 부라고? 네가 어떻게 알지?"

위소보가 다시 말했다.

"그날 밤 침상 밑에 숨어 있는데 태후가 그 여장한 남자 궁녀에게 말하더군요. 자긴 원래 한 부를 갖고 있었는데 오배 집에서 두 부를 더 가져왔고, 또 어전 시위 부총관 서동을 시켜 그 무슨 기주의 집에서 한 부를 더 빼앗아왔다고요."

도궁아가 말했다.

"맞아! 아마 양홍기 기주인 화찰박의 집에서 가져왔을 거야. 그럼 정말 네 부를 갖고 있겠네. 아니, 어쩌면 다섯 부, 여섯 부를 가지고 있을 수도 있어."

그러고는 일어나 몇 걸음 걸으며 말했다.

"그 경전들은 아주 중요해. 소형제, 가능하다면 날 도와서 태후가 갖고 있는 그《사십이장경》을 다 훔쳐와줬으면 좋겠어."

위소보는 뭔가 생각하는 표정을 지었다.

"그 늙은 화냥년이 중상을 입었다면 결국은 죽게 될 거고, 그 경전들도 함께 무덤에 묻히겠죠."

도궁아가 다시 말했다.

"그럴 리가 없어. 절대 그럴 리 없어! 내가 걱정되는 건 신룡교神龍教의 교주야. 그가 한발 먼저 그 경전들을 차지하면 정말 큰일이야."

위소보는 '신룡교 교주'라는 말을 처음 들어봤다. 그래서 물었다.

"그는 뭐 하는 사람인데요?"

도궁아는 바로 대답을 해주지 않고 무언가를 생각하는 듯 천천히 방 안을 몇 바퀴 돌았다. 창호지가 차츰 훤해지는 게, 곧 날이 밝을 것 같았다. 그녀는 몸을 돌려 말했다.

"여기선 혹시 누가 들을지도 모르니, 얘기하기가 불편해. 다른 데로 가자."

그녀는 시체 세 구를 객잔 밖으로 끌고 가 마차 안에다 밀어넣었다. 세 사람은 모두 그녀에게 심한 내상을 입어서 죽었는지, 피를 전혀 흘리지 않아 주변이 깨끗했다.

"객잔주인 부부와 마차를 몰고 온 마부들은 그놈들이 다 결박해서 골방에 처넣어놨는데, 나중에 무슨 수를 써서라도 결박을 풀 거야."

그녀는 위소보와 함께 마부 자리에 앉아 서쪽으로 마차를 몰았다.

7~8리 정도 달렸을까, 날이 밝았다. 도궁아는 시체 세 구를 공동묘지 으슥한 곳에 버리고 돌과 흙으로 대충 덮어놓았다.

"우린 마차를 몰고 가면서 얘길 나누자. 마차에선 엿듣는 사람이 없을 거야."

위소보가 웃으며 말했다.

"마차 밑에 누가 숨어 있을지도 모르잖아요?"

도궁아는 흠칫했다.

"그래, 나보다 생각이 더 치밀하네."

그녀가 채찍을 휘두르자 채찍이 허공에 원을 그리며 찰싹 마차 밑을 후려쳤다. 그렇게 세 번을 해서 아무도 없다는 것을 확인하고 나서 말했다.

"강호 사람들은 늘 만약의 경우에 대비하고 경각심을 늦추지 않는 모양인데, 난 그런 요령을 전혀 몰라."

위소보가 다시 웃으며 말했다.

"난 더더욱 몰라요. 고모는 나보다야 낫겠죠. 그러니까 어젯밤에 날 구해준 거잖아요."

이때 마차는 황톳길을 가고 있었는데, 주의가 조용했다. 도궁아가 진지하게 입을 열었다.

"넌 내 목숨을 구해줬고 난 네 목숨을 구해줬으니, 그야말로 진정한 생사지교야. 소형제, 나이로 따지면 난 어머니뻘이 될 텐데, 날 진짜 고모로 삼지 않을래? 그럼 난 조카가 생기는 셈이지."

위소보는 속으로 생각했다.

'조카가 돼도 밑질 게 하나도 없잖아. 그리고 이미 고모라고 부르고 있어.'

그는 얼른 대답했다.

"좋아요! 원래는 엄마라고 부르면 더 좋을 텐데… 만약 한 가지 사실을 알고 나면 아마 조카로도 삼으려고 하지 않을걸요!"

도궁아가 물었다.

"그 한 가지 사실이 뭔데?"

위소보가 대답했다.

"난 아버지가 없어요. 그리고 어머닌 기루의 창기예요."

도궁아는 처음엔 멍해졌으나 곧 표정이 환해지며 기뻐했다.

"조카, 영웅은 출신 내력의 귀천을 따지지 않는 법이야. 우리의 태조 황제를 보라고. 한동안 절에서 화상으로 있었고, 건달 노릇도 했어. 그게 무슨 상관이 있어? 그런 일까지 나한테 다 털어놓는 걸로 봐서, 진심으로 날 대하는 것 같아 기뻐. 나도 나 자신에 대해서 숨김없이 다 얘기해줄게."

위소보는 생각을 굴렸다.

'엄마가 기녀라는 사실을 모십팔 대형도 알고 있으니 끝까지 숨길 순 없어. 남의 진심을 알아내려면 우선 나부터 가장 꺼리는 치부를 털어놔야 해.'

그는 곧 마차를 멈추고 뛰어내려 무릎을 꿇고 큰절을 올렸다.

"조카 위소보가 고모님께 정식으로 절을 올립니다."

도궁아는 수십 년 동안 피붙이 하나 없이 궁에서 살아왔다. 그리고 누구한테도 온정이 담긴 다정한 말을 들어본 적이 없었다. 지금 위소보가 이렇듯 다정하게 대해주자 가슴이 뭉클했다. 얼른 마차에서 내려와 위소보를 일으켜세우며 웃었다.

"그래, 나도 이제 세상에 가족이 생겼으니…."

그녀는 말을 잇지 못하고 눈물을 흘렸다. 웃으며, 눈물을 훔치면서 말했다.

"고모가 왜 이러지? 이렇게 기쁜 일에 눈물을 흘리다니…."

두 사람은 다시 마차에 올랐다. 도궁아는 오른손으로 고삐를 잡고, 왼손으로 위소보의 손을 잡은 채 천천히 마차를 몰았다.

"조카, 내 성이 도가라는 건 맞는데, 이름은 궁아가 아니야. 어릴 적에 홍영紅英이라고 불렸어. 열두 살 때 입궐해서 다음 해에 바로 공주님을 모셨지."

위소보가 물었다.

"공주라고요?"

도홍영이 대답했다.

"그래, 공주란 우리 명나라 숭정 황제의 큰딸이야."

위소보의 눈이 커졌다.

"아, 고모는 대명 숭정 황제 때 입궐을 했군요?"

도홍영이 말을 이었다.

"그래, 숭정 황제는 궁을 떠나기 앞서 검으로 공주의 어깨를 절단했어. 난 공주의 조난 소식을 듣고 급히 달려갔는데, 너무 당황하고 다급한 나머지 넘어지면서 돌계단 모서리에 이마를 처박고 기절해버렸어.

나중에 정신을 차리고 보니, 황제와 공주는 다 사라지고 보이지 않았지. 궁은 혼란에 빠져 있었고 아무도 날 거들떠보지 않았어. 얼마 뒤에 매국노 이자성이 궁으로 들어왔고, 그 뒤를 이어 만주 오랑캐들이 들어와 궁을 점령했지."

여기까지 말한 그녀는 길게 한숨을 내쉬었다.

"휴… 아주 오래전 일이야."

위소보가 다시 물었다.

"공주는 숭정 황제의 친딸이 아니었나요? 왜 아버지가 딸의 팔을 잘라버린 거죠?"

도홍영은 다시 한숨을 내쉬었다.

"공주는 숭정 황제의 친딸이야. 황제는 그녀를 가장 총애했지. 그때 경성은 이미 무너졌고, 오랑캐들이 쳐들어오고 있었어. 행여 공주가 붙잡혀 수모를 당할까 봐, 자신은 자결을 결심하고 먼저 공주를 죽이려 한 거야."

위소보는 고개를 끄덕였다.

"그랬군요. 자신의 친딸을 직접 죽인다는 건 결코 쉬운 일이 아닐 텐데요. 듣자니 숭정 황제는 매산에서 목을 매달아 자결했다던데, 정말 그런가요?"

도홍영이 말했다.

"나도 나중에야 남들의 얘기를 듣고 알았어. 오삼계는 오랑캐를 이끌고 중원으로 들어와 이자성을 쫓아내고 우리 대명 강산을 차지했지. 당시 궁에 있던 내관과 궁녀들은 믿을 수가 없다는 이유로 십중팔구는 다 궁에서 쫓겨났어. 난 그때 나이도 어렸고, 많이 다쳐서 골방에 누워 있었기 때문에 그냥 궁에 남게 된 거야. 그리고 3년 후에 사부님을 만났지."

위소보가 얼른 물었다.

"고모님의 무공도 그렇게 고강한데 사부님은 더더욱 대단한 분이겠네요?"

도홍영이 대답했다.

"사부님께서는 세상에는 뛰어난 고수들이 워낙 많기 때문에 우리의 무공은 별것 아니라고 하셨어. 내 사부님은 태사부太師父의 명을 받고 궁으로 들어와 궁녀가 된 거야."

여기까지 말하고 나서 채찍을 휘둘러 철썩철썩 요란한 소리를 냈다. 그러고는 말을 이었다.

"사부님이 궁에 들어온 목적은 바로 그 여덟 부의 《사십이장경》을 찾는 거였어."

위소보는 약간 놀랐다.

"그 경전이 모두 여덟 부나 있다고요?"

도홍영이 다시 대답했다.

"그래, 모두 여덟 부가 있어. 만주는 팔기군이 있잖아. 황홍백람黃紅白藍, 네 가지 색깔로 구분되는 정사기正四旗와 양사기鑲四旗. 각 기의 기주가 한 부씩 갖고 있으니 모두 여덟 부가 되는 거지."

위소보가 말했다.

"그렇군요. 내가 오배의 집에서 본 두 부는 겉장의 색깔이 달랐어요. 한 부는 황색 비단에 붉은 테두리가 있고, 한 부는 흰색이었죠."

도홍영은 고개를 끄덕거렸다.

"이제 보니 그 여덟 부의 경전은 겉장의 색깔이 다 다르군. 사실 난 한 번도 본 적이 없어."

위소보는 속으로 생각했다.

'내가 강친왕부에서 훔쳐온 것은 정홍기 것이고, 태후한테서 세 부를 가져왔고, 서동 것까지 합치면 모두 다섯 부를 갖고 있으니 세 부가 빠진 셈이야. 이 여덟 부의 경전이 대체 무슨 조화를 부릴 수 있기에 다들 눈독을 들이지? 고모는 분명 알고 있을 거야. 무슨 수를 써서라도 캐내야 할 텐데….'

그는 일부러 딴청을 부렸다.

"이제 보니 고모의 태사부님은 불심이 대단히 깊었나 봐요. 궁에 있는 불경이라면 당연히 아주 귀한 거겠죠. 글씨를 금가루로 썼다는 얘기도 있더라고요."

도홍영이 말했다.

"그게 아니야, 조카. 내가 오늘 다 얘기해줄 테니, 절대 누구한테도 누설하면 안 돼. 지금 맹세해!"

위소보에게 맹세를 하는 건 별로 어렵지 않은 일상다반사였다. 오전에 맹세를 하면 오후에 잊어버리고, 오후에 한 맹세는 자기도 전에 까먹기 일쑤였다. 더군다나 그 무슨 엄청난 비밀이 담겨져 있을 듯한 여덟 부의 경전 중 이미 다섯 부를 자신이 갖고 있으니, 그 비밀을 남한테 누설한다는 것은 어떤 경우에도 있을 수 없는 일이었다. 맹세를 못할 이유가 없었다. 그는 곧 하늘에 대고 맹세를 했다.

"천지신명께 맹세합니다. 나 위소보가 만약 《사십이장경》에 관한 비밀을 누설하면 재수가 옴 붙을 거고, 그 늙은 화냥년 태후와 놀아난 여장 개똥 사형처럼 비참하게 죽을 겁니다!"

그러면서 속으론 딴생각을 했다.

'내가 여장을 하고 그 화냥년하고 자는 일은 절대, 절대로 없을 거야. 그러니 절대 그 개똥 사형처럼 죽을 리가 없지!'

일단 하늘에 맹세를 하면, 결국 맹세한 대로 된다는 것은 믿는다. 그래서 맹세를 하기 전에 미리 빠져나갈 퇴로를 마련해둬야 한다는 게 위소보 나름의 철학이었다.

그의 속마음을 알 턱이 없는 도홍영은 미소를 지었다.

"그 맹세는 좀 이상야릇하지만 그래도 신선한 느낌인데! 이제부터 내 말을 잘 들어. 만주 오랑캐가 처음 중원에 들어왔을 때는 대명 강산을 차지하리라곤 생각지 못했어. 만주인은 수적으로 훨씬 적고, 군사도 많지 않았어. 그저 관외 만주 일대를 영구히 차지할 기반만 다질 수 있다면 그걸로 만족하려고 했지. 그래서 중원에 들어오자 팔기는 닥치는 대로 금은보화를 약탈했어. 그 보물을 전부 관외로 옮겨가 은밀한 곳에 숨겨놨지. 당시 대권을 장악하고 있던 사람은 순치 황제의 숙부인 섭정왕이었지만 만주 팔기는 각 기마다 나름대로 실권을 쥐고 있었어. 팔기는 회의를 거쳐 그 보물을 숨긴 곳을 지도로 만들어 각기 한 부씩 갖고 있기로 했는데…."

위소보는 벌떡 몸을 일으키며 소리쳤다.

"아, 알았다!"

그러나 마차가 덜컹거리는 바람에 다시 주저앉았다.

"그 여덟 폭의 지도를 바로 여덟 부의 《사십이장경》 속에다 숨겨놓은 거였군!"

도홍영이 그의 말을 받았다.

"그게 전부는 아닌 것 같아. 확실한 진상은 당시 팔기의 기주들만이 알고 있어. 우리 한인들은 모르는 게 당연하고, 심지어 만주의 왕공대신들도 그 기밀을 아는 사람은 극히 드물 거야. 사부님의 말을 빌리면, 만주인들이 보물을 숨겨놓은 그 산이 바로 그들의 용맥龍脈이래. 만주인들이 중원을 차지하고 황위에 등극한 것도 바로 그 용맥 덕분이야."

위소보는 잘 모르는 이야기였다.

"용맥이 뭔데요?"

도홍영이 설명했다.

"풍수지리가 지극히 좋은 곳을 용맥이라고 하는 거야. 만주인의 선조가 바로 그곳에 묻혀 있어. 그래서 자손이 크게 흥해서 결국 중원에 들어와 황제 자리까지 오르게 된 거지. 사부님의 말에 의하면, 우리가 그 영산의 위치를 찾아내 용맥을 잘라버리면, 만주인들은 황위에서 쫓겨날 뿐 아니라, 전부 다 중원에서 죽음을 맞게 된다는 거야. 그만큼 그 영산의 위치가 중요해. 사부님과 태사부님은 그 용맥을 찾아내기 위해 심혈을 다 쏟아부었어. 그런데 그 비밀이 바로 《사십이장경》 여덟 부에 숨겨져 있는 거지."

위소보가 물었다.

"그건 만주 사람들도 잘 모르는 일일 텐데, 고모의 태사부님은 어떻게 알았죠?"

도홍영이 대답했다.

"자세히 얘기하자면 길어. 태사부님은 원래 금주錦州가 고향인 한인인데 오랑캐한테 붙잡혀갔어. 그 오랑캐가 바로 양람기鑲藍旗의 기주였지. 태사부님에 따르면, 오랑캐가 중원으로 들어온 후 중원이 너무 넓고 사람도 많아 좋아하면서도 한편으론 겁을 먹었대. 팔기는 연일 회의를 열었는데, 회의 중에 서로 입씨름을 하며 앞일에 대해 확실한 결정을 내리지 못했다더군."

위소보가 다시 물었다.

"왜 싸운 거죠?"

도홍영이 다시 설명했다.

"어떤 기주는 중원을 영원히 차지하자고 했고, 어떤 기주는 한인의 수가 엄청 많아 만약 들고일어나면 만주인 한 명이 한인 100명을 상대해도 안 될 텐데 무슨 수로 당해내겠느냐고, 그러니 금은보화를 모조리 긁어모아 관외로 물러가자고 주장했어. 결국 섭정왕이 결론을 내렸대. 약탈을 해서 그 보물을 관외로 옮겨 잘 숨겨놓는 한편, 중원에서도 계속 황제 노릇을 하자고 말이야. 만약 나중에 한인이 들고일어나 상황이 위급해지면 그때 다시 관외로 물러가자는 거였지."

위소보는 고개를 끄덕였다.

"당시 만주 사람들은 우리 한인을 두려워했군요."

도홍영이 말했다.

"왜 안 두려워했겠어? 지금도 두려워하고 있는데. 우리가 힘을 모으지 못하고 있을 뿐이야. 조카, 넌 오랑캐 황제의 총애를 받고 있으니 만약 그 여덟 부의 경전을 훔쳐낼 수만 있다면, 그들의 용맥을 끊어버릴 수가 있어. 그 많은 금은보화는 의용군의 군비로 쓸 수 있고. 우리가 일단 힘을 결집해 군사를 일으키면 지레 겁을 먹고 달아날 거야."

위소보는 용맥을 자르든 말든, 의용군이 있든 없든 별 관심이 없었다. 그러나 그 영산에 숨겨놓은 무수한 금은보화에 대해선 마음이 설레지 않을 수 없었다. 좀 더 확실하게 알아낼 필요가 있었다.

"고모, 그 영산의 비밀이 정말 여덟 부의 《사십이장경》 속에 숨겨져 있을까요?"

도홍영이 대답했다.

"이건 태사부님이 사부님께 한 말이야. 그 양람기 기주가 어느 날 술에 만취해서 작은마누라한테 털어놓았대. 자기가 죽게 되면 그 경전을 큰마누라 아들한테 주지 않고, 작은마누라가 낳은 아들한테 물려주겠다고. 작은마누라는 그깟 경전 한 권이 뭐가 대수냐고 별로 달가워하지 않았대. 그러자 기주는 그것이 만주인의 목숨과도 같은 거라면서, 거기 숨겨진 비밀을 대략 얘기해주었지. 태사부님은 창밖에서 그 말을 엿듣고 비로소 진상을 알게 된 거야. 나중에 태사부님은 무공 연마에 박차를 가했고, 사부님한테도 무공을 전수해줬어. 태사부님은 그 경전을 훔치려다 발각돼 중상을 입었고, 임종 전에 사부님한테 경전의 중요성을 강조하며 궁녀가 되라는 유언을 남겼어. 양람기 기주 집에는 고수들이 많아서, 궁에 들어가야만 경전을 접하기 쉬울 거라고 말야. 사부님은 궁녀가 되어 궁에 들어갔지만 경전을 훔치는 건 더욱 어림도 없는 일이라는 걸 깨달았어. 사부님은 나를 유난히 아끼셨고, 또 나한테 대명 공주에 관한 얘기를 듣고는 몰래 제자로 거둬준 거야."

위소보가 말했다.

"그래서 태후가 온갖 수단과 방법을 가리지 않고 경전을 수중에 넣으려고 했군요. 그는 만주 사람이니 용맥을 파괴할 리는 없고, 그럼 그 많은 금은보화를 손에 넣는 게 목적이었겠네요. 하지만 태후니까 원하는 걸 다 가질 수 있을 텐데, 왜 금은보화를 노렸을까요? 또 다른 속셈이 있는 게 아닐까요?"

그렇게 말하면서 속으론 딴생각을 했다.

'그럼 해대부는 왜 또 나더러 상서방에 가서 경전을 훔쳐오라고 그렇게 집요하게 강요했지? 음… 그의 목적은 경전이 아니라 누가 날 시켜 자기의 눈을 멀게 했는지, 그 주모자를 찾아내려고 한 게 아닐까? 아니면 정말 단경 황후를 죽인 흉수를 찾아내는 게 목적이었을 수도 있지. 아무튼 그 개뼈다귀의 속셈은 알다가도 모르겠어. 이젠 죽어버렸으니 그 속셈을 알아낼 재간이 없군. 염라대왕이라면 몰라도….'

도홍영은 그가 엉뚱한 생각을 하고 있으리라곤 꿈에도 생각하지 못했다.

"글쎄, 그 영산에 나의 태사부님도 모르는 무슨 다른 비밀이 숨겨져 있을지도 모르지. 사부님은 나중에 병을 얻어 죽으면서 나한테 신신당부를 했어. 경전을 훔쳐내는 일은 결코 쉬운 게 아니니 혼자 힘으론 어렵다고, 그러니 궁에서 제자를 물색해 그에게 경전에 얽힌 비밀을 말해줘서, 세세대대로 이어가라고 말이야."

위소보가 맞장구를 쳤다.

"네, 맞아요! 그 엄청난 비밀이 이어지지 않고 실전失傳되면 그 많은 금은보화가 얼마나… 얼마나 아깝겠어요."

도홍영은 정색을 했다.

"그 금은보화는 상관없지만 만주 오랑캐가 세세대대로 우리 강산을 차지한다면, 그거야말로 가장 한스러운 일이지!"

위소보는 얼른 동조했다.

"네, 고모의 말이 맞습니다!"

당연히 속으로는 다른 생각을 했다.

'그 많은 금은보화를 찾아내 흥청망청 쓰지 않으면, 그거야말로 가장 한스러운 일이지!'

위소보는 아직 나이가 어리다. 청병이 한인 백성들을 학살한 일을 어른들을 통해 조금 들었을 뿐 직접 겪지 않았다. 그리고 궁에 있으면서도 태후 한 사람만 증오했지, 해대부는 비록 음흉하고 자신을 해치려 했지만, 따지고 보면 자기가 그를 더 심하게 해했다. 나머지 황제를 비롯해 다른 사람들은 모두 자신에게 잘해줬다. 그들이 흉악하다고는 느껴본 적이 없다. 물론 황제의 총애를 받기 때문에 만주족 왕공대신들이 자기를 친절하게 대해준 건 사실이지만, 그래도 포악한 사람은 극히 드물었다. 민족 간의 원한, 백성들의 분노… 그런 감정은 아주 희박했다.

도홍영이 다시 말했다.

"난 그동안 궁에서 제자를 거둘 기회가 없었어. 다른 궁녀들을 접촉할 일도 많지 않았고. 간혹 만나는 궁녀가 있어도 자질이 부족하거나 됨됨이가 좀 요사스러웠지. 늘 빈비가 되기 위해 황상의 총애를 학수고대하더군. 그런 사람에게 어떻게 이 비밀을 말해줄 수 있겠어? 요즘에 와서는 은근히 걱정이 되기도 했지. 이대로 가다가는 경전도 못 찾아내고, 제자도 거두지 못하면, 결국 죽고 나서 이 비밀을 관 속에 가져갈 수밖에 없으니까. 그럼 만주족이 이 강산을 계속 차지할 테니, 죽은 태사부님과 사부님을 뵐 면목이 없을뿐더러 모든 한인의 큰 죄인이 되겠지. 우연한 기회에 널 만나게 돼서 얼마나 다행인지 몰라. 모든 걸 너한테 털어놓으니까 기분이 너무 좋아."

위소보가 그녀의 말을 받았다.

"나도 기분이 너무 좋아요. 하지만 경전은 별로 관심이 없어요."

도홍영이 물었다.

"그런데 왜 기분이 좋아?"

위소보가 대답했다.

"난 친척이 없어요. 엄마는 그렇고… 사부님은 좀처럼 뵙기가 어렵죠. 한데 좋은 고모가 생겼으니 얼마나 좋은지 모르겠어요."

그의 달짝지근한 말에 도홍영은 몹시 기뻤다. 그녀는 웃으면서 말했다.

"나도 좋은 조카가 생겨서 정말 기뻐."

잠시 멈칫하더니 물었다.

"그런데 네 사부님은 누구지?"

위소보가 의기양양하게 대답했다.

"나의 사부님은 천지회의 총타주예요. 성은 진씨고, 함자는 '근' 자 '남' 자죠."

도홍영은 진근남 같은 쟁쟁한 강호 인물의 이름도 처음 들어본다. 그녀는 고개를 끄덕이며 말했다.

"천지회의 총타주라면 무공이 아주 대단하겠구나."

위소보가 말했다.

"사부님을 섬긴 지 얼마 되지 않아서 배운 게 별로 없어요. 고모가 무공을 좀 전수해줄래요?"

도홍영은 망설였다.

"네가 무공을 전혀 배우지 않았다면 내가 모든 것을 전수해줄 수 있지. 하지만 네 사부님의 무공은 나랑 전혀 다를 수 있어. 잘못 배우면 오히려 해가 돼. 네가 보기에 사부님과 날 비교해서 누구의 무공이 더 고강한 것 같아?"

위소보가 무공을 가르쳐달라고 한 것은 그냥 환심을 사기 위해서였다. 만약 도홍영이 정말 무공을 가르쳐주겠다고 하면 다른 이유를 꾸며내 사양했을 것이다. 무공을 배우게 되면, 언제 오대산을 갈 수 있단 말인가? 더군다나 천성적으로 놀기 좋아하는 그는 무공을 꾸준히 배울 끈기도 없고 생각도 없었다. 도홍영이 그렇게 묻자 내심 '얼씨구나' 하며 대답했다.

"고모, 그렇게 물으시면 난 거짓말을 할 수가 없어요."

도홍영이 말했다.

"당연하지, 어린아이는 솔직해야 해."

위소보가 말했다.

"전에 사부님이 어느 무공 고수랑 겨루는 걸 봤는데 단 세 초식 만에 상대를 제압했어요. 그리고 상대방은 연신 감탄을 하더라고요. 고모는 아무래도 사부님만은 못한 것 같아요."

도홍영은 미소를 지었다.

"그래, 나도 한참 못 미칠 거라고 생각했어. 그 가짜 궁녀와 싸울 때도 네가 그의 등을 찌르지 않았다면 난 아마 죽었을 거야. 너의 사부님이라면 그렇게 당할 리가 없겠지."

위소보가 다시 말했다.

"어쨌든 그 여장한 가짜 궁녀는 정말 무서웠어요. 지금 생각해도 소름이 끼쳐요.”

도홍영의 안색이 갑자기 창백하게 변하며 얼굴 근육이 움찔거렸다. 공포에 질린 눈빛으로 앞쪽을 응시하고 있었다.

위소보가 이상하게 생각하며 물었다.

“고모, 왜 그래요? 혹시 어디가 아파요?”

도홍영은 듣지 못한 듯 아무 대꾸도 하지 않았다.

위소보가 다시 물었다.

“고모, 괜찮아요?”

도홍영은 몸을 부들부들 떨더니 떠듬떠듬 말했다.

“아… 아니… 괜찮아.”

별안간 팍 하는 소리와 함께 손에 쥐고 있던 채찍이 땅에 떨어졌다. 위소보는 마차에서 뛰어내려 채찍을 주워들고 잽싸게 다시 마차에 뛰어올랐다. 동작이 아주 날렵했다. 그는 우쭐대며 도홍영이 칭찬을 해주기를 기다렸다. 그런데 그녀는 고개를 절레절레 흔들었다.

“얘야, 앞으로 무공 연마를 열심히 해야 되겠구나. 지금의 무공으론 궁의 내관으로선 괜찮을지 몰라도, 강호에 나오면 차라리 무공을 전혀 모르는 사람만도 못해!”

위소보는 얼굴을 약간 붉히며 대답했다.

“네!”

그러고는 속으로 투덜거렸다.

‘무공이 아무리 신통치 않아도 그렇지, 어째서 무공을 전혀 모르는 사람만도 못하다는 거지?’

도홍영이 말했다.

"무공을 전혀 모르면 누가 선불리 죽이려 하지 않아. 한데 무공을 지니고 있다면 상대방은 너의 반격을 막기 위해서라도 절대 사정을 봐주지 않을 거야. 그럼 더 큰일이잖아?"

그냥 물러설 위소보가 아니었다.

"그럼 재수 없게 흑점을 하는 사람을 만나거나, 몰래 뒤통수를 후려 갈기는 좀도둑을 만나면 어쩌죠?"

도홍영은 일순 멍해지면서 뭐라고 대답해야 좋을지 몰랐다. 잠시 잠자코 있다가 입을 열었다.

"글쎄, 강호에는 좀도둑이 무공 고수보다 더 많을 텐데, 큰일이네."

그녀는 뭔가 좀 불안해 보였다. 주위를 두리번거리더니 앞에 보이는 아름드리나무를 가리켰다.

"우리 저기서 좀 쉬었다 가자. 말한테 풀도 먹여야 하고…."

마차가 나무 아래 다다르자 두 사람은 내려와 어깨를 나란히 하고 나무뿌리에 걸터앉았다.

도홍영은 아무래도 좀 이상했다. 마치 넋을 잃은 사람처럼 멍해 보였다. 아니나 다를까, 갑자기 혼잣말처럼 중얼거렸다.

"그가 말을 하지 않았어? 아무 말도 하지 않았어?"

위소보는 영문을 몰라 그저 멍하니 그녀를 쳐다보며 아무 대답도 하지 못했다. 도홍영도 그를 빤히 쳐다보았다. 마치 물은 말에 대답을 기다리고 있는 듯했다.

잠시 침묵이 흐른 뒤 도홍영이 다시 물었다.

"넌 그가 무슨 말을 하는 걸 못 들었어? 그가 입술을 움직이는 것을 보지 못했니?"

위소보는 그녀의 엉뚱한 모습에 은근히 겁이 났다.

'고모가 뭐에 홀렸나? 아니면 귀신이 붙은 게 아닐까?'

얼른 물었다.

"고모, 누굴 말하는 거예요?"

도홍영이 말했다.

"누구냐고? 그… 그 여장을 한 가짜 궁녀 말이야."

위소보는 더욱 겁이 났다. 목소리까지 떨렸다.

"그 가짜 궁녀를 봤단 말예요? 그가… 어디 있는데요?"

도홍영은 고개를 세차게 저었다. 다행히 정신이 돌아온 것 같았다.

"그날 밤 태후의 방에서 그 가짜 궁녀랑 싸울 때, 혹시 그가 무슨 말을 하는 걸 못 들었어?"

위소보는 숨을 들이켰다.

"아… 그날 밤 얘기였어요? 그때 그가 무슨 말을 했나요? 난 못 들었는데요…."

도홍영은 생각에 잠긴 듯 잠시 아무 말이 없다가 고개를 흔들었다.

"그는 우리 손에 죽었으니 다시 살아나지 못할 거야."

이건 스스로를 위로하는 말이었다. 그러면서도 내심 겁에 질려 있는 빛이 얼굴에 역력히 나타나 있었다. 위소보는 속으로 생각했다.

'무공은 뛰어난데 귀신을 겁내는군. 한 사람을 죽인 것뿐인데 불안해서 안절부절못하다니… 더구나 그 가짜 궁녀는 고모가 죽인 게 아니라 내가 죽였어. 고모는 그 화냥년을 죽인답시고 설치더니 제대로 죽이지도 못하고, 결국 다시 살아났잖아. 정말 한심해!'

도홍영이 다시 말했다.

"그는 분명히 죽었으니 아무 일 없을 거야, 그렇지?"

위소보가 말했다.

"당연하죠. 설령 귀신이 돼서 나타난다 해도 겁낼 필요 없어요."

도홍영이 몸서리를 쳤다.

"귀신은 무슨 귀신이야? 난 그가 신룡교 교주의 제자일까 봐 걱정하는 거라고. 그는… 그는… 음… 태후가 그를 사형이라고 불렀으니 그럴 리가 없어. 절대 그럴 리 없고말고. 무공도 전혀 그런 것 같아 보이지 않았어. 그렇지? 싸울 때 그가 입술을 움직이는 걸 정말 보지 못했지? 그렇지?"

중얼거리듯, 혼잣말인 듯 내뱉는 그녀의 음성은 분명히 떨리고 있었다. 그리고 위소보를 통해 자신의 생각이 틀림없다는 것을 확인받고 싶어 하는 것 같았다. 위소보는 그 가짜 궁녀의 무공 내력을 알 턱이 없었다. 그는 큰 소리로 말했다.

"걱정할 것 없어요. 고모의 말이 맞아요. 그 가짜 궁녀의 무공은 전혀 그런 것 같지 않았어요! 그리고 싸울 때 입을 꽉 다물고 아무 말도 하지 않았어요. 고모, 그 신룡교의 교주가 어떤 녀석인데요?"

도홍영이 얼른 말했다.

"신룡교의 홍洪 교주는 신통력이 아주 대단한 사람이야. 무공도 헤아릴 수 없을 정도로 고강해. 그런데 넌 어떻게 그를 녀석이라고 하지? 신룡교에는 그 홍 교주 말고도 무서운 인물이 많이 있어. 절대 얕봐서는 안 돼."

그러면서 연신 주위를 두리번두리번 살폈다. 행여 신룡교의 부하들이 있을까 봐 겁을 먹고 있는 것 같았다.

위소보가 물었다.

"그 신룡교는 우리 천지회보다 사람이 더 많고 더 센가요?"

도홍영은 고개를 절레절레 흔들었다.

"서로 달라. 같지 않아. 천지회는 반청복명을 목적으로 하고 행동이 광명정대해서 강호 사람들의 존경을 받지만, 신룡교는 전혀 달라."

위소보가 다시 물었다.

"그럼 강호 사람들이 다 신룡교를 두려워한다는 건가요?"

도홍영은 잠시 생각을 하는가 싶더니 말했다.

"난 강호의 일에 대해선 아는 게 많지 않아. 그냥 사부님을 통해 들은 것뿐이야. 나의 태사부님은 무공이 아주 고강했는데 결국 신룡교 제자 손에 죽음을 당했어."

위소보는 대뜸 욕을 했다.

"빌어먹을! 그렇다면 신룡교는 우리의 원수잖아요! 겁낼 게 뭐가 있어요?"

도홍영은 고개를 흔들며 천천히 말했다.

"사부님의 말을 빌리면, 신룡교는 무공도 천변만화千變萬化, 아주 변화무쌍하지만 더 무서운 건 그들이 구사하는 저주의 주문이야. 적과 싸울 때 그 저주의 주문을 외운다는 거야. 그러면 적은 간담이 써늘해지고, 자기네들은 더욱 힘이 솟아난대."

도홍영은 몸서리를 치면서 말을 이어갔다.

"태사부님이 양람기 기주 집에서 그 경전을 훔치려 할 때 바로 몇몇 신룡교 제자들하고 맞닥뜨렸어. 처음엔 분명 우위를 차지했는데, 상대방 한 사람이 주문을 외우자 태사부님은 왠지 모르게 차츰 힘이 빠져서 결국 아랫배에 장풍을 맞고 중상을 입었지. 당시 사부님이 곁에서 직접 지켜본 일이야. 태사부님을 돕기 위해 맹공을 퍼부었는데 주문을 듣자 온몸에 힘이 풀리면서 완전히 전의를 상실해 그 자리에 주저앉고 싶었다는 거야. 태사부님이 중상을 입고 쓰러지자 그들은 주문을 멈췄고, 사부님은 그 틈을 타서 태사부님을 구해 달아났대. 나중에 생각하니 자신이 한심하고 겁이 났다고 하셨어. 그래서 나한테도 신신당부했어. 신룡교 사람들과의 싸움은 피하라고. 세상에서 가장 위험하고 무서운 일이 바로 그들과 맞붙는 거라고 하셨어."

위소보는 속으로 생각했다.

'사부님은 여자라서 귀신을 겁내고 그 무슨 주문 따위를 두려워한 거겠지.'

그가 물었다.

"고모, 그들이 외우는 주문을 들어본 적이 있나요?"

도홍영이 대답했다.

"아니… 난 들어본 적이 없어. 난 그 가짜 궁녀가 혹시 신룡교의 제자가 아닌가 하고 걱정했어. 그래서 거듭 물은 거야. 무슨 말을 하는 걸 못 들었냐고, 입술이 움직이는 것을 못 봤냐고 말이야."

위소보가 말했다.

"그랬군요."

그는 당시 침상 밑에 숨어서 보고, 듣고, 겪었던 일을 다시 되새기며 말했다.

"전혀 듣지 못했어요. 고모는 들었나요?"

도홍영이 말했다.

“그 가짜 궁녀는 나보다 무공이 훨씬 고강했어. 난 전력을 다해 싸우느라 다른 데 신경 쓸 겨를이 없었지. 그런데 싸우다가 갑자기 겁이 나고 달아나고 싶은 생각이 들었어. 나중에 생각해보니 아무래도 이상하더라고.”

위소보가 다시 물었다.

“고모, 무공을 배운 이래 몇 사람과 싸워봤어요? 그리고 몇 사람을 죽였죠?”

도홍영은 고개를 흔들었다.

“그 전엔 누구와 싸운 적이 없고, 물론 사람을 죽인 일도 없어.”

위소보가 말했다.

“그렇겠죠. 앞으로 몇 명 더 죽이면 전혀 겁나지 않고 아무렇지도 않을 거예요.”

도홍영이 말했다.

“네 말이 맞을지도 모르지. 하지만 난 누구와 싸우고 싶지도 않고, 누굴 죽일 생각은 더더욱 없어. 그냥 무슨 수를 써서라도 그《사십이장경》을 찾아내 만주 오랑캐의 용맥을 자를 수만 있다면 그걸로 만족해. 아무래도 양람기 기주의《사십이장경》은 신룡교 교주 손에 들어간 것 같아. 그러면 다시 찾아오긴 어려울 텐데….”

그녀의 눈에는 아직도 두려워하는 기색이 역력했다.

위소보가 차분히 말했다.

“고모, 우리 천지회에 들어오는 게 어때요?”

그러면서 속으로 생각했다.

‘그렇게 무서워하는데, 우리 천지회에 들어오면 사람도 많고 세력

도 강하니 신룡교를 두려워하지 않아도 돼.'

도홍영이 천천히 고개를 끄덕이며 말했다.

"그것도 좋은 생각이지만… 어쨌든 나중에 다시 얘기하자. 난 지금 궁으로 돌아가야 해. 넌 어디로 갈 거지?"

위소보는 의아했다.

"다시 궁으로 돌아간다고요? 그 늙은 화냥년이 두렵지 않아요?"

도홍영은 한숨을 내쉬었다.

"난 어려서부터 궁에서 자랐어. 아무리 생각해봐도 궁에서 사는 게 가장 맘이 편해. 바깥세상의 일은 잘 몰라서 두렵기만 하거든. 이 비밀을 무덤까지 가져가게 될까 봐 걱정했는데 너한테 다 털어놓았으니 이젠 태후한테 죽음을 당한다 해도 상관없어. 그리고 황궁은 워낙 크잖아. 내가 잘 숨어 있으면 태후도 찾아내지 못할 거야."

위소보가 말했다.

"좋아요, 궁으로 돌아가세요. 나중에 내가 찾아갈게요. 난 지금 사부님의 심부름을 가야 해요."

도홍영은 천지회의 일에 대해 자세히 물을 수 없었다.

"그럼 나중에 날 어떻게 찾아올 건데?"

위소보가 대답했다.

"내가 궁으로 돌아가면 소각장에다 돌무더기를 쌓고, 그 위에 참새가 그려진 나무때기를 꽂아놓을게요. 그게 내가 돌아왔다는 표시니, 그날 밤 소각장에서 만나요."

도홍영은 고개를 끄덕였다.

"좋아, 그렇게 하자. 얘야, 강호는 험악한 곳이니 항상 조심해야 해."

위소보도 고개를 끄덕였다.

"네, 고모도 조심하세요. 태후 그년은 아주 악랄하고 교활하니까 절대 속아서는 안 돼요."

둘은 가까운 고을로 들어서자 위소보가 마차 한 대를 더 빌려 서로 동서로 갈라졌다. 위소보는 도홍영의 마차가 멀어질 때까지 지켜보며 헤어짐을 아쉬워했다.

'내 친고모는 아니지만 나한테 정말 잘해주는데….'

〈4권에서 계속〉

鹿鼎記